저자 요한 아우구스트 스트린드베리이(JOHAN AUGUST STRINDBERG)

아홉 편의 단막극
NIO ENAKTARE
1882~1892

2016년 8월 15일 초판 발행

지은이 아우구스트 스트린드베리이
옮긴이 이정애
펴낸이 홍철부
펴낸곳 문지사

등록일 1978.8.11(제 3-50호)

주 소 서울특별시 은평구 갈현로 12

영업부 02) 386-8451
편집부 02) 386-8452
팩 스 02) 386-8453

값 35,000원

※이 책은 동서대학교 지원으로 제작되었습니다.

요한 아우구스트 스트린드베리이
JOHAN AUGUST STRINDBERG

희곡전집
- 07 -
(1882-1892)

이정애 옮김

문지사

아홉 편의 단막극
NIO ENAKTARE

강한 자, 천민, 알제리의 열풍,
차변(借邊)과 대변(貸邊), 첫 경고,
죽음 앞에서, 모성애, 불장난,
끈.

DEN STARKARE, PARIA, SAMUM,
DEBET OCH KREDIT, FÖRSTA VARNINGEN,
INFÖR DÖDEN, MODERSKÄRLEK, LEKA MED ELDEN
BANDET.

서문

아우구스트 스트린드베리이(August Strindberg)의 희곡, 번역 출간에…

스웨덴을 대표하는 작가로서 〈현대 연극의 아버지〉라 불리는 세계적인 극작가이자 화가! 스웨덴의 셰익스피어로 칭해지는 스트린드베리이라는 이름은 불과 몇 년 전까지만 해도 필자에게는 다소 생소한 이름이었다. 스트린드베리이의 이름을 의미 있게 접하게 된 것은 지난 2012년이었다. 2012년 당시, 스트린드베리이 서거 100주년을 기념하여 세계 곳곳에서 기념 페스티벌이 열리고 있었다. 마침 한국에서도 필자가 총장으로 재직하고 있는 동서대학교의 이정애 교수가 스웨덴어 원작 극본을 번역하여 페스티벌을 열게 되면서 스트린드베리이의 이름을 처음 접하게 되었다. 스트린드베리이는 인간의 모순과 부조리를 적나라하게 표출한 난해한 문학작품들을 많이 남겼다. 한국에서도 그의 희곡이 간간이 무대에 올려졌으나 그 난해성 때문에 크게 조명 받지 못 했다. 그 원인 중 하나가 중역본을 대본으로 사용했고, 작가에 대한 연구 없이 연출을 했기 때문이라고도 한다. 이러한 그의 작품을 이정애 교수가 한국 최초로 스웨덴어 원작을 한국어로 번역하여 페스티벌에서 선을 보였던 것이다.

작가의 작품세계를 제대로 이해하고 그와 소통하기 위해서는 작가의 삶에 대한 이해와 연구를 통해 그의 언어를 정확하게 해석해내야 한다. 이정애 교수는 스웨덴 유학 때인 1970년대 초반 학부시절부터 40여 년을 줄곧 한국 연극의 빈자리라고 말하는 스트린드베리이 연구에 매달려 오신 분이다. 단연코 국내 그 누구도 스트린드베리이의 삶과 작품세계에 대해서 이 교수만큼 정통한 사람이 없을 것이다. 더욱이, 이번 번역 작업은 평소에 알고 있던 이정애 교수와 매우 잘 어울리는 작업이라는 생각이 든다. 내가 아는 이정애 교수는 원칙이 분명하며 확고한 교육관과 철학을 가지고 계신 분이다. 기본적으로 학생들에게 본인의 모든 것을 다 내어 놓으시면서 헌신적으로 부모 역할까지 해주고 계신다. 수업뿐만 아니라 올바른 인성과 예절을 갖추도록 지도하신 덕분에 학생들이 흐트러지지 않고 생활할 수 있는 힘을 얻고 있다.

또한, 특유의 꼼꼼함으로 수업에서도 학생들이 과제를 제출하면 기본적인 글쓰기부터 빨간 펜으로 첨삭지도를 해주는데, 어떤 학생은 열 번, 스무 번씩 수정을 받기도 한다. 이 역시 '하나를 심어도 바로 심겠다'는 교육철학이 드러나는 사례가 아닌가 하는 생각이 든다. 이 같은 열정과 성실함이 바로 이정애 교수의 이번 역서에 무한한 신뢰를 갖게 되는 이유이기도 하다. 평소 이정애 교수의 성정을 잘 알기에 그 어떤 작품들보다도 빈틈없고 매우 충실하게 이루어진 역작일 것임을 믿어 의심치 않는다.

이러한 노력이 한국의 공연예술계를 한 걸음 나아가게 하는 계기가 되기를 기대하며, 이정애 교수의 학문적 성취와 건승을 기원드린다. 아울러, 우리 대학의 〈임권택 영화영상예술대학〉 학생들의 공연

에서도 이정애 교수가 번역한 스트린드베리이의 작품들을 자주 만나
볼 수 있기를 기대해 본다.

2016년 6월

동서대학교 총장
장 제 국

추천사 1

스트린드베리이 희곡 완역에 부쳐…

이정애 교수님은 세계적으로 행해지던 아우구스트 스트린드베리이(August Strindberg, 1849-1912) 서거 100주년 기념행사에 동참하기 위해 2012년, 한국에서 〈스트린드베리이 100주기 기념 축제〉를 기획하여 본인의 번역본으로 한국 무대에 올렸다. 또한 스트린드베리이가 창립한 스톡홀름의 〈Intima Teatern〉 팀을 초청해 원어공연을 번역하여 자막으로 한국 공연을 추진하기도 했다. 보이기 위한, 행사를 위한 행사가 아닌, 스트린드베리이를 전공한 유일한 한국인으로서, 후진을 위해 한국 연극계에 스트린드베리이를 바로 심기 위한 행사였다고 했다.

역자는 중역본(重譯本)이 대종(大宗)을 이루는 지금까지의 관례를 깨고 희곡 번역사상 초유의 본격 완역본을 탄생시켜 우리나라 희곡 번역사(戲曲翻譯史)에 새로운 지평을 열어간다는 관점에서 역사적 의의가 크다고 하겠다.

첫째: 한국 최초로 스트린드베리이 스웨덴 원전(原典)을 직접 번역했다는 점.

둘째: 우리나라 유일한 스트린드베리이 전공자로, 그의 희곡 60편을 혼자 완역, 하나를 해도 제대로 하겠다는 역자의 의지가 담겼다는 점.

셋째: 작가의 삶이 담긴 스웨덴의 스톡홀름대학에서 학부부터 스트린드베리이를 연구하고 프랑스 〈파리 소르본 대학 IV〉에서 박사학위를 수료하기까지, 오랜 유학생활 동안 스트린드베리이의 삶의 배경을 체험하며 그 사회의 감정, 의지, 사고와 논리, 그리고 그들의 생활이나 숨결에 따라 번역할 수 있었다는 점.

넷째: 희곡이란 문학 형식은 작가의 미묘한 내적 심리요인, 감정의 흐름, 성격, 경험, 동작 목소리까지 대사 속에 묻어 두기에 작가를 연구하지 않고는 번역에 적합한 어휘의 선택과 구사가 용이하지 않다. 하여, 역자는 그곳 언어가 가진 외연(外延)은 물론 그 말에 내포된 미묘(微妙)하고 내밀(內密)한 뉘앙스까지 놓치지 않고 집어낼 수 있는 분이라 어떤 번역본 보다 내용이 풍부하고 충실하다는 점.

다섯째: 스트린드베리이가 〈현대 연극의 아버지〉로 추앙받은 자연주의(自然主義) 작품뿐만 아니라, 그의 전반적인 희곡은 작가의 자전적인 요소가 주를 이루기에 그를 전공한 학자가 아니고서는 정확한 작품 해석이 어렵다는 점에서 40여 년간 원작자를 연구해 온 이정애 교수님이 적격자라는 점.

여섯째: 이 작품을 번역한 인간 이정애 교수님의 일상을 간과할 수 없겠다는 점. 적어도 일상에서 내가 아는 역자는 정확하고 자신에게 엄격하며 흐트러짐이 없는 분이다. 대체로 이런 분들은 매정한 면이 있지만 역자는 전혀 그렇지 않다. 오히려 놀라울 정도로 섬세하고 따사로워서 구석구석에서 체온을 느낄 수 있고 사람 냄새를 맡을 수 있는, 그래서 믿음이 가는 분이다. 그러면서도 일상에서 강력한 추진

력이 있어 큰일도 담대하게 이끌어내는 일면을 지켜보아 왔기 때문이다. 단적인 예가 스트린드베리이 희곡 완역 작업이다. 일상에서 한치 흐트러짐 없는 성상(性狀)으로 미루어 볼 때 번역본 행간(行間)에 숨어 있는 미묘한 뉘앙스, 오역(誤譯)이나 빗나간 어휘까지 빠트림 없이 모조리 집어내어 옳게 바르고 말지, 그냥 보아 넘길 위인이 아니라는 점에서 믿음이 가기에 추천하게 된 것이다. 한마디로 일상의 역자를 믿어왔듯이, 일생을 스트린드베리이 연구에 투신한 전공자의 번역을 믿는다는 뜻이다. 아울러 난해하다고 알려진 스트린드베리이의 걸작들이 한국 연극계에 깊이 있는 연출로 재탄생 되길 기대해 본다.

이정애 교수님의 건강과 학문적 성취를 기원드리며, 희곡집 완역을 전 후한 그간의 노고에 정중한 위로와 진심 어린 치하의 인사를 드린다.

2016년 6월

전 경성대학교 예술대학장
전 부산국제연극제 집행위원장
김 동 규

추천사 2

세기적 쾌거에 큰 박수를 보냅니다.

본인은 이정애 교수를 2011년 지인의 소개로 서울에서 처음 만났습니다. 한국인으로 일찍 젊은 나이에 외국에 나가, 거의 평생을 학문을 하며 지내는 분이 있다는 말은 일찍이 들은 바가 있습니다. 영어, 일어, 독어, 불어, 스웨덴어 등 5-6개국 언어에 능하며 미국과 한국 대학에서 교수 생활을 하고 있다는 것이었습니다. 동숭동 대학로 모 카페에서 처음 만났을 때 훤칠한 키에 예사 분이 아니란 걸 단번에 알 수 있었습니다.

그날 처음 만났을 때 이정애 교수는 '현대극의 아버지'라고 불리는 스웨덴의 대표 작가, 아우구스트 스트린드베리이(August Strindberg, 1849-1912)에 대해 언급했습니다. 이제 곧 탄생 163주년, 서거 100주년이 된다는 것입니다. 그리고 세계 방방곡곡에서 서거 100주년을 기념하기 위한 각종 행사가 국제적으로 이루어지고 있고, 자신이 한국에서의 〈스트린드베리이 서거 100주년 페스티벌〉을 기획하고 있다는 것이었습니다. 나는 이 말을 듣고 정신이 번쩍 들었습니다. 한편 부끄럽기도 하고 또한 뭔가를 해야겠다는 생각이 불현듯 들었습니다. 당시엔 제가 대한민국 문화체육관광부 산하 한국 공연예술센터(Hanguk Performing Arts Center) 이사장으로 재직 중이었기 때문에 이정애 교수의 말이 더 강하게 느껴졌다고 생각합니다.

그래서 서둘러 이정애 교수와 함께 스트린드베리이 서거 100주년 기념 국제 연극제와 학술제를 준비하기 시작했습니다. 우선 당시에 가장 왕성하게 작품 활동을 하던 연희단 거리패 연출자 이윤택, 국립극단 예술감독 손진책과 상의해, 우리 세 단체가 소유하고 있는 극장 7개를 활용하고 스웨덴 대사관의 후원으로 공연축제를 하기로 했습니다. 다행히 공연될 스트린드베리이의 모든 희곡은 이정애 교수가 이미 원어로 직접 번역해 놓았기 때문에 더 큰 의미가 있었습니다. 그동안 모두 다른 나라의 언어로 번역된 것을 우리나라 말로 중역을 하여 공연해 왔기에 오역들이 많았다고 볼 수 있습니다. 이정애 교수는 8년 동안 스톡홀름 대학 학부에서부터 스트린드베리이를 전공했고, 또한 스트린드베리이의 자의적 망명지였든 파리에서 6년을 보내는 동안 〈파리 소르본 대학 IV〉에서 '스트린드베리이의 작품 세계에 끼친 사상에 대한 분석' 논문으로 비교문학 박사학위를 수여했습니다. 역자는 거의 40여 년 동안 스트린드베리이의 문학작품 120편 중 60편의 희곡을 이미 완역 단계에 올려놓고 있습니다.

2012년, 축제 준비 차, 이윤택 연출과 저는 스웨덴의 스톡홀름으로 출발을 하였습니다. 미국에서 오는 이정애 교수와 합류하기 위해서였습니다. 이미 오랫동안 스톡홀름에서 유학생활을 한 이정애 교수는 우리들에게 있어 최고의 가이드였습니다. 능숙한 스웨덴어로 스트린드베리이의 발자취를 따라 스톡홀름의 많은 곳을 안내받으며, 우리는 스웨덴의 〈스트린드베리이 서거 100주년 기념 페스티벌〉에 동참했습니다. 스트린드베리이의 실험극장(Intima Teatern)에서의 공연 관람,

그의 미술 전시회, 박물관, 민속촌, 궁전, 전망대, 거리 등. 또한 백야가 있는 스웨덴의 독특한 기후와 자연환경, 역사적 배경과 문화, 그들만의 독특한 정서 속에서의 스트린드베리이의 삶에 대해 설명해 주었습니다. 그때 나는 깨달았습니다. 바로 이러한 독특한 환경과 문화 속에서 스트린드베리이의 걸작들이 탄생되었다는 것을. 그의 소설, 희곡, 회화 등 곳곳에서 감지되는 갖가지 경계선적(liminal) 상황들, 즉 인식과 불 인식, 삶과 죽음, 꿈과 현실 사이를 내포하는 갖가지 몽환적 분위기들 말입니다. 이런 이유로 난해한 스트린드베리이의 작품 번역은 그곳의 문화적 배경과 작가의 삶에 대한 이해와 연구 없이는 정확한 번역과 연출이 거의 불 가능한 것이라는 것을 확신했습니다.

이정애 교수는 평생에 걸쳐 스트린드베리이를 연구한 학자이며, 한국인으로서는 유일무이한 스트린드베리이 전공자 입니다. 스톡홀름에서 8년, 파리에서의 6년은 지속되는 스트린드베리이 연구와 번역 작업에 중요한 역할을 해왔던 시기다. 이번에 교정된 단막극 아홉 편과 스트린드베리이 자신이 창단한 〈실험 극장〉에서의 공연을 위해 창작된 〈캄마르스펠〉 다섯 편이 먼저 출판됩니다. 뒤이어 출판될 희곡 60편이 세상에 빛을 보게 되면 스트린드베리이 희곡, 세계 최초의 완역 판이 될 것입니다. 오랫동안 비교문학적 관점에서 스트린드베리이 연구를 해온 역자기에 그 어느 누구보다도 등장인물들의 깊은 내면의 소리, 긴 대사에 담긴 암시적 메시지, 자전적이며 상징적, 몽환적 작품의 분위기들이 심도 있게 전달되고 있음을 인지할 수 있습니다. 이번 출판은 스트린드베리이 희곡을 우리 한국 연극계에 제대로 심는다는 의미를 넘어서 확연히 문화가 다른 풍토 속에서 탄생된 걸작의 진정한 맛을 독자들에게 보여 준다는 면에서도 큰 의미가 있다고 하겠

15

습니다. 이번 출판을 계기로 우리 한국 연극의 극작술 내지는 연극 미학이 한층 더 깊어지고 넓어지는 계기가 되기를 바라 마지 않습니다. 아울러 이 세기적 쾌거에 큰 박수를 보냅니다.

2016년 6월

중앙대학 연극영화학부 명예교수
국제극예술협회(ITI) 한국본부 회장
최 지 림

옮긴이의 말

大학에서 독일 문학사를 통해 "현대 연극의 아버지", 아우구스트 스트린드베리이(August Strindberg, 1849-1912)와의 첫 만남이 있은 후, 스웨덴 유학시절, 그의 고향 Stockholm에서 그와 재회할 수 있었다. 스톡홀름 대학 문학부에서 그의 자전적 소설 《고독(Ensam, 1903)》을 통해 그와의 진정한 정신적 만남이 이루어졌고, 그 순간 일종의 충격으로 다가오며 내 마음을 사로잡았다.

'언어의 귀재'로 불리는 그의 글은 영혼의 심연에서 솟아나 살아 숨쉬는 듯 했고, 서정적인 언어 감각의 민감성에 매료되어 그의 아픔을 느끼고 공감하며 함께 호흡 할 수 있었다. 그 후, 스트린드베리이는 지금까지 나의 가슴 속 깊이 각인되어 떠나지 않고 남아있다.

호기심 많은 그가 당대의 모든 사조와 다양한 분야의 학문 연구에 심취하여 재창출해낸 문학세계는 너무나 심오하여 복잡하고 어렵게 느껴지기도 했다. 허나, 그의 걸작들을 접하고 그를 연구하며 독특한 그만의 작품세계를 알아가면 갈수록 그에게 빠져들었다. 그의 작품을 통해 실존하는 모든 이웃의 이야기와 다양한 인간 유형들, 그리고 인간사를 관찰할 수 있었고 사회를 바로 직시하는 능력을 길러 가슴으로 세상을 느낄 수 있는 계기가 되기도 했다. 학부 초기부터 그에 심

17

취되어 스트린드베리이와 그의 사상, 작품관, 그리고 작품세계 속에 내재된 배경의 영향 관계에 관심을 갖게 되어 박사과정에서는 비교문학을 전공하게 되었다.

스트린드베리이의 망명지였고, 그가 과학자로서도 지대한 업적을 남길 수 있기까지 화학실험을 했던 빠리의 소르본느 대학(l'Université de Paris-Sorbonne, Paris-IV)에서 비교문학 박사 논문을 쓰며, 스트린드베리이가 남긴 희곡 60편을 우리말로 번역하여 무대에 올리고 싶다는 소망을 가져보았다. 그에 대한 연구를 거듭할수록 그의 생애와 작품세계, 그리고 그에게 영향을 끼친 사상가와 사조들에 대한 호기심이 40년이 지난 지금도 지속되고 있다. 그를 연구하기 위해서는 너무나 다양한 분야의 학문에 접근해야만 했다. 유럽 대륙의 상황과 동떨어진 당시의 스웨덴을 직접 체험하지 않은 외국인에겐 복잡미묘한 영혼의 소유자인 스트린베리이를 연구한다는 것 또한 쉽지 않기 때문이다. 게다가 타국에서는 언어의 문제점도 따르지만 방대한 그의 저서를 접하기조차 그리 용이한 일이 아니기에 실제로 그를 전공한 외국인 또한 그다지 많지 않은 실정이다.

역자는 그의 삶의 발자취가 남아있는 스웨덴과 빠리에서 유학을 한 자로서, 또한 우리나라에서 스트린드베리이를 전공한 유일한 사람이기에 더욱 더 우리말로 번역하여 그를 한국 연극계에 바로 심어야 한다는 생각이 뇌리를 떠나지 않았다.

소위 '현대연극의 아버지' 라 불리며 소극장 형태의 무대로 새로운 연극기법을 창출한 그의 희곡이 국제무대와는 달리, 우리나라에서는 공연되지 못하고 있는 실정은 그에 대한 연구자료와 번역의 부재 때문이라 생각된다. 게다가 무대에 올려졌던 몇 편의 희곡도 중역본에 의존한 실정이었기에 원작에 내포된 심오한 의미가 바로 전달되지 않은 점을 부정하지 않을 수 없다. 또한 연출 면에서 희곡이 지닌 인간 심리에 대한 섬세함을 져버리고 시각적인 자극성에 더 치중한 점도 지적하고 싶다. 그의 작품들은 대중의 기호를 염두에 둔 작품들이 아닌 심리묘사가 주를 이룬다. 하여, 시공을 뛰어넘어 생명력을 지속해 나가고 있는 작품이기에 현대인들에게 더욱더 공감을 불러일으키는 것이 아닐까? 사실 너무나 파란만장한 삶을 살은 그의 복잡한 영혼에 대한 깊은 연구없이 성공적인 무대를 이끌어낸다는 것은 용이한 일이 아니라고 생각한다.

현재까지도 우리에게 생소하기만 한 스웨덴의 사회적 배경과 환경을 경험하고 연구하지 않은 사람이 작품의 텍스트만으로 감히 스트린드베리이의 작품을 번역 또는 연출을 한다는 것 또한 결코 쉽지 않다. 일반적으로 그의 작품들은 난해하다고 말해진다. 그것은 다양한 사조와 사상, 신화, 당시대의 사회적 정치적 환경, 종교관, 특히 작가의 자전적 배경을 바탕으로 많은 상징성을 내포하고 있는 작품들을 간단히 해석해 내기란 쉽지 않기 때문이다. 게다가 스트린드베리이의 문법을 무시한 문장과 난해한 고어(古語)사용, 다양한 외국어, 작품 저변에 깔려 있는 많은 시대적 사조와 사상으로 인하여 번역작업과 무대연출이 난관에 부딪치기 마련이라는 점도 지적하고 싶다.

일생을 통해 호기심과 왕성한 지식욕을 지녔던 스트린드베이는 학문에 대한 욕망으로 화학, 식물학, 회화, 사진 등, 다양한 분야에서도 두각을 드러낸 인물이기도 하다. 특히 실존에 관한 영역을 답습하여 작품 속에서 인간 존재를 세분화시키고 다양한 사조의 이론을 실증적인 방법으로 체계화시켰다. 그리하여 왕성한 창작력으로 희곡, 소설, 그리고 시 등, 120편(희곡 60편 포함)의 문학작품과 과학자로서도 장르를 넘나드는 논문과 지대한 업적을 남기기도 했다. 또한 그가 남긴 172점의 회화로 현재 주목 받는 화가로서 국제적인 명성을 떨치고 있을 뿐만 아니라, 한편 사진작가로서의 탁월한 재능을 보이며 세상의 이목을 끌고 있는 인물이다.

위대한 작가의 방대한 걸작들을 감히 번역해 낸다는 것이 두려움으로 다가 왔지만 용기를 내어 결심했다. 그것은 연기, 연출, 분장, 조명 그리고 무대 등, 연극 그 자체에 대 변혁을 가져온 그의 삶과 작품들을 우리나라에 소개하고, 활발한 한국 연극계에 그의 희곡을 무대에 올리게 하는 것이 사명감으로 내 마음 속에 뿌리를 내렸기 때문이다.

이념의 투쟁 가운데 퍽이나 급진적이고 다양했던 삶을 자신의 작품 속에 반영시켰던 그였기에 투쟁적이고 상처 투성이인 작가의 삶을 분석해 나가며, 그가 살았던 외로운 길을 번역 속에 녹여내 보려고 신중을 기했다. 눈 앞에 보장된 영화도 버리고 양심의 소리에 따라 가시밭길을 걸었던 그의 인생행로도 특이하지만, 일상적인 언어 사용으로 친근감 있는 표현을 통해 작품이 전달해 주는 심오성, 보편성, 진실성을 구체적인 설명없이 인간의 내면 깊숙이 내제된 문제들을 다루고 있음을 느낄 수 있다. 또한 그의 문장들은 복잡하게 분화된 것을 전체적으로 종합해 내는 특성을 띄고 있기에 개인과 사회를 총체적으로 기술하는 구성력과 탁월한 언어의 구사력, 풍부한 유머와 극적 감각으로 극을 이끌어 내는 것을 감지할 수 있다.

2012년 스트린드베리이 탄생 163주년, 서거 100주기를 맞아 그를 한국에 바로 심을 적기라 생각하고 '스트린드베리이 서거 100주년 기념 페스티벌'을 기획하며 번역에 박차를 가했다. 국제적으로 그를 기리는 페스티벌에 우리나라도 동참하여 나의 번역으로 그의 희곡을 무대에 올리고, 또한 심포지움을 통해 연극 관계자들에게 그를 접하게 한다는 것에 가슴이 떨려왔었다. 40여년간 그에 심취하여 연구를 거듭해 온 나의 꿈이 이루어진 것이다. 그의 희곡 전편이 완역되는 것은 세계 최초의 번역작업인 만큼 부담감이 큰 점을 고백하지 않을 수 없지만, 그가 남긴 120편의 문학작품 중 우선 희곡 60편을 번역, 출판하기로 결정했다. 자신의 번역을 읽으면 읽을수록 부끄러움과 아쉬움이 앞서 문장을 더 다듬어야 한다는 강박관념으로 한 작품을 끝낸다는 것이 쉽지 않았다.

작가가 의도한 무대뿐만 아니라 읽으면서도 공감할 수 있는 그의 희곡들이기에 원작에 담긴 산문체의 긴 대사와 내용, 그리고 작가가 의도하는 의미를 빠짐없이 정확히 전달하려다 보면 연극대사로서 너무 길어질 수밖에 없는 텍스트의 문제점을 알고 있었다. 원본에 담긴 산문체의 긴 대사를 배제하고 무대언어로 바꾸어야 하는지에 대한 갈등과 아쉬움도 부정할 수 없다. 그러나 표현의 딱딱함을 감수하며 오역으로 그의 사상이나 뜻에 누를 끼치지 않을까 두려워 가능한 원전에 충실키로 방향을 잡았다. 하여, 나의 번역작업이 후진들을 위해 작은 밀알이 되어 지속적인 연구로 더 나은 성과를 거둘 수 있기를 소망하며 출판을 단행해 보았다. 사실 불모지인 우리나라에서 누군가 시작을 해야만 하지 않을까?

우리에겐 스웨덴의 사회제도나 정치적, 그리고 역사와 문화적인 배경이 너무나 판이한 부분이 많아 중역이 아닌 스웨덴어 원전에서 최초의 한국어 번역인 만큼 그 또한 어려움이 컸다. 게다가 현대 사전에서도 찾기 어려운 단어들, 대사 또한 라틴어, 독일어, 프랑스어 등 다양한 언어를 삽입하여 등장인물들의 종교적, 문화적 배경과 대사에 암시성을 담아 내었기에 인물들의 성격을 생동감있게 묘사해 내기 위해 그 부분까지 해석하여 번역으로 소화해 나가야만 했다.

작품 배경과 등장인물들은 우리 주변에 실존 가능한 모든 이웃의 이야기다: 프로메테우스, 목사, 하녀, 시종, 사울로와 바울로, 파우스트, 부부, 정치인, 학자 등. 그런 연유로 그를 연구하면 할수록 정의가 보이고 바른 사회가 보이며, 사랑하며 더불어 함께 사는 세계가 보인다고 한다. 사실 그의 언어가 주는 마력, 공감, 아픔은 스트린드베리이도 피력했듯이 무대에서 뿐만 아니라 읽으면서도 가슴으로 세상을 느낄 수 있다. 그것은 당시 사회문제를 잘 반영한 그의 희곡들은 시공(時空)을 초월해 21세기를 살아가는 우리에게도 적용되며 공감대를 형성하는 인간사를 다루고 있기 때문이다.

특별한 장소와 분위기가 아닌, 지하철에서도 그에 대한 이야기는 자연스럽게 토론이 될 만큼 국민들과 친숙한 생을 살았던 스트린드베리이는 당시 병든 사회 속의 아주 건강한 개혁가였다고 말할 수 있다. 우리 모두가 그의 희곡을 통해 화해와 평화를 위한, 그가 의도했던 인간 유형들을 만나고, 인간사 관찰과 사회를 인식하는 능력을 얻게 되어 세계관에 새로운 영역을 열어 가길 기대해 본다.

동시에 나의 번역을 통해 스웨덴을 대표하고 자연주의 작품으로 새롭게 창출된 소극장의 무대에서, 스웨덴 희곡을 세계적인 수준으로 부상시킨 천재작가, 스트린드베리이의 진면모를 부분적이나마 소개할 수 있는 기회를 갖게 되어 감회가 새롭다. 특별히 세계 최초로 스트린드베리이 희곡 60편이 우리 말로 완역되는 날을 앞두고 먼저 단막극과 실험극을 선두로 그의 걸작들을 시대별 혹은 사조별로 묶어 출판을 시작하기로 결정했다.

한편 책으로 출판되기까지 절 인도하시며 이끌어주신 주님의 은혜에 감사드린다. 또한 출판을 지원한 동서대학교와 까다로운 작업에 묵묵히 임해 주신 문지사 홍철부 사장님, 편집부원들, 친구 김광희 교수, 마무리 작업에 함께한 제자 박다영, 귀국한 후에도 스웨덴에서 스트린드베리이에 대한 새로운 정보와 기사 등을 수시로 보내 주신 Erik Danfors 교수님과 가족들, 그리고 격려해 주시며 힘이 되어주신 지인들께 감사의 마음을 전하고 싶다.

2016년 6월

이 정 애

아우구스트 스트린드베리이
AUGUST STRINDBERG

아홉 편의 단막극
NIO ENAKTARE

1888~1892

목차

서문 _____ 7

추천사 1 _____ 10

추천사 2 _____ 13

옮긴이의 말 _____ 17

강한 자(DEN STARKARE) _____ 29

천민(PARIA) _____ 47

알제리의 열풍(SAMUM) _____ 95

차변(借邊)과 대변(貸邊)(DEBET OCH KREDIT) _____ 129

첫 경고(FÖRSTA VARNINGEN) _____ 197

죽음 앞에서(INFÖR DÖDEN) _____ 249

모성애(MODERSKÄRLEK) _____ 299

불장난(LEKA MED ELDEN) _____ 345

끈(BANDET) _____ 447

부록 _____ 531

요한 아우구스트 스트린드베리이(Johan August Strindberg)의 삶과 작품세계 _ 533

작품 해설 _____ 573

작품 연보 _____ 589

역자 소개 _____ 597

강한 자
DEN STARKARE

일 장(場)
EN SCEN

등장인물

마담 X; 배우, 기혼
마드모아젤 Y; 배우, 미혼

무대배경

여성 전용 카페의 구석진 자리; 작은 두 개의 철재 탁자, 빨간 벨벳 소
파 한 개와 의자 몇 개가 놓여 있다.

마담 X

(등장. 동복 차림. 모자를 쓰고 코트를 입은 그녀의 팔에 세련된 일본 스타일의 바구니가 들려있다.)

마드모아젤 Y

(절반 정도 마신 맥주 병 하나를 앞에 두고 앉아 잡지책을 읽고 있다, 수시로 책장을 넘긴다.)

마담 X

안녕, 사랑하는 아멜리! — 저런, 이럴 어쩌나! 크리스마스 이브에 혼자라니, 도대체 외로운 독신녀처럼 왜 이러고 앉아 있는 거야.

마드모아젤 Y

(위를 쳐다본다, 고개를 잠깐 숙인 후 계속해서 읽는다.)

마담 X

이렇게 까페에 홀로 앉아 있는 널 바라보는 것처럼 내 맘을 아프게 하는 것이 없다니까, 그것도 크리스마스 이브에 혼자라니. 언젠가 빠리의 한 레스토랑에서 결혼식을 막 끝내고, 저녁식사

35

를 하던 신혼부부를 지켜보면서 내 맘이 아팠던 적이 있었지. 신랑이 친구 들러리들과 당구를 치고 있는 동안, 글쎄 신부는 만화책에 푹 빠져있더라니까. 그렇게 시작되는 결혼생활이 어떻게 될지, 또 그 끝은 어떻게 될 것인지… 정말 한심하기 짝이 없더군!
결혼 첫날 저녁에 당구나 치고 있다니! ― 신부는 홀로 앉아 만화책이나 읽고 말이야. 허긴 그게 무슨 상관이겠어! 하지만 뭔가 느낌이란 것이 있잖아!

까페 직원
(들어와서 마담 X 앞에 따뜻한 코코아 잔을 내려놓고 나간다.)

마담 X
이거 알아, 귀여운 아멜리! 지금 난, 네가 그이를 붙들어 두기 위해 좀 더 노력을 했어야만 했다고 말해주고 싶어! 그이를 용서하라고 말한 내 첫번째 충고를 기억할지 모르겠군! 기억해?… 넌, 지난 크리스마스 때만 해도 약혼을 하고 가정을 가지려 했었잖아 ― 그 때 얼마나 행복해 했냐구. 교외에 있는 약혼자 부모님 댁에 다녀와선 행복한 가정의 중요성을 예찬하며 무대를 떠날 듯이 말하지 않았었나? 그렇지 않아 사랑하는 아멜리, 가정이란 것은 이 세상에서 가장 소중한 거야 ― 그 다음이 무대지 ― 그리고 나서 자식인거라구 ― 그런데 안타깝게도 넌 그런 걸 절대로 알 수가 없을테니 어쩌면 좋아!

마드모아젤 Y

(두려운 제스처를 취한다.)

마담 X

(잔에서 코코아를 몇 스푼 떠서 마신다; 그리고 바구니를 열고 쇼핑한 크리스마스 선물들을 보여준다.)

여기 우리 아이들에게 주려고 뭘 샀는지 보여줄게… – 인형 하나를 꺼낸다. – 이거 보이지! 이건 리사 거야! 인형이 눈알을 굴리고 목을 돌리는 것이 보여? 이건 뭔지 알아? — 이건 모제의 코르크 권총이야 — – 장전해서 마드모아젤 Y를 향해 쏜다.

마드모아젤 Y

(기겁을 하는 제스처를 취한다.)

마담 X

무서워? 내가 널 죽일 거라 생각했어? 그런 거야? — 그렇게 생각하면 안 되지! 만약 네가 날 죽이려 해도, 난 그다지 놀라지 않을 거야. 왜냐면 내가 네 앞 길을 막았으니까 — 게다가 네가 절대로 잊지 못할 것이라는 것도 잘 아니까 — 그런데 사실 난 아무 죄가 없거든. 아직도 넌, 내가 음모를 꾸며 널 스투라 테아테른(Stora Teatern)[1]에서 쫓아냈다고 믿고 있겠지만! 아무리 네가 그렇게 생각한다 할지라도, 난 그런 유치한 짓 따위 하지

---

[1] 스톡홀름에 위치한 극장 이름.

않아! ― 그래, 난 그러지 않았다고 자신있게 말할 수 있어. 하지만 넌, 내가 했다고 생각하겠지! ―수 놓은 덧신 한 켤레를 꺼낸다. ― 이건 우리 영감한테 줄 거야! 내가 직접 수를 놓은 튤립이라구 ― 난 튤립을 아주 싫어하긴 하지만, 우리 그인, 자기의 모든 물건에 튤립이 있어야만 하니 어쩌겠어.

마드모아젤 Y
(책에서 눈을 돌려 아이러니칼하고 호기심어린 눈으로 마담 X를 올려본다.)

마담 X
(덧신 한 짝에 자신의 한 쪽 손을 넣는다.)

우리 남편이 얼마나 발이 작은 지 좀 볼테야? 어때? 아주 우아한 그이의 걸음거리를 네가 봤어야 하는데! 넌, 덧신을 신은 그이의 모습은 결코 본 적이 없을테지. 네가 어떻게 그걸 볼 수 있었겠어! ―마드모아젤 Y는 큰 소리로 웃는다.― 여길 똑똑히 보란 말이야!

(덧신을 잡아 탁자에서 걸어가는 시늉을 한다!)

마드모아젤 Y
(큰 소리로 웃는다.)

마담 X
그인 이렇게 발을 동동 구르며 "제기랄! 천벌을 받을 하녀들 같으니라구, 커피 하나 끓이는 것도 제대로 못 배웠으니! 기가 막히군! 그 멍텅구리들은 등잔불 심지조차 똑바로 자르지 못한단 말이야"라며 화를 내곤하지. 게다가 또, 바람이 들어온다면서 "어휴, 얼어 죽겠군, 그 놈의 비정한 멍텅구리들은 난로에 불 좀 안 꺼지게 할 수 없는 거야!"라고 불평을 해대지 뭐야. 발이 시렸던 게지.

(덧신의 밑창을 마주 대고 비변댄다.)

마드모아젤 Y
(박장대소를 한다.)

마담 X
그이가 집에 돌아오면, 우리 딸 마리가 쉬폰예² 밑에 숨겨놓은 자기 덧신을 찾을 거야… 어쩌나, 이렇게 자기 영감을 조롱하고 있는 것은 나쁜 거잖아.
어쨌거나 그인 착한 사람이야. 우리 꼬마신랑은 아주 좋은 사람이라구 — 아멜리, 너도 그런 사람을 만나야만 했던 거야! — 왜 그렇게 웃는 거지? 무슨 일이 있어? 왜 그러는 거야! — 게다가 그인 내게 아주 충실한 사람이란 걸 난 잘 알아; 그럼, 그럼, 잘 알구말구! — 그건 그이 스스로 말해준 거니까… 왜 그렇게 비웃는 듯이 웃고 있는 걸까? — 내가 노르웨이로 순회공연을 떠났을 때, 그 끔찍한 프레데리카가 그이를 유혹하려고 했다더군

---

2 크고 작은 설합이 달려있고 문짝은 책상으로 사용하는 장.

— 파렴치한 짓이라고 생각지 않아? - 침묵.- 만약 내가 집에 있을 때, 그년이 나타났다면, 눈알을 빼놨을 거야, 아내인 내가 말이야! - 침묵.- 글쎄 그게 참새들 입을 통해 나온 소문이 아니라, 그이가 말해줘서 다행이긴 하지만! - 침묵.- 단지 프레데리카 뿐만이 아니란 것도 잘 알고 있지! 도무지 이해가 안 되긴 하지만, 글쎄 모든 여편네들이 내 남편의 뒤꽁무니를 쫓아다닌다니까. 내 남편이 극단의 행정부서에서 일하고 있으니, 아마 그것들은 자기를 극단에 채용이라도 해줄 것이라 믿고 있는 건지도 모르지! — 글쎄, 어쩌면 너도 그이 뒤꽁무니를 쫓아다녔던 건 아닌지 모르겠어? — 난 이제 옛날같이 너를 생각하진 않아 — 왜냐면, 이제 그이가 네게 관심이 없다는 것을 확신하고 있으니까. 그런데 왠지 항상 넌, 우리 그이한테 무슨 원한 같은 것을 품고 있는 듯한 기분이 든단 말이야!

(침묵.)

(거북한 듯 서로 주시한다.)

마담 X
아멜리, 오늘 저녁 우리 집에 놀러오도록 하렴. 아무튼, 네가 우리에게 원한을 품고 있지 않다는 걸 보여줘야 하지 않겠어. 최소한 나에게는 말이야! 특히 너랑 사이가 좋지 않은 것은 왠지 아주 싫으니까. 그건 어쩌면 그때, 네 갈 길을 내가 막았기 때문일지도 모르지 — -점점 느리게.- 아니면 — 아니야 — 도무지 나도 영문을 모르겠단 말이야 — 아무튼 왜 그럴까?

(침묵.)

마드모아젤 Y
(호기심에 가득찬 눈으로 마담 X를 빤히 쳐다본다.)

마담 X
(생각에 잠긴다.)

우리가 서로 알게 된 사연은 정말 이상하기도 하지. 널 처음 만났을 때, 난 네가 두려웠어. 정말 너무 두려워서 내 시야에서 널 떼어놓을 용기가 없을 정도였으니까. 무얼하든 어디로 가든, 언제나 네 가까이에 있는 나를 발견했지 ― 난 너와 적이 될 용기가 없었어, 그래서 네 친구가 될 수밖에 없었던 거야. 그러나 매번 네가 우리 집에 왔을 땐, 언제나 불화가 있었지. 왜냐면 너를 보며 괴로워하는 내 남편의 모습을 봤기 때문이야. 난 참으로 기분이 묘했어. 네가 약혼할 때까지는 마치 내가 남의 옷을 입고 있는 듯한 기분이었으니까. 우리 그이가 네게 친절하게 대하게 하려고 내가 할 수 있는 건 다 해봤어. 물론 아무 소용도 없었지만! 그러자 불현듯 두 사람 사이에 격렬한 우정이 싹트기 시작하더군. 한 순간에 두 사람은 비로소 처음으로 자신의 진심을 보여줄 용기가 생긴 듯이 보이더라구. 그땐 네가 의심을 받지 않을 상태에 있었기 때문이겠지 ― 그래 ― 그런 뒤, 어떻게 된지 알아? 정말 이상도 하지, 난 질투가 나지 않더라구. 내 아들 세례식에 대모로 서 있던 널 기억하고 있어. 난 강제로 그이에게 네게 키스를 하도록 시켰지 ― 그인 내가 시키는 대로 했

41

어. 그런데 넌 아주 당황하더군 — 그땐 전혀 눈치를 채지 못했지만.

물론 그 후에도 꿈에서 조차 생각하지 못했었지만. 암, 생각을 못했구말구 — 겨우 이제야 알게 됐지 뭐야!

(격렬하게 일어난다.)

왜 입을 다물고 있는 거야? 나 혼자 계속 떠들게 내버려 두고, 그동안 넌, 한 마디도 하지 않았어! 나에게 눈길조차 주지 않고 앉아 누에고치 속에 누에가 뭉쳐있듯이 들어 있는 내 생각들을 나로 하여금 마치 실을 뽑아내듯 술술 뽑아내게 하잖아 — 이제 내 생각과 의구심을 어디 슬슬 좀 밝혀 보도록 해 볼까 — 도대체 넌, 왜 파혼을 한 거야? 그 후엔 왜 우리 집에 발을 끊었지? 오늘 저녁에도 우리 집에 오고 싶지 않은 이유는 또 뭘까?

마드모아젤 Y
(뭔가 말을 하고 싶은 듯 얼굴을 찡그린다.)

마담 X
입 닥쳐! 이젠 모든 것을 다 알고 있으니, 내게 변명할 필요가 없어! 그게 그랬지 — 그래 — 그랬던 거야! 그래 맞아! 모든 것이 확실해지는군! 그게 그런 거었어! 기가 막혀서, 너 같은 것이랑 같은 테이블에 앉아 있다는 자체가 불쾌하단 말이야!

(자신의 물건을 다른 테이블로 옮긴다.)

그래서 내가 가장 싫어하는 튤립을 그이의 덧신에 수를 놓으려
고 하는 거야, 네가 좋아하기 때문이지. 그게 그래서 -덧신을 바
닥에 던져버린다.- 네가 살트셴(Saltsjön)³을 싫어해서, 우린 멜
라렌(Mälaren)⁴에서 여름을 지냈어야만 했어. 또 네 아버지 이
름이 모릿츠잖아. 그래서 내 아들 이름을 모릿츠라고 지었던 거
야. 그래서 난, 네가 좋아하는 색상의 옷을 입어야만 했고, 또
네가 읽는 작가의 책들을 읽어야 했어. 게다가 네가 좋아하는
음식까지 먹어야만 했지. 네가 마시는 것을 마시면서 — 예를
들어 코코아 말이야. 그래서 오! 하느님 맙소사 — 난, 그걸 생
각하면 소름이 끼쳐! — 모든 것을, 그 모든 것을, 네 모든 것을
흉내 내야만 했으니까, 네 열정까지 말이야! — 네 영혼은 마치
사과 속의 벌레처럼 내 영혼 속으로 파고들어 갔고 또 갉아 먹
어 갔었지. 그리고 조금 남아 있는 씨의 까만 가루와 함께 마지
막 껍질만 남을 때까지 파고 또 파고 들었어! 진정 난 너로부터
도망치고 싶었지. 그런데 그럴 수가 없었어. 네가 새까만 두 눈
을 내게 고정 시킨 채 뱀처럼 늘어져 나에게 마법을 걸었으니까
— 나의 날개가 펼쳐지는 것을 느꼈지만, 그것은 오히려 나를
더 끌어내릴 뿐이었어. 난 두 발이 꽁꽁 묶인채 마치 물 속에 누
워 있는 것 같았다구. 내가 빠져 나오려고 있는 힘을 다해 손을
허우적거리면 거릴수록 나는 바다 밑바닥까지 점점 가라앉았
으니까. 마치 거대한 게처럼 그 큰 다리들로 나를 낚아채기 위
해 바닥에 바싹 달라붙어 도사리고 있는 네가 있는 그 곳으로

---

3 스톡홀름 근교의 지역 이름.
4 바다가 어우러진 아름다운 자연으로 형성된 지역 이름.

말이야. 그래서 난 아직도 그곳에 누워 있는 거야.

제기랄, 내가 널 얼마나 증오하고 있는지 알아, 널 증오해, 널 증오한단 말이야! 그런데 넌 이렇게 앉아 오로지 입을 꼭 다물고, 차분히 아무렇지도 않은 듯이 앉아 있잖아. 비가 오든 말든, 크리스마스든 설날이든, 다른 사람이 행복하든 불행하든, 네게 그게 무슨 상관이 있겠어. 넌 증오도 사랑도 할 수 있는 능력이 없는 거야. 넌, 꼼짝 않고 마치 쥐구멍 앞에 버티고 있는 황새처럼 — 네 스스로는 절대 공격을 하진 않잖아, 물론 추적도 하지 않지. 다만 이곳 구석진 자리에 홀로 앉아 상대가 나오기만 기다리고 있는 거겠지. 사람들이 네가 앉은 자릴 쥐틀이라고 부르는 걸 알고 있는지 모르겠군. 누가 고민이 있는지, 누가 불행에 빠졌는지, 누가 무대를 떠나게 되었는지 알아내기 위해, 이곳에 앉아 신문이나 뒤적이며, 네 희생양들을 지켜보고 있는 거잖아. 마치 조난 당한 배의 선장처럼 주어질 기회나 노리고 있다는 것도 알아. 그건 이곳에서 한 사람 한 사람의 조세를 기다리는 것과 마찬가지란 말이야!

불쌍한 아멜리! 네가 불행하다는 것을 알기 때문에, 너 만큼이나 나도 아프다는 걸 잘 알아. 네가 상처를 받았기 때문에 마음을 다치고, 사악하고 불행한 인간이 되었다는 걸 알기 때문이지! 네게 악심을 품고 싶지만 그러고 싶지 않아 — 왜냐면 아무튼 넌 약자니까 — 암, 너와 생쥐 같은 내 남편과의 스토리는 전혀 아랑곳하지 않으니까. 허긴 그게 나와 무슨 상관이 있겠어! 글쎄, 내게 코코아 마시는 걸 가르쳐준 사람이 너든, 아니면 다른 사람이든! 결국 그건 마찬가지잖아!

(컵에서 한 스푼 떠서 마신다.)

좀 정숙했어야지─ 아무튼 코코아는 건강에 아주 좋은 거야! 그리고 만약 내가 옷 입는 것을 네 덕분에 배웠다면 ─ 땅 미유!(Tant mieux!, 잘 됐지 뭐야!) ─ 그래서 내 남편이 더욱더 강하게 내게 관심을 쏟게 만들었으니까 ─ 그것 보라지, 내가 승리함으로써 넌 패배한 거잖아 ─ 그리고 말이야, 몇 가지 조짐으로 봐선, 이미 네가 그이를 잃었다는 것을 알 수가 있거든! ─ 의심할 것 없이 네 스스로가 그랬던 것처럼 내가 떠날 것이라고 넌 생각했겠지? 또 네가 후회하며 이렇게 앉아 있는 것처럼 나도 후회할 것이라는 생각을 했을 거야. 그렇지만 내가 그러지 않는 걸 넌 지금 보고 있잖아! ─ 이것 봐, 우리가 인색해서 쓰겠어? 아무도 원하지 않는 남자를 왜 내가 갖고 싶겠냐구! ─ 글쎄, 이것 보라구 그렇게 많은 일들이 있은 후, 지금 이 순간에 가장 강한 사람은 분명히 나란 말이야 ─ 글쎄, 넌 나에게서 결코 아무 것도 얻은 것이 없어. 오히려 너도 모르는 사이에 오로지 내게 주기만 했던 거라구 ─ 지금 난, 마치 도둑년 같은 기분이 들어 ─ 네가 정신을 차렸을 땐, 이미 난, 네가 잃은 것을 소유하고 있었으니까!
어떻게 그 모든 것이 아무런 가치도 없이 네 손에서 소멸되어 버렸을까! 나도 할 수 있었던 것을 어쩌다가 넌, 네 튤립과 열정으로도 한 남자의 사랑을 계속 보존하지 못했는지 모르겠단 말이야 ─ 아마 네가 좋아하는 그 작가들로부터 인생의 예술을 배울 수가 없었던 모양이지. 나 같은 사람도 배울 수가 있었는데 말이야. 또 네 아버지의 이름이 모제였음에도 불구하고 넌,

작은 모제를 낳을 수도 없잖아! 넌 왜 그렇게 끊임없이 입을 다물고 있는지 모르겠어. 말문이 막혀 입을 꼭 다물고 있는 거야? 그래, 그것이 네 강점이라고 믿었어; 그런데 이젠 네가 할 말이 없기 때문이란 걸 잘 알아! 넌 생각이 없는 인간이니까!

(일어나서 덧신을 집는다.)

이제 난 우리 집으로 가 봐야겠어 — 튤립과 함께 말이야. 네가 좋아하는 튤립이지! 넌 다른 사람에게서 배운다는 것을 모르는 인간이잖아. 더욱이 머리를 숙인다는건 상상도 못할 일이겠지 — 그래서 마치 마른 갈대처럼 부서지고 말은 거야. 그런데 난 그렇지 않으니 어쩌지!
정말, 고마워 아멜리. 네가 가르쳐준 그 모든 것 말이야. 특별히 내 남편에게 사랑하는 방법을 가르쳐 줘서 정말 얼마나 고마운지 몰라! — 이제 그만 우리 집으로 가서 그이와 사랑이나 나눠 볼까 해!

(간다.)

끝.

천민
PARIA

일 막
EN AKT

울라 한쏜의 단편소설의 재구성
FRITT EFTER EN NOVELL AV OLA HASSON

등장인물

신사 X; 지질학자, 중년 남자
신사 Y; 미국에서 온 여행자, 중년 남자

무대배경

소박한 시골집 아래 층; 무대 안쪽에 보이는 문과 창문을 통해 시골 전경이 펼쳐져 보인다. 무대 중앙에는 커다란 테이블 하나가 있다. 테이블 한 쪽에는 책들과 필기도구, 골동품들이 쌓여 있고, 다른 쪽에는 현미경과 벌레상자, 그리고 술 깡통들이 놓여있다.

좌측으로 책꽂이가 한 개가 보인다. 가구들로 미루어보아 유복한 농부의 집안임을 알 수 있다.

신사 Y

(속 셔츠 차림으로, 곤충 잡는 그물과 식물채집 상자를 들고 등장. 곧장 책꽂이로 가서 책 한 권을 꺼낸 후, 앉아 읽기 시작한다.)

(예배를 알리는 시골 교회의 종소리가 들려온다. 전원 풍경 속의 집들이 강한 햇살을 받으며 반짝인다. 때때로 밖에서 닭 울음소리가 들려온다.)

신사 X

(속 셔츠 차림으로 등장.)

신사 Y

(그와 동시에 급히 책꽂이로 가서 책을 다시 꽂아 놓고 다른 책을 찾는 척한다.)

신사 X

숨이 막힐 것만 같은 지독한 더위로군! 한바탕 뇌우가 쏟아질 것 같아!

신사 Y

그래? 왜 그렇게 생각하지?

신사 X

지루한 종소리에 파리떼는 달라붙고, 닭들이 저토록 울어대고 있으니까. 낚시나 해볼까 해서 나갔다가, 피라미 새끼 한 마리 낚지 못했어. 헌데 자네 왠지 초조해 보이는 것 같은데?

신사 Y

(생각에 잠기는 듯하다.)

내가? — 허긴, 조금 그렇긴 해!

신사 X

가만히 보면, 자넨 항상 뇌우가 쏟아지는 험한 날씨를 학수고대하고 있는 사람 같단 말이야!

신사 Y

(놀라서 움찔한다.)

내가 그렇게 보이나.

신사 X

그렇지 않구, 이제 내일이면 자넨 또 떠날 것 아닌가. 허긴 길 떠나기 전에 초조하고 불안해 하는 것이 이상할 것도 없지! 새로운 소식 좀 없을까? 그럼 그렇지! 저기 편지가 왔군!

(테이블에서 편지를 집어 올린다.)

휴우! 여기도 빚, 저기도 빚 투성이니 — 매번 편지봉투를 열 때마다 심장이 두근거린단 말이야!

빚져 본 적 있나?

신사 Y

(생각한다.)

아—아니!

신사 X

그런가, 그렇다면 자넨 빚 독촉장이 날아 올 때의 기분이 어떤지 모르겠구먼 —

(편지를 읽는다.)

밀린 집세에 — 집주인은 빚 독촉을 해대고 — 마누라는 절망에 빠져 있거든! 게다가 빚 때문에 난 꼼짝달싹 못하는 신세가 되어 버렸으니!

(철로 코팅된 상자 하나를 테이블 중앙에 놓고 두 남자는 양쪽으로 앉아 있다.)

자, 이것 좀 보라구. 내가 2주 동안 파 냈던 육천 크루누르 (Kronor)[1] 정도의 값이 나가는 금붙이들이야! 이 팔찌 하나가 내가 필요한 삼백 오십 크루나를 훨씬 호가 할 걸세! 이 모든 금붙이들로 화려한 인생가도를 달릴 수 있을지도 모르지. 이 물건들을 목판화하여 논문에 첨부해 바로 출판을 해 버리는 거야 — 그런 후 자취를 감추어버리는 거지. 내가 그러지 못할 것 같나?

신사 Y

들통이 날까 봐 겁이 나는 건 부정할 수 없겠지!

신사 X

글쎄, 그것도 그럴지 모르지! 설마 나같이 총명한 사람이, 그런 것쯤 들통나지 않게 재정비할 능력이 없을 것이라고는 생각하지는 않겠지.
내가 발굴작업을 했을 때는 항상 나 혼자였어 — 그러니 증인이라곤 없지 — 그건 그렇고, 그것 좀 슬쩍 내 주머니에 넣었다고 해서 뭐가 그리 이상하단 말인가!

신사 Y

말이야 맞는 말이지. 하지만 가장 위험한 건, 내다 팔아보려고 애쓸 때가 문제란 말이야!

신사 X

그렇다면, 그것을 전부 녹여 듀카트(Dukat)²로 주조해 버릴 수도 있는 거야 — 물론 금궤로 —

---

1 스웨덴의 화폐 단위로, 복수명사.

신사 Y

그럴 수 있겠지!

신사 X

잘 알고 있겠지만! 사실 난, 이미 돈을 위조하려는 생각을 갖고 있었으니, 글쎄 — 먼저 땅을 파고 그곳에서 금을 찾아낼 필요는 없었단 말이야!

(침묵.)

아무튼 이상한 일이야! 만약 다른 사람이 거기에 와서 발굴작업을 하려 한다면, 그에게 무죄선고가 내려질 것이라는 말을 할 수는 없겠지만, 나 자신에겐 무죄선고를 선언하지 않을 수 없을 거야. 난 그 도둑질에 관한한 아주 훌륭한 변론을 할 자신이 있으니까. 이 황금은 레스 눌리우스(res nullius)[3]법에 의해 보호되고, 혹은 되었던 것이었다든지, 또한 골동품은 그 누구의 소유도 될 수 없다는 사실을 명백히 밝혀 줄 수 있으니까.

다시 말하자면, 그것이 누구의 땅이든 상관없이 그 땅에 매몰되어 있던 물건은 아무도 소유할 권한이 없다는 거야. 지금도 역시, 정부가 아닌 그 누구도 소유할 수 없을 뿐만 아니라, 그 땅의 소유주까지도 그 물건의 가치평가를 산출해 낼 수 없다는 등

---

2 제 1차 세계 대전 이전까지 유럽에서 통용되던 화폐단위. 스웨덴에서는 1654–1868년에 걸쳐 통용 되었던 동전으로 무게는 3.4909 그램, 순도 98.6%의 금화.

3 1867년 스웨덴의 "주인 없는 물건"에 대한 법령으로 임의로 사취를 하면 벌금이 본래 가치의 두 배.

등, 그런 것을 법으로 정해 보여주는 거지!

신사 Y

의심할 여지없이 자네라면 그런 변론 정도는 아주 쉽사리 잘 해 낼 수 있을 거야. 그렇지 — 흠 — 어쩌면 도둑은 필요에 의해 그것을 훔친 것이 아니라, 그것보다, 예를 들자면 수집광적인 욕구, 학문적인 관심, 혹은 발견한 것을 오로지 소유한다는 명예욕에 의해 훔친다는 말이겠지. 그런 거야?

신사 X

만약 그가 필요에 의해 훔쳤다면, 그에게 무죄를 선고할 수 없을 것이라는 말을 하고 싶은 거겠지? 아니지, 단 한 가지, 그 경우만은 법이 용서를 하지 않아! 그건 좀도둑이니까!

신사 Y

그럼 용서할 수 없다는 건가?

신사 X

글쎄! 용서라니? 그럴 수는 없지, 법이 용서하지 않는데, 감히 내가 어떻게 용서를 한단 말인가? 수집가가 자신의 수집품에 없는 골동품을 다른 사람 소유의 땅에서 발굴했다면, 나는 말이야, 수집가를 도둑으로 몰아 고소한다는 것은 정말 힘든 일이라는 사실을 인정할 수밖에 없다는 말이지!

신사 Y

그러니 필요에 의한 것은 용서할 수는 없지만, 허영심이나 명예욕은 용서할 수 있다는 말이군.

신사 X

그럼에도 불구하고 유일한 변명은 필요의 욕구란 더 강렬할 수 있다는 거야. 맞아, 그렇지. 그런 거야! 어떤 경우에도 도둑질은 하지 않겠다는 내 의지를 꺾을 수 있는 것처럼, 내 생각을 조금은 바꿀 수가 있겠지!

신사 Y

흐음! 자넨 도둑질은 할 수 없다는 건가! 그것이 대단한 미덕이라 생각한다는 말이군!

신사 X

다른 사람들이 도둑질하고 싶다는 욕구를 어떻게 제재할 수 없듯이, 절대로 도둑질을 하지 않겠다는 내 의지를 억제한다는 것 또한 힘든 거야. 그건 덕행이 아니니까. 난 말이야, 아무튼 도둑질을 할 수가 없는 사람이니까. 반면에 그들은 말이야, 도둑질은 도저히 억제할 수 없는 거야 — 내가 이 모든 금붙이를 소유하고 싶다는 욕구가 없는 것이 아니란 걸 자네도 잘 알잖아! 그렇다면 왜 내가 그걸 훔치지 않는 걸까? 나 같은 사람은 그런 짓을 할 수가 없기 때문이지! 다만 그것은 내가 무능해서 그런 것 뿐이야, 무능력은 미덕이 아니니까. 암 그렇구 말구!

(상자를 닫는다.)

(작은 구름조각들이 전원 풍경을 덮고 있다. 작은 집너머로 어둠이 깔린다. 폭풍이 몰려오는 듯 점점 어두워 진다.)

지독하게 무더운 날씨군! 뇌우가 한바탕 몰아칠 것도 같은데!

신사 Y
(일어나서 문과 창문을 닫는다.)

신사 X
천둥번개가 무서운가?

신사 Y
조심하는 게 좋겠지!

(그들은 다시 테이블에 앉는다.)

신사 X
자넨 정말 재미있는 사람이야! 2주 전에 갑작스레 이곳에 나타나 파리 꽁지에 매달려 작은 박물관이나 돌아다니는 스웨덴 출신의 미국시민으로 자기 소개를 했었잖아 —

신사 Y
제발 내게 신경 쓰지 말아주면 좋겠어!

신사 X

내가 나 자신에 대한 말을 하고 있는 것에 싫증이 났을 때든지, 아니면 사람들의 이목을 끌고 싶을 때면, 자넨 항상 그렇게 말을 하더군. 실제로 자넨 항상 내가 나 자신에 대한 말을 장황하게 늘어놓는 것을 내버려두었기에, 자네란 사람이 내게 아주 매력적인 사람이 된 거라구!

우리가 서로 친구가 된지도 벌써 꽤 오래 되었지. 내가 자네와 맞부딪치도록 내버려 두는 어떤 구석도, 나를 아프게 만드는 가시도 자네에겐 전혀 없단 말이야. 자네의 사람 됨됨이는 너무나 온화해, 자넨 오로지 가장 교양 있는 사람만이 보여 줄 수 있는 배려로 가득 찬 인물이지; 귀가가 늦을 땐, 아무도 자네 소리를 듣지 못할 정도로 조용히 들어오고, 아침에 일어날 때도 소란을 피우지 않지. 하찮은 일들은 그냥 지나쳤고 분쟁의 징조가 보일 때면 비켜가니 말이야 — 한 마디로 말해, 자넨 완벽한 친구지! 그렇지만 너무 지나치게 공손해. 또 지나치게 부정적이고, 너무나 조용하단 말이야. 난 그렇게 생각하고 싶지 않지만 사실 자넨 두려움과 공포에 질려 있는 것 같은 느낌이 들어 — 결국 그 모습이란 마치 유령같이 보이거든. 그 순간 내가 거울 앞에 앉아 그 속에서 자네 등을 본다는 사실을 아는지 모르겠군 — 그땐, 자네가 아닌 전혀 다른 사람을 보고 있는 것 같은 느낌이 든단 말이야!

신사 Y

(몸을 돌려 거울 속을 들여다 본다.)

신사 X

그래, 자신의 등을 볼 수는 없겠지! 앞에서 본 자네 모습은 가슴을 펴고 자신의 운명을 향해 대응해 가는 거리낌 없는 남자로 보이겠지만, 뒷모습은 그게 아니지 — 그래, 난 무례한 말은 하고 싶지 않아 — 허나 마치 채찍을 피하려는 듯이, 왠지 자네가 무거운 짐을 지고 있는 것 같이 보이니 어쩌겠나. 그리고 자네의 하얀 셔츠 위에 X자로 된 바지의 멜빵을 볼 때면 --- 그것은 마치 커다란 상표처럼 보인단 말이야. 포장 상자에 붙은 상표 말이야 ---

신사 Y

(일어난다.)

곧 천둥번개가 몰아치지 않으면 — 난 그만 숨이 막혀 죽을 것만 같아!

신사 X

진정하도록 해. 곧 뇌성번개를 동반한 비바람이 몰아칠 테니까! — 그런데 자네 목덜미는 어떤 줄 알아? 거기에 딴 얼굴이 붙어 있는 것 같은데, 자네 것이 아닌 다른 타입의 두 번째 얼굴 같은 것 말이야! 자네의 미간이 너무 좁아서, 난 말일세, 때론 자네가 어떤 종족에 속할까 하는 생각을 해보곤 한다니까!

(번쩍이는 천둥번개 소리가 요란스럽게 들린다.)

방금 이 지역 사람들의 머리 위에 번갯불이 떨어진 것 같기도
한데.

신사 Y

(불안해 한다.)

이 – 이 지역 ― 사람들 머리 위에?

신사 X

그렇지. 그건 정말 인상적이지! 그러나 이런 뇌성번개가 치는
날씨엔 아무 것도 할 수 없잖아! 내일 떠날텐데, 앉아서 얘기나
좀 하도록 하자구 ― 그것 참 이상하게도 자네란 사람은, 만나
면 곧 바로 가까워진단 말이야. 그런데 서로 떨어져 있을 때는,
도저히 감이 잡히지 않아. 그런데 자네가 내 시야에서 벗어나
있을 때나, 내가 자네를 생각할 때는, 항상 다른 사람의 얼굴이
떠오르니 이상한 일이지. 실은 자네와 전혀 닮지 않은 다른 지
인을 생각하게 되지만, 자네가 그 사람과 공통된 특징을 갖고
있다는 생각이 드니 어쩌겠나.

신사 Y

그가 누군가?

신사 X

이름을 말하고 싶은 생각은 전혀 없네! 아무튼 난, 수년간 동일
한 장소에서 저녁을 먹어왔었지. 그곳 뷔페에서 노란색 맑은 눈

동자에 고통스런 시선을 지닌, 한 자그마한 블론드 남자를 만났어. 그는 떠밀지도 떠밀리지도 않으며 혼잡한 군중 속에서 쉽게 이동하는 놀라운 재능이 있더군. 그가 문쪽에 서 있었음에도 불구하고 약 2미터 거리에 떨어져 있는 빵을 집더란 말이야. 그리고 사람들 사이에서는 언제나 행복해 보였어. 아는 사람을 발견하면 마치 수년간 사람이라고는 만나보지 못했다는 듯이 기뻐 어쩔 줄 몰라하며 너털웃음을 웃으면서 그를 끌어안고 등을 두들겨 대는 거야. 만약 누군가 그의 발을 밟으면, 자신이 그곳에 있어 미안하다는 듯이 미소를 짓곤 했지.

난, 2년 동안 그를 지켜보며 직업과 성격을 상상하며 즐겼지만 결코 그가 어떤 사람인지는 물어본 적이 없어. 혹시 그와 동시에 나의 즐거움이 끝날지도 모르니까, 그래서 난 그에 대해 알고 싶지가 않았어.

그 남자는 자네와 같은 우유부단한 특징을 갖고 있더군 — 가끔 난, 그를 학위가 없는 교수로, 육군 하사관으로, 약사로, 지방 공무원으로, 혹은 비밀경찰로 만들어 보곤 했지. 그런데 자네처럼, 도무지 앞뒤가 맞지 않는 것이 마치 두 개의 다른 조각을 합쳐놓은 것처럼 보이더란 말이야.

어느 날 우연히 신문에서 내가 잘 아는 관리가 화폐위조를 했다는 기사를 읽었어. — 그 뒤에 내 우유부단한 친구가 그 위조한 자의 동생의 동업자이며, 그의 이름이 스트로만이라는 것을 알게 되었어. 그리고 마침내 난 스트로만이 열람실을 운영했었지만, 현재는 인지도 높은 한 신문사의 위원으로 일하고 있다는 사실을 밝혀 낼 수 있었어. 감히 내가 어떻게 화폐 위조자와 경찰, 게다가 드물게 독특한 처세술을 지닌 우유부단한 자와의 관련성을 알아 낼 수 있었겠나? 난 도무지 알 수가 없었어. 그래서 한 친구에게 스트로만이 감옥에 간 적이 있었는지 물어봤더니, 그의 대답은 예스도 노우도 아닌 것이 — 모른다고만 하더군!

(침묵.)

신사 Y
그래? 그자는 — 감옥살이를 한 거야?

신사 X
아니! 아무 형벌도 받지 않았어!

(침묵.)

신사 Y
그것 때문에 그자는 경찰의 주목을 받았고, 사람들과 맞부딪치는 것을 두려워했다고 말하고 싶은 건가?

신사 X
바로 그거야!

신사 Y
그 후에 그자와 친분을 맺었었나?

신사 X

아니, 그러고 싶지 않았어.

(침묵.)

신사 Y

그럼 만약 그가 벌을 받았다면, 그와 친분을 맺었을 거라고 생각하나?

신사 X

물론, 기꺼이!

신사 Y

(일어나서 몇 발자국 걸어간다.)

신사 X

가만히 좀 앉아 있으라구! — 왜 가만히 앉아 있질 못하는 거야?

신사 Y

어디서 그토록 관대한 시선으로 인간관계를 직시하는 것을 배웠나? 자네 크리스천인가?

신사 X

그럼, 그건 자명한 사실이지!

신사 Y

(놀란 표정을 짓는다.)

신사 X

크리스천들은 용서할 것을 요구하지. 그러나 나는 균형을 만회하려고, 혹은 자네가 그것을 뭐라고 부르건 징벌을 요구한단 말이야. 자네같이 감옥살이 경험이 있는 사람이야말로 그것을 잘 알텐데 그래.

신사 Y

(꼼짝 않고 앉아 증오에 찬 눈길로 신사 X를 주시하고 있다. 잠시 후 경악하며 감탄한다.)

어- 어-떻-게- 자-자네-에가-그- 그것을- 아-알- 수가?

신사 X

다 보이니까!

신사 Y

어떻게? 그것을 어떻게 볼 수 있다는 거야?

신사 X

배웠으니까! 그건 다른 수많은 것들처럼 하나의 예술과 같아! 우리 이제 그 일에 대해서는 더 이상 언급하지 않도록 하지!

(시계를 쳐다본다. 서명을 하기 위한 서류 한 장을 꺼내 놓은 후, 펜에 잉크를 찍어 신사 X에게 건넨다.)

난, 내 복잡한 사업상의 일들을 생각해 봐야만 하니까. 내가 자네를 따라 말뫼(Malmö)[4]에 갈 때, 내일 말뫼 은행에 입금시킬 이 어음 뒷면에 내 서명이 진짜라는 증명을 해주면 고맙겠네.

신사 Y
말뫼로 갈 생각이 없어!

신사 X
갈 생각이 없다구?

신사 Y
말하면 뭣하겠나!

신사 X
아무튼 서명하는데 증인 정도는 서 줄 수 있겠지.

신사 Y
아— 아니! 절대로, 어떤 서류에도 내 이름을 남기지 않아 —

---

4 스웨덴 남부의 도시.

신사 X

— 또 거절이군! 이번이 다섯 번째 거절이지. 첫 번째는 우체국 지로였어 — 그때 난, 이미 자넬 관찰하기 시작했으니까. 지금 자네가 펜에 검은 잉크를 묻힌다는 것에 대한 공포감을 갖고 있다는 것을 확인했지. 자넨 이곳에 온 이후, 단 한 장의 편지도 보내지 않았더군. 헌데 엽서 한 장은 파란 볼펜으로 썼더라구. 이제야 내가 자네의 죄과를 추측할 수 있게 된 것이 이해가 될지 모르겠군!

그게 전부가 아니지! 근래에 자네가 말뢰에 따라가지 않겠다며 가지 않았던 것이 정확히 말해 일곱 번째야. 그렇지만 자네가 미국에서 이곳에 온 것은 오로지 말뢰에 가기 위한 것이라고 생각하는데. 자넨 매일 아침 말뢰의 하늘만이라도 바라보겠다고, 남쪽으로 반 마일씩이나 떨어진 풍차가 있는 언덕까지 내려갔으니까! 그리고 자네가 우측 창가에 서 있을 때는 좌측의 아래 쪽에서 세 번째 창유리를 통해 바깥 성의 첨탑과 그곳 감옥소 굴뚝을 응시하곤 하더군.

이제는 내가 똑똑한 게 아니라 자네가 멍청이라는 것을 알 수 있겠지!

신사 Y

지금 날 경멸하고 있군!

신사 X

천만에!

신사 Y

사실이 그렇잖아. 자네가 그런 행동을 하고 있으니, 그러지 않을 수가 없겠지!

신사 X

맞는 말이야! — 내 손을 잡아줘!

신사 Y

(내민 손에 키스를 한다.)

신사 X

(얼른 손을 뺀다.)

이게 무슨 개같은 짓이야!

신사 Y

미안하네, 하지만 그것을 알게 된 이후, 내게 손을 내민 사람은 자네가 처음이라 그랬다네!

신사 X

이젠 더 이상 내게 반말을 하지 않는군! — 자네는 그 형벌을 받은 후에도 다른 사람과 같이 동등하게 혐의를 풀어 명예가 회복되었다고 느끼지 못하는 것 같아 나를 두렵게 만들어.
어떻게 된 영문인지 내게 말해 줄 수 있을까! 할 수 있겠나?

신사 Y

(기분이 언짢다.)

좋아, 다 말해 주도록 하지. 하지만 나를 믿지 않겠지; 미리 말해 두지만, 자넨, 이 몸이 평범한 악당이 아니라는 것을 보게 될거야. 고의적이 아닌 죄과가 있다는 사실을 납득하게 되겠지 ──언짢아 한다.─ 말하자면 스스로 발생하는 행동 같은 것 말이야── 의도적이지 않은, 자연 발생적으로 ── 또 그것에 대항해서 아무 것도 할 수 없는 그런 것 말이네! ── 천둥번개와 비바람이 끝난 것 같으니 문 좀 열어도 되겠지!

신사 X

좋을대로!

신사 Y

(문을 연다. 그런 후 테이블에 가서 앉는다. 과장되게 활력이 넘치며, 마치 연극을 하는 듯한 몸짓과 가식적인 목소리로 다음과 같이 설명한다.)

자! 그럼 시작하도록 하지! 내가 룬드대학(Lund university)[5]에서 공부할 때, 한 때 학자금 대출을 받을 필요가 있었던 적이 있었어. 그다지 많은 돈을 빌리지 않아도 됐었지만. 그건 우리 부친에게 재산이 조금 있긴 있었으니까 ── 사실 그다지 많지는 않았지만! 아무튼! 어떤 보증인에게 대출서류에 서명을 해 달라

---

5 스웨덴 룬드(Lund)시에 1666년에 설립된 북구의 가장 오래된 대학중의 하나.

고 보냈었지만 온갖 기대감으로 부풀어 있던 내게 돌아온 것은 거절이었어 ─ 난 충격으로 말도 못하고 한 순간 멍청히 앉아만 있었지. 그건 반갑지 않은 뜻밖의 일이었고, 아주 기분이 상하더군 ─ 그 서류는 내 앞의 테이블 위에 놓여 있었고, 그 편지는 서류 옆에 있었어! 내 눈은 제일 먼저 그 치명적인 판결 문구가 적혀 있는 글귀를 절망적으로 읽고 있었지 ─ 사실 그건 사형선고까지는 아니었어, 왜냐면 다른 보증인을 아주 쉽게 구할 수가 있었으니까. 그 외에도 내가 원하기만 했다면 얼마든지 많이 있기도 했었고 ─ 헌데 앞서 말했듯이 내가 그곳에 죄없이 앉아 차츰 그 편지의 서명에 눈길이 멈췄을 때, 그 사실 자체가 너무 기분이 나쁘더군. 만약 그 서명이 순리대로 이루어졌다면, 아마 내 장래가 밝아졌을지도 모르는 일이었으니까. 그것은 붓글씨를 쓴 듯한 흔치 않은 선명한 서명이었어 ─ 자네도 알다시피 누구나 생각에 잠겨 있을 땐 압지에다 거의 의미 없는 단어들을 잔뜩 갈겨 써놓는 일이 있을 수 있잖아. 그때 내 손엔 나도 모르게 펜이 쥐어져 있더군 ─

(펜을 꽉 쥔다.)

이것처럼 어떻게 된 영문인지는 모르겠지만, 나도 모르게 마구 써 내려가기 시작하더군 ─ 이제 난, 그런 것의 배경에 어떤 불가사의한 강신술적 현상이 있다고는 주장하고 싶지 않아 ─ 그런 건 믿지 않으니까! ─ 아니지, 그건 아무 생각 없는 기계적으로 이루어진 소송 절차였어 ─ 난 멍청히 앉아 그 아름다운 자필서명을 베끼고 또 베끼고 있었어 ─ 물론 어떤 이득을 얻자는 의도는 없었지만.

그 베낀 것으로 편지지가 꽉 찼을 때, 나는 노련한 솜씨로 서명을 완벽하게 할 수 있었지 —

(과격하게 펜을 던져 버린다.)

그렇게 해서 더 이상 그 일을 생각하지 않게 되었지. 그날 밤 깊은 잠 속으로 빠져들었어 — 내가 깨어났을 때는 분명 꿈을 꾸었다는 생각이 들었는데, 도무지 그 꿈이 생각나지 않는 거야; — 가끔, 그건 마치 방문이 빼꼼히 열리는 듯한 기분이었고, 그 서류가 놓여있던 책상은 마치 일종의 추억거리처럼 보이더군 — 그런데 내가 잠에서 깨어났을 때, 어떤 힘이 나를 책상으로 밀어붙이는 거야. 그것은 마치 그 치명적인 서류에 서명을 하게 하여 돌이킬 수 없는 심각한 결정을 하게 만드는 힘 같은 것이었어. 그 후로 모든 위험하고 중대한 생각들이 사라지더군 — 아무 망설임도 없었어 — 그건 거의, 마치 값비싼 의무를 치른 것만 같았으니까 — 그래서 서명을 했던 거야!

(뛰듯이 일어난다.)

어떻게 그런 일이 있을 수 있겠어? 그건 소위 말해 순간적인 충동이나 체면에 걸린 상태의 암시라는 걸까? 그런데 누가 그랬다는 말인가? 분명히 난, 방에서 혼자 자고 있었어! 어쩌면 개화될 만큼 성숙하지 못한 나의 의식 속에서, 계약을 인정하지 않는 야만의 상태에 있는 나의 자아가 자신의 범죄에 대한 의지

와 지속되는 행동을 깨닫지 못한 채 참다운 개화를 맞이한다는
것은 불가능한 일이 아닐까?[6] 이 일에 대해 어떻게 생각하는지
말해 보겠나?

신사 X

(애를 쓴다.)

솔직히 말해, 자네 얘기가 나를 완벽하게 만족시키진 못해 —
거기엔 허점이 보이니까. 그건 자네가 세부적인 모든 사항들을
기억하지 못하기 때문이겠지 — 난 충동적 범죄에 대한 것을 적
지 않게 읽었어 — 그것을 모두 기억해 내고 싶어지는데 그래
— 흠! 그냥 지나가자구 — 자넨 형벌을 받았고 자신의 잘못에
직면할 수 있는 용기를 갖었잖아. 이제 우리 더 이상 그것에 대
해 언급하지 말도록 하지!

신사 Y

아니, 아니지, 아니야. 우린 그것에 대해 더 얘기해야만 해! 나의
결백함에 대해 완전히 인식할 수 있을 때까지 말을 할 거라구.

---

6 계몽주의 철학자 장 자크 루쏘(J.J.Rousseau, 1712-78)의 사상을 집대성한 저서,
《사회 계약론(Du contrat social ou Principes du droit publiques, 1762)》을 암시
한다: "자유롭게 태어난 인간이여, 자연으로 돌아가라." 그러나 인간은 도처에 얽매
여 있다는 루쏘의 《사회 계약론》은 '사회 계약, 주권, 일반의지'를 통해 종래의 정
신세계 질서와 기존의 가치관에 변혁을 가져온다는 것을 시사. 즉 인간이 어떻게
자연상태에서 사회상태로 변화되어 가는지를 의미한다. 또한 개인의 이익보다 공동
체의 이익 또는 선을 위해 계약을 맺어야 한다고 주장.

신사 X

그럼 아직도 인식하지 못했다는 거야?

신사 Y

물론, 인식하지 못했구 말구.

신사 X

좋아, 바로 그 점이 내가 걱정하는 것이란 걸 알아? 그 점이 나를 불안하게 만드는 거야! — 우리들 한 사람 한 사람은 내면 깊숙이 누구에게도 알리고 싶지 않은 비밀을 간직하고 있다고 생각지 않아? 다들 어렸을 때 물건을 훔치고 거짓말을 했던 경험이 없단 말이야? 물론, 그랬겠지. 허긴, 지금도 평생을 어린애처럼 살아가는 사람들이 있긴 있지만, 그래서 비록 그것이 법에 위배되는 것이라 할지라도 자신의 욕망을 다스리는 것에 다다르지 못하는 법이야. 오로지 기회가 오기만 하면, 범인은 죄를 지을 모든 준비가 되어있는 법이니까! — 그런데 자네가 결백하다는 것을 느낄 수 없다는 것을 이해할 수가 없어! 어린애들이 자신의 행동에 대한 책임을 질 수 없는 것과 마찬가지로 범인들 역시 분명 그럴 거야.

그것 정말 이상도 하지! — 글쎄 어느 날 후회하게 될지도 모르는 일이기는 하지만 — 아무튼 그건 그다지 중요하지 않아 —

(침묵.)

난 사람을 죽였어, 내가 말이야. 그런데 결코 양심의 가책 같은 것을 느껴 본 적이 없어.

신사 Y

(더욱 흥미롭다는 듯이.)

자— 자네가?

신사 X

그렇다네, 바로 내가! — 설마 살인자와 악수하고 싶은 생각은
없겠지?

신사 Y

(유쾌하게.)

그것 참, 또 그렇게 말을 하는군!

신사 X

그렇지 않구, 난 벌을 받지 않았으니까!

신사 Y

(정중하지만 오만하게.)

천만다행이군! 그럼 어떻게 벌을 피할 수 있었나?

신사 X

어떤 고발자나, 아무런 혐의도 증인도 없었으니까. 말하자면 그
것이 이렇게 된 거야 — 어느 크리스마스 날, 한 친구가 웁살라
(Uppsala)[7] 외각에 있는 사냥터로 나를 초대했었지. 그는 마부
석에서 잠든 한 늙은 알코올 중독자인 스타트카알(Statkarl)[8]을
내게 보냈는데, 건널목에서 속도를 내는 통에 개천에 굴러 떨어
지고 말았지. 그때 생명의 위험을 느낀 것에 대해 불평을 하고
싶진 않아 — 다만 참을 수가 없었던 나는, 그를 깨우기 위해 결
국엔 그의 목덜미를 한 대 치고 말았지. 설상가상으로 결국 그
는 영원히 깨어나지 못한 채 즉사를 하고 말았던 거야!

신사 Y

(교활하게.)

물론, 자넨 자수를 하지 않았겠지?

신사 X

그럼! 그건 다 이유가 있지. 그는 가족도 없었고 그의 권한 아래
에 있는 사람이라곤 아무도 없었기 때문이기도 했으며, 평생 채
식가로 살았던 사람이야. 그의 자리는 그 사람보다 사회가 더
필요로 하는 사람이 곧 자리를 차지했거든. 그와 반면에 나에겐
우리 부모님의 행복과 나 자신의 행복, 그리고 학문을 위해 산

---

7 스웨덴 중부의 대학도시.
8 대형 농장에서 현물로 임금을 받던 일 년 계약의 농사꾼.

다는 것이 절대불가결한 것이었어. 그런 일 때문에 주먹으로 목을 한 대 치고 싶은 기분을 참았고, 추상적이긴 하지만 정의를 위해, 내 부모님이나 나의 삶을 파멸시킬 수가 없었던 거야.

신사 Y

그런 건가? 자네가 인간의 가치를 판단한다는 것이?

신사 X

그런 셈이지. 이번 경우에는!

신사 Y

그럼 죄의식이나 정신적 균형의 회복은 어쩌나?

신사 X

지은 죄가 없으니 죄의식 같은 건 없어. 주먹질, 그런 건 어린시절에나 배워 휘둘렀던 거야. 그것이 노인네들에게 죽음을 야기시킬 수 있다는 사실에 대한 무지의 소치였을 뿐이었어.

신사 Y

그렇다고 해 두지, 그러나 과실치사는 적어도 2년의 실형을 받게 돼 — 그건 서명 위조와 꼭 같은 벌을 받게 돼 있는 거라구.

신사 X

물론 나 역시도 그것을 생각했었지! 수많은 밤을 감옥에 갇혀 있는 꿈을 꾸었으니까! 휴우! 이것 보라구, 소위 말해, 굳게 자물쇠가 채워진 곳에 갇혀 있다는 것이 그렇게도 힘든 것일까?

신사 Y

그렇구 말구. 이것 보게, 그건 정말 힘든 거야 — 제일 먼저 자네의 머리를 밀어버리고 몰골을 추하게 만들어버리라구. 그래서 그 전에는 죄수로 보이지 않았던 자네 모습을 그렇게 보이도록 만들어버리라니까. 그런 후, 자네 모습을 거울에 비춰볼 때면 영락없이 악당의 모습이란 것에 납득이 갈 거야!

신사 X

어쩌면 그건 가면이 벗겨지는 모습인지도 몰라! 그다지 나쁜 생각이 아닌데 그래!

신사 Y

자네 지금 농담하고 있나? — 그런 다음, 제공되는 영양가 없는 음식으로 매일 매시간 점점 삶과 죽음 사이를 헤매면서 결정적으로 큰 차이점을 느끼게 될 테지! 모든 생명의 기능은 떨어질 것이고, 어떻게 몸이 쪼그라드는지 느낄 것이며, 그곳에서 자네 영혼은 교정되어 개선될 테고 기아선상에서 허덕이게 되는 곳, 천년이란 과거의 시간으로 되돌아 갈 것을 강요 받게 될 거야; 자넨, 단지 민족 대이동이 이루어지던 시대의 야만인들을 위해 쓰여진 문자들이나 읽을 수 있게 되겠지. 게다가 결코 하늘나라에 들어가지 못하는 것에 관한 것만 듣게 될 것이며, 그 반면에 땅에서 일어나고 있는 일들에 대해서는 모든 것이 비밀에 붙여질 것이란 말이야; 분명 그들은 자넬 주변 환경으로부터 제거시

켜버리고 말 거야. 그럼 자네가 속한 부류의 계층에서 밀려내려와 자네보다 더 수준이 낮은 사람들 속으로 들어가게 되어버리는 거지! 자넨, 청동기 시대의 비젼을 갖고 살아가며 짐승 가죽으로 만든 옷을 뒤집어 쓰고 동굴 속에 살면서 여물통 속의 음식이나 겨우 뒤져 먹는 것 같은 인상을 받을 것이란 말이야! 한심하긴!

신사 X

맞아, 그건 마치 자신이 살고 있는 시대의 역사적 옷을 입고 청동기 시대의 인간처럼 행동하기 때문에 합리적이지 못한 거야.

신사 Y

(화가 나서.)

나를 경멸하고 있군. 자네는 마치 석기시대의 인간처럼 살아왔지! 그럼에도 불구하고 황금기에 살고 있잖아!

신사 X

(날카로운 눈길로 뚫어지게 쳐다본다.)

황금기라는 그 마지막 말은 무슨 뜻이지?

신사 Y

(음흉하게)

글쎄!

신사 X

자네 생각을 모두 말하기에는 너무 겁이 나니 거짓말을 하고 있군 그래!

신사 Y

내가 겁쟁이라구? 그렇게 생각해? 난 겁쟁이가 아니야. 내가 그곳에서 행동할 때, 내가 행했던 것 만큼 고통을 받아야만 했네. 그런데 감옥살이를 할 때, 무엇이 가장 괴로웠는지 알아? ― 그렇지, 다른 사람이 자기처럼 감옥살이를 하고 있지 않다는 사실이었어!

신사 X

어떤 다른 사람?

신사 Y

벌을 받지 않은 사람!

신사 X

나를 암시하는 건가?

신사 Y

물론이지!

신사 X

난 죄를 짓지 않았다니까!

신사 Y

그 ― 그래, 아니라구?

신사 X

그렇지 않구, 사고는 범죄가 아니니까!

신사 Y

그래? 사람을 죽이는 것이 사고란 말인가?

신사 X

난 살인하지 않았단 말이야!

신사 Y

그― 래― 에― 사람을 때려 죽이는 것이 살인이 아니란 말인가?

신사 X

그건, 항상 그렇다고 말할 수 없지! 목적이 있든 없든 세분된 살인들, 즉 과실치사, 죽음을 초래하는 폭행, 예비 음모 같은 것이 있는 거야. 아무튼 ― 난 정말 자네가 무서워 ― 가장 위험한 범주에 속하는 인간이 자네니까 ― 말하자면 멍청이 말이야!

신사 Y

그런가? 자넨 내가 멍청이라는 상상을 하고 있나보군 그래?
이것 봐! 나라는 사람이 대단히 약삭빠른 인간이란 증거를 들어
보고 싶은가?

신사 X

어디 한 번 들어볼까!

신사 Y

이렇게 말한다면, 내가 일관성있고 현명하게 논의한다고 인정
할 수 있을까?

자넨 사고를 쳤어, 그건 자네에게 2년의 징역형을 충분히 안겨
줄 수 있는 죄였단 말이야. 그런데도 자넨 그 치욕적인 형을 피
할 수가 있었지. 그것도 완벽하게. 이곳에 무의식적인 충동으로
빚어진 그 사고의 희생자이자 — 2년간 징역살이를 했던 그 남
자가 앉아 있어. 그 남자는 자신이 원하지 않았음에도 얻게 된
그 오점을 오로지 위대한 학문적 업적을 통해 씻을 수 있는 방
법이 있긴 있지 — 그렇지만 그만한 업적을 달성하기 위해서는
돈이 없으면 어림도 없는 일이야 — 그것도 상당한 돈이 — 지
금 당장 그 돈이 필요해!

만일 그가 상당한 벌금형을 받았다면, 자넨 그 다른 사람이, 다
시 말해 벌을 받지 않은 사람 말이야. 그가 인간적으로 해결해
줄 것이라고 생각하나? 그럴 것 같아?

신사 X

(침착하게.)

그 ─ 그럼 그렇구 말구!

신사 Y

좋았어. 그렇다면 우리 서로 이해가 된 것 같군! ─ 흠! -침묵.- 그래 자넨, 어느 정도가 합리적이라 생각하나?

신사 X

합리적? 법률에 의하면 보석금은 최저 오백 크루나더군. 그런데 죽은 사람에게는 가족이라고는 없으니 그 문제는 무효가 되어버리는 거야.

신사 Y

그래? 자넨 이해를 하고 싶지 않다 이거로군! 그럼 조금 더 분명하게 말해주지: 자넨 그 보석금을 내게 지불하도록 해야만 한단 말이야.

신사 X

살인자가 사기꾼에게 보석금을 지불할 거라는 소린 처음 듣는군 ─ 그리고 여긴 날 고소할 사람이 아무도 없어!

신사 Y

없다? ─ 아니지 ─ 여기 내가 있지!

신사 X

지금부터 조사를 좀 해봐야겠군! — 자넨 살인의 공범자가 되기
위해 얼마를 요구하는 거야?

신사 Y

육천 크루나!

신사 X

그건 너무 지나치잖아! — 그런 돈을 어디서 구한단 말이야?

신사 Y

(상자를 가르킨다.)

신사 X

그럴 순 없어! 도둑놈이 되고 싶진 않아!

신사 Y

아닌 척 하지 말라구. 자네가 옛날에 그 상자를 부수지 않았다
고 생각해 주길 바라는 모양이지?

신사 X

(마치 혼잣말처럼.)

내가 어떻게 그토록 엄청난 과오를 저지를 수 있었단 말인가!
그렇지만 쉽게 사는 사람들은 얼마든지 그럴 수 있지! 사람들은

온순한 사람들을 좋아하고, 사랑 받는다는 것을 아주 쉽게 생각하는 모양이야: 그건, 내가 좋아하는 사람들을 보호했기 때문이겠지! ─그를 향해 돌아서며.─ 그런 거야? 예전에 내가 그 보석 상자에서 도둑질을 했다고 확신할 수 있단 말이야?

신사 Y

그럼, 말하면 뭐 하나!

신사 X

만일 육천 크루나를 받지 못한다면 자넨 나를 고발할 건가?

신사Y

그럼, 말하면 잔소리지 않겠어? 자넨 그것에서 벗어날 수는 없을 걸! 애써 봐야 소용 없는 일이니까!

신사 X

자넨, 내가 우리 아버지에게 도둑 아들이 되어드리고, 내 아내에게 도둑 남편이 되어줄 것이라고 믿는다는 건가. 게다가 내자식들에게 도둑 아버지가, 또 내 친구들에게 도둑 친구가 될 것이라고 믿는단 말인가? 천만에 그런 일은 절대로 없을 거야! ─ 이제 난 경찰서로 가서 자수를 해야겠어!

신사 Y

(벌떡 일어나 물건들을 챙긴다.)

잠깐!

신사 X

그건 또 왜?

신사 Y

(더듬거리며.)

다만, 난 — 더 이상 나를 필요로 하지 않는다는 것을 알았을 때 — 내가 더 이상 머무를 필요가 없다고 생각되니 — 떠날 수밖에 없군!

신사 X

그래선 안 되지! — 거기 앉아 있는 테이블에 꼼짝 말고 자리를 지키고 있도록 하라구. 그리고 먼저 얘기 좀 하도록 하지.

신사 Y

(검은 코트를 들고 앉는다.)

무슨 말이야? 이제 어떻게 되는 거지?

신사 X

(신사 Y의 뒤에서 거울을 들여다 보고 있다.)

이제야 알 것 같아! 오! —

신사 Y

(걱정스러운 듯)

지금 무슨 특별한 것이라도 본 건가?

신사 X

거울 속에서 도둑인 자넬 보고 있었어 — 한 평범한 좀도둑이
지! — 방금 흰 셔츠를 입고 앉아 있는 자네 모습을 보았을 때,
난 우리 집 책장에 뭔가 결함이 있는 듯 느꼈지. 그런데 자네 말
에 귀를 기울이고, 주목하느라 그게 무엇인지 도무지 파악이 안
되더군. 자네가 나에 대해 반감을 가진 이후로, 내 눈길은 날카
로워졌지. 자네가 보색의 붉은 그 검은 코트를 입자, 조금 전까
지는 자네의 붉은 바지 멜빵에 가려서 보이지 않았던 내 책들의
붉은 뒷면이 대조적으로 두드러지게 나타나더란 말일세. 이제
난 이폴릿 베른하임(Hippolyte Bernheim)[9]의 최면에 관한 논
문에서 자네가 그 허위 투성이의 이야기를 베꼈다는 사실을 알
게 된 거야. 왜냐면 자네가 그 책을 책장에 거꾸로 다시 꽂아 두
었으니까. 자넨 그 스토리조차 도둑질한 것이었어!
그런 이유로 난 자네가 필요에 의해, 혹은 쾌락의 욕구에 의해
범죄를 저질렀다고 결론을 내린 내가 정확하다고 생각하지!

---

9 1837-1919, 프랑스의 정신의학 교수로 낭시학파의 체면요법으로 환자를 치료한 독
의 연구로 유명한 학자. 그는 모든 인간은 최면에 걸리는 기질을 지니고 있는 것은
정상이라고 주장. 다만 성별, 선천적 기질에 따라 차이가 있다고 했다. 체면도 히스
테리의 일종이라 주장하는 샤르코(Jean Martin Charcot)의 이론에 반박하여 인정
받지 못했다는 점을 암시한다.

신사 Y

필요에 의해서? 만일 자네가 그것을 알 수 있다면 —

신사 X

이것 봐, 내가 궁핍 속에서도 어떻게 살았다는 것을 — 그리고 살고 있다는 것을 자네가 안다면! 그렇지만 그런 건 이것과는 아무 상관이 없겠지! 계속하도록 하자구! 자넨 감옥살이를 했을 거야 — 그건 거의 확실한 거니까. 그렇지만 미국 형무소 생활을 묘사했으니, 그건 미국에서였겠지; 역시 분명한 또 다른 사실은 자네가 이곳에서는 감옥살이를 하지 않았다는 거야.

신사 Y

어떻게 그런 말을 할 수 있단 말이야?

신사 X

경찰이 올 때까지 기다려 보라구, 그럼 알게 될 테니!

신사 Y

(일어선다.)

신사 X

알겠어? 청천벽력과 같은 상황에서 처음으로 난, 경찰을 언급했어. 자네 역시 마찬가지로 도망치고 싶었겠지! 게다가 감옥살이를 한 사람이라면 두 번 다시 매일 풍차가 있는 언덕에 올라 그곳을 내려다 본다든지, 아니면 창문 뒤에 서서 응시를 하고 싶지는 않을 텐데 ─ 한마디로 말해 자넨 전과가 있기도 하고 없기도 한 사람이야! 그게 그래서 자네의 숨겨진 비밀을 알아내기가 무척 힘들다는 거야.

(침묵.)

신사 Y

(완전히 타격을 받는다.)

이제 떠나도 되겠나?

신사 X

이제 가보도록 하시지!

신사 Y

(주섬주섬 자신의 물건들을 모은다.)

내게 화가 난 거야?

신사 X

물론! ─ 자넬 동정해 주길 원하나?

신사 Y

(가시가 있는 어투로.)

동정? 아마 자신이 나보다 더 우월하다고 생각하는 것 같군 —

신사 X

말하면 잔소리지. 그건 분명히 내가 자네보다 더 우월하기 때문이야! 난, 자네보다 훨씬 똑똑할 뿐만 아니라, 보편적으로 소유하고 있는 것조차 유리한 편이니까.

신사 Y

자넨 아주 간교해. 그래도 나보다는 간교하지 못해! 지금 이 순간, 내가 진퇴양난에 빠져 있는 것은 사실이야. 그렇지만 — 다음에는 자네가 힘을 잃게 될테니 두고 보라지.

신사 X

(신사 Y를 빤히 쳐다본다.)

우리 잠깐이나마 인신공격은 그만 두기로 하는 것이 어떨까? — 지금 자네는 무슨 몹쓸 짓을 또 하려고 그러는 거야?

신사 Y

그건 비밀이지!

신사 X

자넬 좀 살펴보도록 할까? — 무기명으로 우리 집사람에게 편지를 써서, 내 비밀을 말해 줄 생각을 하고 있는 것 같은데!

신사 Y

물론, 아마 그걸 막지는 못할 걸! 나를 감옥에 쳐넣는 짓을 할 용기가 자네에겐 없어; 아무튼 난 가봐야겠어; 일단 내가 이곳을 떠나기만 한다면, 내가 하고 싶은 것은 뭐든지 다 할 거야!

신사 X

이 악당아! 아니 내 급소를 — 넌 나를 어쩔 수 없는 살인자로 만들 생각이란 말이야?

신사 Y

살인자? 절대로 그렇게 되진 않을 거야 — 이 불쌍한 인간아!

신사 X

이것 봐, 사람들에겐 다른 점이 있다는 것은 알고 있겠지! 아마 나 같은 사람은 자네가 저지른 행동처럼 그런 짓을 못할 것이라 생각하나 보군; 허긴 그것이 자네의 탁월한 점이긴 하지만. 내가 마부에게 한 것처럼 자네에게도 어쩔 수 없이 그럴 수밖에 없도록 강요하다니!

(한 대 때릴 듯이 주먹을 들어 올린다.)

신사 Y

(신사 X를 뚫어지게 쳐다본다.)

자넨 그럴 재간이 없는 위인이지! 그 보석 상자 사건에서 자신을 구제할 수 없는 인간은 그럴 수가 없단 말이야!

신사 X
설마, 내가 그 보석함에 든 것을 훔쳤다고 믿는 건 아니겠지?

신사 Y
자넨 너무 겁쟁이란 걸 알아야 해! 자넨 살인자와 결혼했다는 사실을 자네 처에게 털어놓기엔 너무 겁쟁이란 말이야.

신사 X
자넨 나와는 다른 종류의 인간이니까 — 나보다 더 강하든지, 아니면 더 약하든지 — 글쎄 모르겠군 — 더 응징해야 할 사람인지 아닌지 — 내겐 그게 중요하지 않아! 허나 자네가 나보다 더 어리석다는 것만은 분명한 사실이야; 입을 다무는 대신 차명으로 편지를 썼다는 것은, 자네가 멍청이기 때문이란 걸 알아야 해 — 내가 그것을 하지 않을 수 없었던 것처럼. 내 책에서 그 이야기를 도용한 것은 바보 짓이야 — 내가 그 책들을 모두 다 읽었다는 것을 모르는 건가? — 자네가 나보다 더 우수하다고 생각하는 것, 그리고 나를 꾀어 도둑으로 만든 것은 어리석은 짓이었어. 세상이 한 명이 아닌 두 명의 도둑을 얻었기에 균형이 이루어진다고 생각하는 것은 자네가 바보기 때문이지. 그 중에서도 자네의 가장 어리석은 짓은, 내가 탄탄한 주춧돌도 세우지 않고 내 인생의 행복을 이루어왔을 것이라고 착각하고 있다는 것이야! 어서 가서 내 아내에게 당신 남편이 살인자라고 무기명의 편지를 쓰도록 해 — 이미 집사람은 그 사실을 약혼했을 때부터 알고 있었으니까!

지금 떠나려 한 것을 포기한 건가?

신사 Y

떠나도 되는 거야?

신사 X

이제 떠나도록 하시지! 당장! — 물건은 나중에 받게 될 거야!

썩 꺼져!

끝.

알제리의 열풍
SAMUM

등장인물

비스크라; 아랍 소녀
유세프; 비스크라의 애인
귀마르; Tunisia(Zuaver) 소속의 육군 중위

당 시대의 알제리(Algerie)

무대배경

아랍 이슬람교의 무덤인 무라빗(Murabit)의 중앙에는 고대의 석관 하나가 있고, 바닥에는 기도용 카펫이 여기저기 깔려있다; 우측 한쪽 구석에 납골당이 보인다.

무대 안쪽의 닫힌 문에는 휘장이 늘어져 있고, 빛이 들어올 수 있도록 벽을 뚫어 만들어 놓은 둥근 창이 보인다.

마루 바닥에는 작은 모래더미가 여기저기 산재해 있다. 모래더미 속에 뿌리 뽑힌 알로에와 야자수 나뭇잎과 아프리카 나래새의 잎이 보인다.

무대 I.

눈만 보이는 부르누를 입고 등에는 기타를 멘 **비스크라(Biskra)**[1]가 등장하여 카펫에 몸을 던지듯 앉아 두 팔을 가슴에 얹고 기도한다.
바깥에는 바람이 분다.

비스크라

라 일라하 일라 알라(La ilaha illa Allah)[2]

유세프

(서둘러 들어온다.)

열풍이 몰려오는군! 도대체 그 프랑스군인은 어디 있는 거야?

비스크라

곧 이곳으로 올 거예요!

---

1 사하라 사막 북단에 위치한 알제리 북동부에 있는 도시 및 아랍인의 이름.
2 알라신 외에는 어떤 신도 존재하지 않는다. 알라신 외에는 어떤 신도 존재하지 않는다!

유세프

그 인간으로부터 왜 도망치지 않은 거야?

비스크라

사실 그렇잖아요! 그런 건 그 사람 스스로 해야만 해요! 만일 내가 그랬다면, 백인들은 우리 집안을 멸족시켜 버리고 말았을 거예요. 비록 그들은 내가 비스크라 사람이라는 사실을 모르긴 하지만, 내가 길 안내인 알리(Ali)[3]라는 정도는 알고 있으니까요!

유세프

그 사람 스스로 해야만 한다고 했어? 어떤 방법으로?

비스크라

사뭄(Samum)[4]이 백인들의 정신 상태를 마른 대추처럼 초췌하게 만들어 버리잖아요. 공포감에 사로잡혀 자신의 인생이 혐오스러워져 스스로 사람들로부터 멀어지려 한다는 것을 당신은 모른단 말인가요?

유세프

그런 거라면 나도 들었어. 그 결과로 마지막 싸움에서는 제대로 적진에 다다르기도 전에 사뭄이 여섯 사람의 목숨을 빼앗아가

---

3 이슬람교도.
4 알제리 사막의 열풍으로 섭씨 55도를 웃도는 살인적 더위 속에 사막에서 불어오는 모래와 먼지는 앞을 가리고 물을 마시지 않으면 열병으로 사망에 이른다.

버렸다더군. 오늘은 특별히 사뭇을 조심하도록 해야만 해. 산에는 눈이 많이 내렸으니 삼십 분이면 모든 것이 끝장나고 말거야 — 비스크라여! 아직도 그들을 증오하고 있는 거야?

비스크라

증오하냐구요? — 나의 증오는 사막처럼 끝도 없을 뿐만 아니라, 작열하는 태양처럼 이글대며 타오르는 것이 나의 사랑보다 더 강렬하죠! 그들이 우리에게서 알제리를 도둑질하여 환희에 젖어 있는 그 순간, 이미 난, 독사의 이빨 밑에서 독을 끌어 모아 길 안내인, 알리라는 존재를 죽여버렸어요, 아무튼 사뭇이 할 수 없는 것도 난 할 수 있으니까요.

유세프

비스크라, 정말 잘 말했어. 그러니 꼭 실행하도록 해야만 해. 나의 이 두 눈이 널 지켜본 그 순간 이후로 나의 증오는 가을의 카나리새 꽃처럼 시들어 버렸으니까. 게다가 나에게서 모든 힘을 빼앗아가 버려 이젠 분노조차 가라앉고 말았어.

비스크라

유세프, 날 좀 안아줘요! 꼭 껴안아 주세요!

유세프

신이 존재하는 성스러운 곳에서 그러면 안 되지. 지금은 그럴 수 없어 — 다음에 다른 기회가 되면 그때! 당신이 대가를 치른 후에 말이야!

비스크라

오만한 셰이크(Shejkh)⁵ 같으니라구, 오만한 사람!

유세프

그래 당신 말이 맞긴 맞아 ― 그러나 진정으로 내 자식을 낳겠다고 생각하는 처녀라면 명예롭게 품위 있는 태도를 보여줘야 하지 않을까!

비스크라

다른 사람이 아닌 ― 바로 내가 ― 유세프의 후손을 꼭 낳을 거예요! 내가 비스크라기에 ― 비록 멸시를 당하고 못 생기긴 했지만, 아주 강하니까요!

유세프

자! 이제 슬슬 우물가로 내려가 잠이나 자야겠어! ― 당신이 그 위대한 이슬람의 성인 시디-셰이크(Siddii-shejkh)에게서 배워 어린시절부터 시장 바닥에서 써먹었다는 그 신비롭고 비밀스런 예술을 내가 다시 말해 줄 필요가 있을까?

비스크라

전혀 그럴 필요 없어요! ― 난 겁쟁이 백인 프랑스 군인을 겁에 질리게 만드는데 필요한 비밀이란 비밀들은 모두 다 알고 있으니까요; 적에게 굽실거리는 그 비겁한 인간들에게 먼저 납을 쏘

---

5 아랍어로 부족의 장로, 수장, 또는 이슬람 지식인을 뜻함.

아버리는 거야! 난 뭐든 다 할 수 있어 — 복화술까지도. 나의 예술이 할 수 없는 것은 태양이 대신해 줄 거야. 태양은 유세프와 비스크라의 편이니까.

유세프
태양은 우리 이슬람의 친구지, 그러나 믿을 건 못 되는 거야. 이 아가씨야, 그 아래에서 당신이 타 죽을 수도 있는 거라구. 먼저 물부터 한 모금 마셔, 당신 손이 시들어 말라 비틀어져 있잖아. 그리고 - - -

(카페트 한 장을 집어들어 계단문을 열고 아래로 내려가 물 한 그릇을 떠 와 비스크라에게 건네준다.)

비스크라
(물 그릇을 입으로 가져간다.)

— 이미 내 눈엔 붉은 것이 보여 — 내 폐장은 말라 비틀어졌고 — 난 듣고 있어요 — 들린다구요 — 당신은 저기 저 천정에서 벌써 모래가 흘러내리는 것이 보이는지 모르겠군요 — 기타 줄이 노래를 부르고 있어요 — 지금 이곳에 사뭇이 몰려온 것이 분명해요! 그렇지만 프랑스 군인은 없군요! —

유세프
비스크라 이곳에 내려와서 프랑스 군인이 평온하게 죽도록 해 주라구!

비스크라

시작은 지옥이고 그런 후엔 죽음이라! 어떻게 내가 당신의 기대를 져버리겠어요?

(모래더미 위에 물을 붇는다.)

모래에 물을 부을 거야. 그럼 복수심이 자랄 테니까! 증오심이 커지도록 내 심장을 굳어버리게 할 테야! 타는 듯이 이글거리는 태양! 오, 질식할 것 같은 바람!

유세프

당신이란 사람! 복수의 화신이긴 하지만 장차 이 유세프의 아들을 낳을 사람이지! 내 자식의 엄마가 될 당신에게 신의 가호가 있기를!

(바람이 강해진다. 문 앞의 휘장이 펄럭인다. 붉은 섬광이 방을 비추곤 뒤이어 노란색으로 바뀐다.)

비스크라

프랑스 군인이 오는군요. 게다가 ─ 사뭄도 몰아치고 있어요! ─ 어서 이곳을 떠나세요!

유세프

삼십 분 후에 나를 다시 보게 될 거야! 저기 모래시계가 있군. ─ 모래더미를 가리킨다.─ 하늘은 이교도들이 지옥에서 보낼 시간들을 할당해 주겠지!

무대 II.

창백하고 절망적으로 비틀거리는 **비스크라**와 **귀마르**가 소근거리고 있다.

귀마르

여기 사뭇이 불고 있군! — 우리 부대들은 어디로 갔을까요?

비스크라

내가 당신 부대들을 서쪽에서 동쪽으로 인도했어요!

귀마르

서쪽에서 — 동쪽? — 어디 한 번 볼까! — 동쪽이 맞는 거야, 그
리고 — 서쪽으로! — 날 의자에 앉히고 물을 좀 줘요!

비스크라

(모래더미로 귀마르를 인도한다, 모래더미 위에 그의 머리를 올려 놓고
바닥에 눕힌다.)

편하세요?

귀마르

(그녀를 바라본다.)

평평하지 않아 왠지 불편하군. 머리 밑에 뭘 좀 받혀줘요.

비스크라

(머리 밑에 모래를 더 쌓는다.)

머리 밑에 베개를 넣어 두었어요!

귀마르

머리 밑에? 거기에 발이 있는 게 아닌가? 그쪽은 발이 놓여 있는 것 같은데! ―

비스크라

그렇군요!

귀마르

정말 그런 생각이 들었어요! ― 이제 발 받침대를 ― 머리 ― 밑에 넣어주겠소?

비스크라

(알로에를 질질 끌고 와서 귀마르의 무릎밑에 놓는다.)

거기에 발 받침대를 놓아 두었어요!

귀마르

그럼 물을 좀 줘요! — 물을!

비스크라

(빈 그릇을 들고 모래를 넣어 귀마르에게 건네준다.)

시원할 때 드세요!

귀마르

(입술에 대고 맛을 본다.)

그것 참 시원도 하지 — 그런데 갈증은 계속해서 가시지 않아 — 마시지 않겠어 — 물도 정말 싫어지는군 — 치워버려요!

비스크라

당신을 물어뜯은 광견병에 걸린 개가 저기 있군요!

귀마르

개라니요? 난 개한테 물린 적이라곤 결코 없는 걸요.

비스크라

알제리의 열풍이 당신의 기억력을 흐리게 만들었나보군요 — 사물의 신기루를 조심하도록 하세요! 당신이 밥-엘-쿠에드 (Bab-el-Quæd)[6]에서 마지막으로 사냥을 하기 바로 전에 당신을 물어 뜯은 그 성난 그레이 하운드를 기억하고는 있겠죠.

귀마르

밥-엘-쿠에드에서의 사냥이라구? 그래 맞아! — 비버 색깔의 그 개 말인가 —

비스크라

— 암캐! 그래 맞아. 그것 봐요! 그 개가 당신 장딴지를 물어뜯었잖아요! 상처가 쓰리지 않는지 모르겠군요 —

귀마르

(장딴지를 잡아 알로에에 갖다 댄다.)

그래요, 정말 쓰리고 아파요! 물! 물을 줘요!

비스크라

(모래를 담은 그릇을 건네준다.)

마셔요, 어서 마시세요!

귀마르

아니, 난 그럴 수 없어! 동정녀 마리아, 주님의 어머니 — 소름 끼치도록 무서워요.

---

6 알제리의 도시.

비스크라

내가 당신의 상처를 낫게 해줄 테니 무서워하지 말아요. 그리고
음악의 전능한 힘으로 마귀도 몰아내겠어요! 들어보세요!

귀마르

(소리를 지른다.)

알리! 알리! 음악을 멈춰! 난 더 이상 그 소리를 견딜 수가 없어!
그것을 무엇에 쓴단 말이야!

비스크라

음악은 사탄의 사악한 영혼을 길들이죠. 당신은 음악이 미친개
를 이길 것이라고 믿지 않나봐요! 들어보세요!

(자신의 기타 반주에 맞추어 노래를 부른다.)

비스크라(Biskra) – 비스크라(Biskra), 비스크라(Biskra) – 비
스크라(Biskra), 비스크라(Biskra) – 비스크라(Biskra),
사뭄(Samum)! 사뭄(Samum)!

유세프

(아래 쪽에서.)

사뭄(Samum)! 사뭄(Samum)!

귀마르

부르고 있는 것이 무슨 노래죠? 알리라는 노랜가 보군요!

비스크라

내가 노래를 불렀다구요? 지금 내가 야자수잎을 입에 대고 있는 게 보이나요?

(야자수 가지 하나를 문다.)

(위로부터 노래 소리가 들린다.)

비스크라(Biskra) - 비스크라(Biskra), 비스크라(Biskra) - 비스크라(Biskra), 비스크라(Biskra) - 비스크라(Biskra).

유세프

(아래로부터.)

사뭄(Samum)! 사뭄(Samum)!

귀마르

그 무슨 끔찍한 장난이란 말인가!

비스크라

이제 노래를 할게요!

(비스크라와 유세프가 함께.)

비스크라(Biskra) — 비스크라(Biskra), 비스크라(Biskra) — 비
스크라(Biskra), 비스크라(Biskra) — 비스크라(Biskra),
사뭄(Samum)! 사뭄(Samum)!

귀마르

(일어선다.)

두 목소리로 노래하는 악마의 목소리를 지닌 당신은 도대체 누
구죠? 남잔 거요, 여잔 거요? 아니면 중성인 거요?

비스크라

난, 길 안내인 알리예요! 당신의 마음이 그렇게 혼란스러우니,
제대로 날 알아볼 수가 없겠죠. 그러나 만일 당신이 그 마음 속
의 죄악으로부터 도망치길 원한다면, 날 믿도록 해요. 내가 말
하는 것을 믿으세요. 그리고 내가 시키는 대로 하세요.

귀마르

당신은 내게 그런 걸 부탁할 필요조차 없어요. 이미 모든 것이
당신이 말하는 대로라는 것을 알아챘으니까!

비스크라

그렇군요. 당신은 우상숭배자군요!

귀마르

우상숭배자?

비스크라

그래요! 당신 가슴에 달고 다니는 우상을 떼어버리세요!

귀마르

(메달 하나를 떼어낸다.)

비스크라

그것을 두 발로 짓밟아버려요, 그리고 인정 많고 자비로우신 유일신께 간구하세요.

귀마르

(망설이 듯.)

나의 수호자이신 성인 에두아르(Den Helige Eduard)[7].

비스크라

그가 당신을 지켜줄 수 있다구요? 정말 그가 할 수 있나요?

---

7 "평화 왕"으로 불리는 영국 국왕 에드가르(Edgar)의 아들로, 13세에 왕위를 계승한 에두아르 II세. 그러나 양어머니에 의해 무참히 살해 당했다. 평소의 선정과 깊은 신앙심으로 인해 공경을 받아 성인으로 추대되었다.

귀마르

아니오. 그는 할 수가 없어요! — -깨어난다.- 그렇구말구. 그는 할 수 있다구!

비스크라

그럼 어디 두고 보자구요!

(문이 열리자 커튼이 바람에 펄럭인다, 그리고 풀들이 움직인다.)

귀마르

(입에 손을 갖다 댄다.)

문을 닫아요!

비스크라

우상을 버려요!

귀마르

아뇨, 난 그럴 수가 없어요.

비스크라

보이나요! 사뭄은 내 머리털끝 하나 건드리지 않아요. 그렇지만 당신 같은 이교도는 죽이고 말아요! 우상을 버리도록 하라구요!

귀마르

(바닥에 메달을 내동댕이 친다.)

물을 줘요! 죽을 것만 같아!

비스크라

인정 많고 자비로우신 유일한 우리의 알라신에게 기도하세요!

귀마르

무엇을 간구하란 말이요?

비스크라

내가 하는 말을 따라 하세요!

귀마르

말해요!

비스크라

신은 유일하게 단 한 분 뿐이시죠. 인정 많고 자비로우신 그분 외엔 그 어떤 다른 신은 존재할 수 없습니다!

귀마르

"신은 유일하게 단 한 분 뿐이시죠. 인정 많고 자비로우신 그분 외엔 그 어떤 다른 신은 존재할 수 없습니다!"

비스크라

바닥에 엎드려요!

귀마르

(어쩔 수 없이 엎드린다.)

비스크라

무슨 소리가 들리나요?

귀마르

원천에서 술렁대는 소리가 들려요!

비스크라

그것 보라구요! 신은 유일하게 단 한 분 뿐이시죠. 인정 많고 자비로우신 그분 외엔 그 어떤 다른 신이란 존재할 수 없어요! — 뭐가 보이죠?

귀마르

원천의 술렁거림이 보여요 — 하얀 길에 — 초록 덧문이 달린 창문 뒤에 있는 — 등잔 불빛이 보여요.

비스크라

창문가에 누가 앉아 있죠?

귀마르

내 아내 — 엘리제!

비스크라

커텐 뒤에 누가 서서 그녀의 목을 끌어안고 있는 거죠? —

귀마르

내 아들 — 게오르그!

비스크라

아들이 몇 살인가요?

귀마르

쌩-니콜라 축일(Saint-Nicolas)[8]이면 — 네 살이 되죠!

비스크라

벌써 그 애가 커튼 뒤에 서서 다른 사람의 아내 목을 끌어안는다는 거예요?

귀마르

그 애가 그럴 수는 없는 거죠 — 허지만 그 애가 맞아요!

---

8 300년대의 성인. '어린이들의 성인'이라고도 불리며, 그의 축일은 12월 6일로 프랑스 학교에서는 축제가 열린다.

비스크라

블론드 턱수염이 있는 네 살짜리라니!

귀마르

블론드 턱수염 — 이라고 했나요? — 아니, 그 — 그건 다른 사
람이 아닌 — 내 친구 율레스라구요!

비스크라

그럼 커튼 뒤에 서서 당신 아내의 목을 껴안은 사람이 율레스로
군요!

귀마르

아, 당신은 악마야!

비스크라

당신 아들이 보여요?

귀마르

아니, 지금은 보이지 않아요!

비스크라

(자신의 기타로 종소리를 흉내낸다.)

지금은 무엇이 보이나요?

귀마르

종이 울리는 것이 보여요 — 그리고 시체의 맛이 느껴져요 — 입에선 마치 썩은 버터 냄새같은 것이 풍겨요 — 끔찍해!

비스크라

어린애 죽음을 위해 부르는 부사제의 노래 소리가 들리나요?

귀마르

잠깐만! — 내겐 들리지 않아요 — -우울한 표정이다.- 당신은 내가 그 노랠 듣길 원하나요? — 그렇군 — 지금 들려요!

비스크라

지금 저들이 옮기고 있는 시체의 관 위에 놓여 있는 화환이 보이나요?

귀마르

보여요…

비스크라

보라색 리본이군요 — 거기에 은박으로 글이 새겨져 있구요 — "잘 가라, 사랑하는 나의 게오르그 — 아빠가."

귀마르

그래, 그렇게 써 있군! -흐느낀다.- — 내 아들 게오르그! 게오르그! 내 사랑하는 아들아! 엘리제. 여보, 날 위로해 주구려! 날 도

와줘요! -주위를 더듬으며.- 당신 어디 있는 거요? 엘리제! 나를
떠나버린 거요? 대답해요! 당신이 사랑하는 이름을 외쳐봐요!

(천정으로부터 목소리가 들려온다.)

율레스! 율레스!

귀마르
율레스! 내 이름은 율? --- 아냐, 내 이름이 뭐지? — 그래 찰
스야! — 그녀는 율레스를 불렀어! — 엘리제 — 사랑하는 내 아
내 — 대답해 줘요. 당신의 영혼이 여기 있기에 — 난 느낄 수
있어요 — 그리고 당신은, 절대로 다른 사람을 사랑하지 않을
것이라고 내게 약속 했어요 —

(웃는 소리가 들려온다.)

귀마르
누가 웃는 거지?

비스카르
엘리제! 바로 당신 아내죠!

귀마르
날 죽여 줘요! — 난 더 이상 살고 싶지 않아! 내게 삶이란 마치
쌩-두(Sain-doux)[9]로 만든 시큼한 양배추 같아서 구역질이 날

것 같아! ─ 쌩-두가 뭔지 아나? 돼지기름이야! -침을 뱉는다.-
침도 다 말라버렸군 ─ 물을! 물을 줘요!
그러지 않으면 당신을 물어 뜯어버리고 말테야!

(밖엔 폭설이 내린다.)

비스크라

(입에 손을 대고 기침을 한다.)

이봐요, 프랑스 군인. 이제 당신은 죽을 거예요! 남은 시간 안에
당신의 소원을 적어 보세요! ─ 당신의 메모장이 어디에 있죠?

귀마르

(메모장과 펜을 집는다.)

무엇을 쓰란 말이요?

비스크라

한 남자가 죽을 때가 되어서야 비로소 아내를 생각하는군요 ─
그리고 자식도 말이예요!

귀마르

(쓴다.)

---

9 프랑스의 식재료로, 요리용 돼지기름.

'엘리제 — 나는 당신을 저주해! 사뭄 — 이제 난 죽어요 —'

비스크라

그럼 서명을 하도록 해요, 그렇지 않으면 유언장의 효력이 없으니까!

귀마르

아니 — 서명을 하라구?

비스크라

어서 쓰라니까! '알라신 이외는 아무 것도 존재하지 않는다' 라고 쓰라니까요!

귀마르

다 썼소! 이젠 죽어도 되겠소?

비스크라

이제 자기 부하들을 포기한 겁쟁이 군인답게 죽어요! — 당신은 샤칼들이 당신 시신을 위해 노래를 불러주는 아름다운 장례식을 갖게 될 거예요!

(자신의 기타로 공격의 신호를 알리는 북소리를 친다.)

공격을 알리는 — 북소리가 들리나요 — 부정한 자가 매복에서 벗어나면서 — 태양과 사뭄을 결합시킨 거예요 —

(기타를 친다.)

정렬하고 있는 그들을 향하여 총알이 날아갔지 ― 프랑스 군인
들은 미처 다시 장전할 여유가 없었어 ― 아랍인들이 마구잡이
로 쏘아댔으니까 ― 프랑스 군인들은 뿔뿔이 도망을 쳤다네!

귀마르
(일어선다.)

프랑스 군인들은 절대로 도망치지 않아!

비스크라
(그녀가 꺼낸 플룻으로 '퇴각'을 분다.)

퇴각 피리소리가 울리면, 프랑스 군인들은 도망을 치겠지!

귀마르
그들은 퇴각을 할 거야 ― 그것은 어디까지나 퇴각이란 말이야
― 그런데 내가 여기에 있다니 ―

(견장을 뜯어낸다.)

나는 죽었어!

(바닥에 쓰러진다.)

124

비스크라

그래요, 당신은 죽었어요! ─ 죽은 지가 벌써 오래 되었다는 사실을 모르는군요!

(기도 장소로 가서 해골 한 개를 꺼낸다.)

귀마르

내가 죽었었나?

(얼굴을 만진다.)

비스크라

이미 오래 전에! 이미 오래 전에! 이 거울 속의 당신을 보시지!

(해골을 보여준다.)

귀마르

아니! 나잖아!

비스크라

당신은 자신의 광대뼈가 보이지 않나요 ─ 독수리가 어떻게 당신의 눈을 파먹어 버렸는지 보이지 않나요 ─ 뽑아버린 오른쪽 어금니에 패인 구멍을 느끼지 않는지 모르겠군요 ─ 당신의 아내 엘리제가 쓰다듬기 좋아했던 움푹 패인 턱에 뾰족하게 나온 수염이 보이나요 ─ 종종 당신 아들 게오르그가 당신이 모닝커

피를 마실 때 키스를 하던 당신 귀가 어디에 붙었는지 보이지
않나요 — 사형집행인이 탈영병을 처형할 때 — 그 넓은 도끼가
목 어디를 내려쳤는지 보이지 않나요! —

귀마르

(겁에 질려 보고 들으며 쓰러져 죽는다.)

비스크라

(무릎을 꿇고 있다. 그의 맥을 짚어본 후 일어난다. 노래를 부른다.)

사뭄(Samum)! 사뭄(Samum)!

(문이 열린다. 커튼이 날린다. 그녀는 입을 틀어막고 뒷걸음을 친다.)

유세프!

무대 III.

남아 있는 사람들. **유세프**가 지하실에서 올라온다.

유세프

(귀마르의 상태를 살피며, 비스크라를 찾는다.)

비스크라!

(비스크라를 발견하고, 그녀를 들어 올린다.)

당신 살아 있어요?

비스크라

프랑스 군인은 죽었나요?

유세프

아직 죽지 않았다면 곧 죽게 될 거요! 사뭄(Samum)! 사뭄 (Samum)!

비스크라

그렇담, 나는 살아야겠지! 물 좀 주세요!

유세프

(문쪽으로 그녀를 데려간다.)

자! — 이제 유세프는 당신 거야!

비스크라

나, 비스크라는 당신 아들의 엄마가 될 거예요! 유세프, 고귀한 유세프!

유세프

강인한 비스크라여! 살인적인 알제리의 열풍보다 더 강한 사람이 당신이요!

막이 내린다.

차변(借邊)과 대변(貸邊)
DEBET OCH KREDIT

일 막
EN AKT

등장인물

Mr. 악셀; 교수, 아프리카 여행자
Mr. 튜레; Mr. 악셀의 동생, 정원사
Mr.튜레의 부인
Miss 세실리아
린드그랜; 세실리아의 약혼자, 의사, 전직 교사
Miss 마리
시종
급사

무대배경

아름다운 호텔 방.
좌우로 문이 있다.

무대 I.

튜레와 **그의 처**.

튜레

정말 근사한 방이군! 역시 품위 있는 사람이 머무는 곳이라는 것이 엿보인단 말이야!

튜레의 처

어련하시겠어요, 또 당신 형님 말이겠죠! 그런데 난, 당신 형님 이란 사람을 한 번도 본 적이 없는 걸요. 허긴 말은 많이 듣긴 들었지만!

튜레

말 조심해요! 박사님이신 우리 형님은 말이야, 아프리카 구석구 석을 누비고 다니셨어. 게다가 한때 토디[1]에 빠져 허송 세월을 보낸 젊은 시절을 다 내동댕이쳐 버리셨어. 그런 건 아무나 할 수 있는 일이 아니라구.

튜레의 처

아무럼요. 당신의 그 잘난 박사 형님! 아무튼 평범한 일개 선생에 불과하다구요 ―

튜레

아니 무슨 말을 그렇게 하나, 형님은 철학 교수님이시라구 ―

튜레의 처

그저 평범한 일개 선생에 불과하다니까요! 우리 오빠 역시 오-뷔(Åby)에서 선생님이시잖아요.

튜레

당신 오빠는 아주 좋은 남자긴 하지, 잘난 척 하지도 않고. 그렇지만, 단지 공민학교 교사에 불과한 거야. 대학의 철학 교수와는 천지 차란 말이요.

튜레의 처

지금 아주버니는 자신이 원하는 대로 다 할 수 있겠죠. 아니지, 당신이 원하는 대로라고 말하는 편이 맞겠군요. 아무튼 당신 형님이란 사람은 우리에게 경제적인 타격만 입힌 사람이라구요!

튜레

당신 말이 맞아요. 형님이 우리에게 경제적인 타격을 입힌 건

---

1 양주나 와인에 뜨거운 물과 계란 노란자위와 설탕을 섞어서 만든 술.

분명해. 하지만 우리에게 기쁨도 안겨준 건 사실이니까!

튜레의 처

기가 막힌 기쁨이군요! 당신 형님 덕분에 우리는 집도 가정도 모두 잃게 됐으니!

튜레

그건 사실이요. 허나 형님이 무슨 이유로 자신의 빚을 탕감하는 일에 소홀했는지 아직 모르고 있지 않소. 어쩌면 그 멀고 먼 아프리카에서 돈을 보낸다는 것이 그렇게 쉽지 않았을지도 모르잖아.

튜레의 처

아주버니에게 어떤 구실이 있건 없건, 우리가 당한 일에는 실제로 어떤 도움도 되지 않아요. 아주버니가 우릴 위해 뭔가 해보려고 할 때마다 우리에게 빚만 안겨 주었으니까.

튜레

시간을 좀 더 두고 봅시다! 제발 좀 두고 보자구! ― 그건 그렇고, 형님께서 훈장을 네 개씩이나 받았다는 걸 들었소?

튜레의 처

그래 그 따위가 우리에게 무슨 도움이 되기나 했나요? 오히려 콧대만 점점 더 높아졌다는 생각만 드는 걸요. 아니 정신 차리세요. 곧 경찰이 서류를 갖고 올 거라는 생각이 내 머리에서 떠나지 않고 있어요 — 증인들을 들이 댈 것이고 — 그런 후 — 곧 경매에 들어가겠죠 — 그럼 모든 이웃들이 몰려와 우리 물건들을 샅샅이 뒤질 거예요! 여보, 정말 나를 슬프게 하는 것이 무엇인지 당신은 알기나 해요?

튜레
그 검정 —

튜레의 처
맞아요. 우리집 재산을 경매할 때 내 시누이란 사람이 그토록 내가 아끼던 검정 실크 드레스를 단돈 15 크루누르(Kronor)[2]에 샀다는 사실이죠! 고작 15 크루누르에 말이예요!

튜레
조금 기다립시다! 조금만 더 기다려요! 새 실크 드레스를 사도록 하면 되잖소 —

튜레의 처
(울고 있다.)

그렇긴 하죠. 그러나 내 시누이란 사람이 경매에서 구입한 내 드레스와 — 같은 것을 결코 살 순 없다는 말이예요.

---

2 스웨덴 통화 이름.

튜레

그럼 다른 것을 사도록하면 되지 않겠소! — 당신은 저기 놓여 있는 저 근사한 모자가 보이지 않소! 분명 형님댁에 국왕의 사 자가 와 계신 것이 분명해!

튜레의 처

그게 나와 무슨 상관이 있단 말이예요?

튜레

아니, 당신은 우리와 같은 성을 가진 형님이, 국왕 측근자의 방 문을 받고 있다는 것이 기쁘지도 않은 모양이지. 평범한 선생님 인 당신 오빠가 주교님의 만찬에 초대 되었을 때는 2주 동안이 나 기뻐하던 당신을 뚜렷이 기억하고 있는데 말이요.

튜레의 처

그런 기억이 전혀 없는 데요!

튜레

암, 그럴테지!

튜레의 처

반대로 난 3월 14일, 그 사람 때문에 우리가 임대한 집을 떠나 야 한다는 것만은 기억하고 있어요. 그것도 결혼한 지 2년 만에 두 팔에 갓난애를 안고서 말이죠! — 기가 막혀서! 우리가 이사 를 할 때면, 승객을 실은 증기보트가 도착하겠군요! 난 이 세상의 지체 높은 분들의 모든 삼각형 모자를 기억하고 있어요! 그런데 말이죠. 궁중의 고관대작이 넘쳐나는 마당에 당신 같은 정원사 따위에 신경이나 쓸 거라고 생각해요?

튜레

이걸 봐요! 이것 좀 보라구! 훈장이 보여, 형님의 훈장이! — 이것 좀 보라니까! —그는 책상 위의 보석상자에서 훈장 한 개를 꺼내어, 손 바닥에 올려 놓고 천천히 만진다.—

튜레의 처

한 푼의 가치도 없는 것을 봐서 뭘 한담!

튜레

훈장에 대해 험담을 하면 안 되지. 우리의 장래가 어떻게 끝을 보게 될지는 절대로 알 수 없는 거요. 최근에 스태링에(Stäringe)의 정원사는 사장이 되었을 뿐만 아니라 구스타브 봐사(Gustav Vasa)³ 왕으로부터 작위도 받았지 않소.

튜레의 처

글쎄, 그게 무슨 소용이 있냐구요?

---

3 구스타브 봐사(Gustav Vasa, 1496-1560) 왕은 덴마크인을 몰아내고 1523년 에릭 손 봐사(Erikson Vasa)로 스웨덴의 국왕이 되었다. 그는 국교를 루터교로 정하는 종교개혁을 단행. 또한 스웨덴이 발트 해의 강대국으로 발전하는 기틀을 마련.

튜레

무슨 소용이 있냐고 말하지만, 그건 분명한 기정 사실이니까, 그러니 이 가치 없는 것들이 -훈장을 암시한다.- 어쩌면 우리가 새집을 얻게 되는데 다소 도움이 될 수 있을지도 몰라 — 그런데 이렇게 마냥 기다리는 것이 어째 좀 길어질 것 같은 예감이 드는군. 이리 와요, 코트를 벗겨 줄테니! 이리 오라니까!

튜레의 처

(가벼운 저항 후에)

당신은 아주버님이 우리를 반가워 할 거라고 생각해요? 왠지 여기에 오래 머물러 있을 것 같지 않다는 느낌이 드는 걸요!

튜레

쓸데없는 소리 말아요! 형님께서 무슨 음식을 좋아하시는지 안다면, 맛있는 식사라도 대접해 드릴텐데. 만일 형님께서 우리가 이곳에 있다는 것만 아신다면 — 어디 두고 보도록 합시다! -종을 울리자 시종이 들어온다.- 당신은 뭐가 좋겠소? 샌드위치! 그게 좋겠지? -시종에게.- 준비해 둔 샌드위치들과 맥주를 갖다 줘요 — 잠깐! 내겐 보드카 한 잔 주도록 하고! — 여보, 교양있게 행동 해야만 해요, 알겠소?

무대 II.

남은 사람, 악셀, 시종.

악셀

(시종에게.)

그래 턱시도 차림으로 다섯 시란 말이지!

시종

모든 훈장을 달고 오시랍니다!

악셀

그게 그토록 꼭 필요한 건가?

시종

박사님께서는 민주당원이시니 다른 사람들에게 무례한 인상이나 거부감을 안겨주시길 원하지 않으신다면, 꼭 필요한 것이라고 생각합니다! 그럼 이만 실례하겠습니다! 박사님!

악셀

가보도록 해!

시종

(튜레와 그의 처에게 짧막한 인사를 한 후 나간다. 그러나 두 사람은 그의 인사에 답하지 않는다.)

무대 Ⅲ.

시종은 떠나고 **튜레**와 **그의 처**가 남아 있다.

악셀

이게 누군가! 자네로구먼! 정말 오래간 만이야! ─ 혹시 제수씨가 아닌지? 반갑군요! 반가워!

튜레

고마워요, 형님! 긴 여행에서 돌아오신 형님을 환영합니다!

악셀

신문을 봐서 잘 알겠지만, 아무렴 그렇지. 그것은 보통 여행이 아니었지.

튜레

그럼요, 읽었죠! ─침묵.─ 아버님께서 안부 전하라고 하셨어요!

악셀

흠, 아직도 내게 화를 내고 계신가?

튜레

아버님이 어떤 분이신지 잘 알고 계시지 않습니까! 그것 보세요. 형님께서 그 탐험을 하지 않으셨다면, 아버님은 그것을 세계 7대 불가사의⁴ 중의 하나라고 생각하셨을 겁니다. 형님이 그 탐험대에 계신 덕분에, 모든 것이 허위로 밝혀진 것이죠.

악셀

아무튼 우리 아버지답게 변한 게 하나도 없으시군! 그건 내가 당신의 아들이기에 내가 하는 일은 제대로 한다고 생각하지 않아서야. 그런 건 적어도 독선에 지나지 않아! 그래! 어쩌겠나! ― 그건 그렇고, 넌 요즘 어떻게 지내고 있어?

튜레

그다지 좋지 못해요! 그 은행대출 건을 형님도 잘 아시잖아요.

악셀

그래, 그건 사실이지! 참, 그게 어떻게 됐지?

---

4 이집트 기자의 대 피라미드, 에페소스의 아르테미스 신전, 메소포타미아 바빌론의 공중정원, 올림피아의 제우스상, 로도스 항구의 크로이소스 거상, 알렉산드리아의 파로스 등대, 할리카르나소스의 마우솔루스 영묘.

튜레

실은 그걸 제가 갚아야만 하는 처지에 놓였어요.

악셀

그건 정말 끔찍하게도 가슴 아픈 일이군. 기회가 되는 대로 우리 어떻게 해보도록 하자구.

시종

(아침식사를 담은 쟁반을 들고 들어온다.)

악셀

그게 뭐야?

튜레

네에, 제가 샌드위치를 주문했어요 ─

악셀

그것 참 잘 했군, 그래! 결혼식에도 참석하지 못했으니 제수씨와 와인 한 잔은 해야겠지.

튜레

아뇨, 우린 됐어요! 아침부터 무슨 술을! 아무튼 고마워요!

악셀

(시종에게 가라고 눈짓을 한다.)

실은 자네 부부와 함께 저녁식사라도 하면 좋겠지만, 내가 좀 나가 봐야 할 일이 생겨서 섭섭하군. 어딜 가는지 맞춰 보겠나?

튜레

설마 궁성에 가시는 것은 아니겠죠?

악셀

천만에, 왕자님과 점심식사를 하러 가는 거야!

튜레

하느님 맙소사! — 여보, 당신 할 말 없소?

튜레의 처

(대답을 하지 않고 괴롭다는 듯이 몸을 돌린다.)

악셀

왕족이 나와 친분을 갖고 싶어한다는 걸 우리 아버지가 듣게 되신다면, 분명히 공화당원이 되실 거야.

튜레

형님, 들어보시죠! 제가 좀 불쾌한 얘기를 꺼내는 것을 용서하세요. 그렇지만 그 얘길 하지 않으면 안 되는 형편이랍니다.

악셀

그 저주 받을 은행대출 얘기겠지!

튜레

그래요, 게다가 그것 뿐만이 아니죠. 간단히 말해 — 형님 때문에 집행영장이 나와, 이미 우리집은 빚 청산을 위한 경매에 들어갔고, 우리 가족은 길거리에 나가 앉게 된 상황이랍니다!

악셀

그 일 역시 불쾌하기 짝이 없는 상황이군! 그런데도 왜 대출을 받지 않은 건가?

튜레

그래요, 그렇게 말을 하시는군요! 형님도 떠나고 안 계셨는데, 어디서 돈 빌려 줄 사람을 다시 찾을 수 있었겠어요?

악셀

내 친구들한테 가 보지 그랬어.

튜레

가 봤었죠! 그런데 결과는 뻔한 것이었어요! 형님께서 우릴 도와 주실 수 있으시겠죠?

악셀

지금으로서 내게 무슨 도울 방도가 있겠어? 채권자란 채권자는 모조리 내 뒤를 쫓고 있으니, 자넬 위해 내가 할 수 있는 것은 아무 것도 없어. 이제 막 내게 일자리를 마련해 주겠다고 하는 판에, 내가 어떻게 돈 빌리는 짓을 할 수가 있겠나. 지금 내게 돈을 빌려보라는 것 보다 더 가혹한 말은 없을 거야. 조금만 기다려, 모든 것이 잘 될 테니.

튜레

그 모든 것이 끝날 때까지 우리가 참고 기다려야 한다는 말씀인가요. 그럼 밭을 일구고 씨를 뿌려 봄이 되면 수확을 거둘 수 있는 농사 지을 땅이라도 구해야만 해요. 그럴 장소를 구해 주시겠어요?

악셀

내가 어디서 그런 땅을 구한단 말이냐?

튜레

형님 친구들로부터지 어디겠어요!

악셀

내 친구들은 농지를 소유하고 있는 사람이 없어! 살겠다고 발버둥치며 방도를 찾고 있는 나에게 방해 좀 하지 말아줘! 내가 제대로 되어야 널 도울 수 있지 않겠냐구.

튜레

(아내에게.)

여보, 형님이 우릴 도우시겠데요!

악셀

지금으로선 어쩔 수가 없어! 내 앞도 못 가리는 판국에 다른 사람 걱정을 한다는 것이 말이 되겠어. 뭐라고 해야 할까? 그렇지 이런 거야. 지금 자네 식구들만의 문제가 아니라, 결국 그 친척들 몫까지 짐을 져야만 한다는 뜻이겠지. 그러니 나를 놔 주게!

튜레

(시계를 본 후 아내에게 말한다.)

이제 돌아가 봐야 할 것 같소!

악셀

이렇게 급히 어딜 가려는 거야?

튜레

애들을 데리고 의사한테 가 봐야 해요!

악셀

하느님 맙소사, 애도 있다는 거야?

튜레의 처

그래요, 자식이 있어요! 경매가 진행되고 있을 때, 우리에겐 병든 아이를 부엌바닥에 재워야만 했던 불쌍한 자식이지요.

악셀

아니, 그것이 나 때문이란 말이요? 그런 말을 들으니 미쳐버릴 것 같아요! 그게 나 때문이라니! 아마 내가 유명인사가 될 것이라 생각하기 때문이겠지! 내가 제수씨 식구들을 위해 어떻게 하면 되겠소? 만일 내가 떠나지 않고 이곳에 그냥 남아 있었다면 상황이 더 나았을 거란 말이요? 잘 들으세요! 아마 더 힘들게 됐겠지요. 그랬다면 아직도 나는 편안하게 가난한 교사로 남아 동생식구들에게 지금보다 더 도움이 되지 못했을 거요! 어서 병원에나 가 보도록 해요. 그리고 조금 있다 다시 오세요. 그땐 제수씨를 위해 뭔가 생각을 좀 해보도록 합시다.

튜레

(아내에게.)

그것 봐요, 형님이 우릴 돕겠다고 하지 않소!

튜레의 처

그렇게 해야만 하는 게 도리가 아닐까요?

튜레

형님은 당신이 원하는 건 다 해주실 거요!

악셀

믿지는 말게, 마지막 희망이 처음보다 더 절망적일 수가 있으니까! ― 오 맙소사, 자네에게 병든 자식까지 있다니! 그것이 나 때문이라니!

튜레

걱정 마세요. 생각하시는 것보다 그다지 심각하진 않아요!

튜레의 처

그래, 당신은 아무렇지도 않다는 듯이 잘도 말을 하는군요.

튜레

형님 그럼, 잠시 후에 뵙도록 하죠!

(린드그랜이 문에 서 있다.)

튜레의 처

(튜레에게.)

여보, 시아주버님은 우릴 시종에게조차 소개를 하지 않더군요!

튜레

쓸데없는 소리, 그게 뭐가 대단한 것이란 말이요?

(나간다.)

무대 IV.

상스러운 옷차림의 **악셀**. **린드그랜**은 면도도 하지 않고, 술에 취한 모습으로, 잠이 덜 깬 듯하다.

악셀

(린드그랜이 들어오자 깜짝 놀란다.)

린드그랜

날 알아보지 못하겠나?

악셀

아아, 이제야 알아 보겠군; 자네 아주 많이 변했어!

린드그랜

그래, 그렇게 생각하나!

악셀

그럼, 그렇게 생각하지 않구. 정말 놀랍군, 3년이란 세월이 이다지도 긴 시간이었나 보군…

린드그랜

글쎄, 3년이란 세월은 길다면 아주 길겠지! ― 앉으라는 말도 하지 않는 거야?

악셀

무슨 말을, 물론이지. 실은 막 나가려던 참이라 좀 바빠서!

린드그랜

그렇겠지, 자네란 사람이 언제는 안 바빴나!

(앉는다.)

(침묵.)

악셀

지금, 내게 뭐 좋지 않은 말을 하려고 벼르고 있는 것 같은데?

린드그랜

물론, 그렇지!

(안경을 닦는다.)

(침묵.)

악셀

얼마나 필요한가?

린드그랜

삼백 오십 크루나!

악셀

그런 돈이 내게 어디 있겠나, 게다가 만들 길도 없어!

린드그랜

저런! — 미안하지만, 한 모금 마시겠네!

(보드카 한 잔을 따른다.)

악셀

그것 대신 와인을 마신다면, 나를 기쁘게 해줄 수 있을 텐데 말이야?

린드그랜

아니, 왜 그래야 하지?

악셀

그 독한 보드카를 대수롭지 않게 마시는 것은 아주 흉하게 보이거든!

린드그랜

아주 품위 있는 사람이 되셨군!

악셀

그렇지 않으면 나의 신용과 명성에 먹칠을 하게 되는 거야!

린드그랜

자네가 신용이 있다는 말을 다하는군. 나를 밑바닥으로 끌어내렸으니, 그럼 다시 끌어 올려줄 수도 있겠군!

악셀

다시 말해 강경하게 요구를 한다 이거겠지!

린드그랜

난 자네의 희생자들 중의 한 사람이었다는 것을 기억할 뿐이야!

악셀

나도 잘 알고 있지. 자네에게 진 빚에 대한 감사한 마음을 갖고 있으니까; 내가 대학을 졸업할 수 있도록 도와준 사람도 자네야. 다시 말해 자네가 돈이 좀 있었을 때, 내 박사논문을 인쇄해 주었으니까…

린드그랜

나는 자네가 학계에 진출할 수 있는 결정적인 역할을 했던 학습 방법을 가르쳐 주었을 뿐만 아니라, 자네의 그 경솔한 성격에도 제대로 영향을 끼쳤지. 한 마디로 지금의 자넬 만든 건 바로 나란 말일세. 게다가 내가 겨우 학비 보조금을 신청했을 때, 자네가 중간에 끼어들어 그걸 가로챈 걸로 아는데!

악셀

암, 내가 받았지! 의심할 여지도 없이. 어느 기업가는 자네가 아

155

닌 나를 선택했다고 알고 있으니까!

린드그랜

그래서 난 끝장이 났었지! 한쪽이 얻게 됐으니, 다른 한쪽은 잃을 수밖에! ―
나에 대해 아주 훌륭하게 처신했다고 생각지 않아?

악셀

그런 걸 말해 은혜를 모른다고 말하겠지만, 나의 과업은 완수되었고, 학문은 깊어졌으며, 조국에 영광도 안겨주었고, 하여, 자라는 미래의 새싹들에게 그들의 욕구를 충족시켜 주기 위한 새로운 나라가 세워졌단 말일세!

린드그랜

브라보! 자넨 웅변술을 잘 익혔구먼! 그런 케케묵고 아무 쓸모 없는 것들을 공적이라고 떠들어 대는 자네 꼴을 보는 것이 얼마나 끔찍한 줄 알아?

악셀

그것 정말 끔찍하게도 은혜를 모른다는 느낌이 드는군. 그리고 자네는 나처럼 잘못된 상황에 처하지 않도록 행운을 빌겠네! ―
현실로 다시 돌아가도록 하지! ― 내가 자네를 위해 무엇을 해주면 좋겠나?

린드그랜

뭐라고 생각하나?

악셀

이 순간은 아무 것도 모르겠는 걸!

린드그랜

그럼 다음 순간엔 사라지겠지! 그런 후에 다시는 자넬 볼 수가 없게 될 테고!

(한 잔을 더 따른다.)

악셀

호텔 측에서 내가 그랬다고 의심할지 모르니, 꼬냑 병을 비우지 않도록 해주면 좋겠군!

린드그랜

부끄럽지도 않아?

악셀

자넨, 내가 자네 행동을 지적할 필요성을 느낀다는 것이 나에게 유쾌한 일이라고 생각하나?

린드그랜

이것 보라구, 오늘 저녁 파티의 초대장 한 장 구해 줄 수 있겠나?

악셀

그곳에선 자넬 들여보내 주지 않을 것이라는 사실을 말해야만 하니 마음이 아프군!

린드그랜

그건 —

악셀

자넨 취했어!

린드그랜

고맙군, 나의 옛 친구! — 이 보게. 그럼, 자네의 식물채집을 좀 봐도 되겠나?

악셀

안 돼! 대학의 연구비를 받아 다시 손을 봐야 하니까!

린드그랜

그럼, 민속학은 어떤가?

악셀

무슨 말을, 그건 내 분야가 아니야!

린드그랜

그럼 내게 이십 오 크루나만 — 줄 수 있겠어?

악셀

십 크루나 이상은 줄 수가 없어. 나에게 이십 크루나 밖에 없으니까!

린드그랜

제기랄!

악셀

사실이 그래! 세상 사람들이 부러워하는 이 몸의 처지를 좀 보라구! 나와 함께 기쁨을 나눌 사람이 단 한 사람이라도 있다고 생각하나? 한 사람도 없어 없어! 밑바닥에 남아 있는 자들은 성공한 자를 증오하기 마련이지. 반면에 높은 곳에 앉아 있는 자들은 아래에서 올라 올 사람들이 겁이 나는 법이니까!

린드그랜

그렇군. 자네가 불행한 것 같이 보이긴 보이는군! ―

악셀

그래, 이것 보라구. 방금 내가 30분 동안 경험한 것으로 봐선, 기꺼이 나와 자네 처지를 바꾸고 싶다는 생각이 드는군! 아무 것도 잃을 것이라곤 없는 안정된 자네와 말이야! 이토록 흥미롭고 호감을 주는 작고 초라한, 인정 받지 못하는 자네 말이네. 손을 내밀기만 하면 자네 손엔 돈이 쥐어지잖아. 자네가 팔을 내밀기만 하면 친구들이 그 팔을 잡아주겠지. 그 수많은 마음을 나눌 수 있는 친구를 가진 자네의 놀라운 방책이 존경스러워!

허긴 자네의 행운을 갖지 못한 나로서는 부럽기만 한 거지!

린드그랜

내가 그토록 형편 없는 저질이고, 자넨 아주 고귀하신 분이라 이거야? — 잘 들어보라구, 혹시 이 신문을 읽었는지 모르겠군?

(신문 하나를 들어 올린다.)

악셀

아니, 읽고 싶은 마음이 전혀 없어!

린드그랜

그렇긴 하겠지만, 자네 자신을 위해서 읽는 게 좋을 거야!

악셀

단 한 번이라도 자네를 기쁘게 해주지 않기 위해서 난 분명히 읽지 않을 것이야. 자네가 하는 말을 들으니, 내게 침을 뱉기 위해 날 찾아와, 어리석게도 자네가 시키는 대로 할 것이라 생각하고 나에게 그런 것을 요구하다니! — 이런 걸 알아? 이 순간, 발 디딜 틈 없는 대나무 숲에서 자넬 우연히 만났으면, 나의 후장식 소총으로 한치의 실수없이 정확하게 자네를 쏘아 쓰러뜨렸을 거라고 확신한단 말이야!

린드그랜

그럴 것이라 믿지, 이 짐승 같은 인간아!

악셀

누가 가장 빚을 많이 지고 있는 것을 모르니, 친구나 지인과는 그런 식으로 결산을 하는 법이 아니야. 그렇지만 자네가 빚에 대한 청구서를 가지고 올 땐, 내가 잘 검토해 보도록 하지! ─ 자네의 자선이란 명분 뒤에는 자신이 갖지 못한 나의 탁월한 능력이 자네가 할 수 없는 것을 충족시켜 줄 것이라는 계산도 무의식중에 깔려 있었겠지. 또한 그 사실을 내가 금방 눈치 챌 수 있었다고는 생각도 못했을 테고. 나에겐 발명의 재능과 진취성이 있었지만, 자넨 가진 것이라곤 오로지 돈과 친족관계 밖에 없었잖아. 그래서 자네가 나를 삼킬 수 없었던 것을 나는 자축할 수 있고, 자네를 삼킬 수 있었던 나를 용서할 수 있는 거란 말이야. 그땐 내가 먹힐 것이냐 먹을 것이냐 하는 것 외엔 다른 선택의 길이 없었으니까!

린드그랜

짐승 같으니라구!

악셀

그렇게 되길 그토록 원했겠지만, 자네 같은 쥐새끼는 짐승으로 승격될 수가 없었던 거야! ─ 지금 이 순간은 자네가 아닌 나를 끌어내리겠다는 소원이 자네에게서 사라진 것처럼 말이야! 뭔가 덧붙일 중요한 것이 있으면, 어서 서두르라구. 지금 난, 누굴 기다리고 있는 중이니까!

린드그랜

자네 약혼녀겠지!

악셀

그것도 캐내겠다고 엿보고 다닌 건가!

린드그랜

시정에 아주 밝군! 난 그 버림받은 마리가 어떤 생각을 하고 있고, 무슨 말을 하고 싶은 지 알고 있지. 그리고 자네 동생 가족이 어떻게 되었는지, 게다가 자네 제수씨가 어떤 일을 당했는지도 잘 알고 있으니까 ---

악셀

자네가 내 약혼녀를 알아? 말하자면 난 아직 약혼도 하지 않았는데!

린드그랜

그렇겠지. 난 그녀의 약혼자를 알고 있으니까!

악셀

무슨 말을 하고 싶은 거야?

린드그랜

그녀는 항상 다른 남자와 돌아다니더군 ---그럼, 자넨 그걸 모르고 있었단 말이야?

162

악셀

(출구 쪽으로 귀를 기울인다.)

아니, 알고는 있었지만, 두 사람이 끝난 줄 알았지! — 이 보게 15분쯤 후에 다시 오도록 하게. 그럼 어떤 방법으로든지 자넬 도울 방도를 모색해 볼테니!

린드그랜

나를 여기서 그럴듯하게 내쫓으려는 수작인가?

악셀

아니지, 빚진 것을 탕감하려는 거겠지! 아주 심각하게!

린드그랜

그럼 이만 갔다가 다시 오도록 하지… 그럼 잘 있게…

무대 V.

무대 IV에 있던 **사람들**, **시종**이 들어온다. 뒤 이어 검은 양복에 푸른 띠[5]

---

5 1883년, 술과 마약 퇴치를 위한 종교단체로 보다 나은 사회를 위해 정치가와 사회 지도자들에게 대응하는 단체.

를 두른 **세실리아**의 **약혼자.**

시종

어떤 신사 분께서 박사님을 뵙고 싶다고 청하십니다!

악셀

들어오시도록 해!

시종

(문을 열어 놓은 상태로 나간다.)

세실리아의 약혼자

(들어온다.)

린드그랜

(앞에 있는 사람을 찬찬히 살펴본다.)

잘 있게, 악셀! — 행운을 비네!

(간다.)

악셀

잘 가게!

무대 VI.

악셀. 당황하는 **세실리아의 약혼자** .

악셀
누구신지…

세실리아의 약혼자
저는 당신과 같이 박사란 칭호는 갖고 있지 않습니다, 제 용건
은 마음의 문제로 말씀 드릴 게 있어서요…

악셀
당신은 그… 세실리아 양을 아시오?

세실리아의 약혼자
제가 바로 그 사람입니다!

악셀
(먼저 머뭇거린 후 단호하게.)

자, 앉으시죠!

(문을 열고 시종에게 눈짓을 한다.)

악셀

(시종에게.)

내 영수증을 챙기도록 하고, 저 안에 있는 내 짐도 꾸리고, 주문한 마차를 30분 후에 대기 시키도록.

시종

(인사를 하고 간다.)

알겠습니다, 박사님!

악셀

(세실리아의 약혼자 앞으로 다가와 의자에 앉는다.)

자, 말씀 하시죠!

세실리아의 약혼자

(잠깐 침묵을 지킨 후, 감동을 주는 부드러운 말투로.)

한 성읍에 두 사람이 살고 있었습니다. 한 사람은 부자이고, 다른 한 사람은 가난하였습니다. 부자에게는 양과 소가 매우 많으나, 가난한 이에게는 자기가 산 작은 암양 한 마리 밖에는 아무것도 없었습니다…[6]

악셀

그게 나와 무슨 상관이 있다는 거요?

세실리아의 약혼자

(전과 같이.)

… 작은 암양 한 마리와, 그가 사고 길렀던…

악셀

너무 뜸을 들이는군! 도대체 말하고 싶은 것이 뭐요? 아직도 세실리아와 약혼한 사인가요?

세실리아의 약혼자

(회피하는 듯.)

내가 언제 세실리아에 대해 얘길 한 적이 있나? 그랬던 가요?

악셀

이것 보시오, 신사 양반. 어서 당신 용건이나 말해요. 그렇지 않

---

6 구약 성경, 사무엘기 하권 12:1-3: "주님께서 나단을 다윗에게 보내시니 나단이 다윗에게 나아가서 말하였다. 한 성읍에 두 사람이 살고 있었습니다. 한 사람은 부자이고, 다른 한 사람은 가난하였습니다. 부자에게는 양과 소가 매우 많았으나, 가난한 이에게는 자기가 산 작은 암양 한마리 밖에는 아무것도 없었습니다. 가난한 이는 이 암양을 길렀는데, 암양은 그의 집에서 자식들과 함께 자라면서, 그의 음식을 나누어 먹고 그의 잔을 나누어 마시며 그의 품안에서 자곤 하였습니다. 그에게는 이 암양이 딸과 같았습니다."

167

으면 밖으로 내던져 버릴테니! 빙빙 돌리지 말고 간단하고 정확하게 말하란 말이오⋯

세실리아의 약혼자

(스누스(snus)⁷를 건넨다.)

하시겠소?

악셀

고맙지만 사양하겠소!

세실리아의 약혼자

위대한 남자란 그다지 약점이 없는 법이죠.

악셀

좋소, 당신이 말하지 않으니. 내가 해야겠군. 실은 당신과는 아무 상관이 없지만, 당신이 모르는 것 같아서 하는 말인데, 알아두는 것이 좋을 거요; 당신의 옛 약혼녀인 세실리아 양과 나는 약혼한 사이요.

세실리아의 약혼자

(타격을 받는다.)

---

7 담배의 종류로 입 안에 넣고 냄새를 맡는 담배.

나의 옛 약혼녀라구요?

악셀
그렇소; 그녀는 당신과의 관계를 청산했다더군!

세실리아의 약혼자
금시초문인 걸요!

악셀
(재킷 주머니에서 반지 하나를 꺼낸다.)

놀라운 사실이겠지만, 아무튼 이제 알았지 않소! 여기 내 반지
를 잘 보시요!

세실리아의 약혼자
그녀가 우리 약혼을 파혼했다는 말인가요?

악셀
그녀는 한꺼번에 두 사람과 약혼을 할 수가 없었기 때문이기도
하지만, 더 이상 당신을 좋아하지 않기 때문이요. 그래서 그녀
는 당신과의 관계를 청산해야만 했던 거요! 당신이 이곳에 들어
왔을 때, 나를 짓밟지 않았었다면, 당신에게 이 사실을 좀 더 나
은 방법으로 얘기해 줄 수 있었을 거요.

세실리아의 약혼자

당신을 짓밟은 적이 없어요!

악셀

겁쟁이에다 거짓말쟁이, 아첨꾼, 허풍쟁이 같으니라구!

세실리아의 약혼자

(부드럽게.)

박사님, 당신은 냉혹한 분이군요!

악셀

아니지, 그러나 그렇게 되겠지! 당신은 방금 나의 감정에 대해 전혀 배려가 없었소. 당신은 나를 비웃었지만, 난 그러지 않았단 말이요. 이제 우리의 대화는 끝난 것 같소!

세실리아의 약혼자

(진심으로 흥분한 동작으로.)

나에게 유일한 순한 양이었던 그녀를 당신이 뺏어갈까 두려웠죠. 그러나 당신은 그녀를 원하지 않았어요. 그건 당신이 너무 많은…

악셀

내가 정말 그녀를 원치 않았다는 것은 인정하겠소. 하지만 당신은 그 후, 그녀가 당신과 함께 하길 원했다는 사실을 확신할 수 있는 거요?

세실리아의 약혼자

박사님, 저를 너그럽게 봐 주시죠…

악셀

그러지요, 만일 당신이 나를 그렇게 봐준다면!

세실리아의 약혼자

저는 가난한 사람에 불과해요…

악셀

나 역시 마찬가지요! 그러나 내가 듣고 본 것에 의하면 당신은 다른 세상에서 안정된 행복감에 젖어 있는 것으로 아는데! 나는 그렇지 못해요! 아무튼 내가 당신으로부터 뺏은 것이라곤 없소. 다만 스스로 원하는 것을 받아들였을 뿐이요! 전적으로 당신과 마찬가지로!

세실리아의 약혼자

그 아가씨를 위해 미래를 꿈꾸었던 나였어요. 아주 밝기만 했던 미래를…

악셀

당신이 그렇게 말을 하니 말인데, 내가 당신에게 무례한 말을 하는 것을 용서해 주길 바라오: 어떤 면에서 그 아가씨의 미래가 내 곁에서 더 밝게 보이지 않을까요?…

세실리아의 약혼자

박사님은 하찮은 노동자인 저의 입지를 떠올리시는 것 같군요…

악셀

천만에, 당신이 아닌 나를 좋아하고 있다고 말하는 당신이 심장에 담고 있는 그 아가씨의 미래를 떠올리고 있소. 그렇게 나를 사랑하는 여자와 함께 밝은 그녀의 미래를 꿈꾸는 자유를 누리고 있단 말이요!

세실리아의 약혼자

교수님은 정말 대단하시군요. 우리 같이 하찮은 사람들은 희생이나 하라고 창조된 피조물인가 봅니다!

악셀

이것 보시오. 나는 당신이 세실리아를 원하는 경쟁자 한 사람을 밀어제쳤다는 것과, 또 그것은 전혀 정당한 방법이 아니었다는 것을 설명해 줬소. 그 희생자가 당신을 좋아했을 것이라고 생각했소?

세실리아의 약혼자

나쁜 인간 같으니라구!

172

악셀

당신은 그런 인간으로부터 그녀를 구해낸 거요! 이젠 내가 당신
으로부터 그녀를 구해내야 할 차례인 것 같군! 잘 가시오!

무대 VII.

남아 있던 사람들, 세실리아.

세실리아의 약혼자

세실리아!

세실리아

(뒷걸음질 친다.)

세실리아의 약혼자

당신의 길이라고 잘도 찾아왔군!

악셀

(세실리아의 약혼자에게)

멀리 떠나도록 하시지!

세실리아

물 한 잔 줘요!

세실리아의 약혼자

(보드카 술병을 들어 올린다.)

술병이 빈 것 같군! — 세실리아, 저 자를 조심하라구!

악셀

(세실리아의 약혼자를 문밖으로 밀어낸다.)

당신이란 사람은 이곳에선 전혀 쓸모가 없는 존재야 — 썩 꺼져!

세실리아의 약혼자

세실리아, 저 자를 조심하라구!

(나간다.)

무대 VIII.

악셀, 세실리아.

악셀

그것 정말 최고로 기분을 상하게 하는 소동이었어. 당신이 그와의 관계를 솔직하게 청산했었다면 좋았겠지. 그리고 내 방으로 나를 찾아오는 것을 피해 줬다면, 이런 괴로움은 내가 면할 수 있었지 않겠어!

세실리아

(운다.)

내가 또 질책을 받는군요!

악셀

그것을 야기시킨 사람이 누군지 생각해 봐야만 하겠지. 그리고 문제가 끝났으니 — 이제 우리 화제를 바꾸도록 하자구! — 그럼 "어떻게 지내시죠?"라는 인사로 시작해 볼까?

세실리아

그저 그렇죠!

악셀

말하자면, 좋지 않다는 말인가?

세실리아

당신은 어떤가요?

악셀

아주 좋아, 그런데 단지 조금 피곤하군!

세실리아

오후에 우리 고모 댁에 함께 갈 건가요?

악셀

아니, 저녁식사 약속이 있어 그럴 수가 없겠군.

세실리아

어련하시겠어요. 그것이 더 재미가 있는 거겠죠! 당신은 그토록 외출을 자주하는데, 난 결코 그런 일은 하지 않는다구요!

악셀

휴우!

세실리아

왜 한숨을 쉬는 거죠?

악셀

당신의 그 불평이 한심하단 인상을 주었기 때문이야!

세실리아

요즘 들어 당신은 한심한 인상을 아주 많이 받는 것 같아요…

악셀

예를 들자면?

세실리아

신문을 읽을 때죠!

악셀

나에 대한 스캔들을 읽었다는 거로군! 그걸 믿는 거요?

세실리아

그럼, 뭘 믿을까요?

악셀

분명히 당신은 나를 그 신문기사에 표현된 것처럼 양심의 가책을 받지 않는 사람이라고 의심을 하고 있겠지; 그럼에도 불구하고 나와 결혼하려고 하는 것은 완전히 실용적인 동기일 뿐 인간적인 측면에 끌린 것은 아니라고 받아들일 수밖에 없군.

세실리아

마치 나를 전혀 사랑하지 않았던 것처럼 말을 너무 심하게 하는
군요!

악셀

세실리아! 십오 분 후에 나와 함께 이곳을 떠나겠소?

세실리아

십오 분 후에라구요? 그럼 어디로 가는 거죠?

악셀

런던으로!

세실리아

우리가 결혼식을 올리기 전에는 난 절대로 당신과 함께 가지 않
아요!

악셀

그건 왜?

세실리아

왜 그렇게 급하게 떠나야만 하는 거죠?

악셀

이곳은 숨이 막히는 것 같단 말이야! 만약 우리가 이곳에서 산

다면 사람들이 나를 짓밟아 다시는 일어서지 못할 것 같아!

세실리아

그것 정말 이상도 하군요. 그토록 나쁜 상황에 처해 있나요?

악셀

나와 함께 떠날 거요, 안 떠날 거요?

세실리아

나중에 나와 결혼하지 않을 수도 있으니, 결혼하기 전에는 결코 떠나지 않겠어요!

악셀

그것이 나에 대한 믿음이로군! 내가 들어가서 편지 몇 통을 쓰는 동안 이곳에 앉아있도록 하시지!

세실리아

문을 열어 둔 채 혼자 앉아 있어야 하나요?

악셀

문은 닫지 말도록 해요. 그렇지 않으면 우린 서로를 전혀 볼 수 없지 않겠소!

(왼쪽으로 간다.)

세실리아

아무튼 너무 오래 걸리지 않도록 하세요!

(문쪽으로 가서 열쇠를 튼다.)

무대 IX.

세실리아는 홀로 남아있다. 출구를 통해 **마리**가 들어온다.

세실리아

문이 잠겨 있지 않았던가요?

마리

아뇨, 내가 본 것으론! ― 그랬구나, 문이 잠겼지 않았었나?

세실리아

실례지만 누구시죠?

마리

그런 당신은 누구죠?

세실리아

알 필요 없어요!

마리

좋아요! 그럼 알겠어요! 맞아, 당신이군! 지금까진 — 내가 당신의 희생양이었던 게지!

세실리아

난, 당신을 알지 못한다구요!

마리

반면에 난 당신을 잘 알고 있죠!

세실리아

(일어나서 문이 있는 왼쪽 편으로 간다.)

그럴 리가! ─악셀의 방문 앞에서.─ 잠깐 나와 보도록 해요!

무대 X.

남아 있는 사람들, 악셀.

악셀

(마리에게.)

여기서 뭘 하려는 거요?

마리

그건 아무도 모르죠!

악셀

나가라구!

마리

왜죠?

악셀

우리 두 사람의 관계는 이미 삼 년 전에 끝났으니까!

마리

이제 또 새로운 사람이 쓰레기 더미에 버려지겠군!

악셀

내가 지키지 못할 약속을 당신에게 한 적이 있었나? 내가 당신에게 빚진 것이라도 있단 말인가? 내가 결혼에 대한 언급을 했던 적이 있었나? 우리 사이에 자식이라도 있었던가? 당신의 총애를 나 혼자 받은 건 아니겠지?

마리

그런데, 지금은 혼자가 되고 싶다 이건가요? 저 애를 위해서?

세실리아

(마리를 향해 간다.)

닥치라구요! ─ 난 당신을 알지 못하니까!

마리

글쎄, 우리가 함께 길에서 몸을 팔았을 땐, 서로 아는 사이였지.
또 광장에 서서 호객을 할 때, 우린 서로 말을 트고 지내던 사이
가 아니었나? ─악셀에게.─ 당신은 지금 저 애와 결혼을 하겠다
는 건가요? 당신은 저 애에게는 너무 과분하다는 걸 아는지 모
르겠군요?

악셀

(세실리아에게.)

이 아가씨를 전부터 알고 지내던 사인가?

세실리아

전혀!

마리

챙피한 줄 모르는군! 난 네가 너무 고상해져서, 처음에는 널 알

아 보지 못했으니까…

악셀

(세실리아를 빤히 쳐다본다.)

세실리아

(악셀에게.)

어서 가도록 하자구요! 당신을 따라 갈 테니!

악셀

(정신없이.)

곧 가도록 하지! 잠깐만 기다려! ― 써야 할 편지 한 장이 남아
있어서 ― 먼저 우리 문이나 달도록 하자구!

마리

고맙지만 사양하겠어요. 조금 전 저 여자처럼 갇힌 신세가 되고
싶지는 않으니까요!

악셀

(정신없이.)

방금 문이 닫혀 있었다는 거야?

세실리아

(마리에게.)

문이 닫혔었다고 주장할 수 있어?

마리

그건 네가 닫혔었다고 생각했기 때문이겠지. 내 생각엔 네가 제대로 닫지 않았기에 문이 열렸던 게 아닌가…

악셀

(세실리아를 주목한 후 마리를 유심히 본다.)

마리, 예전엔 당신은 아주 착한 처녀같이 보였지. 이제 나의 편지들을 돌려주지 않겠소?

마리

그럴 순 없어요!

악셀

그걸 뭣에다 쓰려고 그래?

마리

사람들은 내가 그걸 비싸게 팔 수 있다고 하더군요, 당신이 이렇게 유명인사가 된 지금엔 말이죠.

악셀

그것으로 내게 복수를 하겠다 이거로군!

마리

바로 그거죠!

악셀

린드그랜이 그랬나?…

마리

그래요!… 바로 그 사람이 저기 있군요!

무대 XI.

남아있던 사람들, 린드그랜.

린드그랜

(기분이 아주 좋다.)

아니 이렇게 아가씨들이 많이 있다니! 아니, 마리양도 있잖아. 허긴 직업에 귀천이 없으니 당연한 일이지. 이것 보라구, 악셀!

악셀

비록 내가 자넬 만나지 않더라도, 자네에 대한 소문은 다 듣고 있어! 아주 기분이 좋아 보이는군! 어찌 이런 불행한 일이 나에게 일어날 수 있다는 거야?

린드그랜

조금 전, 침대에서 나오기 전까진 아침부터 난, 기분이 별로 좋지 않았거든. 그런데 지금 비프 한 조각 먹고 났더니… 그렇지! 이것 봐! — 아무튼 자넨 나에게 어떤 빚도 진 것이 없어. −악셀은 놀라 얼굴을 찡그린다.− 내가 자넬 도운 것은, 그저 좋은 마음으로 했다네. 그리고 동시에 난, 그 일에 기쁨을 느꼈고 영광스럽다고 생각했었지. 그러니 내게서 받은 것은 빚이라 생각지 말고, 그냥 내 선물이라 생각해 주게!

악셀

지금 자넨 너무나 겸손하고 관대하군, 그래!

린드그랜

무슨 말을! 아무튼 그 답례로 내 보증인이 되어줄 수 있겠나?

악셀

(망설인다.)

린드그랜

걱정 말게. 자네를 자네 동생과 같은 처지로 몰아넣지는 않을

187

테니까…

악셀

무슨 말을 하고 싶은 거야? 내 동생을 그런 불행 속으로 몰아넣은 장본인은 바로 나야…

린드그랜

맞아, 이백 크루나였을 거야. 그런데 자네 동생은 자네를 5년 동안 그 집의 차용보증인으로 삼았단 말이야…

악셀

무슨 소리야?

린드그랜

뭐라고 말을 좀 해보시지? — 흐흠!

악셀

(자신의 시계를 본다.)

잠깐 기다려주게. 들어가서 편지 몇 통 쓰고 나올 테니!

세실리아

(그를 따라가려 한다.)

악셀

(그녀를 돌려보내려 한다.)

귀여운 친구 잠깐만 기다리도록 하라구… ─ 그녀의 이마에 키스를 한다. ─ 잠깐이야!

(좌측으로 간다.)

린드그랜

여기 종이가 있군! 지금 바로 쓰도록 하라구!

악셀

이리 줘!

(결심한 듯 좌측으로 간다.)

무대 XII.

악셀을 제외한 **남아 있는 사람**.

린드그랜

아니, 이제 화해한 건가, 작은 아씨들?

마리

그럼요! 여길 떠나기 전에, 우린 더욱 더 친해져 있을 걸요!

세실리아

(얼굴을 찡그린다.)

마리

오늘 뭔가 재미있는 것을 좀 하고 싶은데 말이야!

린드그랜

나랑 나가자구, 돈이 생길 테니!

마리

싫어요!

세실리아

(마치 그녀는 지지자를 찾는 듯이 악셀이 들어간 문앞에 걱정스럽다는 듯이 앉는다.)

린드그랜

오늘 저녁 불꽃놀이를 보러 가자구. 저 위대한 남자가 화려한 벵갈식 불꽃 앞에서 어떻게 보이는지 볼 수 있게 될 테니; 나의 귀여운 세실리아, 자기는 어때?

세실리아
만일 내가 여기 머문다면, 아마 병이 들고 말 것이라는 걸 잘 알아요.

마리
그런 게 처음이 아닐 텐데!

린드그랜
내가 좀 보도록 한 번 싸워 봐, 이 아가씨들아. 치고받고 해보라구. 머리채도 쥐어뜯어 보란 말이야! — 알겠어!

무대 XIII.

남아 있던 사람들, 튜레와 그의 처.

린드그랜
이것 보라지! 옛 친구들! 안녕들 하신가요?

튜레

덕분에!

린드그랜

애들은?

튜레

애들이라니?

린드그랜

그래? 자넨 아이들을 잊은게로군? ― 역시 이름을 기억하는 것조차도 어렵겠지?

튜레

이름이라구요?

린드그랜

― 서명이랄까? ― 저 안에 있는 자는 정말 지독하게 느리군!

튜레

저 안에, 우리 교수 형님이 계시는 거요?

린드그랜

교수님이 있는지는 모르겠지만, 방금 자네 형이 저 안으로 들어가긴 갔지! ― 아무튼 우리 찾아보도록 하자구.

(노크를 한다.)

쥐 죽은 듯 조용하군!

(다시 노크를 한다.)

그럼 들어가 봐야지!

(들어간다.)

(걱정과 긴장감이 돈다.)

세실리아
이게 어떻게 된 거지?

마리
무슨 일이야!

튜레
이곳에서 무슨 일이 있었나요?

튜레의 처
여기 뭔가 좀 이상해요⋯ 아마 아주버님은 우릴 결코 돕지 않을
걸요!

린드그랜

(손에 병 하나와 몇 통의 편지를 들고 나온다.)

여기 뭐라고 써 있는 거야? -병을 살핀다.- 靑酸(청산)? — 이렇게 센치멘탈하고 바보 같은 사람이 있나. 이렇게 하찮은 일로 자살을 하다니.

(놀란 비명 소리.)

그랬군. 자넨 탐욕스런 사람이 아니었군, 악셀! — 아니… -다시 방문 안을 살핀다.- 그가 보이지 않는데… 그리고 그의 물건들 역시. 그럼 떠났단 말이야? 이 약병은 뜯지도 않았고 — 그가 자살을 하려 했다가 맘을 고쳐 먹었다는 뜻이겠지! — 여기 그가 남긴 서신을 좀 보세요. '세실리아 양에게…' 뭔가 둥근 것이 들어 있군요 — 약혼반지가 분명해… 자, 받으세요! '내 동생 튜레에게' -편지를 불빛에 비춰 본다.- — 파란색 종이도 들어 있어… 이건 차용한 금액이 써 있는 수표잖아!… 그것 보라니까!

(문쪽에 세실리아의 약혼자가 보인다.)

튜레

(형의 편지를 읽는다.)

결국 형이 우리를 도왔다는 걸 알겠지…

튜레의 처

그래요, 그렇다고 해두죠!

린드그랜

이것은 보증인 서명도 없는! 내 계약서잖아! — 정말 대단한 인간이로군! 악마 같은 놈!

마리

그럼 불꽃놀이 구경은 물 건너 간 거로군요!

세실리아의 약혼자

나에게 남긴 건 아무 것도 없었나요?

린드그랜

있구말구. 물론 저기 구석에 앉아 있는 약혼녀지 — 아무튼 그 얽히고 설킨 문제를 다 해결한 대단한 남자야! 내가 속다니 정말 화가나 피가 거꾸로 치솟는 것 같지만, 내가 그 사람이었다 해도 나 역시도 그랬을 거야 --- 아마 당신들도 마찬가지였겠지? 그렇지 않나?

막이 내린다.

첫 경고
FÖRSTA VARNINGEN

일 막
EN AKT

등장인물

남편; 37세
아내; 36세
로사; 15세
남작부인; 로사의 어머니, 47세

19세기 독일을 배경으로 창작된 연극

무대배경

독일식 식당 방: 중앙에 긴 식탁이 놓여있다; 우측에는 커다란 찬장 하나와 벽난로가 보인다.

무대 안쪽 문을 통해 포도밭과 교회의 첨탑 등이 있다. 좌측에는 벽지와 같은 종이로 도배된 눈에 띄지 않는 평면의 문이 보인다.

찬장 옆에 놓여 있는 의자 위에 자루같은 여행 가방 한 개가 놓여있다.

장면 I.

아내가 탁자에 앉아 무엇인가 쓰고 있다. 탁자엔 꽃다발과 장갑이 놓여있다. **남편**이 들어온다.

남편

오후이긴 하지만, 굿 모닝. 잘 잤소?

아내

상황이 그랬던 만큼 정신없이 잤죠!

남편

허긴, 어제 저녁 조금 일찍 자리를 떴어야 했어…

아내

오늘 밤, 당신이 같은 말을 몇 번씩이나 반복했는 지 기억하고 있다구요…

남편

(꽃다발을 만져본다.)

그걸 다 기억하고 있단 말인가?

아내

내가 노래를 몇 곡씩 불러, 그것을 당신이 싫어했던 것까지도 기억 하죠… 손대지 말아요, 꽃들이 다 망가진다구요!

남편

전에도 대령의 꽃다발이었지 않나?

아내

그럼요. 꽃가게의 꽃이기 전에는 화원 주인의 꽃이 분명했겠죠. 하지만, 지금은 내 것이죠!

남편

(꽃다발을 내동댕이쳐 버린다.)

이 동네는 남의 아내에게 꽃을 보내는 아름다운 습관이 있나 보군 그래!

아내

신사 양반께선 일찍 집에 돌아가서 잠자리에 들었어야 했다는 생각이 들군요.

남편

분명히 대령도 그러고 싶었을 거라고 생각하지. 그런데 오로지 나만 남아있길 원했다면 바보 취급을 받았을 거 아냐. 혼자 집에 갔다고 해도 바보 취급을 했을 테고, 그래서 난 남아있었던 것뿐이라구…

아내

그것 참 우스꽝스럽군요!

남편

당신은 어떻게 해서 우스꽝스런 남자의 아내가 되고 싶었는지 설명할 수 있을까? 난 우스꽝스런 아내의 남편이 되길 원하지는 않으니까!

아내

당신은 참 딱하기도 하군요!

남편

난, 종종 나 자신에 대해 그런 생각을 하는데 당신은 자기 자신에 대해서 그렇게 생각지 못하나 보군. 사실은 나의 비극적인 그 우스꽝스러움이 어디에 있는지 알아?

아내

직접 대답해 보시지 그래요. 당신 말대로 따라 하면 그땐 우린 서로 비길 수 있을 테니까!

남편

15년 간의 결혼생활 이후에도 내가 아내를 사랑하고 있다는… 그 점에 관해서는…

아내인

15년이라! 당신은 만보기를 갖고 다니는 모양이죠?

남편

(부인 곁에 앉는다.)

내 고통의 길 말인가? 아니지! 즐거운 인생을 즐기고 있는 당신이지만, 어쩔 수 없이 곧 발걸음 수를 세야만 할 거야… 내 머리가 희끗희끗해지는 동안 유감스럽게도 당신은 나에 비해 여전히 젊단 말이야. 우린 나이가 거의 같으니 당신도 역시 나처럼 되어가기 시작한다는 사실을 자신의 모습에서 찾아볼 수 있는지 모르겠군…

아내

당신이 학수고대하는 것이 바로 그것이로군요!

남편

그렇지 않구서! 오로지 나만을 위해 존재하는 당신이길 원했고, 또 나를 휩싸고 있는 그 불안감의 끝을 보길 원했기 때문이지. 그래서 나는 종종 당신이 아주 늙어 흉하고 농포가 온 몸을 덮어버리고, 이빨이 몽땅 빠져 버리길 바라지 않은 줄 알아!

아내

정말 근사하군요! 내가 늙고 흉하게 된다면 또 다시 불안감이 생길 때까진 아마 당신은 안정을 되찾게 되겠죠. 그때 난, 저 곳에 편안히 혼자 앉아 있게 되겠군요.

남편

그게 아니지!

아내

아니긴요! 당신이 질투를 느낄 까닭이 없을 땐 당신의 사랑이라는 것은 곧 식어 미지근해지는 것을 보여줬으니까요. 지난 여름 사람이 살지 않는 섬에 머물렀던 것 하나만 기억해 보라구요. 당신은 왠종일 낚시와 사냥을 하고 돌아다녀 왕성한 식욕으로 살만 쪘잖아요… 자신감에 넘치는 듯 행동하더라니! 아무튼 그건 무지한 짓이었다구요.

남편

아무튼 기억하구 말구. 난 정원사에게도 ― 질투를 했었으니까.

아내

맙소사!

남편

그랬었지, 당신이 … 일을 시킨답시고 그 자와 얘기를 하고 있는 모습을 발견했지. 당신은 그에게 장작을 패러 보내기 전에 그의 건강 상태와 미래의 전망, 또 애정 관계를 묻고 있더군…
아니 당신 얼굴이 빨개지는군 그래!

아내

내 남편이란 사람이 창피하게 여겨지니 빨개질 수 밖에요!

남편

… 당신 남편이란 사람이…

아내

… 조금도 창피한 구석이라곤 없단 말이죠!

남편

허긴 말도 아닌 것을 잘도 지껄여 대는군. 그건 그렇고, 왜 나를
증오하는지 설명해 줄 수 있을까?

아내

절대로 당신을 증오한 적은 없었어요; 단지 경멸했을 뿐이지!
왜냐구요? 아마도 내가 모든 남자들을 경멸하는 것과 동일한
이유겠죠. 그들은 나를 보면 곧 바로, ― 글쎄 뭐라고 하면 좋을
까? ― 나를 사랑하게 되어버리더라구요. 그게 그래요. 그런데
왜 그런지, 난 도무지 알 수가 없다니까요.

남편

난 이런 걸 깨달았어. 내가 당신을 증오할 수 있기를 견딜 수 없

을 정도로 원했었지, 그래서 당신이 나를 사랑하지 못하도록 말이야 — 슬프도다, 자기 아내를 사랑하는 남자여!

아내
참 딱한 사람이군요. 허긴 나도 딱하긴 하지만! 그러니 우린 어쩌면 좋을까요?

남편
어쩌긴 어쩌겠어! 우린 7년 동안 여행도 했고 이리저리 떠돌아다녀 보기도 했었잖아. 나는 그 여행 분위기와 행운이 이런 상황을 개선해 줄 모종의 참신한 무엇인가를 우리 인생행로에 가져다 줄 수 있을 것이라고 기대했었지. 다른 여자를 사랑해 보려고 노력도 해봤지만 맘대로 되지 않더군. 그동안 당신의 지속적인 경멸과 나의 영원한 바보 같은 짓은 내 용기와 나 자신에 대한 믿음과 정력을 송두리째 앗아가 버렸어; 나는 당신한테서 여섯 번씩이나 도망을 쳤었지 — 이젠 일곱 번째를 시도해 보려고 하는 거야!

(일어나서 배낭 여행가방을 챙긴다.)

아내
그럼 당신 혼자서 여행을 떠난 것이, 내게서 도망쳤던 것이란 말인가요?

남편

실패한 탈출의 시도라! 마지막엔 제노바(Genua)[1]에 갔었지. 박물관에 갔었지만 그림들은 보이지 않더군, 당신만 보이더라구; 오페라에 갔을 때도 오페라 가수들 노래는 들리지 않았어. 모든 뉘앙스의 당신 목소리만 들렸으니까; 우연히 폼페이(Pompej) 창녀촌에 들어가게 되었지; 그때마저 오로지 당신을 닮은, 아니면 당신을 닮기 시작한 한 여자만이 나를 매혹시키더라니까!

아내

(화를 낸다.)

아니, 그런 곳엘 갔었단 말이예요?

남편

물론! 사실 그곳에 다다른 것은 나를 괴롭히는 당신에 대한 내 사랑 때문에, 또 나의 정절 때문이었어. 그것이 나를 웃음거리로 만들기 때문이지.

아내

우리 부부 관계는 이제 끝장이라구요!

남편

나 역시 그렇게 생각하지. 당신은 나에 대해 절대로 질투를 한

---

1 이탈리아의 도시.

210

적이 없었으니까.

아내
물론이죠. 그런 병적인 건 결코 느껴본 적이 없었으니까. 당신을 미치도록 사랑하는 로사에게조차 한 번도 질투를 느낀 적이 없는 걸요.

남편
저런, 그런 걸 눈치채지 못한 나는 아주 배은망덕한 놈이잖아! 그녀가 너무 자주 저 커다란 찬장을 뒤지는 것을 보면서, 오히려 난 늙은 남작부인에게 약간 의심을 했었지; 요컨대 그녀는 우리 집 주인이고 가구는 그녀의 소유란 것을 생각해 보면, 이 방에서 소일하는 그녀에 대해 어쩌면 내가 잘못 생각했던 것 같기도 하지만…
이제 들어가서 옷이나 갈아 입어야겠어; 30분 후면 난 이 집에 없을 거야 — 제발 부탁이니 작별 인사는 없도록 하자구!

아내
작별 인사를 한다는 것이 두려운 게 아닌가요?

남편
그렇지 않구, 특별히 당신일 경우엔!

(간다.)

장면 II.

잠깐 동안 **아내**가 혼자 남아 있다; 그런 후 **로사**가 들어온다. 옷을 아무렇게나 입고, 머리는 풀어헤치고, 정수리에서 두 **뺨**과 턱까지 수건으로 싸잡아 맨 것으로 보아 치통을 암시한다; 무릎 밑까지 내려오는 원피스의 왼쪽 소매는 찢어져 구멍이 나 있다. 그녀는 꽃이 담긴 커다란 바구니를 들고 있다.

아내

아니, 로사 아가씨! 우리 아기씨에게 무슨 일이 있는 건가요?

로사

안녕하세요! 이빨이 너무 아파 죽을 것만 같아요!

아내

가여운 아기씨!

로사

내일, 성체 성혈 대축일(Alla helgons day)[2]에 행진을 하려고 해요 — 그래서 장미 꽃장식을 묶는 걸 악셀 아저씨가 오늘 도

---

2 성체 성혈 대축일로 파스카 아침, 그리스도의 무덤에 종려나무 가지를 들고 행진하거나 성대하게 성체를 옮기는 예식. 성신 강림절 후, 첫 번째 일요일로, 삼위일체의 축일 후의 목요일에 카톨릭의 대축일로 행진과 극적인 예식을 올린다. 그리스도의 성체성사는 그리스도의 죽음을 앞당겨 거행한 성사적 표징이기도 하다.

와주시기로 하셨어요! — 아아, 내 이빨!

아내

썩은 이빨이 있는지 어디 좀 봐요 — 입을 크게 벌려봐요! — 오오, 이빨이 정말 예쁘구나. 진주 같아요, 사랑스런 아기씨! - 로사의 입에 키스를 한다.

로사

(기분이 좋지 않다.)

올가 부인, 키스는 하지 마세요! 제발 그러지 말라구요! 전 싫어요! -그녀는 식탁 위로 기어올라가 다리를 의자 위에 올려놓고 앉는다.- 사실 내가 뭘 원하는지 나도 몰라요! 어제 축제에 참가하고 싶었지만, — 집에 홀로 남아 숙제를 하고 있었어요 — 마치 초등학교 아이들 숙제 같은 거예요. 그런 후 그곳에서 어린 애들 하고 같은 의자에 앉아 있어야만 했어요! 그렇지만 선생님이 내 맘대로 내버려 두지 않았어요. 난 더 이상 애가 아니니까요. 애가 아니고 말고요! 만약 우리 엄마가 와서 내 머리채를 잡아당긴다면, 그땐… 내가 엄마를 어떻게 할지 저도 모르겠어요!

아내

사랑하는 로사 아가씨, 왜 그래요. 무슨 일이 있었어요?

로사

뭐가 뭔지, 나도 모르겠어요. 내 머리와 모든 이빨이 흔들거리

며 아픈 걸요. 마치 등에 시뻘건 쇳덩이가 얹혀 있는 것 같아요
― 또한 내 일생이 역겨운 느낌이 들기도 해요. 차라리 물에 빠
져 죽고 싶은 걸요. 모든 것으로부터 도망치고 싶고, 세상을 방
랑하며 떠나다니고 싶어요. 그리고 무례한 남자들이 내게 다가와
말을 걸어주면 좋겠구요 ---

아내

들어봐요, 로사 아가씨! 내 말을 잘 들어보라구요!

로사

아이를 가지고 싶어요 ― 만약에 아이를 갖는다는 것이 수치가
아니라면 말이죠!…오오, 올가 아주머니! --- -자루 같은 여행
가방을 보게 된다.- 누가 여행을 가나요?

아내

그건… 내 남편이죠!

로사

올가 아주머니, 또 아저씨에게 친절하게 대하지 않았군요!… 어
디로 떠나시는 건가요? 얼마 동안 가시는 거예요? 언제 다시 돌
아오시는 거죠?

아내

모르겠어요. 그걸 내가 어떻게 알겠어요!

로사

뭐라구요? 아주머닌 물어보지도 않았단 말인가요? -배낭 여행 가방을 풀어 헤친다.- 여기 여권이 있는 걸 보니 멀리 떠나실 의도신가 봐요! 멀리! 멀리로! — 오오, 올가 아주머니, 아저씬 아주머니에게 그토록 다정하신데, 왜 아주머니는 그러지 못하신단 말인가요!

(부인의 팔에 몸을 던져 운다.)

아내

오오, 로사 아가씨! — 울다니, 가여운 아가씨! 순진하기도 하지!

로사

전 얼마나 악셀 아저씨를 사랑하는지 몰라요!

아내

로사 아가씨, 그의 아내인 내게 그런 말을 하는 것이 부끄럽지 않아요? 아무튼 내 귀여운 라이벌을 위로해 줘야겠군! — 아기씨, 실컷 울도록 해요; 운다는 건 좋은 것이니까.

로사

(그녀에게서 떨어진다.)

아뇨! 만약 내가 원하지 않으면 난 울지 않아요. 보세요; 아주머

215

니가 버리시는 것을 제가 받아들일 거예요. 그렇게 할 거라구요! — 내가 원하는 사람을 사랑하고 내가 원하는 것을 하려는데, 그 누구의 허락을 받아야 할 필요가 없죠!

아내

오오, 들어보라지! 그가 아가씰 좋아한다고 확신하는 건가요?

로사

(다시 부인의 팔에 안겨 운다.)

아뇨, 난 확신하지 못해요!

아내

(다정하게 애기한테 말하듯이)

로사 아가씨를 위해서, 악셀 아저씨가 아가씨를 좋아하도록 내가 아주 다정하게 부탁을 해 보도록 할게요! 말해 봐요. 그의 아내인 내가 그렇게 해볼까요?

로사

(울면서.)

네에에! — 떠나시지 못하게 해주세요! 제발 떠나지 못하게 하라구요! — 올가 아주머니, 제발 아저씨께 다정하게 대해 주세요. 그러면 떠나시지 않을 거예요!

아내

귀여운 개구쟁이 아가씨, 그럼 내가 어떻게 하란 말인가요?

로사

정확한 대답은 할 수가 없어요! 하지만 아저씨가 원하는 대로
아주머니에게 키스할 수 있도록 해드리세요 — 얼마 전에 정원
에서 두 분을 봤어요, 그때 아저씬 원하셨고 아주머니는 원하지
않으셨어요 ――― 그래서 난 생각하길 —

장면 III.

전에 있던 사람들, 남작부인.

남작부인

부인 방해해서 미안해요. 혹시 허락해 주신다면 내 찬장에서 뭘
좀 꺼내 가려구요!

아내

(일어난다.)

전혀 개의치 마세요, 남작부인!

남작부인

아니 로사잖아! — 일어난 거야; 네가 아픈 줄만 알았지! — 곧
바로 가서 숙제를 하도록 하렴!

로사

내일이 축제잖아요. 그래서 학교가 쉬는 날이라는 걸 엄만 잘
알면서 그러세요 —

남작부인

아무튼 가보도록 해, 여기서 이 댁 부부를 방해하지 말고.

아내

(무대 안쪽의 문을 향해 뒷걸음질치며.)

그렇지 않아요. 로사 아가씨는 전혀 우릴 방해하지 않아요… 우
린 아주 좋은 친구 사인 걸요. 그러지 않다면 친구가 될 수가 없
겠죠… 내일 로사 아가씨가 입을 흰 드레스를 입어보기 위해…
지금 우린 꽃을 꺾으려고 정원으로 내려가던 중이랍니다!

로사

(아내에게 은밀하게 합의하는 눈짓을 보내며 고개를 끄덕하고 무대 안쪽
의 문을 통해 나간다.)

감사합니다, 아주머니!

남작부인

우리 애의 응석을 너무 받아주셔서 버릇이 저 모양이랍니다!

아내

남작부인, 별 말씀을 다하세요. 조금 친절을 베푼다고 해서 누구나 그렇게 되진 않아요. 적어도 특별한 마음씨와 보기 드물게 현명한 로사 아가씨는 절대로 그럴 리가 없겠죠.

(남작부인은 찬장 안을 뒤지고 있고, 아내는 무대 안쪽 문에 서 있다. 왼쪽 문에서 오고 있는 남편이 보인다; 부인과 서로 눈짓을 주고 받은 후 미소를 지으며 남작부인을 바라본다. 신사는 여행가방에 넣을 약간의 물건을 갖고 온다; 아내는 간다.)

장면 IV.

남편과 **남작부인**.

남작부인

방해를 해서 죄송해요… 잠깐이면 되니까요…

남편

전혀 개의치 않으셔도 됩니다. 남작부인!

남작부인

(무대 앞으로 나온다.)

또 떠나시려나 보죠, 브루네르 씨?

남편

네!

남작부인

멀리 떠나실 건가요?

남편

어쩌면! 아닐 수도 있어요!

남작부인

자신도 모르시나 봐요?

남편

제 운명을 다른 사람의 손에 넘긴 후로는 전반적으로 제 운명에 대해 전혀 모른답니다!

남작부인

브루네르 씨, 잠깐 가까이 가도 괜찮으시겠어요?

남편

그것은 부인에게 달렸지요! 제 아내와 가까운 사인가요?

남작부인

그럼요. 두 여자가 만나 잘 맞으면 그럴 수 있죠! 내 나이, 인생 경험, 성격… -말을 중단한다.- 아무튼… 두 분이 불행하다는 것을 짐작할 수 있어요. 그리고 당신처럼 나 자신도 고통을 받았기에, 당신의 그 병은 오로지 세월만이 해결해 준다는 것을 난 잘 알고 있어요.

남편

정말 제가 환자란 말씀인가요? 제 행동이 완전히 정상이 아니란 뜻인가요. 제가 다른 사람의 정상적이 아닌 모습이나 — 혹은 병적인 상태를 지켜본다는 것이 오히려 고통스러운 것이 아닐까요?

남작부인

--- 난, 내가 사랑했던 사람과 결혼을 했었죠 --- 미소를 짓고 있군요 — 아마 여자는 사랑을 할 줄 모른다고 생각하시는 거겠죠, 그렇긴 하지만… 정말 난 그이를 사랑했어요. 물론 그 사람도 나를 사랑했구요. 그런데 — 그 사람은 다른 여자도 역시 사랑했다는 거죠!

난 질투심으로 정말 얼마나 고통을 받았는지 몰라요… 저는 그 사람으로 하여 견딜 수 없는 지경에 이르렀어요! — 그인 전쟁터로 나가 버렸죠. 장교였어요; 결코 다시 돌아오지 않았답니다. 사람들은 그가 전사했다고 전해 주더군요. 하지만 시체를 결코 찾지 못했어요. 지금도 난, 그가 살아서 다른 여자와 살고 있다는 상상을 하고 있죠 — 생각해 보세요. 내가 아직도 죽은 남편에 대해 질투를 하고 있다는 사실을! 밤에는 그 사람이 다른 여자와 함께 있는 꿈을 꾸곤 해요… 오오, 브루네르 씨. 당신은 그런 고통 속에서 시달린 적이 있으세요?

남편

그렇구말구요, 제발 절 믿어주세요! — 그런데 어떻게 남편이 살아 있다는 생각을 하게 되셨죠?

(배낭 여행가방을 준비하고 있다.)

남작부인

우연히 발견된 몇몇 확실한 정황 때문에, 그때 약간 의심을 했었죠. 그러나 그런 의심을 북돋우는 상상을 배제한 채 몇 해가 지나갔어요 — 네 달 전, 바로 그와 같은 상황이었을 때, 당신이 이곳으로 이사를 오신 거예요 — 정말 드문 우연이긴 하겠지만, 당신과 나의 남편이 놀라울 정도로 닮았다는 것을 바로 느낄 수 있었어요. 그것은 나에게 하나의 회상이 되어 돌아왔어요. 그리고 마치 제 환상이 눈 앞에 실제 모습처럼 나타났을 때, 차츰 지난날의 그 의구심이 확실하게 되살아 나더군요. 지금은 그가 살

아 있다고 믿어요: 난 기력을 상실할 정도로 지울 수 없는 질투심으로 고통을 받고 있어요 — 그래서 당신을 이해할 수 있었던 거예요.

남편

(처음에는 남작부인의 이야기를 무관심하게 들었으나, 마지막 부분에 가서는 좀 더 귀를 기우려 듣는다.)

부인의 남편이 저를 닮았다고 하셨죠… 이리로 좀 앉으시죠, 남작부인! —

남작부인

(등을 무대 안쪽으로 돌린 채 탁자 곁에 앉는다; 남편은 그녀의 곁에 자리 잡고 앉는다.)

만약 그 사람의 연약함만 아니라면, 그의 외모와 성격이 당신을 너무나 많이 닮았어요…

남편

그는 나보다 열 살 정도 많은 것 같았는데… 그리고 오른쪽 뺨에 바늘 같은 상처자국이 있기도 하고…

남작부인

전적으로 맞아요!

남편

그렇다면 어느 날 밤 런던에서 우연히 부인의 남편을 만난 적이 있어요!

남작부인

그 사람이 살아있단 말인가요?

남편

지금 너무 갑작스레 일어난 상황이라 정확하게 생각은 나지 않지만, 잠깐 기억을 되돌려 봐야겠군요! — 어디 계산을 해보도록 하죠… 5년 전이었어요… 조금 전에 말했듯이 런던에서죠. 어느 날 선남선녀가 어울려 함께 시간을 보낸 적이 있어요; 그곳은 뭔가 짓누르는 것 같은 지루하기 짝이 없는 분위기였죠. 나는 귀가 길에 낯설지만 가장 괜찮다고 생각되는 남자와 얘기를 나누는 체험을 하고 싶은 욕구가 생겼죠. 우연히 찾고 있던 남자를 만나게 되어 마치 서로 잘 알고 있었던 사이처럼 함께 길을 걸으며 몇 시간 동안 끝도 없이 이런저런 얘기를 나누었어요. 그러는 사이에 내가 그와 동향이라는 걸 알게 되자 자신에 대한 이야기를 해주더군요.

남작부인

따라서 그 사람이 살아있다는 말이군요?…

남편

적어도 전쟁터에서는 죽지 않은 건 확실합니다. 그는 옥고를 치

224

른 후에… 어느 시의 시장인지 잘 모르겠지만, 시장의 딸을 사랑하게 되어 둘은 영국으로 도망을 갔지만, 결국엔 그 여자를 버렸나 봐요; 그리고는 노름을 해 알 거지가 됐다고 하더군요. 아침이 되어 헤어질 때엔, 그가 모든 것을 잃은 사람이라는 인상을 받았어요. 일년이 지난 후에 만약 우연히 부인을 만나게 되면 꼭 전해 달라며, 내게서 약속을 받아냈어요. 그리고 제가 일하고 있는 신문 〈알게마이네 짜이퉁(Allgemeine Zeitung)〉[3]에 그가 광고를 내지 않으면, 자신을 죽은 사람으로 간주해 달라고 말하더군요. 이렇게 부인을 우연히 만났으니, 부인의 손과 따님의 이마에 남편으로부터의 키스를 전하며 용서를 빌어드리고 싶어요.

(그는 남작부인의 손에 키스를 한다; 베란다에 로사의 모습이 보인다, 그리고 사나운 시선으로 그 상황을 지켜보고 있다.)

남작부인

(마음의 동요를 일으킨다.)

따라서 그는 죽은 사람이나 마찬가지라는 말씀이군요!

남편

그렇습니다! 만약 오래 전에 제 기억에서 그 이름과 그 남자가

---

3 1789년에 프랑크푸르트에서 창립한 보수 온건 일간지로, 1882년 부터 뮌헨(München)에서 발행됨.

지워지지 않았었다면, 물론 남편 분께서 부탁한 말씀을 이것보다 훨씬 전에 전해드렸을 테지요!

남작부인

(손수건을 손가락으로 비틀며 머뭇거린다.)

남편

이제 안정이 좀 되시는지요?

남작부인

어떤 면에선! 그래요! 그렇지만 그것은 더 이상 희망이 없다는 뜻이기도 하지요!

남편

그 감미로운 고통으로 그것보다 더 많은 고통을 받게 되는 것이 희망이 아닐지요---

남작부인

— 그럴지도 모르죠! 내 딸을 제외하고는 내 삶을 지배했던 건 오로지 그 사실에 대한 불안이었어요 — 정말 이상한 것이, 그 아픔조차 그리워진다는 거예요.

남편

죄송한 말입니다만, 부인께선 잃어버린 남편보다 부인의 질투심에 더 연연해 하시는 것 같다는 생각이 드는 군요!

남작부인

그럴지도 모르죠! 그 질투심은 보이지 않는 끈으로 나를 환상에 묶어 놓고 있었으니까요… 이제 나를 상실한 마당에… -그녀는 그의 손을 잡는다.- 그의 마지막 인사를 전한 당신은, 나에게 있어 살아 있는 추억이랍니다. 나와 같은 고통을 받았던 당신이잖아요…

남편

(불안해 한다, 일어서며 시계를 본다.)

죄송하지만, 다음 기차를 타야만 해서요! 꼭 그래야만 하니까요!

남작부인

당신이 그러지 않길 부탁드리려고 했던 것이 바로 그것이었어요. 왜 떠나시려는 거죠? 이곳에선 행복하지 않으세요?

(로사가 자리를 떠난다.)

남편

전, 폭풍과 같았던 요 몇 해 동안 부인 댁에서 내 생애 최고의 순간들을 보냈어요. 또한 부인을 떠난다는 것이 얼마나 슬픈지 모른답니다 — 그러나 꼭 떠나야만 합니다 ---

남작부인

어제 저녁에 있었던 일 때문인가요?

남편

꼭 그런 것만은 아닙니다만… 그건 단지 마지막 남은 한 가닥 실오라기와 같은 희망이 노기를 폭발시켜 버린 것 뿐입니다… 실례합니다. 이제 짐을 싸야겠어요!

남작부인

만약 당신의 결심이 돌이킬 수 없는 것이라면… 아무도 당신을 도우려 하지 않으니, 제가 돕지 않을 수가 없군요…

남편

친절하신 남작부인, 진심으로 감사드립니다. 그러나 저는 준비가 끝났습니다… 제발 부탁이니 고통스런 이별이 되지 않도록 짧은 작별인사를 나누도록 하시죠… 저에 대한 부인의 다정함은 고통 속에서 감미로운 위로가 되었어요. 또한 부인과 헤어진다는 것이 제겐 얼마나 고통스러운 일인지 모른답니다…
−남작부인이 동요를 보인다.− 마치 다정한 어머니를 떠나는 것 같아요! 부인의 시선 속에서 연민을 느꼈으니까요. 솔직히 부인을 가로막고 있는 그 조심성이 저를 개탄케 합니다. 때때로 저는 부인과의 교제가 우리 가족에게 좋은 영향을 미친다는 것을 깨달았어요… 제 아내는 연세가 있으신 부인의 말씀은 기꺼이 듣지만, 자기 또래의 젊은 여자들 얘기는 절대로 들으려고 하지 않으니까요…

228

남작부인

(머뭇거린다.)

이렇게 말하는 것을 용서하세요. 이제 부인은 젊은 사람이 아닌 걸요…

남편

천만에요, 제겐 아직도 젊답니다!

남작부인

그러나 세상 사람들 눈엔 그렇지 않아요!

남편

그렇다면 더 잘 된 일이죠. 한편으론 제 아내의 교태가 나의 비위를 거슬리게 하면 할수록 그녀의 자만심과 매력의 심연으로 푹 빠져 들어가버려요. 언젠가, 그녀를 비웃는 사람들이 있을 테지요…

남작부인

이미 사람들은 그러고 있어요!

남편

그게 사실인가요? 가여운 올가! ─생각에 잠긴다, 그 후, 교회 첨탑으로부터 종소리가 울리자, 정신을 차린다.─ 종이 울리는 군요! 30분 후에는 떠나야만 합니다!

남작부인

아침은 드시고 떠나야만 해요!

남편

전혀 배가 고프지 않아요. 무엇보다도 여행이 절 불안하게 만들어 제 신경은 마치 혹한 속의 전화줄처럼 떨리기만 하니까요…

남작부인

그럼 가서 커피 한 잔을 끓여다 드릴게요; 그래도 되겠죠, 안 그래요? 짐 싸시는 일을 돕도록 하녀를 올려 보내도록 하죠!

남편

남작부인, 부인은 정말 너무 좋으신 분이셔서 그 유혹 속에 몸을 맡길 것만 같아요. 나중엔 얼마나 후회가 따르겠어요! ─

남작부인

만약 당신이 제 충고만 따르신다면, 후회하지 않게 될 거예요!

장면 V.

남편은 혼자 남게 된다; 그러자 무대를 통해 **로사**가 나오고, 그 뒤에 **하녀**가 뒤따른다.

남편

안녕, 로사 아가씨! 무슨 일이죠?

로사

뭐가요?

남편

뭐가요라니? 머리를 묶었잖아요!

로사

(스카프를 풀어 주머니에 넣는다.)

전혀 아무 일 없어요! 아주 좋아요! 떠나신다면서요!

남편

그래요, 곧 떠날 겁니다!

하녀

(들어온다.)

로사

무슨 일이지?

하녀

남작부인께서 아저씨 짐 싸시는 걸 도와 드리라고 하셨어요!

로사

필요 없어! ― 꺼져! ―

하녀

(가다가 망설인다.)

로사

가랬잖아!

남편

로사 양, 내게 무례한 게 아닌가요?

로사

무슨 말씀을, 그런 게 아니죠! 내가 손수 아저씰 도와 드리고 싶
어서 그래요. 아저씬 내일 축제에 쓸 꽃장식 만드는 일을 도와
주신다고 한 약속을 지키지 않은 것이 오히려 무례한 일이겠죠!
그런 것쯤은 상관하지 않아요. 그건… 아무튼 난 내일 축제에
절대로 참여하지 않을 거예요. 그건… 내일 내가 어디 있을지
모르니까요!

남편

무슨 말이죠?

로사

악셀 아저씨, 도와드려도 될까요? ― 모자의 먼지를 털어드려

232

도 될지 모르겠군요!

(그의 모자를 집어 먼지를 턴다.)

남편

로사 양, 그러지 말아요!

(그녀에게서 모자를 뺏으려 한다.)

로사

왜 이래요, 내버려 두세요!··· 이것 보라구요. 내 원피스를 찢어 놓았잖아요!

(원피스의 구멍 난 소매에 손가락을 넣어 찢는다.)

남편

오늘 아가씬 정말 이상도 하군요, 로사 양. 아가씨가 그런 엉뚱한 행동을 하면 어머니 백작부인께서 걱정을 하신답니다.

로사

엄마가 걱정을 하든 말든 내게 무슨 상관이 있다고 그러세요; 어쩌면 아저씨껜 고통을 줄지 모르겠지만, 오히려 난 그게 즐겁기만 해요; 아무튼 난, 아저씨에 대해 부엌의 고양이나 지하실 쥐새끼들보다도 전혀 신경을 쓰고 싶지 않다구요. 내가 만약 아저씨 아내가 된다면, 아저씨를 경멸할 것이고, 또 아저씨가 절대로 나를 다시 찾을 수 없도록 멀리멀리 떠나가 버릴 수 있을 텐데! — 체, 다른 여자에게 키스를 하다니! 흥!

남편

아, 그 일 말이군, 우리 아기씨. 엄마의 손에 키스한 것을 본 모양이군요. 그것은 내가 외국에서 만났던 아가씨 아버지로부터의 마지막 인사였단 걸 알아야죠. 아가씨가 이미 태어난 뒤의 일이었지요. 그리고 아가씨에게 전하는 메시지도 있어요 ---

(그는 다가가 로사의 얼굴을 두 손으로 잡아 이마에 키스를 하려 한다. 그때 로사는 머리를 뒤로 제치고 입술을 그의 입에 강제로 밀어 부친다. 베란다에 백작부인이 보이고, 놀라 뒷걸음질을 치며 나간다.)

남편

아가씨, 로사 아가씨. 난 순수한 키스를 아가씨 이마에 해주려 했던 것 뿐이라구요!

로사

순수한 키스라! 하하하! 아주 순수한 키스겠지! 우리 아빠가 몇 해 전에 죽었다는 우리 엄마의 지어낸 이야기를 믿나보군요! 우리 아빠 사랑할 줄 알고, 사랑할 용기가 있었던 진짜 남자다운 남자였어요! 아빠 키스를 받게 될 때까지 기다리고 있지도 않을 뿐만 아니라, 키스하면서 떨지도 않는 남자란 말이예요. 나를 믿을 수 없다면 함께 다락으로 가보자구요. 아빠의 정부들에게 보낸 편지를 읽어볼 수 있을 테니 — 따라와요!

234

(그녀가 벽지와 동일한 색으로 도배된 문을 열자, 다락으로 올라가는 계단이 보인다.)

하하하! 아저씬 유혹할까 봐 무서운 거죠. 놀라는 것 같군요. 놀랍게도 나는, 철부지 소녀시절에 3년간 성숙한 여인의 생활을 하면서 사랑이 결백하지 않다는 것을 알아냈죠! 설마 아저씬 애기가 귀에서 나온다고 내가 알고 있을 거란 망상을 하고 계신 건 아니겠죠 --- 이젠 아저씬 나를 경멸하시겠죠. 그게 훤히 보이는 걸요. 그렇지만, 그건 잘못된 거예요. 난 다른 사람들 보다 그렇게 형편 없지도 좋은 애도 아니니까요… 그게 바로 나니까요!

남편
로사 아가씨! 어머니가 오시기 전에 어서 가서 옷을 바꿔 입도록 하라구요!

로사
아저씬 내 팔이 못 생겼다고 생각하시나 보죠! 아니면 내 팔을 볼 용기가 없는 건지! — 이제 왜 그런지 알 것 같아요… 아저씨 부인… 그래요, 왜 아저씬 아주머니에게 질투를 하시죠?!

남편
이건 아냐, 이건 너무 심하잖아!

로사

얼굴이 빨개지는군요… 나 때문인가요, 아니면 아저씨 때문인가요? 내가 연애를 몇 번이나 한 줄 아세요?

남편

한 번도 없었겠죠.

로사

어련하시겠어요. 소심한 남자에겐 한 번도 없었겠죠! — 말해 보세요, 이제 나를 경멸하시겠죠?

남편

조금은! 자신의 마음을 잘 다스리도록 해요, 로사 아가씨. 쪼아 먹으려고 — 그리고 더럽히려고 몰려드는 새들에게 마음을 다 열어 보이지 않도록 하세요! 자신이 여자라고 말했지만, 아주 어린 여자겠죠. 그렇지만 우린 일반적으로 소녀라고 부르죠.

로사

이러쿵 저러쿵 말도 많군요… 아무튼 난 어리지만 여자가 될 수 있다구요…

남편

아직도 제 정신으로 돌아오지 않으니… 우리 그런 종류의 대화는 뒤로 미루도록 하죠! 그러겠다고 말해 보라구요, 로사 양!

로사

(격렬하게 운다.)

절대로! 절대로! 이건 아니야!

남편

우리 친구처럼 좋게 헤어지도록 해야 하지 않겠어요? 수많은 지루한 겨울과 기나긴 봄을 맞는 동안, 우린 좋은 날들을 함께 보냈지 않았나요?

장면 VI.

전에 있던 사람들, **아내**는 커피 쟁반을 들고 들어온다.

아내

(약간 혼란스러운 모습으로 로사를 못 본 척한다.)

떠나기 전에 따뜻한 커피 한 잔 마실 수 있는 시간은 있을 거란 생각이 들었어요.

로사

(쟁반을 아내로부터 받으려 한다.)

아내

고마워요, 로사 아가씨. 나 혼자 할 수 있어요!

남편

(아이러니칼한 눈길로 의아하다는 듯 부인을 관찰한다.)

당신 아주 좋은 생각을 했구먼…

아내

(남편의 시선을 마주치지 않으며.)

실은… 그냥 나 자신을 위해 그러고 싶었어요…

로사

어쩌면, 이제 작별 인사를 나누는 것이 좋다는 생각이 들군요…
브루네르 씨에게…

남편

우리 곁을 떠나려구요, 로사 아가씨…

로사

네, 그러는 것이 좋겠어요… 아니면… 아주머니는 내가 있는 것이 거슬리는 모양인 것 같아서요!

아내

내가? 아가씬 잘 알면서 그래요…

로사

아주머니는 내 원피스를 고쳐주기로 약속을 했을 텐데요…

아내

아기씨, 나중에 하도록 하죠. 내가 바쁜 것이 보이지 않나요…
아니면 아기씨가 내 남편과 놀아주면, 얼른 가서 원피스를 고치
도록 하죠 …

남편

여보!…

아내

왜 그러죠?

로사

(당황하며 화가 나서 손가락을 깨문다.)

아내

아가씨, 아가씨가 역까지 따라가고 싶다면, 어서 가서 걸맞은
옷으로 바꿔 입도록 해야죠!

로사

(전과 같은 행동을 한다.)

아내

꽃을 갖고 가도록 하세요, 기차가 떠날 때, 혹시 꽃을 던져주고 싶은 마음이 생길지도 모르니…

남편

여보, 당신은 너무 잔인해!

로사

(무릎을 굽혀 절을 한다.)

브루네르 아저씨, 안녕히 가세요!

남편

(로사의 손을 잡는다.)

안녕히, 로사 아가씨. 잘 있어요, 그리고 성숙한 처녀가 되도록 하세요. 진정한 의미의 성숙한 처녀 말이죠.

로사

(자신의 꽃을 집어 든다.)

브루네르 아주머니, 안녕히 계세요!

아내

대답을 하지 않는다.

로사

(안녕히!)

(밖으로 달려 나간다.)

장면 VII.

남편과 **아내**는 둘 다 곤란해 한다; **아내**는 **남편**의 얼굴을 쳐다보는 것을
피한다.

아내

뭘 좀 도와 드릴까요?

남편

고맙지만, 괜찮아. 곧 끝날 테니!

아내

그런데 당신을 돕는 사람이 너무 많은 것 같지 않아요?

남편

당신 얼굴 좀 보도록 하자구!

(그녀의 얼굴을 두 손으로 잡으려 한다.)

아내

(피하려 한다.)

왜 이래요. 내버려둬요!

남편

무슨 일이야?

아내

당신 생각에 내가… 내가 질투를 한다고 생각해요?

남편

당신이 그렇게 말하니, 지금 그런 생각이 드는군. 전에는 그런
생각을 감히 하지 못했지만.

부인

오오! 저런 한심한 어린애한테?

남편

이 경우엔 그게 누구든 상관이 없는 거야; 내가 말이야! 난 정원

사에게도 질투를 느낀 적이 있는데, 뭘 그래 — 아무튼 당신은
다 보았을 텐데…

아내

그 애한테 키스하는 것을!

남편

아니지, 그 애가 나한테 키스를 한 거겠지!

아내

부끄러운 줄도 모르다니! 꼭 원숭이처럼 못 생긴 것이!

남편

어른들이 그 모양이니 아이들도 따라서 그러는 거야!

아내

아무튼, 당신은 마음이 그다지 언짢아 보이지 않는데 그래요…

남편

… 그런 종류의 이목을 끄는 일은 내게 습관이 되어 있지 않아
서 말이야…

아내

아주 어린 여자애들에게는 그럴지도 모르지. 그런데… 늙은 여
자들에게는 더 용기가 있어 보이더군요…

남편

그런 건가, 그것도 보았단 말이야?

아내

천만에, 로사가 말해 주더군요! 당신이란 사람! 당신은 확실한 바람둥이야!

남편

틀림없는 것 같아! 단지 그것을 어떻게 유익하게 이용하는 줄 모르는 것이 안타깝지만!

아내

당신은 이제 곧 젊고 더 아름다운 아내를 선택할 자유를 갖게 될 거라구요!

남편

아니지, 그런 자유가 내겐 없어!

아내

지금의 나는 늙고 흉하니까요!

남편

무슨 일이 있었는지 도무지 알 수가 없단 말이야. 한 번 더 당신 얼굴을 좀 보도록 하자구!

(그녀에게 다가간다.)

아내
(남편의 품에 얼굴을 숨긴다.)

제발, 날 쳐다보지 말아줘요! ―

남편
도대체 무슨 일이야? 결국 당신은 어린 여학생이나 늙은 과부에게 질투를 느낀 것이 아니었단 말이군…

아내
내 앞니가… 빠져버렸다구요! 날 쳐다보지 말아줘요!

남편
어린애 같긴! ――― 고통과 함께 첫 번째 이는 생기기 마련이고, 슬픔과 함께 첫 번째 이가 빠져버렸을 뿐이야!

아내
이제 당신은 나를 버릴 거죠?

남편
무슨 말을 하는 거야! ―배낭 여행가방을 다시 챙긴다.― 내일 아침, 우리 함께 당신 금니나 하러 아우크스부르크(Augusburg)로 가자구!

아내

그럼 우리 두 번 다시 이곳으로 돌아오지 않도록 해요!

남편

당신이 원한다면, 두 번 다시!

아내

이제, 안심해도 되나요?

남편

그럼 ― 8일 정도는!

장면 VIII.

남아 있던 사람들, 남작부인이 커피잔이 놓인 쟁반을 들고 들어 온다.

남작부인

(당황한다.)

미안해요, 내 생각엔…

246

남편

감사합니다, 남작부인. 벌써 커피를 마셨답니다. 부인을 위해 한 잔 더 마실 수는 있습니다만! 만일 남작부인께서…

(문쪽에 흰 드레스를 입은 로사의 모습이 보인다.)

로사 양도 우리와 함께 하길 원한다면 전혀 어려워 마세요… 내일이면 제 아내와 저는 첫 기차로 여길 떠날 것이기에 더욱 더 우리에겐 기쁜 일이랍니다.

막이 내린다.

죽음 앞에서
INFÖR DÖDEN

아홉 장(場)의 비극
SORGESPEL I NIO SCENER

등장인물

뮤슈 듀랑; 펜션 주인, 전직 철도국 공무원
아델; 무슈 듀랑의 딸, 27세
아네뜨; 무슈 듀랑의 딸, 24 세
떼레즈; 무슈 듀랑의 딸, 18 세
안토니오; 이태리 기병연대 소속 육군 중위

1880년대 불란서 권의 스위스

무대배경

긴 식탁이 놓여 있는 식당방. 무대 안쪽에 열려 있는 문을 통해 교회 묘지에 즐비해 늘어서 있는 사이프러스 나무들의 꼭대기가 보인다. 그 건너편엔 레만 호(Lacléman), 사보이 알프스(French Alpes De Savoie), 프랑스 휴양지 에비앙(Evian) 마을이 있다.

왼 편에는 부엌으로 통하는 문이 있고, 오른 편엔 아파트로 통하는 나머지 문들이 있다.

무대 I.

듀랑 씨가 망원경을 손에 들고 서서 바다를 바라보고 있다.

아델

(부엌으로부터 등장 : 걷어 올린 소매에 앞치마를 입고 커피 쟁반을 나르고 있다.)

아빠, 아직도 커피와 먹을 빵을 사러 가지 않은 거예요?

듀랑 씨

아니, 오늘은 삐에르를 보냈어. 요즘 내 심장 상태가 좋지 않아 도무지 언덕을 오를 수가 없구나.

아델

또 삐에르군! 그럼 돈이 들잖아요! 두 달 전부터 팬션 손님이라곤 단 한 사람 밖에 없는데, 그 돈이 어디서 나온단 말이에요.

듀랑 씨

그건 정말 맞는 말이야, 그러면 아네트가 빵을 사 올 수도 있겠구나!

아델

그렇게 되면 우리 집 신용을 결정적으로 망쳐놓고 말거라구요. 사실, 아빤 다른 방도를 찾은 적이 결코 없었으니까.

듀랑 씨

아델, 너마저![1]

아델

지치긴 했지만, 그래도 가장 오랫동안 버틴 사람은 나라구요!

듀랑 씨

맞아, 그랬었지. 테레즈와 아네트가 나를 고문했을 때도 넌 인간적이었으니까. 네 엄마가 세상을 떠난 후, 너와 내가 집안 살림을 꾸려왔잖아. 넌 동화 속의 신델레라처럼 부엌일을 맡았고, 난 청소와 솔질을 하고, 불을 지피고, 심부름을 했었지. 두말할 필요 없이 네가 지치기도 했을 거야. 그렇다면 난 무슨 말을 해야 좋을까?

---

1 셰익스피어(William Shakespeare, 1564-1616)의 비극 《쥴리어스 시저(Julius Caesar, 1599)》의 삼 막에서 브루투스가 시저의 암살에 가담한 것을 알았을 때 외치는 "브루터스, 너마저!"를 떠올리게 하는 대사.

아델

아빠 지쳐서는 절대 안돼. 아직 부양해야만 하는 세 딸이 있잖아, 우리의 결혼 지참금을 잊어선 안 된단 말이야!

듀랑 씨

(귀를 기울인다.)

저 아래 쿨리를 향해 경종을 울리는 소리와 북치는 소리가 들리는 것 같지 않니! 화재가 난다면, 그들은 모두를 다 잃을 테지. 호수를 보니 높새바람²이 불어올 것 같군.

아델

그런데, 우리 집이 화재보험엔 들어있나요?

듀랑 씨

그럼, 들어있지. 하지만 마지막으로 신청한 저당 설정 대출은 못 받았어.

아델

아직 저당 잡지 않은 것이 얼마나 되죠?

듀랑 씨

화재보험회사의 책정 가격의 절반쯤 될 거야. 그렇지만 철도를

---

2 푄풍(Foehn): 알프스 골짜기를 향해 부는 따뜻하고 건조한 강풍.

동쪽으로 더 늘여, 우리 집에서 멀어지게 되어버린 이후론 집값
이 떨어진 걸 알고 있겠지.

아델
그럼 더 잘 됐군요!…

듀랑 씨
(엄하게.)

아델!
(침묵.)

벽난로의 불 좀 꺼주겠니?

아델
빵이 오기 전에는 그럴 수 없어요!

듀랑 씨
그래, 지금 오고 있구나!

무대 II.

전에 있던 사람들, 바구니를 든 **삐에르**.

아델

(바구니를 조사한다.)

빵이 없잖아! 청구서가 한 장! 두 장, 세 장!

삐에르

네, 빵집 주인이 외상값을 받기 전엔 빵을 못 준다고 했어요 —
그리고 푸줏간과 잡화상을 지나가는데, 이 청구서를 내밀더라
구요. −간다.

아델

오! 하느님 맙소사, 이제 우리는 망했어! — 그런데 이건 뭐야?
−상자 하나를 열어본다.

듀랑 씨

그건 내 사랑하는 르네를 위해 미사에 쓸 양초야. 다시 말해 오
늘이 그의 기일이지.

아델

이 따위에 쓸 여유 돈이 있나 보죠!

듀랑 씨

내 용돈에서 산 거야, 그렇지 않구! 여행자가 떠나기 직전 어쩔 수 없이 손을 내밀며 끔찍한 굴욕을 당하고 있는 모습을 보지 못하는 건지… 일년에 한번, 내 슬픔을 달래기 위해 기뻐할 만한 것이라곤 그 하나 밖에 없는 나에게, 너는 그것마저도 베풀어 주지 못하겠다는 거냐! 내게 남아 있는 가장 아름다운 추억을 더듬어 보겠다는데.

아델

그가 지금 다시 살아난다면, 잘 생긴 그를 볼 수 있을 텐데 어쩌나!

듀랑 씨

너의 비꼬는 말이 타당할 수 있어… 하지만 내가 그를 기억하는 것은, 그가 지금 너희들 같지 않았다는 거야!

아델

안토니오 씨를 내가 맞이할 수밖에 없겠군요. 그래서 빵 한쪽 없이 커피를 마시게 하란 말이죠! ― 오! 만일 지금, 엄마가 살아 있다면! 아빠가 두 손을 축 늘어뜨리고 아무 것도 하지 않고 있을 때, 항상 엄마는 팬션 운영을 잘 하는 방법을 찾아냈었다구요!

듀랑 씨

네 엄만 나름대로 장점을 갖고 있었지!

아델

아빠는 오로지 엄마의 잘못만 주목했음에도 말이죠!

듀랑 씨

안토니오 씨가 오는군! ─ 내가 그와 얘기를 할 테니, 넌 물러가 있도록 하렴!

아델

차라리 나가서 돈을 빌리는 것이 좋겠어요. 그래야 소문을 면할 수 있을 테니까!

듀랑 씨

난 더 이상 한 푼도 빌릴 수가 없어! 10년 동안 돈을 빌려왔으니! 제발 한 번에 몰락했으면 좋겠어. 모든 것이 모두, 단지 한 번에 끝났으면 좋겠단 말이야!

아델

그만해요, 제발! 아빤 우리들 생각은 결코 한 적이 없잖아요!

듀랑 씨

그렇지 않구, 너희들 생각을 결코 한 적이 없었겠지! 결코!

아델

지금 또 다시 가정교육을 들먹이는 건가요?

듀랑 씨

다만 옳지 못한 질책에만 대답을 하라구! 이제 가보도록 해라. 항상 그랬듯이 폭풍은 내가 맞을 테니까!

아델

항상 그랬듯이라구! 흥! —간다.

무대 III.

듀랑 씨, 안토니오.

안토니오

(무대 뒤로부터 나온다.)

안녕 하세요, 듀랑 씨.

듀랑 씨

중위님께선 벌써 산보를 했나요?

안토니오

네, 퀼리까지 내려가서 굴뚝의 불탄 검댕이들을 보았어요! —

특별히 커피가 맛있을 것 같군요!

듀랑 씨

실은 당신에게 고백해야 할 고통스런 일이 있어요… 우리 팬션은 경제적인 어려움으로 더 이상 사업을 유지해 나갈 수 없게 되었답니다.

안토니오

어떻게 된 거죠?

듀랑 씨

솔직히 말하자면, 우린 파산을 한 거죠!

안토니오

저런, 친절하신 듀랑 씨. 힘든 상황이 일시적인 것이길 바라는 저로서, 어떻게 제가 도울 수 있는 무슨 방법이 없을까요?

듀랑 씨

아뇨, 어떤 가능성도 없소. 이미 몇 년 전부터, 우리 집의 재정 상태가 근본적으로 위태로운 상황이어서, 무슨 일이 닥칠지 밤낮으로 불안 속에 헤매는 것보다 차라리 파산을 하는 것이 났다는 생각을 하고 있었어요!

안토니오

제 생각엔 사장님께서 완전히 상황을 너무 절망적으로 보시는 것 같군요!

듀랑 씨

어떻게 내 말을 믿지 않을 수가 있단 말이요?

안토니오

전 영감님을 도와드리고 싶기 때문입니다.

듀랑 씨

어떤 도움도 받고 싶지 않아요! 비참한 상황이 닥쳐 내 자식들이 지금의 식은 죽 먹기 같은 삶이 아니라, 인생을 다르게 살아가도록 가르치고 싶소. 부엌일을 맡아하는 아델을 제외하고 다른 아이들은 무엇을 하는 걸까요? 그 애들은 연기와 노래나 하고, 연애하며 산보나 하죠; 집에 빵조각이 있는 동안은 적절하게 유용한 일을 할 생각이 전혀 없으니까요!

안토니오

내버려 두세요. 그러나 사업상의 문제가 해결될 동안은 팬션에 음식이 있어야만 하잖아요. 제가 한 달만 더 머물도록 허락해 주세요. 숙식비는 미리 내도록 하겠습니다.

듀랑 씨

감사합니다만, 사양하지요. 이 집은 제 갈 길을 끝까지 가야만 해요. 그래서 사람도 호수에 빠져 죽었으면 해요. 난 밥도 먹을 수 없는 이 사업을 운영하고 싶지 않아요. 단지 굴욕적인 일만

따를 뿐이니까요. 당신이 묵었던 마지막 봄에는 석 달 동안 이 집엔 손님이 없었어요. 다행히도 그때 미국인 가족이 와서 우리는 겨우 살아남을 수 있었지만, 그들이 도착한 다음 날 아침에 계단에서 내 딸에 집착하는 그들의 아들을 보았어요 — 떼레즈 말입니다 — 내 딸애에게 키스를 하려고 했어요. 내 입장이었다면 당신은 어떻게 했을 것 같소?

안토니오

(당황한다.)

잘 모르겠군요…

듀랑 씨

내가 아버지로서 어떻게 해야 한다는 것을 잘 알고 있었지만 — 그러나 그때는 아버지로서 행동하지 않았어요! 다음 번에는 내가 무슨 짓을 할지 모른답니다!

안토니오

영감님께서 어떻게 할 것인지 숙고하시는 것으로 보아, 따님을 아무렇게나 내버려 두지 않으실 것같이 보이는군요…

듀랑 씨

안토니오 씨… 당신은 젊은 청년이오. 그런데 왠지는 모르지만 나는 당신이 맘에 들어요. 당신이 좋아하건 아니건 난 개의치 않아요. 한 가지 부탁할 것이 있소: 나의 인간적인 면이나 태도에 대해 아무 의미를 두지 않았으면 해요.

안토니오

사장님, 약속하겠습니다. 단지 한 가지 질문에 대해 대답해 주신다면: 사장님께선 스위스에서 태어나셨나요, 아니면 다른 곳에서?

듀랑 씨

난 스위스 시민이요!

안토니오

그건 알고 있어요. 그러나 제 질문은 영감님께서 스위스에서 태어나셨는지 묻는 거라니까요?

듀랑 씨

(불확실하게.)

그 ─ 그렇소!

안토니오

전 다만, 조금 ─ 관심이 있어서 여쭤본 겁니다. ─ 저는 사장님께서 팬션이 문을 닫게 될 것이라고 하신 말씀을 믿어야만 하기에, ─ 제 빚을 갚고 싶습니다. 분명히 그건 단지 10프랑밖에 되지 않아요. 그렇더라도 미해결된 상태에서 그냥 떠날 수가 없답니다.

듀랑 씨

난 이것이 맞는 금액인지는 잘 모르겠소. 그건 내가 세금보고를 하지 않기 때문이요. 그러나 당신이 나를 속였다면, 그건 당신이 책임을 져야겠지요, 그게 전부요 ― 이제 난 빵을 찾으러 가야겠소 ― 그런 후에 보도록 합시다! –간다.

무대 IV.

안토니오. 뒤이어 손에 쥘틀을 들고 아침 가운을 입고, 머리를 늘어뜨린 **떼레즈**. 그 후에 **아델**이 들어온다.

떼레즈

아니! 안토니오잖아! 우리 집 영감한테서 들은 것 같기도 해!

안토니오

그래, 영감님은 커피에 곁들일 빵을 사러 간다고 하셨어!

떼레즈

아직도 사오지 않았단 말이야? 그건 아니지. 알겠어, 이제 더이상 그를 봐 줄 수가 없어!

안토니오

떼레즈, 오늘 넌, 정말 아름다워. 그런데 그 쥐틀은 너한테 어울리지 않아.

떼레즈

나도 그렇게 생각해! 쥐틀도 마찬가지야! 난 한 달 동안 그것에 미끼를 달아 놓았지만, 쥐새끼 한 마리 잡지 못했어. 그런데 먹어 치우는 건 항상 아침이더군 — 미미를 봤어?

안토니오

고양이? 그 망할놈의 고양이가 항상 여기서 어슬렁거리는 것을 보았지! 그런데 오늘은 내 앞에 얼씬거리지 않는군.

떼레즈

제발 부탁인데 자리에 없는 미미에게 좀 친절하게 말해주면 좋겠어. 그리고 이 기회에 나를 사랑하는 사람은 내 고양이 역시 사랑해야 한다는 것을 기억해주면 해 −쥐틀을 탁자 위에 올려 놓은 후, 탁자 아래에서 비어있는 받침 접시를 꺼낸다.− 아델 언니! — 아델 언니! —

아델

(부엌 문에서.)

마님께선 그토록 소리를 지르며 무엇을 명령하려 하시나요?

떼레즈

내 고양이에게 우유를 주라고 명령하노라. 그리고 네 쥐들에겐 치즈 껍질을!

아델

그건 네가 직접 하도록 해.

떼레즈

그것이 마님에게 하는 대답이란 말이야?

아델

그건 대화에 대한 답이야! 넌 미리 준비도 제대로 해놓지 않고 낯선 사람 앞에서 과시를 해대는구나!

떼레즈

이 사람은 오랜 지인인 걸. 그리고… 안토니오는 가서 아델 아줌마에게 다정하게 말을 해보라구. 그러면 미미에게 줄 우유를 얻을 수 있을 테니!

안토니오

(머뭇거린다.)

떼레즈

아니, 순종하지 않겠다는 거야?

안토니오

(짧게.)

알았어.

떼레즈

말투가 그게 뭐야? 채찍 맛을 보고 싶어?

안토니오

건방진 소리 말라구!

떼레즈

(경악한다.)

뭐야! 뭐냐구! 넌 나의 상황과 지은 죄, 또 약점을 상기시켜 주고 싶은 모양이지?

안토니오

아니지, 단지 네게 나의 상황과 지은 죄, 또 약점을 상기시켜 주고 싶을 뿐이야!

아델

(밀크 접시를 집으면서.)

이것 보라구, 이 친구들아. 무슨 말 연습들을 하는 거야! 이제 화해하라구 — 그럼 내가 맛있는 커피를 끓여줄 테니까. — ㅡ부 엌으로 돌아간다.

떼레즈
(울면서 안토니오에게.)

넌 내게 싫증이 난 거야, 안토니오, 날 버릴 생각인 거지.

안토니오
울지 말어, 울면 눈이 흉하게 된다구.

떼레즈
만약 아네트 언니처럼 아름답게 되지 않는 다면…그럼…

안토니오
그렇군, 이제 아네트인가? 내 말을 들어, 이제 쓸데없는 소린 그만 하자구. 커피 한번 마시기 힘들군…

떼레즈
넌 재미있는 남편이 될 수 있을 거야. 잠시도 커피를 기다릴 수 없으니.

안토니오
넌 정말 사랑스런 아내가 될 수 있을 거야. 남편에게 바가지를 긁지 않고는 아무 짓도 할 수가 없으니!

무대 V.

전에 있던 사람들. 반듯하게 옷을 입고 머리손질도 잘한 **아네트.**

아네트

아침부터 싸우는 것 같은데!

안토니오

아니 이것 좀 보라구, 아네트는 벌써 옷을 차려 입었잖아!

떼레즈

그래, 아네트 언니는 모든 점에서 아주 완벽해. 또 나보다 나이가 많다는 것이 장점이 아닐까?

아네트

만일 입을 봉하고 있지 않는다면…

안토니오

저것 보라지! 저것 보라지! 좀 상냥해 보라구! ── ─그녀의 허리를 감고 키스를 한다.

무대 VI.

전에 남은 사람들, 듀랑 씨가 문에 보인다. 급히 멈춘다.

듀랑 씨

이게 무슨 짓이야?

떼레즈

(빠져 나온다.)

뭐가요?

듀랑 씨

내가 잘못 본 건가?

떼레즈

뭘 봤다는 거죠?

듀랑 씨

낯선 남자가 네게 키스하라고 그냥 내버려 두고 있는 것을 내가
보았단 말이야.

떼레즈

그런 거짓말을!

듀랑 씨

내가 눈이 먼 거야, 아니면 네가 내 앞에서 감히 거짓말을 할 용기가 있다는 거야?

떼레즈

아빠가 거짓말을 하고 있잖아요. 빠리에서 태어났음에도 불구하고, 스위스에서 태어났다고 거짓말 하는 것은 세상이 다 알고 있다구요.

듀랑 씨

그걸 누가 네게 말했다는 거야?

떼레즈

엄마가요!

듀랑 씨

(안토니오에게.)

중위님, 우리의 거래는 이것으로 완료된 것이니, 이 집을 떠나주길 부탁하겠소 — 즉시! 그렇지 않으면…

안토니오

그렇지 않으면?

듀랑 씨

무기를 선택할 수밖에!

안토니오

사장님이 무슨 무기를 선택하실지 궁금하군요. 허둥지둥 달아
나지나 마시지!

듀랑 씨

만일 내가 지팡이를 꺼내지 않으면, 마지막 전쟁에서 썼던 내
권총을 꺼내야만 하겠지…

떼레즈

그래 아빠 분명히 전쟁에 참여 했겠죠! 탈영병으로!

듀랑 씨

그것도 네 엄마가 말했겠지! 난 시체와 싸울 수는 없었으니까.
그렇지만 살아 있는 사람과 싸워 시체로 만들 수는 있지! ―그는
곤봉을 치켜들고 안토니오 쪽으로 간다.

떼레즈와 아네트.

(두 사람 사이로 뛰어든다.)

아네트

뭘 하는 짓인지 생각 좀 해보라구요!

떼레즈

아빤 처형대에서 끝날 걸!

안토니오

(물러간다.)

안녕히, 듀랑 씨! 나의 경멸과 10프랑을 잘 간직하라구!

듀랑 씨

(조끼 주머니에서 금화 한 개를 꺼내 안토니오를 향해 내동댕이 친다.)

내 저주가 네 금화를 따라다닐 거야, 부랑자 같은 놈!

떼레즈와 아네트.

(안토니오의 뒤를 따라간다.)

가지 마, 가지 마! 아버지가 우릴 죽일 거라구!

듀랑 씨

(지팡이를 부숴 버린다.)

너흴 죽일 수 없으니, 그가 죽을 수밖에!

안토니오

안녕히, 나를 잊지 말아요. 침몰하는 배에 있었던 마지막 쥐새

276

끼 한 마리를!

(간다.)

무대 VII.

안토니오를 제외한 **전에 있던 사람들**.

떼레즈

(듀랑 씨에게.)

그런 식으로 손님들을 대하는군! 그러니 팬션이 망하는 것이 이
상할 것도 없잖아?

듀랑 씨

저 따위 손님한테는 그 방법이 가장 적합해! — 떼레즈, 말해 보
렴, 아가야… −두 손으로 그녀의 머리를 감싼다. −내 사랑하는 딸
아; 방금 내가 잘못 본 것이라고 말해 줄 수 있겠니. 아니면 사
실이 아닌 것을 네가 말했다고 말이야.

떼레즈

(날카로운 어조로.)

뭐가 말인가요?

듀랑 씨

내가 무슨 뜻으로 말하는지 잘 알잖아! 그게 큰 문제가 되는 건 아니야. 사실 아무 죄가 없을 수도 있어… 나의 관심사는 내가 내 정신을 믿을 수 있는 건지 그게 알고 싶은 거야.

떼레즈

그 대신에 다른 말이나 하시지… 우리가 요즘 뭘 먹을 건지 또 마실 건지! — 아무튼 그가 내게 키스했다는 것은 거짓말이란 말이야!

듀랑 씨

그건 거짓말이 아니야! 하늘에 맹세코, 어떤 일이 있었는지 내가 똑똑히 봤으니까!

떼레즈

증명해 보라구!

듀랑 씨

증명해 보라니! 두 명의 증인이 좋을까 아니면 경찰이 좋을까! —아네트에게.— 내 딸아, 제발 사실을 내게 말해 줄 수 있겠니?

아네트

아무 것도 못 봤어요!

듀랑 씨

바로 대답했군. 제 여동생을 고발할 순 없는 법이니까 — 아네
트, 오늘 넌 네 엄마를 쏙 빼 닮았구나.

아네트

엄마에 대해 나쁜 말을 하지 마세요! 아, 엄마가 아직도 살아있
다면!

무대 VIII.

전에 있던 사람들, 아델은 우유 한잔을 들고 들어와 탁자에 놓는다.

아델

(듀랑 씨에게.)

저기 아빠 우유가 있어요! 빵은 어떻게 됐어요?

듀랑 씨

빵을 구하지 못했어, 그렇지만 구하게 될 거야. 지금까지 그랬던 것처럼.

떼레즈

(아버지의 우유 잔을 뺏는다.)

아빠 아무 것도 먹어선 안돼. 돈을 내버리는 사람이니 자식들이 굶게 되는 거라구요.

아델

한심스런 사람 같으니라구. 돈을 내다 버렸단 말이야? 우린 그를 정신병원에 쳐 넣어야 할 거야. 언젠가, 충분히 그럴 만한 때가 되었다고 엄마는 말했으니까! 저기 좀 보라구, 부엌 문 앞에 청구서 한 장이 또 있더라니까!

듀랑 씨

(청구서를 본다. 그리고 놀라서 움찔한다; 그런 후 물 한 잔을 부어 들이킨다; 그리고 앉아 파이프에 불을 붙인다.)

아네트

담배 피울 돈은 있었나보군?

듀랑 씨

(지쳤고 포기한 듯한 모습이다.)

사랑하는 딸들아, 그 담배는 물보다 더 싼 거란다. 그건 반 년 전에 선물 받은 것이야! 불필요한 것에 시비를 걸지 않았으면 좋겠구나.

떼레즈

(성냥을 집어서 숨긴다.)

이러면 적어도 성냥개비들은 낭비하지 않게 되겠지…

듀랑 씨

떼레즈, 밤이면 밤마다 혹시 네가 이불을 차내지 않나 하고 돌보느라, 널 위해 내가 얼마나 많은 성냥개비를 낭비했는지 아는지 모르겠군; 그리고 아네트, 네가 목이 말라 소리를 지르고 울어댈 때, 아기에게 마실 걸 주면 위험하다는 원칙을 네 엄마가 고수했기에, 내가 아무도 모르게 네게 얼마나 많은 물을 먹였는지 알는지!

떼레즈

그건 아주 오래 전 일이죠. 그러니 난 상관하지 않아요. 아무튼 방금 얘기한 그런 건 아빠의 의무잖아요!

듀랑 씨

그것도 그렇군. 그게 나의 의무였겠지, 확실해! 그렇지만, 난 의무보다 더 많은 것을 했어야만 했어!

아델

어디 계속하시지! 그렇지 않으면 우리에게 무슨 일이 닥칠지 아무도 모를 테니까! 세 젊은 딸들이 기댈 곳도, 보호 받을 사람도, 먹고 살 것도 없이 내버려질 것을 생각해 봤는지. 또 절망이 어떤 것을 몰고 올지 아빠 알아요?

듀랑 씨

그런 말은 이미 10년 전에 했었어. 그런데도 아무도 들으려 하지 않았으니까; 난 이미 20년 전에 이런 순간이 올 것이라고 예언했었지. 다만 다가오는 것을 막지 못 했던 것 뿐이야. 난 급행 열차에 유일한 브레이크 마냥 앉아, 어떻게 위험의 구렁텅이로 들어갔는지를 지켜만 보고 있었으니까, 그런데 그것을 멈추게 하기 위한 변속기어 레버에 닿을 도리가 전혀 없었단다.

떼레즈

지금 아빠가 우리를 탈선하도록 한 것에 대한 감사의 인사를 요구하고 있군요!

듀랑 씨

아니지, 다만, 너희들이 내게 조금만 덜 사악하게 대해주길 요구할 뿐이야. 너희들은 고양이에게 크림을 주어도 오랫동안… 굶어온 너희들 아비에겐 우유조차 아까워했었으니까.

떼레즈

아무튼 고양이의 마지막 우유 한 방울까지 다 마신 사람은 아빠잖아!

듀랑 씨
그래! 내가 그랬어!

아네트
글쎄, 쥐들에게 준 것을 먹어 치운 사람이 아빠가 아냐?

듀랑 씨
그래 나였어!

아델
이런 짐승 같은 인간! ―

떼레즈
(웃어댄다.)

그것에 독이 들어 있었다고 생각해 보라구요!

듀랑 씨
아니 뭐라구! 네가 말하고 싶은 것이 그것이야!

떼레즈
그래요, 아빠도 그런 것에 반대하진 않았을 테죠. 종종 스스로 목숨을 끊을 것이라는 말을 했지만, 죽지 않았잖아!

듀랑 씨

왜 스스로 목숨을 끊지 않은 거냐구? 그건 솔직한 질책이로군! 그래 내가 왜 스스로 목숨을 끊지 못했는지 너희들이 알기나 해? 그건 너희들이 호수에 빠져 자살하는 것을 못하게 하기 위해서였지! --- 더 사악한 말을 해보려무나! 그건 내게 음악같이 들리니까. 그 좋은 시절의… 유명한 멜로디같이…

아델

아무 소용도 없는 그런 쓸데없는 소리는 그만하시지. 대신 뭔가 좀 해보라구! 해보란 말이야!

떼레즈

만약 아빠가 우릴 그렇게 내버려둔다면, 어떤 일들이 일어날지 알기나 해요?

듀랑 씨

몸이나 팔겠지, 난 그렇게 밖에 생각할 수가 없구나. 네 엄마가 복권을 사느라 생활비를 전부 탕진해 버렸을 때면, 늘 그렇게 말을 했으니까.

아델

입 닥쳐요! 사랑하는 우리 고귀한 엄마에 대해 더 이상 한 마디도 말란 말이야!

듀랑 씨

(어눌한 어투로 혼잣말을 한다.)

이 집에 초가 타고 있군. 그것이 다 탔을 때는 목적이 달성된 거야! 그것은 아주 뜨거울 거야! 요란한 소리를 동반한 높새바람이 불어오겠지! 그래! — 아니지! −바람이 불기 시작하고 날씨가 흐려진다.

듀랑 씨

(튀는 듯이 일어난다; 아델에게.)

벽난로의 불을 꺼! 높새바람이 불고 있어!

아델

(듀랑 씨의 눈을 들여다본다.)

또 높새바람이 분다는 거야!

듀랑 씨

벽난로의 불을 꺼라니까! 만일 거기에 불이 붙으면 우린 화재보험에서 아무 보상도 못 받아. 그러니 벽난로의 불을 꺼! 말을 좀들어! 어서 끄도록 해!

아델

도무지 아빠를 이해 못하겠다니까.

듀랑 씨

(그녀의 눈을 들여다보며 손을 잡는다.)

오로지 내 말을 따라야 해! 내가 말하는 대로 하려무나!

아델

(문을 열어 놓은 채 부엌을 나간다.)

듀랑 씨

(떼레즈와 아네트에게.)

아가야, 올라가서 너희들 방의 창문을 닫도록 하고 난로의 조절판을 살펴보도록 하렴! 먼저 나에게 키스를 해줘. 너희들에게 줄 돈을 구하려고 — 내가 멀리 떠나려 하니까!

떼레즈

돈을 구할 수 있단 말인가요?

듀랑 씨

나는 현금화할 수 있는 생명보험에 들어 있단다.

떼레즈

얼마나 받을 수 있는 거죠?

듀랑 씨

그걸 팔면 600프랑은 받을 수 있지. 그러나 내가 죽으면 5천 프랑을 받게 되겠지.

떼레즈

(당황한다.)

듀랑 씨

말해 봐, 아가! — 그러면 안 되지. 우린 쓸데없이 잔인해져서는 안 돼 — 떼레즈 말을 해 봐. 넌 안토니오를 너무 좋아해서 그 자와 결혼하지 못하면 아주 불행해질 것 같으냐?

떼레즈

오오, 그럼요!

듀랑 씨

말하자면, 만일 그가 널 좋아한다면, 물론 그와 결혼을 해야겠지! 그렇지만 그에게 사악하게 굴어선 안 돼. 그럼 네가 불행해질 테니까! — 잘 있어, 사랑하는 내 아가! −그녀를 포옹하며 이마에 키스를 한다.

떼레즈

죽어선 안 돼, 아빠! 죽어선 안 돼!

듀랑 씨

내가 평안을 누리게 되는 걸 허락해 주겠니?

떼레즈

그럼요, 아빠. 스스로가 원한다면! --- 언제나 아빠에게 사악하게 굴었던 걸 용서해 줘요, 아빠.

듀랑 씨

아가야, 그건 하찮은 일이야!

떼레즈

아무도 나만큼 아빠에게 사악하게 군 사람은 없을 거예요!

듀랑 씨

널 가장 사랑했기에, 그다지 고통을 받지 않았단다. 왠지는 나도 몰라! 알았지. 이제 가서 창문을 닫도록 하렴.

떼레즈

거기 성냥이 있어요, 아빠! ―― 그리고 ― 거기에 아빠 우유도 있구요!

듀랑 씨

(미소를 짓는다.)

아아, 내 아가!

떼레즈

그래요, 내가 어쩌면 좋겠어요? 난 아빠에게 줄 것이라곤 아무 것도 없는 걸요.

듀랑 씨

네가 어렸을 때 나에게 아주 많은 기쁨을 주었으니 내게 아무 빚도 없단다. 이제 어서 가거라! 단지 전과 같이 다정한 눈길을 한 번 던져주겠니!

떼레즈

(가다가 돌아서서 그의 가슴에 뛰어든다.)

듀랑 씨

그래 그래, 내 아가. 이제 괜찮아! ─떼레즈는 달려 나간다.

무대 IX.

듀랑 씨, 아네트, 잠시 후 **아델**.

듀랑 씨

잘 있거라, 아네트!

아네트

난, 뭐가 뭔지 모르겠어요. 멀리 떠나세요?

듀랑 씨

난 아주 멀리 떠나기로 했단다.

아네트

그렇지만 다시 올 거죠, 아빠?

듀랑 씨

우리가 내일 살아있을지 그건 아무도 모르는 일 아니냐. 아무튼 작별 인사를 나누자꾸나.

아네트

그럼 안녕, 아빠! 여행 잘 하세요! 전에도 그랬듯이 설마 집에 올 때 선물 사 오는 것 잊어버리지는 않겠죠? −간다.

듀랑 씨

너희들에게 선물을 사준 것이 아주 오래 전의 일이건만, 넌 기억하고 있구나! 잘 있거라, 내 딸아!

(혼잣말을 중얼거린다.)

고통스런 것과 좋은 것들을 위해, 그리고 크고 작은 것을 위해 ― 넌 그곳에 씨를 뿌렸어, 이제 다른 사람들이 거두게 해야겠지.

아델

(들어온다.)

듀랑 씨

아델! 지금부터 내 말을 잘 들어 두어라! 그리고 이해도 해주면 좋겠구나! — 만일 내가 알아듣기 어려운 말을 한다면, 그건 다만 네가 너무 잘 알아들어 양심의 가책을 받을까 봐 그런 것이란다 — 진정해라. 다른 애들은 저희들 방에 있단다. 이제 먼저 내게 이렇게 질문을 하도록 해라: "아빠 생명보험에 들어있어요?"라고 말해 보렴!

아델

(불확실하게 질문을 한다.)

"아빠 생명보험에 들어있어요?"

듀랑 씨

아니, 들어 있은 적이 있었지. 그런데 그것의 지불 만기 기한까지 참지 못하는 사람이 있다는 것이 느껴져 오래 전에 팔아버렸어 — 반면에 난 화재보험을 들어놨어! 이 증명서를 보렴; 잘 감춰 둬야 한다! — 이제 네게 물어봐야겠군: — 75쌍팀(Centim)[3] 어치 양초 한 상자에 425그램짜리 초가 몇 개가 들어가는지 알고 있니?

---

3 화폐단위.

아델

여섯 개.

듀랑 씨

(양초 상자를 암시한다.)

저기에는 양초가 몇 개 들어있니?

아델

단지 다섯 개!

듀랑 씨

그래, 여섯 번째의 것은 저 위에 있기 때문이야, 벽난로 가까이에! ─

아델

하느님 맙소사!

듀랑 씨

(시계를 꺼내 든다.)

대략 5분 정도면 집은 전소 될 거야!

아델

그럴리 없어!

듀랑 씨

사실이야! 넌 이 어둠 속에서 다른 섬광을 볼 수 있겠니? 아니지! — 아무튼! — 이 사업을 위해서 말이야. 이건 다른 문제야! 만약 내가 -속삭인다.- 방화범으로 세상에 알려지면, 사실 그것은 중요하지 않아. 그러나 그때까지 내가 정직하게 살아온 사람이라는 것을 내 자식들이 알게 된다는 건 다른 문제겠지 — 그렇다 치고, 난 프랑스에서 태어났어 — 내게 선수 치는 망나니 녀석을 위해 그것을 인정할 필요성을 느끼지 않았을 뿐이야! — 군복무의 의무를 하기 바로 전 — 후일 내 아내가 된 여자를 우연히 사랑하게 되었어. 우리는 결혼할 수 있기 위해 이곳으로 와서 자리를 잡아 스위스 시민권자가 되었지! — 2차 대전이 일어났을 때, 난 내 조국을 향해 총뿌리를 들이대야만 했단다. 프랑스와 독일이 전쟁을 할 당시 의용병으로 참전을 했으니까! — 네가 들었던 것처럼 난 결코 탈영을 한 적이 없었어. 네 엄마가 그 이야기를 마음대로 꾸며 냈을 뿐이지!

아델

우리 엄만 절대로 거짓말을 하지 않아요!

듀랑 씨

그것 보라지! 지금 그 시체가 다시 되살아나 우리 사이에 서는군. 난 죽은 사람에게 소송을 제기할 수가 없지만, 내가 진실을 말하고 있다는 것은 맹세할 수 있어. 네가 들었는지 모르겠구나! 너희 모두의 결혼 지참금에 대해서 말이야. 다시 말해, 너희들 엄마의 유산에 관한 것이 이 문제와 관련이 있지: 먼저 너희 엄만 심한 낭비벽에 내 친가 쪽에다 어리석고 무지한 투자를 하여, 내가 상속 받은 유산을 아주 깡그리 탕진해 버렸어. 그래서 난, 직장을 떠나야만 했고, 이 팬션을 시작하게 된 거야. 그 후에 네 엄마 재산의 일부를 너희들 교육비로 사용해야만 했던 거란다, 그것이 낭비라고 부를 수 있겠니? — 그럼 그것 또한 진실이 아니라고 말할지 모르겠구나…

아델

그럼요, 엄마가 임종할 때 그렇게 말하지 않았는걸요…

듀랑 씨

평생을 그랬던 것처럼 죽어가는 순간에도 거짓말을 했었구나… 그 저주의 거짓말은 마치 유령처럼 나를 따라 다녔어! 수많은 세월 동안 그 두 가지 거짓말이 죄 없는 나를 얼마나 괴롭혔는지 생각해 보라구. 난 너희들의 젊은 영혼 속에 문제를 심어주고 싶지 않았고, 엄마의 탁월한 재능에 대해 너희가 의구심을 갖게 하고 싶지 않아 침묵을 지켜온 거야. 난 결혼생활 내내 십자가를 져야만 했어; 네 엄마의 모든 잘못을 내 등에 짊어져야 했고, 결국 내 책임이 있다고 생각될 때까지 네 엄마의 계속되는 모든 실수를 내가 감내해야만 했지. 그 사람은 먼저 자신을 나무랄 데 없는 사람이고, 그 뒤엔 희생자라고 생각하는 것에 주저함이 전혀 없었어! 네 엄마가 정말 복잡한 문제에 처했을 때면, 흔히 나는 "내 잘못이야"라고 말하곤 했지. 그러면 나에게 비난을 퍼부어댔으니까! 난 모두 견뎌냈지! 그런데 그 사람은 자신의 잘못을 나에게 전가시키면 시킬수록 끝없는 채무자의 증오로 더 나를 증오하더군. 결국 네 엄만 자신이 내게 속았다는 상상을 더 강하게 느끼기 위해 나를 경멸했었지. 마지막으로 너희들에게까지 나를 경시할 것을 가르쳤어. 그건 자신의 약점에 대한 후원자가 필요했던 거야! 난 네 엄마가 죽었을 때, 그 사람의 악하지만 연약한 영혼도 함께 죽었을 것이라고 믿었고 희망했었어; 후퇴하기 위해 건강한 영혼이 정지된 상태에 남아 있는 동안, 그 악한 것은 살아서 마치 중병처럼 악화되기만 했단다. 내가 미친 이 집안의 관습을 바로잡으려 했을 때면, 난 너희들로부터 이런 말을 들었지: "엄마" ─ "그렇게 엄마가 말했어요" 아무튼 그건 사실이지; "흔히 엄마가 그랬어요" 그것도 맞는 말이었어! 내가 좋은 사람이었을 때, 너희들에겐 난 불쌍한 놈에 지나지 않았고, 내가 섬세할 때면 난 무기력한 놈이었으며, 너희들의 뜻을 관철시킬 수 있었을 땐, 그리고 너희가 이 집을 망쳐놓았을 땐, 난 나쁜 놈이 되어 있었던 거야!

아델

자신을 방어할 수도 없는 이미 죽은 사람에 대해 비난하고 있는 것이 아주 고결해 보이는군요!

뒤랑 씨

(아주 말을 빨리 하고 흥분되어 있다.)

난 아직 죽지 않았어. 그렇지만 곧 죽게 될 거야! 그럼 넌 날 방어해 주겠니? ─ 아니, 그럴 필요 없어! 대신 네 동생들이나 잘 돌보도록 해라. 아델, 내 자식들을 생각해 줘. 떼레즈에게는 엄

295

마같이 돌보아주도록 하거라. 그 애는 막내고 생기가 넘쳐나거든. 나쁘고 좋은 것에 너무 급해, 경솔하긴 하지만 심약하니까! 그 애가 곧 결혼 할 수 있도록 해주는 것을 유념하도록 해라. 만약 네가 그렇게 만들 수 있다면! -침묵.- 이제! 이제 짚이 타는 냄새가 나는구나!

아델

하느님 아버지, 저희를 지켜주소서!

듀랑 씨

(물컵의 물을 다 들이킨다.)

그 분은 그래 주실 거야! — 아네트에게 교사 자리 하나 찾아주도록 하렴! 그래서 그 애가 세상으로 나와 좋은 친구들과 교제를 할 수 있도록 — 보험료가 나오면, 네가 관리를 하도록 해라. 너무 절약하지 말고, 네 동생들에게 적합하게 생활비를 주도록 하렴. 그래서 그 애들이 사람들 앞에 떳떳이 나타날 수 있도록! — 내 쉬폰예 책상의 선반 가운데에 놓여 있는 가족의 서류들 외에는 아무 것도 보존하지 말아라. 이것이 열쇠야 — 화재보험 증서는 네가 갖고 있겠지! -연기가 천정에서 새어 나오는 것이 보인다.- 이제 곧 완성되는 거야! 조금 있으면 쌩 프랑소아 성당[4]의 종탑의 종이 울리겠지! — 한 가지 약속해 주렴 — 네 동생들에

---

4 스위스 Lausanne의 중심지에 있는 St. François 성당으로 13세기에 세워진 오래된 수도원.

게는 절대로 내가 너희들을 위해 무슨 짓을 했는지 말하지 않는
다는 것을! 그러면 평생 그 애들은 평안히 살 수 없을 테니까. ─
탁자 앞에 앉는다.─ 한 가지 더 있어: 그 애들의 엄마에 대해 절대
로 비난의 말은 한 마디도 해선 안 돼! 엄마의 초상화도 쉬폰예
안에 들어있어 ─ 그 사람의 보이지 않는 영혼이 이미 집안에
다시 돌아와 있는 것을 발견했기에, 너희들에게 말하지 않았던
거야! ─ 떼레즈에게 작별인사를 해주고 나를 용서해 달라고 전
해 주렴! 네가 옷을 살 때, 그 애에게 제일 좋은 것을 사 입힐 것
을 잊지 말아라. 왜냐면 그 애가 그런 걸 얼마나 좋아하고, 그런
사랑만이 그 애를 이끌 수 있다는 걸 넌 알고 있잖아!… 아네트
에게 말해 주렴…

(멀리서 희미한 종소리가 들린다. 연기가 점점 많아진다. 듀랑 씨는 두 손
으로 머리를 감싸고 탁자 위에 쓰러진다.)

아델

불이야! ─ 불이야! ─ 아버지! ─ 무슨 일이예요? 불에 타 죽을
작정이란 말인가요 ─

듀랑 씨

(머리를 들고 물잔을 밀어내며 뭔가 말을 하려는 듯 손짓을 한다.)

아델

도… 독약을… 마신 거잖아!

듀랑 씨

(동의 한다는 듯 고개를 끄덕인다.)

화재보험 증서는 갖고 있겠지? — 떼레즈에게 말을… 그리고
아네트에게…

(그는 다시 머리를 떨어뜨린다. 새로운 종소리가 들린다. 밖에서는 시끄
러운 소음과 사람들의 와글대는 소리가 들린다.)

막이 내린다.

모성애
MODERSKÄRLEK

일 막
EN AKT

등장인물

어머니; 전직 창녀
딸; 배우, 20살
리젠; 18세
무대의상 담당 여자

무대배경

해수욕장에 접해 있는 어부의 집 실내: 무대 뒷쪽의 베란다 유리를 통해 멀리 스톡홀름 군도(群島)의 작은 만(灣)이보인다.

무대 I.

시가를 피우는 **어머니**와 **무대의상 담당 여자**가 포르토 와인을 마시며 트럼프 놀이를 하고 있다. **딸**은 창가에 앉아 무엇에 매료된 듯 위쪽을 주시하고 멍하니 앉아 있다.

어머니

헬렌, 이리 와서 함께 하자꾸나!

딸

이토록 아름다운 여름날, 카드놀이 같은 건 좀 안 하면 안 되나!

무대의상 담당 여자

엄마에게 고분고분 해야지 그게 무슨 말버릇이야!

어머니

제발 그 뜨거운 베란다에 앉아서 태우지 말라니까!

딸

뜨겁지 않으니 신경 쓰지 말라구!

어머니

그럼 네 마음대로 하려무나! ─의상담당 여자에게.─ 어서, 카드를 섞도록 해! ─

딸

오늘 여자 친구들과 수영하러 가도 되지?

어머니

이 엄마를 빼놓고는 안 된다는 걸 잘 알면서 그래!

딸

그러지 뭐, 그렇지만 친구들은 수영을 할 줄 알지만 엄만 못하잖아!

어머니

누가 수영을 할 줄 아느냐 못하느냐 하는 문제가 아니야. 아무튼 헬렌, 이 엄마를 두고 혼자 어딜 간다는 것은 용납하지 못해.

딸

그건 알고 있어! 엄마가 하는 말을 알아들을 수 있는 나이 때부터 귀에 못이 박히도록 들어왔으니까!

무대의상 담당 여자

그건 딸이 잘 되기만 바라는 엄마의 애틋한 사랑을 잘 보여준 것이야… 그럼, 그렇구 말구!

어머니

(의상담당 여자의 손을 잡는다.)

고마워요! 그렇게 말해 줘서 정말 고마워! 사실 그것은… 아무튼 자신있게 말하지만, 과거에 내가 어떤 사람이었건, 하여간 난 따뜻한 엄마였으니까.

딸

그럼, 로운-테니스(Lawn-Tennis)[1]를 치러가도 되는지 물어보는 것조차 아무 소용이 없는 일이겠지!

무대의상 담당 여자

이 아가씨야, 엄마에게 그렇게 건방지게 굴면 못 쓰는 거야. 가장 가까운 사람들과 소박한 소일거리나 하며 작은 기쁨을 나누는 것마저 거절하는 네가, 다른 사람들과 즐길 생각을 한다는 것은 엄마에게 상처를 준다는 걸 알아야지.

---

1 1870 말, 스웨덴에서 유행하던, 여자들이 롱 드레스와 모자를 쓰고 잔디밭 위에서 즐기던 테니스.

딸

됐어요, 됐어. 그런 것쯤은 나도 다 알고 있다구요; 알죠, 안다니까요!

어머니

또 버릇없이 굴기 시작하는군! 그렇게 멍청히 앉아만 있지 말고 뭔가 영양가 있는 일을 좀 해보란 말이야! 이 잘난 것아!

딸

내가 잘 났다고 하면서 왜, 날 어린애 취급을 하는 거야?

어머니

네가 어린애처럼 구니까 그렇지!

딸

내가 그러길 바란다면, 적어도 내게 화를 내지 말았어야지!

어머니

이것 봐, 헬렌. 요즘 넌 너무 예민한 게 아냐… 이곳에서 가까이 지내는 사람이 도대체 누구야?

딸

엄마와 아줌마를 포함한 다른 사람들!

어머니

이제 이 엄마에게도 숨기겠다는 거야?

딸

물론, 이젠 그럴 나이가 됐다고 생각하니까!

무대의상 담당 여자

감히 엄마에게 그렇게 말대꾸를 하다니 부끄럽지도 않아!

어머니

쓸데없는 언쟁은 그만하고, 뭔가 유용한 것을 좀 하자구. 말하자
면, 이리 와서 네가 맡은 배역의 대본이나 내게 읽어주든지!

딸

감독님께서 사람들이 잘못 가르쳐 줄 수도 있으니 아무에게도
대본을 읽어주면 안 된다고 했어…

어머니

그래, 널 도와 주고 싶은 엄마에게 고작하는 말이 그런 거야!
물론 내가 하는 모든 것은 다 한심스런 짓이라고 생각하겠지만!

딸

그렇다면 엄만 왜 그런 짓을 하는지 모르겠단 말이야; 엄마가
미친 짓을 하면, 그 댓가는 전부 내게로 돌아온다는 걸 몰라!

무대의상 담당 여자

네 엄마가 가정교육을 똑바로 시키지 않았다는 것을 넌, 제대로 보여주고 싶은 모양이로군! 정말 형편 없는 것 같으니라구!

딸

아줌마는 알지도 못하면서 그렇게 말하지만, 절대 그런 게 아니라구요. 엄마가 잘못된 것을 가르치려 할 땐 거절을 해야 하지 않겠어요. 나마저 일자리를 잃고 우리 모녀가 길거리에 나가 앉지 않으려면 말이예요!

어머니

네가 나를 먹여 살린다는 것을 유세하고 싶은 게로군. 그렇지만 네가 엄마 친구 아우구스타 아주머니에게 어떤 빚을 지고 있다는 사실을 알기나 해? 그 나쁜 인간인 네 아버지가 우리 모녀를 내버렸을 때, 아우구스타 아주머니가 우릴 돌보고 먹여 살렸다는 사실을 알아야만 해. 네가 절대로 다 갚을 수 없는 엄청난 빚을 지고 있다는 사실을 기억하고 살아야 한단 말이야! 알겠어?

딸

(입을 다문다.)

어머니

알아들었어? 대답해 보라구!

딸

대답하고 싶지가 않다면요?

어머니

대답하고 싶지 않다니?

무대의상 담당 여자

진정하라구! 이웃집에서 다 듣겠어. 그들이 얼마나 신나게 떠들고 다니겠어! 제발 진정하라니까!

어머니

(딸에게.)

이제 그만 옷 갈아입고 함께 산보나 하자구!

딸

오늘은 산보하고 싶지 않아!

어머니

나랑 산보하지 않겠다는 것이 오늘이면 벌써 삼 일째야! — –생각에 잠긴다.– 이럴 수가 있어?! --- 아우구스타 아주머니와 할 얘기가 있으니, 베란다에 좀 나가 있도록 해.

딸

(베란다로 나간다.)

무대 II.

어머니, 무대의상 담당 여자.

어머니

이런 일이 있을 수가 있다고 생각해?

무대의상 담당 여자

무슨 일이야?

어머니

저 애가 무슨 말을 들은 게 아닐까?

무대의상 담당 여자

설마 그럴라구!

어머니

아무리 끔직한 인간들이라도 어린애 얼굴에다 대놓고 그런 말을 하진 않겠지만, 사실 충분히 가능한 일이기도 해! 내 조카는 서른여섯 살이 됐을 때 비로소 자기 아버지가 자살한 것을 알게 되었으니까… 헬렌의 달라진 행동의 배경에는 누군가 있는 것이 분명해. 그 애가 나와 함께 산보를 할 때면 왠지 괴로워한다는 사실을 이미 8일 전에 눈치를 챘으니까. 쟤가 사람을 피해 한산한 길만 찾아 다니려는 눈치였어; 사람을 만나면 얼굴을 돌려버리지 뭐야; 그때 불안해 하며 한마디 말도 하지 않고 서둘러 집으로 가려고만 했거든! 무슨 일이 있는 것이 분명해!

무대의상 담당 여자
내가 제대로 이해를 했다면 — 쟤가 당신과 함께 있는 것을 창피하게 생각한다는 말이로군 — 자기를 낳아준 엄마와 — 함께 있는 것을?

어머니
그렇다니까!

무대의상 담당 여자
그럴 순 없어, 이건 너무 심하잖아!

어머니
허긴, 더 심한 건 우리가 증기선을 타고 여행을 한 적이 있었어. 그때 우리 앞으로 헬렌을 아는 사람들이 다가왔을 때도 나를 소개하지 않았다는 걸 상상이나 할 수 있겠냐구!

무대의상 담당 여자
어쩌면 쟤가 요 근래 8일 동안, 이곳을 다녀간 사람을 만났는지도 몰라 — 우리 초소로 내려가서 근래에 이곳 해변을 다녀간 관광객들이 누군지 알아보도록 하자구. 내 생각이 어때? —

어머니

그게 좋겠군. 정말 좋은 생각이야! — 헬렌! 잠깐 초소에 다녀 올 테니, 집 좀 보고 있으렴!

딸

알았어, 엄마!

어머니

(의상담당 여자에게.)

이건 마치 언젠가 꿈 속에서 경험한 것 같은 기분이 든다니까…

무대의상 담당 여자

그럴 수도 있겠지. 때론 꿈이 현실 속에 다시 나타나기도 하니 까 --- 그런데 — 그다지 기분 좋은 일은 아니잖아!

(그들은 우측으로 나간다.)

무대 III.

딸이 위를 향해 윙크를 한다. 순백색의 긴 원피스와 모자를 쓴 로운-테니 스 복장의 **리센**이 들어 온다.

리센

이제 드디어 나가신 거야?

딸

응, 조금 전에.

리센

그래, 너희 엄마가 뭐라고 하셨어?

딸

전혀 물어볼 용기가 나질 않았어! 엄만 성미가 급하거든!

리센

가여운 헬렌! 그럼 함께 나갈 수가 없겠구나! 내가 얼마나 좋아했었는데… 내가 널 얼마나 좋아하는지 알고 있겠지! —이마에 키스를 한다.

딸

네가 알고 있는지 모르겠지만, 너와 알게 된 뒤로 너희 집에서 함께 지낸 날들이 내겐 얼마나 큰 의미가 있는지 몰라. 난 교양 있는 사람들과 밖에서 어울렸던 적이 결코 없었어… 도둑놈 소굴 같은 곳에서 살아온 나를 생각해 보렴. 쾌쾌한 공기와 부정한 사람들, 비밀에 쌓인 삶이 내 주위를 맴돌고 있는 곳이었어. 수근대고, 말다툼이나 일삼고, 잔소리만 많은 이곳에서 따뜻한 말 한마디나 칭찬 같은 것은 결코 들어본 적이 없는 걸. 다만 이곳에서 내 영혼은 마치 죄수처럼 감시를 받으며 살아왔으니까 --- 아아! 지금 난 우리 엄마 얘기를 하고 있는 거잖아. 나를 얼마나 맘 아프게 하는지 몰라. 얼마나 맘이 아픈지 어떻게 알겠니! 네가 알면 날 경멸하게 될 거야!

리센
네 부모가 어떤 사람이건 네 책임이 아니야, 그리고…

딸
그건 그래. 그렇지만, 그 결과에 대한 대가를 치르게 되는 사람은 결국 나야! 분명히 말하자면. 함께 살아왔던 부모가 어떤 사람인지조차 모른 채 죽을 때까지 살아가야만 하는 운명이라니 끔찍하기만 해. 허긴 그 말을 다른 사람들이 들었다고 해도, 아무도 믿지 않을 테지만!

리센
(당황하며.)

무슨 말을 들었다는 거야?

딸
실은, 3일 전에 해수욕장의 탈의실 안에서 벽 하나 사이를 두고 우리 엄마 얘길 하는 걸 들었어. 뭐라고 했는지 알아?

리센

그런 말 따윈 신경 쓰지 마!…

딸

그 사람들이 말하길 우리 엄마가 나쁜 여자였다는 거야! — 내 귀를 의심했었어; 아직도 믿어지질 않아. 그런데 왠지 사실 같은 느낌이 들기도 해; 모든 것으로 미루어보아 짐작할 수 있기도 하고 — 또 창피하지만 그들의 말이 맞아 떨어지기도 해! 엄마와 함께 밖에 나가는 것이 창피해 죽겠어; 사람들이 우리를 자꾸만 쳐다본단 말이야; 또 남자들이 이상한 눈길을 보내기도 하고 --- 정말 끔찍하기만 해! 과연 그게 사실일까? 만일 사실이라면 내게는 솔직하게 털어놓겠지?

리센

난 아무 것도 모르고 있는데, 사람들은 헛소문을 너무 많이 퍼트린다니까!

딸

아니야, 넌 알고 있어. 뭔가 알고 있다구. 그렇지만 내게 말해주고 싶지 않은 걸 거야. 고마워, 하지만 네가 말을 하든 말든 상관없이 슬픈 건 어쩔 수가 없어!

리센

이것 봐, 그런 생각들은 다 잊고 우리와 함께 가자! 네가 좋아할 사람들을 만나게 될 테니. 아침에 우리 아빠가 집에 오셔서 네가 보고 싶다고 하셨어. 아빠에게 보낸 편지에 네 말을 많이 썼거든, 그리고 내 사촌 게르하르트도 널 보고 싶어해.

딸

아빠가 있는 네가 부러워, 정말 부러운 걸; 내가 아주 어렸을 땐 나도 아빠가 있긴 있었지만…

리센

그런데 어딜 가신 거야?

딸

아빤 우릴 버렸대. 우리 엄마 말로는 아빤 나쁜 사람이기 때문이래!

리센

그건 알 수 없는 거야… 아무튼 — 네게 해줄 말이 있어: 오늘 네가 우리와 함께 간다면, 〈스투라 테아테른(Stora Teatern)〉[2]의 감독을 만날 수 있을 거야. 그러면 배역을 맡을 가능성이 있을 수도 있잖아.

딸

정말?

---

2 Sweden의 Göteborg에 위치한 극장으로. 1859년, 〈Nya Teatern〉이란 이름으로 창설 1880년, 〈Stora Teatern〉으로 명명되어, 국내외로 많은 예술인들이 거쳐간 예술극장.

리센

그럼, 그렇다니까, 그 사람은 네게 관심이 많아 — 말하자면 게르하르트와 내가 네 자랑을 많이 해 놨단 말이야. 아주 하찮은 일이 우리의 운명을 좌우하게 된다는 것을 잘 알잖아: 만남이란, 한마디로 말해 시기가 적절하게 제대로 들어맞아야 한다고들 하잖아. 네 혼자서 갈 길을 찾아보겠노라며, 우리와 함께 가지 않는다는 말은 이젠 하지 않겠지!

딸

이것 봐, 내가 원하지 않을 것 같아? 너도 잘 알잖아. 그렇지만 엄마와 함께 가지 않으면 아무 데도 갈 수 없는 걸.

리센

왜지? 그 이유를 말해 줄 수 있어?

딸

나도 모르겠어! 내가 어렸을 때부터 우리 엄마가 그렇게 가르쳐서 그것이 머리에 박혀 있나 봐!

리센

너희 엄만 네게서 약속을 받아내기라도 한 거야?

딸

아니, 전혀 그럴 필요도 없었어; 엄만 단지 "이렇게 해라, 저렇게 해라"고 말할 뿐이었으니까! 그럼 나는 그냥 시키는 말을 따랐으니까!

리센

만일 네가 몇 시간을 너 혼자서 밖에 나간다면, 엄마에게 불의를 저지른다고 생각하는 거야?

딸

엄마가 나를 보고 싶어 한다고 생각지는 않아. 왜냐면 내가 집에 있을 때도 항상 잔소리만 하니까; 그렇지만 엄마가 따라가지 않는데 나 혼자 그 곳에 간다면 마음이 아플 것 같아.

리센

넌, 너희 엄마가 우리 모임에 참가할 수 있다는 가능성을 생각해 보기라도 한 거야?

딸

아니, 무슨 말을 그렇게 해. 절대로 그런 걸 생각한 적 없어! ―

리센

그럼 언젠가, 네가 결혼을 하게 될 때는…

딸

난 절대로 결혼하지 않을 거야!

리셴

너희 엄마가 그것 역시 그렇게 말하도록 가르친 거야?

딸

그럴지도 모르지! — 맞아, 항상 우리 엄만 나에게 남자들에 대한 경각심을 불러일으켰으니까!

리셴

남편에 대해서도?

딸

그런 것 같아!

리셴

이것 봐, 헬렌! 넌 정말 해방되어야 할 필요가 있는 것 같아!

딸

흥! 정말이지 난, 소위 말하는 여성해방운동 같은 것을 하는, 그런 사람은 되고 싶진 않아!

리셴

아니, 그런 뜻이 아니야. 네 인생을 불가능하게 만드는, 네가 처한 환경에 의존해 있는 것으로부터 자유로워질 필요가 있다는 말이야.

딸

내가 그렇게 할 수 있다고는 절대로 생각조차 못해. 내가 어린 시절부터 어떻게 우리 엄마 같은 사람에게 매여 살아왔는지 생각해 보라구; 엄마와 생각이 다른 것을 생각해 본 적이 절대로 없었고, 엄마가 원하는 것이 아닌 것을 원해 본 적도 없었으니까! 그런 것들이 내 앞 길을 막는다는 걸 잘 알지만, 어쩔 수가 없는 걸.

리센

그렇다면 너희 엄마가 죽으면, 네 스스로 아무 것도 할 수가 없게 되고 말 거야.

딸

그렇게 되어도 할 수 없지 뭐.

리센

그럼 넌, 한 사람의 친구도 교제하는 사람들도 없을 거야; 인간은 혼자선 살 수가 없는 거라구. 의지할 수 있는 사람을 찾아야만 해! 넌 결코 누구를 사랑해 본 적이 없단 말이야?

딸

나도 모르겠어! 감히 그런 걸 생각해 볼 용기를 가졌던 적이 결코 없었어. 게다가 우리 엄마 때문에 그 어떤 청년도 나를 쳐다보지도 못했으니까! ― 그럼 넌 그런 생각을 해 본 적이 있긴 있는 거야?

리센

그럼, 누가 나를 좋아 한다면, 난 그 사람을 받아들이고 싶어.

딸

그럼 넌, 네 삼촌인 제랄드와 결혼 하게 되겠네!

리센

그가 나를 좋아하지 않으니, 절대로 그렇게 될 순 없어!

딸

될 수 없다구?

리센

그럼! 그 애가 널 좋아하기 때문이야!

딸

나를?

리센

그럼; 널 만나러 올 수 있게 해 달라는 그의 간청을 전하는 것이
내 볼일 중의 하나이기도 해.

딸

여길? 안 돼, 말도 안 돼! 넌 내가 널 방해 할 것이라고 믿어? 넌
내가 그의 마음에서 널 밀어내게 할 것이라고 생각하는 거야,

이다지도 아름답고 착한 너를--- -리센의 손을 자기 손에 올려놓는다.- 손이 너무 예뻐, 가냘픈 손목이구나! 우리가 근래에 목욕탕엘 갔을 때, 네 발을 보았어. -앉아 있는 리센 앞에 무릎을 꿇는다.- 발톱 하나 상한 것 없는 그런 발이었어; 발가락들은 둥글고, 어린아이 손처럼 붉은 장미빛이 도는 예쁜 발이 내 눈 앞에 있었던 거야. -리센의 발에 키스를 한다.- —— 넌 나랑은 근본적으로 다른 귀티가 나는 여자라구!

리센
우리 이제 그만 하자. 그런 터무니없고 우스깡스런 소린 하지도 말어! -일어난다.- 만일 네가 안다면!--- 그러면---

딸
이토록 밝고 부드러운 얼굴 모습을 띤 상류층의 널 바라볼 때면, 우리같은 서민들은 네가 아름다운 것처럼 넌 그만큼 착한 사람일 것이라고 생각하거든. 그 얼굴엔 불운한 삶으로 인한 주름살도 생기지 않을 테고, 시기로 인해 할퀴어 흉한 상처가 날 일도 없겠지.

리센
이것보라구, 헬렌. 네가 나를 아주 좋아하는 것 같다는 생각이 드는군…

딸
맞아, 그것 역시 맞는 말이야! 마치 설앵초가 아네모네를 닮은

324

것처럼, 난 뭔가 널 닮은 것 같아. 게다가 넌, 내가 너처럼 되길 원하는, 나 자신의 가장 좋은 면모의 분신 같기도 해. 이 여름의 끝자락에 아주 밝고 순결한 천사처럼 내 인생 길에 네가 들어왔지만, 내가 그렇게 되기는 불가능해; 이제 가을이 왔어. 그리고 모레면 우린 도시로 돌아가게 돼… 그럼 우린 더 이상 서로 만날 수 없을 거야… 더 이상 알고 지내서도 안 되겠지… 넌, 절대로 나를 끌어올릴 수 없을 거야. 그러나 난, 너를 끌어내릴 수는 있을 테지. 하지만 그러고 싶지 않아! 오히려 너의 단점을 볼 수 없도록 널 아주 높고 높은 곳에, 또 아주 멀리 있게 하고 싶어. 그러니 나에겐 처음이자 유일한 친구인 리센, 안녕…

리센

무슨 말을 하는 거야, 그만해! ― 헬렌! 내가 누군지 알아?… 실은, 난 네 동생이야!

딸

네가? 그게 무슨 말이야?

리센

너와 난, 아버지가 같아!

딸

우리가 자매라구, 네가 내 동생이라니. ― 아버진 뭘 하는 사람이야? 너희 아버지가 그렇다면, 그럼 우리 아버지가 해군 중령이란 말이야. 이런 바보 천치 같으니라구! 그렇다면 아버지가 재혼을 한 거잖아, 그렇담… 네게 잘 해주시니?
설마 아버지가 엄마에게 적대감을 갖고 있는 건 아니겠지…

리센

넌 아무 것도 모르는군! 다시 말해, 지금 넌 악쓰며 울지 않는 동생을 얻었다는 것이 기쁘지도 않단 말이야!

딸

무슨 소릴, 기쁘구 말구. 너무 기뻐서 무슨 말을 해야 할지 모르겠어… -끌어 안는다.- 그렇지만 이제부터 어떤 일이 일어날지 모르니, 난 정말 기뻐할 용기가 없어! 엄마가 알면 뭐라고 하겠어. 우리가 아빠를 만나면 어떻게 되는 거야!

리센

너희 엄마는 내게 맡겨. 아줌만 그리 멀리 가지 않으셨을 거야. 널 필요로 할 때까지, 넌 뒤에서 잠자코 있도록 해! 자, 이리 와서 한 번 안아보자구.

(서로 포옹한다.)

딸

내 동생! 이런 말을 해 본 적이 없었으니, 아빠란 말과 마찬가지로 동생이란 단어가 정말 이상하게 느껴지기만 하는 걸…

리센

이제 쓸데없는 말은 그만두고, 우리 현실로 돌아가자구… 네가 우리 집에 초대 되었다고 하면 아줌마는 지금도 못 가게 할 것 같니? 아빠와 여동생 집인데?

딸

나 혼자? — 오오, 우리 엄만 네 아빠를, 아니 — 우리 아빠를 증오하고 있어.

리센

그러나 만약 너희 엄마가 그래야 하는 아무런 이유가 없다면 어쩌지? — 세상이 얼마나 실수와 오해, 그리고 거짓투성이와 망상으로 차 있는지를 네가 알면 좋겠어! 우리 아빠가 해군 사관 생도로써 처음으로 바다로 나갔을 때 친구였던 사람에 대해 얘기해 주셨어. 한 장교 방에서 금시계가 도난을 당했었나 봐. 한 사관생도가 의심을 받았지. 왜 그런지 하느님만은 아셨겠지. 친구들이 그를 피하자 그는 기분이 몹시 상했던 거야. 그래서 교제하기에는 끔찍한 사람으로 변해 싸움을 하는 통에 자퇴를 해야만 했었나 봐. 그런데 2년 후에 도둑이 그 배의 선원이었다는 것이 발견되었지만 사람들은 그 죄없는 사람에게 명예회복을 시켜주지 않았다는 거야. 그러니 그 사람은 평생토록 죄를 지은 사람으로 남을 수밖에 없었지. 경제적인 보상은 받았지만 평생 혐의를 입고 살아갈 수밖에 없었다는 거야; 그러니 그 죄없는 사람은 도둑이라는 누명을 쓰게 됐고, 그 꼬리표를 평생 달고 다니게 된 거라구. 그것은 집채만큼 점점 커져, 그에 대한 나쁜 평판의 원인이 된 거야. 그래서 《아라비안 나이트(Arabian nights)》[3]에 나오는 성처럼 허공에서 맴돌다가 쓸려가 버린 성의 잘못된 기초를 없애버리려고 시도했을 때, 내면에 그 건물 자체가 남아 있는 것을 발견하게 되는 것과 같아.

알아, 세상은 그렇게 돌아가는 것이야! 그런데 그것보다 더 끔찍한 것은 〈아르보가 악기〉 제작자 사건이야. 자기 집에 불을 질렀기에 그를 방화범이라 불렀어. 그리고 또 그곳에 '도둑놈 안데르쉬' 라 불리는 어떤 안데르손이란 사람이 있었는데, 그는 유명한 범죄 사건에 휩싸여 희생자였던 적이 있었다는 거야!

딸

그 이야기는 말하자면 우리 아빠 내가 생각하는 그런 사람이 아니라고 말하고 싶은 거야?

리센

바로 그런 뜻이지!

딸

내가 아빠에 대한 기억을 잃어버린 이후로, 난 꿈에 아빠를 보았어--- 말하자면 아빠 검은 수염에 크고 푸른 마도로스의 눈을 지녔고, 키가 큰 사람이었는데…

---

3 중동의 민속 설화, 《천일의 야화(千—夜話)》 혹은 《아라비안 나이트(Arabian nights)》에 나오는 '알라딘(Aladdin: 믿음의 숭고함)과 마법의 램프'에 관한 이야기로 램프의 요정 지니가 어떻게 알라딘의 성을 공중에 들어 올리고 없애버리는 것 내용을 비유한 것.

리센

맞아, 거의 비슷해!

딸

그렇구나… 잠깐, 지금 기억이 나는군… 이 시계를 좀 봐! 시계 줄 가까이에 작은 나침판이 붙어있어 — 그리고 나침판 위엔 자침이 있는데, 그것은 북쪽이라고 쓰여져 있는 곳을 향하고 있었어 — 누가 내게 준 걸까?

리센

네 아빠가! 아니, 우리 아빠가 그것을 샀을 때 내가 보았거든!

딸

그럼 내가 공연을 했을 때 극장에서 아주 많이 봤던 사람이 아빠였단 말이군 --- 아빤 언제나 무대 가까이 맨 앞 자리 왼쪽에 앉아 망원경으로 나를 지켜 보았어 --- 엄마가 항상 나를 걱정하고 있기에, 엄마에게 말할 용기가 나지 않았지만 --- 한 번은 아빠가 꽃다발을 무대로 던지셨어. 그런데 엄만 그것을 태워 버리셨거든 --- 넌, 그 사람이 아빠라고 생각하니?

리센

그럼, 아빠구말구. 나침판 눈금에 자침이 가르키고 있듯이, 아빤 수많은 세월 동안 네게서 눈을 떼지 않으셨다는 것을 믿어야만 해.

딸

내가 아빠를 만나게 된 건, 아빠가 나를 만나고 싶어했기 때문이라고 말하고 싶은 거겠지! ― 그건 마치 한 편의 동화같은 얘기같아…

리센

이젠 그 동화 얘기는 그만해! 너희 엄마가 오시는 소리가 들려 ――― 저 코너로 가서 조용히 기다리고 있도록 해, 내가 먼저 불 속으로 뛰어들 테니!

딸

여기서 뭔가 끔찍한 일이 벌어질 것이라는 게 느껴져! 왜 인간들은 마음을 터 놓고 평화롭게 살 수 없는 걸까? 아아, 아무튼 무사히 지나가면 좋을 텐데! 엄마가 좀 상냥하게 대해 준다면… 하느님에게 상냥한 엄마로 만들어 달라고 기도할 거야… 그런데 하느님은 그러지 않으실 거야. 아니면 원하지 않으시던지. 그게 왜 그런진 나도 모르겠어!

리센

단지 네가 믿기만 하면 하느님은 그렇게 하실 수도, 원하시기도 하시는 거야; 행운이란 것을 조금이라도 믿어봐. 그리고 네 자신의 능력도…

딸

능력이라구? 어떤 능력? 단지 다른 사람을 아프게 만드는 것?

난 원치 않아! 행복을 만끽한다는 것은 다른 사람의 눈물로써
그 행복을 사는 것이야. 아니, 그건 영원히 소유할 수는 없는 것
이라구.

리센
어서, 자리로 돌아가!

딸
넌, 이 모든 것이 무사히 잘 끝날 것이라고 믿는다는 것이 놀라
워!

리센
조용히 해!

무대 IV.

전에 있던 사람과 **어머니.**

리센
아주머니…

어머니

아가씨, 부탁인데…

리센

따님께서…

어머니

그래, 비록 내가 미혼이긴 하지만 딸이 하나 있지. 그러나 그런 일이 나에게만 있는 건 아니니 그다지 부끄럽진 않아… 무슨 일이지?…

리센

제 볼일이란 단지 피서객들이 마련한 소풍에 헬렌이 참가할 수 있을 지에 대한 여부를 아주머니께 여쭤보는 것이예요.

어머니

헬렌이 대답하지 않았나?

리센

그럼요. 그 앤 아주머니에게 여쭤보라고 분명하게 대답했었죠!

어머니

그건 솔직한 대답이 아니었군 — 아가, 헬렌! 엄마가 함께 가지 못하는 초대인데 응할 거야?

딸

네, 엄마가 허락한다면!

어머니

내가 허락한다면? 과년한 딸애의 일에 내가 무슨 결정을 한단 말이야? 만일 네가 밖에 나가 즐기고 있는 동안, 이 엄마가 수치감을 안고 집에 홀로 있게 내버려 둘 수가 있다면, 또 사람들이 엄마에 대해 물어보는 것을 원한다면, 그리고 "엄만 초대 받지 않았어요"라고 대답하는 것을 피하려고 애쓰고 싶다면, 여기 있는 아가씨에게 네가 무엇을 원하는지 스스로 대답해 주도록 하렴. 결국엔 이렇쿵 저렇쿵… 그래 그냥 넘어가자구. 이젠 네가 뭘 원하는지 말해 보렴!

리센

아주머니, 우리 말장난하지 말아요. 난 헬렌이 이 문제에 어떤 의도를 가지고 있는지 완벽하게 알고 있어요. 그리고 그 애로부터 아주머니 뜻대로 대답을 받아내는 방법 또한 잘 감지하고 있어요. 아주머니께서 사랑한다고 말하는 것 만큼, 딸의 행복을 위한 것이라면 무엇이든 해보도록 하셔야지요.

어머니

이것 봐, 젊은 아가씨; 비록 자신을 소개하여 내게 영광을 안겨주진 않았지만, 난 아가씨의 이름과 아가씨가 누구란 것도 다 알아. 그렇지만 난, 아가씨의 젊음에서 뭔가 나의 노년을 배워야 하지 않나 하고 자문해 보게 되는군.

리센

누가 알겠어요? 우리 어머니가 돌아가시고 6년 동안, 어린 동생들을 돌보는데 나의 모든 시간들을 보냈어요. 그리고 나이를 얼마나 먹든지 상관없이, 인생에서 결코 아무 것도 배우지 못하는 사람들이 있다는 것을 알게 됐죠.

어머니

하고 싶은 말이 뭐지?

리센

이렇게 말하고 싶군요: 지금 아주머니의 딸에겐 현재의 삶에서 벗어날 수 있는 좋은 기회로, 아마도 자신의 재능을 인정 받게 되든지, 혹은 좋은 위치에 있는 청년과 인연을 맺게 될지도 모른다고 말이죠…

어머니

훌륭하군. 그런데 나를 어쩌겠다는 거야?

리센

아주머니에 관한 문제가 아니라 부인의 딸에 관한 문제죠! — 아주머니는 자신을 생각하는 것 말고 잠시라도 딸을 생각해 본 적이 있나요?

어머니

물론이지, 이것 보라구. 내 딸은 자기 엄마를 사랑하는 걸 배웠

으니, 내가 나를 생각할 때는 내 딸도 그렇게 생각하지 않겠냐
구…

리센

그렇다고 생각지 않아요! 아주머니께서 그 애를 다른 모든 사람
으로부터 격리시켰기에, 그 애는 엄마와만 결속되어 있어요. 아
주머니께서 그 애의 아버지로부터 딸을 가로챘을 때, 그 애는
누군가에게 의지해야만 했던 거죠.

어머니

지금 무슨 말을 하고 있는 거야?

리센

아주머니께서 바람을 피운 후에, 그 애의 아버지가 당신과 결혼
할 것을 거부했을 때, 아주머니는 그 딸을 아버지로부터 떼어
놓았고, 아버지가 자기 딸을 만나는 것조차 막았어요. 아주머니
는 자신이 저지른 비행으로 일어났던 것에 대한 복수를 그 남자
와 자기 자식에게 했던 거죠!

어머니

헬렌! 저 애가 말하는 것을 한 마디도 믿지 말어! — 낯선 사람
이 내 집에 들어와 내 자식 앞에서 나를 모독하다니, 어쩌다 내
가 이런 일을 당할 수 있단 말이야!

딸

(등장.)

우리 엄마에게 나쁜 말을 하면 안 되는 거야…

리센

우리 아버지에 대해 좋게 말을 한다는 것은 불가능하겠지… 아무튼 이 대화는 힘든 것 같이 들리는군… 그래서 부인에게 충고 한 두 가지 해드리죠. 만일 부인께서 딸의 평판을 완전히 더럽히고 싶지 않다면, 아우구스타 이모란 이름으로 이 집에 머무르고 있는 그 뚱쟁이를 멀리 하도록 하세요. 이것이 첫 번째 충고예요! 그 다음은 곧 보고를 해야 하기 때문에, 우리 아버지로부터 헬렌의 양육비로 받은 모든 영수증을 준비해 두시는 게 좋을 거예요! 이것이 두 번째 충고구요 — 자 그럼 덤으로 한 가지 더 드리죠! — 길에 나다니실 때 당신의 딸이 함께 가야 한다고 주장하는 것을 그만 두도록 하세요, 특히 극장에 갈 때는. 그렇지 않으면, 헬렌에게는 채용될 수 있는 길이 막혀버릴 테니까요! 그런 후엔, 마치 부인이 지금까지 딸의 미래를 희생시켜 자신의 잃어버린 명성을 되찾으려 노력한 것처럼, 그 애의 매력을 이용하는 짓은 하지 말도록 하라구요.

어머니

(주저 앉는다.)

딸

(리센에게.)

이 집에서 당장 나가줘. 네겐 신성한 것도, 엄마라는 것도 전혀
안중에 없군.

리센

신성한 것이라구! 소년들이 땅바닥에 침을 뱉고는 "해방이다"
라고 소리치는 그 아이들도 역시 신성하단 말인가!

딸

지금 나에게는 네가 이곳에 온 목적은 오로지 모든 걸 파괴시키
기 위한 것이지, 바로 잡으려고 하는 것이 아닌 것으로 보인단
말이야…

리센

아니지, 난 신분을 회복시키기 위해 이곳에 온 거야 — 우리 아
빠 방화범으로서 죄가 없어 — 기억해? 집주인이 자기 집에 불
을 지른 거였어. 또한 난, 오로지 어떤 일에 손을 떼고 은거 하
면서, 그 누구도 자기를 건드리지 못하도록 하고, 그 자신 역시
아무도 방해하지 않는 것밖에 할 줄 모르는 한 여자의 희생자인
네 신분을 바로 잡아주기 위해서 온 거야, 바로 너 말이야. 그것
이 나의 용건이었어. 이제 나는 그것을 해 냈어! 안녕!

어머니

아가씨, 내가 한 마디 하기 전엔 떠나지 말아 줬으면 해! 다른 이야기는 상관 없고 — 아가씨가 이곳에 온 것은 헬렌을 초대하러 왔던 거잖아 —

리센

그럼요, 그곳에서 그 애에게 관심을 갖고 계시는 〈스투라 테아테른(Stora Teatern)〉의 감독을 만날 수 있게 될 거예요.

어머니

뭐라구? 감독! 그 말은 하지 않았잖아! 그런가! 헬렌, 어서 가 보도록 해. 혼자서 가도록 해! 그래, 나 없이 가도록 하라구!

딸

(제스처를 취한다.)

리센

그래요. 이제야 비로소 부인이 인간적으로 보이는군요! 헬렌, 가도 된다잖아! 들었어!

딸

응, 그렇지만 난 가고 싶지 않아!

어머니

무슨 말을 하고 있는 거야!

338

딸

아니! 난 적합하지 않아. 우리 엄마를 모욕하는 그런 모임에선 즐거울 수가 없어.

어머니

이게 무슨 어리석은 짓이야? 불빛을 가리기 위해 네 스스로 조명 라이트를 막으려 드는 거야? 어서 당장 옷 갈아입고 준비해. 내 말 들려!

딸

아니, 난 할 수 없어. 엄마, 엄마 곁을 떠날 수 없는 걸. 내가 모든 것을 다 알게 된 지금으로서는 더 그럴 수 없어. 앞으로 난, 기쁜 순간을 결코 갖지 못 할 거야 --- 이젠 더 이상 절대로 아무 것도 믿지 않을 거야···

리센

(어머니에게.)

자업자득이시죠 — 어느 날, 한 남자가 돌연히 나타나 아주머니의 딸을 자기 둘만의 보금자리로 데려가 버리면, 그땐 아주머닌 노년의 외로움 속에 홀로 앉아 자신의 어리석음을 후회하는 시간을 보내게 될 거예요. 안녕히 계세요! — -헬렌에게로 다가가 그녀의 이마에 키스를 한다.- 나의 언니, 안녕!

딸

안녕!

리센

생에 애착을 갖는 초롱초롱한 눈으로 내 눈을 똑똑히 쳐다 봐!

딸

난 할 수가 없어! 넌, 네가 알고 있는 것보다 훨씬 더 나를 아프게 만들었기에, 너의 그 좋은 의지조차 감사할 수 없는 걸 — 내가 햇살을 맞으며 숲 속의 구릉에서 선잠이 들어있을 때, 넌 뱀한 마리를 갖고 와서 나를 깨운 셈이 된 거야…

리센

다시 잠들도록 해, 그럼 꽃과 노래로 깨워줄 테니!---
잘 자! 편안한 밤 되길!

(간다.)

무대 V.

어머니, 딸, 나중에... **무대의상 담당 여자.**

어머니

빛을 밝히며 다가온 백의의 천사란 말이야? 아니지, 악마였어!
진짜 악마! 그래 이것아! 어쩌 그렇게 바보 같냐! 한심하기 그지
없는 것아! 막 돼먹은 인간도 섬세할 순 있다는 말이야!

딸

내게 그런 거짓말을 할 수 있었다니 놀라워. 엄만 그 오랜 세월
동안 아빠에 대한 거짓말로 어쩌면 그토록 나를 조롱해 왔었는
지 모르겠어…

어머니

작년에 내린 눈에 대해 얘기한다는 것이 무슨 가치가 있다는 거
야…

딸

그리고 또 — 아우구스타 아줌마 말이야!

어머니

입 닥치지 못해. 아우구스타 아줌마는 네가 큰 빚을 지고 있는
아주 훌륭한 여자라구…

딸

그것조차도 진실이 아니었잖아… 내 양육비를 지불했던 사람은
우리 아빠였으니까…

어머니

그래, 나도 살았어야지… 넌 어쩜 그토록 속이 좁은지 모르겠구나. 너 역시 원한을 품은 사람이잖아. 하찮은 작은 잘못 정도는 제발 잊어버리려무나… 저런, 아우구스타 아줌마잖아! 어서 이리로 와, 우리같은 서민들끼리 할 수 있는 것을 좀 즐겨보도록 하자꾸나.

무대 VI.

전에 있던 사람들, 무대의상 담당 여자.

무대의상 담당 여자

그래, 결국 그 남자였잖아. 내가 제대로 추측을 잘 한다는 것을 알겠지.

어머니

맞아, 그 악당은 우리에겐 관심도 없다구…

딸

그렇게 말하지 마. 엄마, 그건 사실이 아니야!

무대의상 담당 여자

뭐가 사실이 아니란 거야?

딸

이제 됐으니 어서 이리 와서 카드놀이나 하자구! 엄마와 아줌마
가 쌓느라고 오랜 세월이 걸린 그 벽을 내가 무슨 재주로 부숴
버릴 수가 있겠어 — 어서들 오라니까!

(그녀는 카드놀이를 하는 탁자에 앉아 카드를 섞기 시작한다.)

어머니

암 그렇지, 드디어 이제 현명한 내 딸이 된 거야.

막이 내린다.

불장난
LEKA MED ELDEN

일 막의 희극
KOMEDI I EN AKT

등장인물

아버지; 60세, 고리대금업자
어머니; 58세
아들; 27세, 화가
아들의 처; 24세
친구; 26세
사촌; 20세, 처녀

무대배경

살롱으로 통하는 유리로 둘러쳐진 베란다. 정원과 옆으로 나가는 문
이 있다. 현대의 해수욕장.

무대 I.

아들이 앉아서 그림을 그리고 있다; 잠옷차림으로 **아들의 처**가 들어온다.

아들

그는 아직 일어나지 않았나?

아들의 처

악셀 말인가요? — 그걸 내가 어떻게 알아요?

아들

당신이 들여다본 줄 알았지.

아들의 처

어쩜, 부끄러운 줄도 모르는군요! 만일 당신이 질투 같은 건 절대 하지 않는 사람이란 걸 몰랐다면, 지금 난, 당신이 질투를 한다고 오해하기 시작했을 거예요!

아들

난 말이야. 만일 당신이 부정한 짓 같은 건 절대 하지 않는 사람이란 걸 몰랐다면, 지금 난, 당신을 경계하기 시작했을 거야.

아들의 처

왜 그렇죠? 하필이면 왜 지금이냐구요?

아들

내가 한 말을 분명히 들었을 텐데: 만일… 우리의 친구 악셀에 관해 말하자면, 내가 그 어떤 사람과의 교제도 그 만큼 높이 사지 않는다는 것을 잘 알잖아. 게다가 다행히도 저 가여운 만신창이가 된 영혼에 대해 당신이 나와 같이 동정심을 가져주니, 아무튼 모든 것이 잘 됐지 뭐야!

아들의 처

그는 가여운 사람이고 말구요. 때론 이상하게 보이기도 하잖아요! 예를 들자면, 작별 인사 한마디 없이 자기 물건마저 남겨둔 채, 왜 그렇게 급히 우리 곁을 떠났을까요?

아들

글쎄, 그건 정말 묘한 스토리지! 그가 내 사촌 아델을 사랑한다고 생각했었으니까.

아들의 처

그렇게 생각했다구요?

아들

그랬지. 지금은 그렇게 생각하지 않지만! — 우리 엄만, 아마 그가 아내와 자식들한테로 다시 돌아갔다고 착각하고 계신 것 같아!

아들의 처

무슨 말이죠? 그럼 그들은 헤어지지 않았단 말인가요?

아들

아직은, 그래서 그는 매일 가정법원의 이혼청구 소송의 최종 판결을 기다리고 있는 거야.

아들의 처

당신은 그가 아델을 사랑한다고 생각했다구요? 전에는 그런 말을 하지 않았잖아요! 그래요, 만일 그들이 함께 될 수 있다면 아주 잘 어울리는 한 쌍이 될 거예요.

아들

누가 알아? 아델은 사람을 피곤하게 만드는데…

아들의 처

그 애가? 당신은 그 애에 대해 조금은 잘 알고 있는 것 같군요!

아들

그 애의 몸은 매력적이야. 그런데 그 애가 열정이 있는지는…

그건 말할 수가 없겠는데.

아들의 처

만약 있다면?

아들

정말 있는 거야?

아들의 처

그럼요, 그 애는 한 번 시작했다 하면…

아들

아니, 그게 사실이야!

아들의 처

무척 흥미가 있는 것 같이 보이는군요?

아들

어떤 의미에서는!

아들의 처

무슨 의미죠?

아들

당신은 그 애가 나에게 수영선수 모델을 해주었다는 사실을 알고 있을 텐데…

아들의 처

그럼요, 잘 알고 있죠! 어디 당신에게 모델을 서 주지 않은 사람
이 있나요? — 그토록 당신은 아주 좋은 취미를 갖고 있으니,
당신 스케치를 아무에게나 보여주지 않잖아요… 저기 늙은 여
자 좀 보라지!

무대 II.

전에 있던 사람들, 어머니가 들어온다. 남루한 옷차림으로 커다란 일본식
모자[1]를 쓰고 음식이 담긴 바구니를 들고 있다.

아들

엄마, 오늘 모습이 끔찍하군요!

어머니

아주 예의가 바르군, 그래!

---

1 일본식 모자: 넓은 챙에 꽃장식이나 깃털을 꽂은 화려한 모자.

아들의 처

이 사람은 이렇게 끔찍하다니까요 — 뭘 그렇게 맛있는 걸 사오셨어요?

어머니

으응, 아주 드물게 싱싱한 넙치들을 좀 구했단다 ---

아들

(바구니를 뒤진다.)

제기랄! — 이거 뭐야? 오리새끼들 아냐?

아들의 처

살이 조금 더 쪘으면 좋았을 걸 그랬어요… 여기 가슴 밑을 만져 보세요.

아들

난, 가슴이 아름답다고 생각하는데, 그래!

아들의 처

도대체 부끄럽지도 않은 지 몰라!

어머니

그런데, 어제 저녁 너희들 친구가 또 이곳에 왔다더구나!

아들

우리들? 집사람의 친구겠죠! 그에게 이 사람은 완전히 미친다니까요! 어제 저녁, 그가 왔을 때 두 사람은 분명히 키스를 할 거라고 믿었을 정도니까요.

어머니

크누트, 불장난하는 걸 그렇게 희롱해선 안 되지…

아들

알아요, 알아. 내 나이에 어떻게 바뀌겠어요! 그건 그렇고, 내가 라이벌에게 겁먹은 것 같이 보이나요?

어머니

겉으로 봐선 전혀 그렇지 않지만… ― 그렇지 않아 셔스틴?

아들의 처

무슨 뜻인지 도무지 알 수가 없군요!

어머니

(살짝 얼굴을 때린다.)

너! ― 너 조심해야겠어! ――

아들

이 사람은 아주 너무나도 순결하다니까요. 그러니 이 마녀 할멈아, 그렇게 와서 집사람을 망치지 말라구요!

아들의 처

두 분이 이토록 끔찍한 농담을 하시는군요. 그러니 심각하게 나누는 말인지, 아닌지 도무지 알 수가 없다니까요!

아들

항상 난 심각하게 말을 하지!

아들의 처

당신이 그런 심술궂은 말을 할 때, 절대로 웃질 않으니까 그렇다고 믿을 수 밖에 없겠군요!

어머니

너흰 아침부터 싸움을 못해 안달이구나… 어젯밤 잠을 제대로 못 잔 거야?

아들

전혀 눈을 붙이지도 못했어요!

어머니

흥! ─ 기가 막혀서! ─ 이렇게 아니지, 이제 난 가야겠어! 그렇지 않으면 네 아버지한테 혼이 날 테니까!

아들

아버지라, 그렇군요! 아버진 어디 계시죠?

어머니

아마, 아델과 함께 아침 산보를 하고 있을 걸!

아들

엄만 질투도 하지 않나요?

어머니

그까짓 것 같고 뭘, 그래!

아들

아니죠. 난 그래요!

어머니

물어봐도 괜찮다면? 누구에게 말이야?

아들

물론 영감에게!

어머니

들었지, 셔스틴. 넌 정말 아주 재미있는 집안에 시집을 왔어!

아들의 처

그래요. 다행이 만약 저 사람을 잘 알고 있지 않았다거나, 예술가들은 보통 사람들과는 다른 특이한 사람들이라는 것을 사전에 알지 못했다면, 내가 어디에 와 있는지 자문해 보는 순간이 있었을 것이라 생각해요.

아들

그럴지, 난 예술가구말구. 그렇지만 아버지나 엄마는 전형적인 부르주아지…

어머니

(화를 내지 않고.)

분명히 말하는데 너, 너도 역시 부르주아일 텐데 그래. 그 나이가 되도록 빵을 위해 돈을 벌어본 적이라곤 결코 없었으니 말이야. 너 같은 건달에게 이 집을 지어준 네 아버지는 부르주아가 아니었단 사실을 아는지!

아들

그래요, 난 외아들이라구요. 아무 것도 아닌 게 아니죠! 이제 가보시지 그래요. 그렇지 않으면 여기서 꾸중을 듣게 될 테니까. 난 그런 건 듣고 싶지 않다구요! 어서 서둘러요! 영감이 오고 있으니까!

어머니

그럼 난 저쪽 길로 가야겠군! ─간다.

아들

그럼 이 집에 저주 받을 공기가 흐르고 있다는 말이군 ─ 제대
로 된 맞바람이잖아!

아들의 처

그래요. 당신 부모님이 우리를 좀 편하게 내버려두었으면 좋겠
어요; 마치 우리에겐 집안 살림을 꾸려나갈 권리가 없다는 듯
이, 우리가 꼭 함께 식탁에 앉아 밥을 먹어야만 하는 의무 같은
건 생각하지 않았으면 좋겠다구요!…

아들

바로 그거야. 그건 마치 참새들을 위해 창문가에 빵을 놓아 둘
때와 같은 거야 ─ 참새들이 어떻게 먹는지 보는 걸 즐기기 위
한 거니까!…

아들의 처

(귀를 기울인다.)

조용히! ─ 우리 집의 습관적인 아침 싸움을 피하려면 영감을
기분 좋게 만들어 드리도록 노력하라구요!

아들

내가 할 수만 있다면 얼마나 좋겠어! 하지만 우리 아버진 나의 기
막힌 농담을 언제나 받아들일 수 있는 기분이 아니라서 말이야!

무대 Ⅲ.

전에 있던 사람들, 아버지가 들어 온다; 하얀 조끼와 쟈켓을 입고, 장미
한 송이를 단추 구멍에 꽂고 있다. **사촌**이 들어 온다; 먼저 이리저리 둘러
본 후, 먼지를 닦기 시작한다…

아버지

추운 아침이구나!

아들

그렇게 보이는 군요!

아버지

그걸 어떻게 볼 수 있다는 거야?

아들

적어도 아버지 머리가 얼어 있는 것을 보니까요!

362

아버지

(경멸하는 표정을 짓는다.)

아들의 처

여보, 너무 무례하군요!

아버지

'우둔한 자를 낳은 이에게는 근심뿐이고 어리석은 자의 아버지
에게는 기쁨이 없다'[2]

아들

어디서 그런 속담들을 들으셨죠?

아들의 처

(사촌에게.)

귀여운 아가씨, 오늘 집안 청소는 끝났어!

아버지

'지혜로운 여자는 집을 짓고 미련한 여자는 제 손으로 집을 허
문다'[3]는 말이야.

---

2 구약 성경, 잠언 17:21.
3 구약 성경, 잠언 14:1.

아들

들었지, 아델!

사촌

나 말이야?

아들

그럼! — 이것 봐. 어디에 이 속담이 써 있지? 예쁘지만 무식한 여자는 멧돼지 코에 금 고리 격이다?[4]

아들의 처

아니, 여보!

아버지

어제 저녁 아주 늦은 시간에 너희한테 손님이 왔다면서?

아들

방문 시간이 너무 늦었다는 뜻인가요?

아버지

난 아무 뜻이 없어! 그렇지만 — 젊은 남자가 방문시간을 좀 더 적절한 시간으로 선택했으면 해서 그래.

---

4 구약 성경, 잠언 11:22: 솔로몬의 잠언.

아들

그래요, 아무튼 그런 뜻이라는 거잖아요!

아버지

너희들은 전에도 그를 초대했었나?

아들

이건 무슨 종교재판인가? 글쎄 손가락 고문을 하는 기계라도 갖고 있나요?

아버지

천만에, 널 돌보려고 그러는 거겠지! 난 그저 최소한의 질문으로 또다시 너희들이 갈 길을 가라고 협박은 할 수 있지; 내가 이 집을 너희에게 지어준 것은 적어도 여름만이라도 너희들을 보기 위해서였어. 나처럼 나이를 먹으면 다른 사람을 위해 살고 싶은 필요성을 느끼니까.

아들

무슨 말씀을! 늙었다니요. 천부당만부당한 말씀이세요! 오늘은 아버지가 밖에서 단추 구멍에 장미꽃을 꽂고 청혼을 한 것으로 아는데요.

아버지

농담에도 한계가 있는 법이야! 셔스틴, 넌 어떻게 생각하니?

셔스틴

정말이지, 저 사람이 너무 지나치군요. 무슨 말을 하고 있는지 별 뜻이 없으면 좋으련만…

아버지

그가 무슨 말을 하는지 별 뜻이 없으면 좋겠다니, 그렇다면 그는 명청이지!--- -그리기 시작한 친구의 초상화를 살핀다.- ── 이건 누구를 그린 거야?

아들

우리 가족의 ── 친구라는 것을 보시지 못한단 말이군요.

아버지

그것 참 천박한 표현이군 ── 그는 어째 나쁜 사람 같아 보이는데 그래 ── 이 초상화로 봐선 말이야.

아들의 처

글쎄요, 하지만 나쁜 사람이 아니예요!

아버지

종교가 없는 사람은 나쁜 인간이야. 그리고 결혼생활을 파괴하는 남자는 비열한 인간이라구.

아들의 처

그는 자신의 결혼생활을 파괴하지 않았어요. 가정법원이 해결하도록 내버려두었던 것 뿐이예요.

아버지

한 때 크누트는 한 친구에 대해 항상 나쁜 말을 했었지; 그런데 그런 애가 어떻게 지금은 그 친구에게 그토록 빠지게 된 거야?

아들

그건, 전에는 그를 알지 못했기 때문이죠. 그리고 지금은 그를 잘 알게 되었기 때문이기도 해요 — 이제 아침 잔소리를 다 풀어 놓으셨나요?

아버지

그런 속담을 들어봤어?

아들

난 모든 속담과 귀담이란 건 다 들었죠!

아버지

사랑할 때가 있고 — 미워할 때가 있느니라![5] — 좋은 아침! –
간다.

---

5 구약 성경, 코헬렛 3:8.

무대 IV.

아버지를 제외한, **전에 남아 있던 사람들**.

아들의 처

(꽃에 물을 주고 있는 사촌에게.)

꼬마 친구, 내가 벌써 꽃에 물을 주었는 걸!

사촌

언닌, 나를 친구라고 부르지 말아요. 그건 사실이 아니니까요.
언닌, 나를 증오하고 있잖아요!

아들의 처

네가 우리 가족의 모든 불화를 일으키고 있긴 하지만, 널 증오
하진 않아!

아들

저것 보라지. 이제 두 사람까지 시작하는군!

아들의 처

아델 아가씨가 우리 집안 일을 돌보며 친절을 베푸는 것을 곰곰
이 생각해 보면, 나를 도와주는 태도는 항상 비난과 무슨 의도
가 도사리고 있다는 게 느껴진다니까.

사촌

언니가 가정과 자식들에게 해야 할 일을 제대로 하지 않았으니 그렇게 느끼는 거겠죠. 사실 내가 하는 모든 행동과 말은 단지 의도가 있긴 있어요. 그건 내가 구호품으로 살고 있다는 것을 느끼지 않기 위해서는 아주 필요한 것이죠. 언니! 이것 봐요! 이제 알겠냐구요!

아들

(사촌에게 가까이 다가가 그녀를 살펴본다.)

네게도 유머가 있는 거야, 너에게? ― 그럼 열정도 있겠군, 그래?

아들의 처

그 애의 열정과 당신이 무슨 상관이 있다고 그래요!

사촌

그렇군요. 가난한 사람은 어떤 의견이나 견해를 가지면 안 되고, 어떤 요구도 열정도 있으면 안 된다는 말이군요! 그러나 돈 때문에 결혼해서 결혼식을 성대히 올리게 된 사람은 하고 싶은 건 뭐든 할 수 있잖아요. 잘 차려진 식탁에 가기만 하면 되고, 정리된 침대에 들어가면서 주야로 마치 짐승처럼 살 수 있으니까! ―

아들의 처

넌 부끄러운 줄도 몰라?

사촌

이것 봐요, 언니. 조심하라구! 나에게도 눈이 있으니까. 그리고 귀도 있다구요! ─ 간다.

무대 V.

사촌을 제외한 **전에 남아 있던 사람들**.

아들

빌어먹을, 오늘은 정말 지옥같이 끔직한 날이군!

아들의 처

아직은 아니죠 ─ 그렇지만, 곧 그렇게 될 거예요! 당신은 저 계집애를 조심하는 것이 좋을 걸요. 알겠냐구요! ─ 당신 어머니가 죽을 수 있다는 가능성을 생각해 본 적이 있나요?

아들

그렇다면, 그런 후엔?

아들의 처

그런 후엔 당신 아버지가 재혼을 하겠죠? ─

아들

아델과?

아들의 처

물론이죠!

아들

뭐라는 거야! — 아무튼 말려야만 해… 다시 말해 그 애가 우리 계모가 되고, 그 애의 자식들이 재산을 나눠 가져야만 한단 말이잖아!

아들의 처

이미 아버님께서 아델에게 유산을 상속한다는 유언장을 준비했다는 말이 있더군요.

아들

그들의 관계에 대해 알고 있는 게 뭐야?

아들의 처

전부! 그리고 아무 것도 모를 수도 있고! 아버님이 그 계집애를 사랑한다는 것은 잘 알고 있죠!

아들

사랑! 글쎄! 그 이상은 아니겠지!

아들의 처

사랑에 너무나 사로잡힌 나머지 이미 작년에 악셀한테 질투를 했을 정도니까요!

아들

자, 젊은 저 두 사람을 결혼시킬 수 없을까?

아들의 처

악셀에게 누구랑 짝을 지운다는 것은 그리 만만치 않을 걸요!

아들

그는 아주 성미가 급해,. 모든 홀아비들과 닮은 거지!

아들의 처

그래요, 그 사람이 불쌍해요… 그는 저런 악녀에겐 너무 좋은 사람이라구요.

아들

난 금년에 무슨 일이 있었는지는 모르겠어. 그렇지만 공기가 아주 탁해졌어. 폭풍이 휘몰아칠 것 같아, 외국으로 떠나고 싶은 강한 욕구가 몰려오는군.

아들의 처

좋아요. 그런데 당신은 그림을 팔 수가 없잖아요. 그리고 만약 우리가 떠나면, 아버님은 우릴 산 채로 갈기갈기 찢어 놓으려

하실 거라구요! — 그걸 악셀과 얘기해 보도록 해요. 그는 비록 자기 일은 잘못하지만, 다른 사람의 문제는 잘 해결하는 탁월한 솜씨가 있으니까.

아들

낯선 사람을 우리의 절망적인 가족 문제에 연관시키는 것이 현명한 짓인지 난 모르겠는걸…

아들의 처

당신은 우리의 유일한 친구를 낯선 사람이라고 부르는 군요…

아들

물론, 어쨌거나 당신 마음을 더 붙잡고 있는 것이 가족인데… 아무튼… 난 모르겠어… "항상 네 친구를 마치 너희에게 원수가 될 듯이 대하라"[6]고 가끔 영감이 말했으니까…

아들의 처

그래요. 지금 당신은 아버님의 금언을 인용하는군요: 그는 증오하는 다른 금언도 갖고 있죠.
"당신이 좋아하는 것을 조심하라."

아들

그래, 그는 때론 너무 끔찍해!

---

6 고대 그리스의 금언 7가지 중의 하나.

아들의 처

(무대 측면을 향하여.)

그렇군, 드디어! −악셀에게로 간다.− 좋은 아침, 늦잠꾸러기 양반!

무대 VI.

전에 남아 있던 사람들, 친구: 밝은 하복에 푸른 마후라를 두르고 하얀 로운−테니스(Lawn−Tennis)[7] 신발을 신고 있다.

아들

좋은 아침!

친구

친구들, 좋은 아침! 설마 날 기다렸던 건 아니겠지?

아들의 처

물론 기다렸죠!

---

7 백색의 롱 드레스와 흰 모자를 쓰고 잔디 위에서 치는 1870년 대에 스웨덴에 소개된 테니스.

아들

집 사람은 자네가 밤새 잠을 제대로 못 잤을까 봐 완전히 절망에 빠졌었다니까!

친구

(어리둥절한 표정이다.)

그건 또 무슨 말이야? 무슨 말이냐구?

아들

(아내에게.)

저 사람 부끄러워하는 것 좀 보라지!

아들의 처

(호기심 어린 눈으로 친구를 빤히 쳐다본다.)

친구

아직도 삶이 미소를 짓고 있는 행복한 두 사람의 지붕 아래에서 잠을 잤으니 아주 기분 좋은 아침이야!

아들

우리가 행복하다고 생각하는 거야?

친구

그럼, 두 배로 행복한 분은 자네 아버지시겠지. 자식과 손주들이 함께 이토록 유복한 삶을 누리고 있잖아. 그런 노년기를 보내는 사람은 그리 많지 않으니까.

아들

하지만, 아무도 부러워하지 않아.

친구

난 그렇지 않아, 그 반대지; 다른 사람들의 삶이 어떻게 근사하게 형성되는지를 보면서 즐기거든… 그건 장래의 내 인생에서도 언젠가 그런 날이 올 수 있을 것이라는 희망을 안겨 주기 때문이야. 특히, 자네 아버지가 경제적 파탄, 망명, 가족들에게 소외 당하며… 얼마나 고통스런 삶을 살았다는 것을 숙고해 볼 때면 말이지 —

아들

지금은 집과 재산도 있고 결혼을 잘한 아들까지 — 그렇지 않아?

친구

그래, 그것에 관해서는 의심할 바 없겠지!

아들

이것 봐, 작년에 자넨 내 아내에게 푹 빠져 있지 않았었나?

친구

약간 정답게 사랑을 속삭이긴 했지만, 그랬었다고 주장하고 싶진 않아⋯ 그렇지만, 지금은 다 지나간 일이야!

아들의 처

아니, 이것 봐요. 당신은 아주 변덕스런 사람이군요!

친구

내 일시적인 열정은 좀 그렇긴 해요. 나로서는 — 정말 다행한 일이죠.

아들

작년에 왜 그토록 물불 가리지 않고 그렇게 떠나 버렸어? 그 두 번째 부인을 위해서였나, 아니면 아델을 위해서였나?

친구

(당황한다.)

그 문제에 대해 너무 무례한 질문인 것 같다는 생각이 드는군.

아들

그건 아델 때문이겠지! 여보, 그것 보라구. 내가 뭐라고 그랬어!

아들의 처

왜 그다지도 그 애가 무서울 거라고 생각하나요?

친구

난 여자들은 무섭지 않아. 여자들에 대한 나의 감정이 무서운 거지!

아들

자넨 핑계를 갖다 대는 데는 드문 재주가 있단 말이야; 그래서 자네란 인물은 도무지 알 수가 없어.

친구

사람들은 왜 다른 사람보다 나에 대해 더 알려고 하는 걸까?

아들

방금 우리 아버지가 자네 초상화를 보고 뭐라고 하신 줄 알아?

아들의 처

여보, 그만해요!

아들

나쁜 사람 같다고 하시더군.

친구

원본과 닮는 것이 맞을 거야. 왜냐면 난 정말 순간적으로는 그렇게 보이니까.

아들의 처

당신은 항상 돌아다니며 자신의 나쁜 점을 자랑하고 다니는 군요…

친구

어쩌면 그건 감추기 위한 것일지도 모르죠!

아들의 처

아뇨, 당신은 좋은 사람이예요. 당신이 원하는 모습보다 훨씬 나은 분이세요. 그러니 친구들에게 겁을 주어 당신으로부터 멀어지게 하지 마세요…

친구

내가 무서운가요?

아들의 처

그래요, 가끔씩. 당신이 수수께끼 같다는 생각이 들 때면! ─

아들

자넨 재혼을 하게 될 거야; 그 모든 골칫거리들과.

친구

모든 골칫거리들! 누구 말이야?

아들

예를 들자면 아델!

친구

그 일에 대해선 말하지 말아주면 좋겠어, 부탁이야.

아들

그것 보라지. 분명 내가 예민한 곳을 건드린 모양이군! 역시 아델이었어.

친구

이것 보게 친구들, 이제 난 검정 재킷으로 바꿔 입어야겠어…

아들의 처

바꿔 입지 마세요. 지금 그 양복은 정말 매력적인 걸요. 아델이 당신을 좋아하게 될 거예요.

아들

자네가 매력적이라고 하는 내 아내 말을 들었지!

아들의 처

어떤 양복을 입으라고 말해 주는 것이 그다지도 위험한 건가?

아들

단지 예의로 여편네가 남자에게 그런 말을 한다는 것은 비정상적이지! 그러니 우리 모두가 비정상적인 사람들임에 분명해.

친구

우리 밖에 나가 둘이서 함께 방을 찾아 보지 않겠어?

아들의 처

무슨 방 말인가요? 우리 집에 머물지 않겠다는 거예요?

친구

무슨 말을, 그럴 뜻이 전혀 없었어요!

아들

그것 보라지, 그래!

아들의 처

왜 우리 집에 머물지 않겠다는 거죠? 말해 줄 수 있어요?

친구

잘 모르겠어요… 아무튼 내 생각에 그래야 두 분이 편해질 것 같아서… 또 우리가 서로 싫증이 날 수도 있기 때문이기도 하구요.

아들의 처

벌써 우리에게 싫증이 난 건 아니구요? ― 들어보세요. 그건 좋은 생각이 아니예요. 잘 들으세요. 당신이 우리 집에서 나가 계속 이 마을에서 살고 있으면 사람들의 입방아에 오르내리게 될 거라구요…

친구

입방아라구? 무슨 입방아죠?

아들의 처

저런! 그들이 어떻게 이야기를 만들어 내는지 잘 알면서 그러세요…

아들

무조건 여기 머물러야만 해! 그들이 실컷 떠들도록 내버려두라구! 자네가 우리 집에서 살면, 자넨 물론 내 아내의 정부가 되겠지; 그렇다고 나가서 마을에서 살면 두 사람이 끝났다고 말들거나 아니면 내가 자네를 쫓아냈다고 말들 하겠지. 그러니 사람들이 자네를 내 집사람의 정부로 생각하게 내버려두는 것이 내겐 더 명예롭다고 생각되는데 그래, 그렇지 않나?

친구

자네, 뭔가 확신을 갖고 말을 하고 있는 것 같은데, 이 문제에 있어서 난 기꺼이 자네에게 명예로운 쪽을 택하도록 하지.

아들의 처

우리에게 말하고 싶지 않은 비밀스런 이유라도 있는 것 같군요.

친구

솔직히 말해… 용기가 없어요! — 맞아요, 맞아! 그렇지! 인간이란 타인의 삶에 아주 쉽게 개입해 버리니까; 타인의 행복을 즐기기도 하구요. 그래서 마지막엔 자신의 감정을 타인의 것에 엮어나가는 거죠; 그래서 헤어진다는 것이 아주 힘든 거라니까요.

아들

그럼 왜 헤어진다는 건가? — 이것 봐, 지금 자넨 이곳에서 살고 있잖아! 집사람의 팔짱을 끼도록 해! 우리 그렇게 나가서 산보나 하도록 하자구.

친구

(당황하며 아들의 처에게 팔짱을 낄 것을 권한다.)

아들의 처

팔이 떨고 있는 것 같군요! — 여보, 그의 팔이 떨고 있어요!

아들

둘이 한 쌍이 되어가는 것이 썩 좋아 보이는데! 그런데 정말 저 친구 떨고 있잖아! 한기가 들면 그냥 집에 머물도록 하지 그래!

친구

부인께서 좋으시다면, 여기 앉아 신문이나 읽자고 부탁드리고 싶군요!

아들의 처

진심으로 기꺼이 당신의 동반자로 아델을 대신 보내드릴게요! 나는 남편과 외출해서 장을 좀 봐야겠어요 −밖을 향해 윙크를 한다.− 이리와 아델, 그럼 뭔가 얻을 수 있게 될 테니!

무대 VII.

전에 남아 있던 사람들, 아델.

친구

아가씨, 저 부부가 장 보러 간 사이에 나와 동반을 해주시겠소?

사촌

동반? 어둠이 두려운가요?

친구

그래요, 아주 많이!

아들과 아들의 처

(간다.)

친구

(두 사람만 남았는 지 살핀다.)

이 집안의 친척인 당신에게 은밀히 말할 기회를 놓친 채 떠나고 싶지 않아요! 해도 괜찮겠어요?

사촌

그럼요!

친구

알다시피 내가 얼마나 저 젊은 사람들을 좋아하는지… 웃는군요, 무슨 의미인지 알아요. 부인으로 말하자면… 저 젊은 부인의 특성이 매력을 발휘하는 것이란 사실이죠. 그렇지만 그 점에 있어서 그들이 나를 떠나게 만들까 봐 단지 순간적으로 두려웠던 감정이 있긴 했지만, 조정할 것을 당신에게 맹세할 수 있어요.

사촌

당신이 셔스틴 언니에게 잠시 사로잡힌 것은 그다지 놀랍지 않아요. 난 언니가 사람을 매료시키는 능력이 탁월하다는 것을 잘 알고 있으니까요. 그러나 당신이 크누트 오빠의 아내에게 매력을 느꼈다는 것은 이해가 안 돼요. 오빠는 당신보다 재능이나 경험 면에서 하위에 있는, 아주 한낱 보잘것 없는 남자에 지나지 않는데 말이죠…

친구

똑똑한 아가씨, 말하고 싶은 것이 그것이로군요; 그러나 유식한 사람들과 함께 교제하며 보낸 기나긴 겨울 뒤에 난 오로지 쉬고 싶을 뿐이요…

사촌

어린 아기와 노는 것이 쉬는 것이라니, 그건 피곤할 수도 있을 텐데요. 그런데 당신은 크누트 오빠에 대해서는 결코 지치지 않는 것 같군요. 어떻게 된 영문이죠?

친구

난 그런 건 생각해 보지 않았는데, 당신은 생각을 했었던 것 같군요. 그렇게 생각해요?

사촌

그것도 모르고, 당신은 셔스틴 언니를 사랑했단 말인가요.

친구

그렇게 생각지 않아요. 난 차라리 두 사람 모두를 사랑했던 것 같아요. 왜냐면 그 두 사람 중 한 사람과 있을 때보다 두 사람이 함께 있을 때가 더 좋다는 걸 느꼈으니까. 만약 그들을 따로 만나야 한다면 차라리 난 그들로부터 멀어질 거요! — 당신이 말하는 것에 전적으로 동의해요. 그러나 내가 부인을 사랑하게 될지라도, 어쩌겠어요, 내 감정을 영원히 숨길 수밖에 없겠지요.

사촌

감정은 전달하는 특성을 갖고 있어요. 그리고 불은 붙게 되어 있구요.

친구

그럴 수 있겠죠. 그렇지만 아직까지 그럴 가능성은 보이지 않아요. 당신은 분명히 확신을 가져도 좋을 거요. 나는 최근에 이혼을 하면서 그 많은 고통을 겪었기에 전혀 그럴 기분이 내키지 않을 뿐만 아니라, 또다시 그런 유사한 일에 말려들고 싶지도 않고 죄의식도 갖고 싶지 않아요. 게다가… 부인은 남편을 사랑하고 있으니까요…

사촌

사랑? 그녀는 그런 적이 결코 없었어요. 그들의 사랑이란 단지 조용한 결혼생활을 뜻하는 것에 불과해요. 크누트 오빠 변덕스런 기질이 있으니 어느 날, 산딸기와 우유에도 기분이 나빠질 수 있는 사람이죠…

친구

마드모아젤 아델, 혹시 이미 약혼을 했던 적이 없었나요?

사촌

무슨 말이죠?

친구

당신은 부부관계에 대해 아주 익숙한 것 같아서요! — 그래서 난 좀 더 깊이 들어가보려는 거죠 — 이곳은 작년보다 많이 변한 것 같아요 — 그것이 나를 불안하게 만드는 군요!

사촌

그게 뭐죠?

친구

예전과 분위기가 전혀 다를 뿐더러 말하는 것과 생각하는 방법이 다르다는 느낌이 들었어요… 그것이 뭔가 나를 불안하게 하는군요!

사촌

그걸 알아챘군요! 맞아요. 이상한 가족이죠! 10년 전부터 아버진 무직에다 이자로 살아가는 고리대금업자죠; 아들도 역시 무직에 고리대금업자라구요. 먹고, 자고 최고로 즐거운 시간을 보내며 죽음을 기다리는 관망적인 자세를 취하며 살고 있죠. 전혀 생의 목적도 명예욕도 열정도 없어요. 그러나 솔로몬의 잠언을 아주 많이 읽고 있죠. 그런데도 이 집에서는 한 시간 걸러 이런 말을 하는 걸 느꼈는지: — 모든 것에 "그 사람 나쁜 인간이야!" 라고 말이죠.

친구

당신이 말을 너무 잘 하는 것이 놀랍군요. 그리고 예리하게 관찰하는 그 관찰력까지도.

사촌
맞아요! 증오하는 것이라면!

친구
당신처럼 증오하는 사람은 역시 사랑할 줄도 아는 법이죠!

사촌
흐음!

친구
마드모아젤 아델, 지금 우리는 우리들의 친구에 대해 험담을 늘어놓았으니, 우리가 원하든 원하지 않든 우리 둘은 어쩔수 없이 친구가 돼야만 하겠군요 —

사촌
우리가 원하든 원하지 않든!

친구
내게 손을 내밀어 봐요! 나를 증오하지 않겠다고 — 약속해 줘요.

사촌
(그녀에게 내미는 그의 손을 잡는다.)

손이 아주 차군요.

아들의 처

(문에 얼핏 보인다.)

친구

당신의 손은 이토록 따뜻하군요!

사촌

조용히, 저기 셔스틴 언니가!

친구

그럼 우리 다른 기회에 얘기하도록 하죠…

무대 VIII.

친구, **사촌**, **아들의 처**. 무대는 조용해진다.

아들의 처

이렇게 갑자기 조용해지다니! 내가 와서 방해를 한 건가?

사촌

전혀! 글쎄 오히려 내가 방해를 한 건 아닌지 모르겠군요!

아들의 처

(편지 한 통을 친구에게 전한다.)

이거 당신에게 온 편지예요! 제가 보기엔 여자한테서 온 것 같아요!

친구

(편지를 살펴보고 창백해 진다.)

아들의 처

왜 그렇게 창백해 지실까! 아직도 추우신가 보죠. 그럼 제 숄을 빌려 드릴께요! —자기의 쇼올을 벗어 그의 어깨에 덮어준다.

친구

고마워요! 퍽 따뜻하군요!

사촌

글쎄, 발밑에 쿠션을 받쳐 드리고 싶을지도 모르겠군요!

아들의 처

가서 방에 불을 지피라고 말하는 편이 더 나을 것 같아요. 며칠 동안 쉴 새 없이 계속 비가 내렸으니 이 지하에는 바다의 습한 기운이 느껴지기 마련이죠.

사촌

정말 그 말이 맞아요!

친구

나를 위해 귀찮은 일을 많이 하시는 것 같군요! — 제발 그러지
마세요!

사촌

천만에요, 귀찮다니 무슨 말씀을!

무대 IX.

친구, **아들의 처**. 침묵이 흐른다.

친구

이렇게 갑자기 조용해 지다니!

아들의 처

조금 전과 꼭 같은데요! — 두 분이 무슨 비밀 얘길 하셨을까?

친구

나 자신에 대해 애석하게 여기는 기회를 좀 가졌죠. 그런데 그것에서 벗어나기에는 불충분했어요.

아들의 처

그럼 조금이나마 나를 애석하게 여겨주시지 그래요! 당신이 불행한 것 같다는 생각이 들어요…

친구

결정적인 건 내가 일을 할 수 없기 때문이지요.

아들의 처

당신이 일을 할 수 없는 이유는…

친구

이유라!

아들의 처

아직도 헤어진 당신 부인에게 마음을 쏟고 있기 때문이 아닌가요?

친구

그 사람이 아니라, 그 사람에 대한 추억이겠지요.

아들의 처

그럼 추억을 되살려보도록 해보세요!

친구

결코 그런 일은 없소!

아들의 처

그럼 작년 가을에 그녀에게로 도망쳤던 것이 아닌가요?

친구

천만에, 그렇지 않아요. 다른 사람에게로 갔었죠! 누군지 알고 싶은가요!

아들의 처

흥, 기가 막혀서!

친구

그래요. 진딧물이 당신을 찌를 때, 그것은 치욕 속에서 몸을 뒹굴어 고통을 가라앉히는 거죠; 그건 피부를 강하게 만들어 주니까요.

아들의 처

어쩜! 당신이 제게 그런 말을 다 하다니!

친구

그 외에도: 진짜 치욕이 있고 — 가짜 치욕이 있는 거요.

아들의 처

무슨 뜻이죠?

친구

당신은 결혼을 했어요. 우리는 혼인성사를 받을 대상자가 아니요 — 다시 말해: 결혼생활에서는 사람들이 성스러운 땅에서처럼 편히 쉴 수 있다는 뜻이죠. 그러나 결혼 밖에서는 불경스런 땅과 같아요. 이 세상과 마찬가지죠!

아들의 처

설마 비교하고 싶은 건 아니겠죠…

친구

무슨 말씀을, 물론 비교하고 싶지요…

아들의 처

도대체 어떤 여자와 결혼을 했던 거예요?

친구

좋은 집안의 정숙한 아가씨였어요.

아들의 처

그녀를 사랑했었나요?

친구

지나치도록!

아들의 처

그런 후엔?

친구

우린 서로 증오했죠.

아들의 처

왜죠? 왜 그랬어요?

친구

그건 내 인생에서 답을 찾을 수 없었던 질문 중에 하나죠!

아들의 처

그렇지만 이유는 꼭 있을 거 아녜요!

친구

나 역시도 그렇게 생각했어요. 그러나 그 이유는 증오의 연속이라는 것이 밝혀졌죠. 불화란 결혼을 깨도록 야기시키지는 않아요. 사랑이 끝났을 때 불화가 시작되었던 겁니다. 그래서, 이젠 알아요, 사랑이 없는 결혼생활을 행복한 결혼이라고 부르죠.

아들의 처

(순진하게.)

그래요, 남편과 나는 결코 그런 어려움을 겪은 적이 없어요!

친구

조심하세요. 당신은 너무 정직하군요, 부인!

아들의 처

내가 뭐라고 했는데 그러세요?

친구

당신 남편을 결코 사랑한 적이 없었다고 말했어요!

아들의 처

사랑한 적? 그래요! 사랑한다는 것이 뭐죠?

친구

(일어난다.)

무슨 질문이 그래요, 결혼한 여자가? 사랑한다는 것이 뭐냐구
요? 그래요 — 사람들이 하는 일들 가운데 하나죠. 그렇지만 말
할 수 없는 그런 것이지요.

아들의 처

당신 부인은 아름다운가요?

친구

그렇소, 그렇게 생각해요! 전반적으로 부인을 닮았어요.

아들의 처

그럼 제가 아름답다고 생각하세요?

친구

그럼요!

아들의 처

당신이 그이에게 말하기 전에는 그 사람도 그렇게 여겼죠; 이상한 것은 당신이 함께 있을 때만 그인 나에게 사로잡히는 거예요. 그건 마치 당신이 함께 있다는 것이 그를 뜨겁게 만드는 것같아요.

친구

바로 그것이로군! 그래서 그는 나를 이곳에 두려고 하는 거야. 당신도 그래요?

아들의 처

내가요?

친구

너무 멀리 진전되기 전에, 이제 우리 그만두는 것이 어떨지!

아들의 처

(화를 낸다.)

무슨 뜻이죠? 나를 어떻게 생각하고 있는 거죠?

친구

부인, 나쁘게 생각하는 것은 아무것도 없어요! 당신에게 상처를 주었다면 용서해요!

아들의 처

물론 당신은 나에게 끔찍한 상처를 주었어요! 당신이 여자들을 경시한다는 건 잘 알고 있지만.

친구

전부는 아니죠! 나에게 당신은…

아들의 처

뭐죠?

친구

친구의 부인이죠, 그래서…

아들의 처

만약 내가 그렇지 않다면?

친구

이제 우리 그만 끝내도록 하는 게 좋겠죠? 부인, 당신은 남자들에게서 칭찬 받는 것에 습관이 되어있지 않은 듯이 보이는군요.

아들의 처

맞아요. 바로 그래서 사람들이 나를 좋아하는 것 같아요! 다만 조금이긴 하지만!

친구

다만 조금이라! 당신은 살면서 요구사항이 아주 조금 밖에 없는 정말 행복한 사람이 될 수 있는 재능이 있어요.

아들의 처

나의 요구사항에 대해 당신이 무엇을 안다고 그래요?

친구

명예욕이 강하단 말이요? 뭔가 되어보겠다고 이것저것 가능한 것은 모두 다 노력하고 있다는 거요?

아들의 처

아뇨! — 그런 것이 아녜요. 직업도 없고, 감정도 없으며, 아무 사건도 없는 이런 단조로운 삶을 살고 있을 뿐이죠! 때론 난, 아주 잔인해져서 차라리 내게 극심한 슬픔이 닥치길 소망해 보기도 해요; 전염병이나 화재 같은 것 말이죠. ─ ─속삭인다.─ 내 아기가 죽었어요! ─ 그러니 이미 나 자신도 죽고 없는 걸요.

친구
그것이 어떤 건지 알아요? 그것은 할 일이 없는 것, 너무 잘 사는 것, 혹은 또 다른 어떤 것일 수도 있겠죠.

아들의 처
그게 뭐죠?

친구
방탕한 것!

아들의 처
어떻게 그런 말을?

친구
당신이 그걸 듣게 되었으니, 싫지만 그 말을 또 반복하고 싶어지는군요; 그렇지만 그것에 특별한 의미를 둔 것이 아니기에, 당신에게 상처를 줬다고 여기지 않아요!

아들의 처
당신은 다른 사람들과 다르지 않군요. 실은 잘 알지도 못하면서 당신 친구들의 뺨을 때리고 있다구요!

친구

구타당하는 것을 사랑하는 여자들도 있는 것 같기도 하더군요!

아들의 처

지금 난 당신이 무서워졌어요!

친구

그것 참 잘 됐군요!

아들의 처

당신은 누구죠? 뭘 원해요? 당신 의도가 뭐냐구요?

친구

부인, 제발 부탁이니 나에게 호기심을 갖지 말아줘요!

아들의 처

또다시 무례한 말을 하는군요.

친구

진정한 충고 하나 할 게요! — 당신 남편이 없을 때는 항상 우리는 다퉜어요. 그건 그다지 좋은 징조가 아니랍니다!

아들의 처

무슨 말이죠?

친구

그건 지속될 우정을 위해! 그건 다만 일종의 기분전환으로 필요한 것이었지요.

아들의 처

때론 당신을 증오할 수 있을 것 같다는 느낌이 들 때가 있어요.

친구

그건 아주 좋은 징조군요! — 나를 사랑할 수 있을 거라고 느낀 적은 결코 없나요?

아들의 처

있긴 있죠, 가끔씩.

친구

언젠지 말해 봐요!

아들의 처

정말 솔직하게 털어놓고 싶은 기분이 내키는군요… 그래요 — 당신이 아델과 얘기를 나누고 있을 때죠!

친구

내가 당신과 함께 있을 때, 당신 남편의 불길이 당신에게로 타오르는 걸 현저하게 기억해요. 마드모아젤 아델과 나는 불쏘시개의 사명을 다하자는 얘길 나눴었죠.

아들의 처

(웃는다.)

당신 말이 너무 재미있어 당신에게 화조차 낼 수 없군요.

친구

다른 사람보다 당신에겐 더욱이 어울리지 않으니 절대 화를 내지 않는 것이 좋을 거요! ― 좋아요, 우리 주제를 바꾸도록 하죠 ― 당신 남편은 어디 있는 거요? ─일어나서 창문 밖을 내다본다.

아들의 처

(역시 창문 밖을 내다본다.)

친구

내가 의도적으로 당신에게 저 아래 공원에서 무슨 일이 벌어지고 있는지 주목해 보라고 했던 건 결코 아니요…

아들의 처

예전에 남편이 아델에게 키스하는 것을 마치 내가 미처 보지 못했다는 듯이 말이죠.

친구

당신 남편이 당신을 사랑할 수 있게 마드모아젤 아델이 불을 붙이지 못할까 봐 걱정이 되요. 금년에는 이 집안의 아주 많은 일들이 나를 불안하게 만드는군요! 왠지 알아요? 분명 뭔가 이중

바닥 밑에서 썩고 있는 것이 확실하기 때문이요!

아들의 처

무슨 말이죠? 난 전혀 모르겠는 걸요! 그건 단지 일종의 장난끼에 불과하다구요.

친구

그래요. 위험한 성냥이나 사냥 칼, 혹은 다이너마이트 통을 갖고 장난을 친다는 것은 끔찍한 일이라는 생각이 드니까요.

무대 X.

전에 남아 있던 사람들, 아버지는 머리에 모자를 쓰고 있다.

아버지

여기 크누트 있나?

아들의 처

아뇨, 뭘 사러 잠깐 외출했어요! 그 사람에게 볼일이 있으세요?

아버지

내가 그를 찾고 있으니 당연하겠지! 그럼 아델은 보았어?

아들의 처

아뇨, 본지 꽤 오래 됐는 걸요.

아버지

(친구를 인식한다.)

미안! 자넬 보지 못했네! 어떻게 지내나?

친구

감사합니다, 도매상 사장님께서는 어떠신가요?

아들의 처

뭔가 제가 해야 할 일이 있나요?

아버지

그럼 있지. 네가 원한다면 고마운 일이지 — 어쩌면 네게 폐를 끼치게 될지도 몰라. 다시 오도록 하지.

아들의 처

폐를 끼치게 될지도 모른다는 것은…

아버지

실은 문제가 말이야. 아래층 내 침실에 모기가 있더군. 그래서 너희들에게 다락방에서 잠을 자라고 부탁할 생각이었지.

아들의 처

아주 불쾌하실지는 모르겠지만, 우린 방금 악셀 씨에게 방을 내드렸거든요!

아버지

아니, 저 자가 여기서 머무를 거란 말이야! 내가 진작 알았더라면, 물론 그런 제안을 절대로 하지 않았을 테지만…

친구

만약 제가 사장님의 사정을 알았더라면, 전 절대로 그 제안을 받아들이지 않았을 겁니다…

아버지

천만에, 더 이상 말하지 말게, 부부 사이를 간섭하는 것은 좋은 일이 못돼! -침묵.- 그럼 크누트는 그림 그리는 걸 시작했나?

아들의 처

아뇨. 아직 준비가 되어 있지 않아서요!

아버지

그 앤 결코 일할 준비가 되어 있었던 적이 없지. 그래도 전 보다는 덜하지만.

아들의 처

더 말씀하실 것이 있으세요?

아버지

아-아니! ― 같은 말이니까! ― 참, 그 방 문제를 네 남편에게 말할 필요는 없겠구나.

아들의 처

기꺼이 그러죠!

아버지

알겠지만, 불화를 조성한다는 것은 결코 즐거운 일이 아니니까 ― 만약 방이 비어 있었더라면 문제는 달라져서 내가 분명히 방을 쓸 수 있었을 텐데. 그렇지만 그건 비어 있지 않으니… 어쩌겠어, 또 보자구! -간다.-

무대 XI.

친구, 아들의 처.

친구

부인, 죄송하군요. 잠깐 자리를 비워야겠소!

아들의 처

그렇게 급히 어딜 가세요?

친구

그건 — 말할 수가 없군요!

아들의 처

나가서 방을 얻으려는 거겠죠! 제발 그러지 말아요!

친구

(모자를 집는다.)

이런 식으로 쫓아내는 데도 내가 당신네들 집에 머무를 거라고 생각하는군요!

아들의 처

(그의 모자를 뺏으려 한다.)

안 돼요. 가지 말아요! 우리가 당신을 쫓아내려 한 게 아니잖아요. 그런데…

무대 XII.

전에 남아 있던 사람들, 아들.

아들

지금, 뭐 하는 건가! 싸우는 거야? ― 아니면 애정 표현인가?

아들의 처

그저 애인들의 사랑 싸움일 뿐이죠. 이 불안해 하는 사람이 또 다시 우리 집을 나가서 방을 구하려 하는데 그것을 어떻게 생각할 수 있겠어요; 그건 아버님이 오셔서 다락방을 원하셨기 때문이라구요.

아들

다락방을 원했다구? 아마도 아버지께서 두 사람이 뭘하고 있는지 보고 싶으셨던 거겠지! 그래서 자네 갈 길을 가겠다는 거로군 ― 집사람에게 무릎을 꿇고 사과를 해야지!

친구

(무릎을 꿇는다.)

아들

집사람 발에 키스를 해! 집사람이 아름다운 발을 가졌다는 걸 믿어도 될 거야.

410

친구

(한쪽 발에 키스 표시를 하고 일어선다.)

됐어. 이제 나가서 방을 구하겠다는 걸 용서했으니! 잠시 후에 보도록 하지! ―급히 나간다.

아들의 처

(약이 올라 소리친다.)

악셀 씨!

무대 XIII.

아들, 아들의 처.

아들의 처

영감이 이런 식으로 개입하고 가정의 평화를 깨는 것은 정말 망칙스러워요! 이제 주야장천 한순간도 평안을 얻을 수는 결코 없을 거라구요.

아들

그렇게 살도록 해야지 어쩌겠어! — 특별히 당신은 자신의 감정을 조금 숨기도록 노력을 해야만 할 거야!

아들의 처

무슨 감정 말인가요? 무슨 뜻이죠? 설마 — 질투하는 거예요?

아들

무슨 질투? 지금 난, 내가 우리 집 어디에 있는 건지 모르겠단 말이야! 난 아버지에 대한 당신의 비정상적인 적대감을 말한 것뿐이야!

아들의 처

(표현을 바꾸어.)

이제 우리 더 이상 어떤 감정도 말하지 않도록 해요! 사람답게 보이도록 이 목도리를 두르도록 하세요. —주머니에서 상자 하나를 꺼낸다.—

아들

이제 또다시 새 목도리를 두르라는 거요? — 또 파란색이잖아!

아들의 처

(크누트에게 파란 목도리를 묶어준다.)

412

그래요. 더러운 옷은 입고 다니지 말고 신경을 좀 쓰도록 해야
죠! — 자, 수염을 목도리 밖으로 빼도록 하구요…

아들

뭔지 알아! 당신은 지금 완전히 너무 명백해!

아들의 처

뭐 — 가요?

아들

어쩌면, 나도 밝은 옷을 마련해야겠어. 로운-테니스 신발도.

아들의 처

그래요, 당신은 살도 찌고 뚱뚱해지기 시작했으니, 그건 정말
당신에게 잘도 어울리겠군요.

아들

그럼 살을 조금 **빼야겠군**! 가슴이 찢어지는 듯 하지만. 나에게
도 단지 이혼하는 것만 남은 것 같단 말이야!

아들의 처

그렇군요. 여보, 지금 당신은 질투를 하고 있는 거라구요!

아들

글쎄, 당신은 한계를 넘어선 게 아닐까? — 그런데 정말 이상하

단 말이야! 난 시기심도 악의도 없이 질투를 하고 있어. 난 그를 너무나 좋아해서 아무 것도 거절할 수가 없을 정도야! 아무 것도!

아들의 처

아무 것도? 그건 심하잖아!

아들

아니, 사실이야! 그것이 미친 짓이고, 죄악이고, 비천한 짓이긴 하지만. 만약 그가 당신과 잠을 자고 싶다고 부탁한다면, 난 그에게 허락을 할 거라구!

아들의 처

당신 입에서 나오는 말을 수없이 들었고, 많이도 참아왔지만… 지금 당신은 너무나 잔인하군요 ―

아들

난들 어쩔 수가 없소! 때로는 내가 깨어 있을 때나 잠을 잘 때도 모두 강박관념이 나를 사로잡고 있어: 난 당신들 두 사람이 함께 있는 것이 보이는 것 같아. 그런데도 고통스럽지가 않아. 마치 아주 아름다운 광경을 보는 듯이 오히려 즐기는 편이지!

아들의 처

그건 분명히 소름 끼치는 일이잖아요!

아들

어쩌면 그건 정상이 아닐 수 있지만, 엄청나게 흥미롭다는 것은 인정해야겠지!

아들의 처

이것 봐요; 때때로 당신이 나에게서 벗어나고 싶어한다는 생각이 들어요!

아들

설마 그럴리가!

아들의 처

가끔, 그래요! 당신은 악셀을 내 품으로 밀어넣어 당신이 이혼할 수 있는 구실을 만들려는 것 같은 느낌을 받으니까요.

아들

믿을 수가 없군! — 여보, 어디 말을 해 봐요! 두 사람이 키스를 한 적이 결코 없었나?

아들의 처

하늘에 맹세코, 그런 일 없어요!

아들

그런 순간이 오면, 솔직하게 말을 해 줄 것이라고 약속해 줘: 사실이 그래.

아들의 처

이것 봐요. 지금 당신은 완전히 돌았군요!

아들

맞아! 그렇지만 난 배신을 당하고 싶진 않아, 알겠냐구. 난 자발적으로 내 자리를 양보하고 싶진 않아. 뭐니뭐니해도 난 모두를 알고 싶은 거야.

아들의 처

이제 당신의 설교가 끝났다면, 내 얘길 시작해야겠군요! — 당신은 아델과 어떤 관계죠?

아들

당신이 알고 있고, 또 승인하는 관계!

아들의 처

난 간통을 승인한 적이 결코 없어요!

아들

그건 다른 견핸데 그래! 방금 결백했던 것이 지금은 죄가 되었단 말이군!

아들의 처

나와 악셀과의 관계는 전적으로 조금 전과 마찬가지로 완벽히 결백한 관계죠!

아들

오늘은 결백하지만 내일은 어떻게 될지 누가 알겠어!

아들의 처

그럼 내일까지 기다리지 그래요!

아들

천만에. 너무 늦어버렸다는 생각이 들 때까지 기다리고 싶지 않아!

아들의 처

도대체 원하는 게 뭐죠?

아들

잘 모르겠어. 아니지, — 그곳에 그는 돌아와 있는 거야! 오, 그가 그곳에 없으면 얼마나 그를 증오하게 되는지 몰라! 그렇지만 단지 그를 다시 보기만 하면, 그리고 그의 큰 두 눈으로 나에게 시선을 고정시킬 때면, 난 마치 동생처럼, 여동생처럼, 아내처럼 그를 사랑하게 되고 말아! 이제 당신이 그의 영향 아래 있다는 걸 이해할 것 같애! 그런데 난 정말 나 자신을 이해할 수가 없어. 마치 그를 향한 당신의 사랑이 나에게 전염된 것처럼 혼자서 여자들 치마폭에서 오랫동안 살다보니 나의 감정이 여성적으로 되어버린 것 같이 느껴진다니까.

아들의 처

그건 거짓말이야! 지금 당신은 오로지 잘못을 내게 전가시키고 싶은 거잖아요!

아들

전적으로 당신처럼!

아들의 처

아니겠죠, 당신처럼!

아들

당신처럼! ─ 지금 난 미쳐 버릴 것 같아!

아들의 처

당신이라면 충분히 그럴 수 있죠!

아들

당신은 최소한의 동정심도 느낄 수 없단 말인가!

아들의 처

당신이 나에게 고통을 줄 때, 내가 당신에게 동정심을 가져야 한단 말인가요?

아들

당신은 나를 결코 사랑하지 않았어!

418

아들의 처

당신도 나를 사랑한 적이 결코 없었죠!

아들

자, 이제 죽을 때까지 계속될 그 싸움에 우린 연루된 거야!

아들의 처

그럼 늦기 전에 제대로 때에 맞춰서 끝내도록 하죠!

아들

당신은 홀로 되길 원하는군!

무대 XIV.

전에 남아 있던 사람들, 친구.

친구

(솔직하고 기쁨에 차 있다.)

난 운이 좋은 것 같아! — 내가 갔을 때 빈 방을 갖고 있는 마드모아젤 아델을 만났으니까…

아들의 처

그 애도 세 놓을 방이 있단 말인가요?

친구

방 문제에 대해 이미 알고 있더라구요!

아들의 처

글쎄, 그 애는 모르는 게 없다니까,!

친구

(담배갑을 아들에게 내민다.)

담배 한 대 어떤가!

아들

(즉시.)

사양하지!

친구

근사한 목도리를 하고 있군!

아들

그렇게 생각해?

친구

내가 없을 동안 나에 대해 비방을 했겠지! 자네에게서 보인단 말이야!

아들

(격분해서.)

실례하겠네! 이제 가서 해수욕을 좀 더 해야만 해서! ―급히 간다.

무대 **XV.**

친구, 아들의 처.

친구.

도대체 뭐란 거야?

아들의 처

질투죠!

친구

그런가! ― 그래야 할 아무 이유가 없을 텐데.

아들의 처

그 사람은 그렇게 주장을 하니까요! — 당신이 말했던 그 방을
아델은 어디에 갖고 있나요?

친구

(방심 상태에서.)

아델이라! 그래요. 수로 안내인 집 건너편에 사는!

아들의 처

잘도 계산을 했군요. 그래야만 당신이 그녀의 방안을 들여다 볼
수 있을 테니까요. 감히 그런 교활한 짓을!

친구

난 아델이 그런 생각을 했었다고는 절대로 생각지 않아요.

아들의 처

아델? — 지금 두 사람이 그렇게 가까워졌나요?

친구

부인, 놀라게 해서 감정을 쫓아버리는 유령은 떠올리지 말아요.
그건 밝은 날엔 보이지 않으니까요. 제발 그러지 말아요. 그렇
지 않으면…

아들의 처

항상 그랬듯이 떠나려 하는군요. 하지만, 지금은 떠나지 못해요. 그럴 권리가 없다구요!

친구

(담배불을 붙인다.)

아마 책임이란 말이 맞겠죠.

아들의 처

만일 당신이 나의 친구라면, 이런 집에 무방비 상태로 나를 남겨 두지 않겠죠. 이곳에서 나의 명예가 위협을 받고 있어요! 응징 받아야 할 내 남편은 자기 부모의 보호로 별별 비행을 다 저지르고 있죠! 그는 비열한 짓이 너무나 지나쳐서 자신이 꼭 필요한 상황에는 나를 양보하고 싶어한다는 것을 생각할 수 있겠냐구요 — 당신에게!

친구

그건 사랑스런 형태의 잘루지(Jalousie, 강한 집착)로군요 — 그것에 대해 뭐라고 대답을 했나요?

아들의 처

그것에 대해 내가 무슨 대답을 해야 할까요?

친구

그걸 나에게 묻는 건가요?

아들의 처

(신경질 적으로.)

당신은 마치 고양이가 미끼로 쥐를 갖고 놀듯 나를 갖고 노는군요! 당신은 어떻게 내가 당신의 올가미에 걸렸는지 보았겠군요. 그것에서 벗어나려고 내가 어떻게 고통을 받고 투쟁을 하는지도. 그렇지만, 나는 아무 것도 할 수가 없답니다! 사랑의 표현과 희생만을 기다리고 있는, 마치 감정이라곤 없는 이미지로 존재하지 말고, 나에게 자비와 단 한 번만이라도 따뜻한 눈길을 달라구요! ―그녀는 무릎을 꿇는다.― 당신은, 당신이란 사람은 정말 지독하군요. 당신의 고통을 자제하면서 아주 당당하고, 너무 정직하단 말이예요. 그래서 결코 사랑을 하지 못했고, 내가 당신을 사랑한 것처럼, 당신은 결코 사랑을 할 수 없었던 것이죠!

친구

내가 사랑하지 않았다구요? ― 부인, 일어나시죠! 그리고 저기 저 멀리 떨어져 있는 의자에 가서 앉도록 해요! ― 잘 했어요! ― 이젠 내가 얘기를 해야겠어요! ― ― ―손에 담배를 들고 앉는다.― 내가 당신을 본 첫 순간, 소위 사람들이 말하는 것처럼 난 사랑에 빠지고 말았어요. 작년에 우리가 서로 알게 되었을 때의 일몰을 기억하겠지요. 당신 남편이 골짜기 아래에 서서 그림을 그리고 있었어요. 그때 내가 그곳을 지나가게 되었죠 ― 당신에게 나를 소개했고, 우린 서서 지칠 때까지 얘기를 나누다가, 당신이 풀밭에 앉더니 나에게 당신 곁에 앉으라고 권했어요. 그런데 이슬이 내려있었고, 난 옷이 젖을까 봐 앉기를 꺼려했죠. 그때 당신은 당신 코트의 단추를 열어 코트의 한쪽 자락에 앉으라고 권했어요. 나에게 그건 마치 당신이 가슴을 열어 당신품에서 쉬라고 말하는 듯 했으니까요. 난 아주 불행한 사람이었어요; 지칠 대로 지쳐 있었고 소외감으로 외로웠소. 당신의 코트 안은 너무나 따뜻하고 포근해 보였지요! 난 정말 곧 바로 코트 속으로 파고들어 당신의 젊고 순결한 가슴 속에 숨어버리고 싶었어요. 그러나 당신의 천진난만한 두 눈동자 속에서 당황하는 나 같은 남자를 보며 미소 짓는 것을 보았을 때, 수치감이 느껴지더군요! 우린 다시 만났죠. 시간이 갈수록 더 자주. 당신 남편은 내가 당신에게 찬사를 보내는 것을 즐기는 것 같았어요. 그건 마치 내가 그를 위해 그의 아내를 발견한 것 같이 보였어요. 나는 당신의 노예가 되었고, 당신은 나를 갖고 놀았죠: 당신 남편은 공개적으로 짓궂게 나를 괴롭히지 않았으니, 우리에 대해 전혀 신경을 쓰지 않았다는 거겠죠. 대중들 앞에서까지도. 그의 자만심과 자신감이 때론 나에게 상처를 주더군요. 나는 그를 밀어내고 그의 자리를 차지하고 싶은 생각이 드는 순간이 있었어요. 내 생일날 오후에 우리 둘만의 시간을 갖기 위해 내가 당신을 초대한 걸 기억해요? 당신은 조금 늦게 왔더군요. 난 한 시간 동안을 기다리게 되었죠. 그런 후 눈부신 황금빛 태양이 팬지꽃 색의 스커트에 밝은 꽃무늬의 보디스(Bodies)[8]를 입은 당

신의 온 몸을 감싸며 내려비췄고, 노란색 레농(lenon)[9]으로 감싼 셰패르 모자(Schäferhatt)[10]를 쓰고 당신은 거실로 들어왔지요. 그리고 열네 살배기 소녀의 수줍은 듯한 단아한 자태로 내게 장미꽃 다발을 건네주었을 때, 난 숨이 막히도록 아름다운 당신을 발견하고 말을 잊었어요. 정말 환영의 인사도 꽃에 대한 감사의 말조차 할 수가 없어 밖으로 뛰쳐나가 그만 울음을 터트리고 말았으니까요!

아들의 처
당신은 적어도 자신의 감정을 감출 수가 있나 보죠. 당신이란 사람은!

친구
그 후에 언젠가 저녁 만찬 뒤에, 그때 우리는 몇 시간 동안 함께 추억을 만들어 냈고, 우리의 영혼이 하나가 되었던 것을 기억하시겠죠. 아마도 당신의 희망이었겠지만, 실제로 겨울이면 크누트가 어떻게 시내에 있는 당신 집에 머물도록 하라고 나를 초대했는지를 기억하나요. 그리고 내가 무엇이라고 대답을 했는지?

아들의 처
그럴 용기가 없어! 라고 대답했었죠.

---

9 얇은 고급 천, 한랭사(寒冷紗).
10 앞 부분이 넓고 모자의 테두리는 아래로 접어진 커다란 밀집모자.

친구

그 다음날 아침, 나는 떠나고 말았어요!

아들의 처

그날, 난 왼 종일 울었어요! 그리고 남편도 역시 울었구요!

친구

그럼, 이제 우리가 눈물을 얼마나 흘리게 될지를 생각해 봐야 할 시점이겠군요?

아들의 처

이제라구요?

친구

가만히 앉아있도록 해요! — 모든 할 말을 다 했으니 단지 헤어지는 것만 남았으니까요!

아들의 처

아냐! 그건 아니야! 헤어질 순 없어요! 왜 사실이 사실대로 될 수 없다는 말인가요? 당신은 아주 평안하고 난 전혀 혼란스럽지 않건만! 우리가 우리의 감정을 자제한다면, 내 남편이 우리 감정과 무슨 상관이 있단 말이예요. 우리 여기 가만히 앉아 마치 노부부가 자신의 젊은 시절의 사랑에 대한 추억을 나누는 것처럼 해 보자구요.

친구

이 철없는 사람아! 어떻게 당신은 사랑의 고백 후에 우정을 믿고 결혼을 할 수 있었는지 이해할 수가 없소! 마치 기폭장치 아래의 화약통같이 난 아주 평온해요. 그럼, 평온하구 말구. 그리고 끓었던 증기보일러처럼 아주 난 차갑기만 하죠 — 아아! 난 투쟁을 하며, 나 자신을 괴롭혔어요. 그러나 더 이상 나의 언행에 책임을 질 수는 없어요.

아들의 처

그렇지만 난, 나의 언행에 책임질 수 있어요!

친구

그래요, 그러리라 믿어요. 당신은 완전히 달아오른 후에 타오르는 불을 꺼버린다는 것을. 아무튼, 난 혼자 살 거요. 아! 그토록 사악한 생각을 한단 말인가! — 그런 일이 있은 후 내가 여기 이 집에서 맑은 공기를 마시고, 꽃들의 향기를 들이키며 부유한 남자의 테이블에서 떨어진 부스러기를 건지기 위해 양심의 가책을 느끼면서까지 그렇게 살 수 있을 것이라고 생각하나요?

아들의 처

당신이 왜 양심의 가책을 느낀다는 거죠? 내 남편은 키스를 해주는 애인이 있는 것도 거북해 하지 않는데 말이죠!

친구

잘못을 남에게로 돌리지 말아요. 제발, 그러지 말아요; 우리가 절벽에 다다랐으면, 그런 다음엔 오로지 바다 속으로 몸을 던지면 되는 거잖소! 아니죠, 우리 한 번 최초로 돌아가서 한 정직한 인간의 본보기를 세상에 보여주도록 합시다. 크누트가 이곳으로 오는 즉시, 우리 말하도록 합시다; 우리는 서로 사랑하고 있으니, 우리가 어떻게 행동해야 할지 좋은 조언을 해 달라고 말이죠!

아들의 처

그것 굉장하군요! 정말 고귀해! — 그래, 우리 그러자구요. 그러고 나서 무슨 일이 일어나려면 나라지! 우리가 어떤 범죄를 저지른 것도 아니니, 머리를 꼿꼿이 세우고 말하도록 하자구요!

친구

그런 후엔? — 두말 할 것 없이 그는 내게 떠나라고 청하겠지!

아들의 처

아니면, 머물라고도 할 수 있겠죠!

친구

무슨 조건으로? 모든 것이 전과 같이 될 테지! 아니, 난 그럴 수가 없어! 내가 또다시 당신들이 애무하는 것을 지켜보고, 저녁이면 당신의 침실 문이 닫히는 소릴 들어야 한단 말인가… 천만에! 난 이것의 끝을 찾아볼 수가 없어! 그 외에도 더 이상 나는 절대로 그와 눈을 마주칠 일이 없을 테고, 손을 잡을 일도 없을 것이니, 그는 내가 그러지 않을 것이라는 걸 알아둬야만 하겠

지! 우린 그에게 모든 것을 말해야 해요 — 그런 후 어디 지켜보
도록 합시다!

아들의 처

오오, 만약 다가올 그 시간이 어서 지나간다면! 나를 사랑한다
고 말해 줘요. 그렇지 않으면 그에게 칼을 들이댈 용기가 나지
않아요! 나를 사랑한다고 말해 줘요!

친구

(아들의 처처럼 여전히 앉아있다.)

난, 내 몸과 영혼을 다 바쳐 당신을 사랑해요; 드레스 자락 아래
로 보이는 당신의 작은 발을 사랑해요; 당신의 작고 하얀 치아
와 키스 하는 입, 당신의 귀와 관능적인 다정한 눈을 사랑해요
— 난 아주 경쾌하고 공기 같은 당신의 모습을 모두 사랑하기에
내 두 팔에 안고 숲 속으로 달려가고 싶어요! 내가 젊었을 때 한
번은 길에서 소녀를 취하여, 그녀와 함께 4층으로 단숨에 뛰어
올라갔어요 — 그땐 내가 아주 젊었죠. 지금 생각해 보면 내가
한창 때였지요!

아들의 처

내 영혼까지도 사랑한다구요!

친구

당신의 영혼이 격렬하고 부정한 내 영혼보다 연약하기에 사랑

하는 것 같소…

아들의 처

이제 일어나서 당신 곁으로 가도 될까요?

친구

안 돼요!

아들의 처

크누트가 오고 있어요; 그의 발자국 소리가 들려요. 그리고 당신의 이마에 키스를 하기 전에는 난 말할 용기가 없어요.

친구

그가 오고 있단 말이요?

아들의 처

조용히!

무대 XVI.

전에 남아 있던 사람들, 머리에 모자를 쓰고 **아버지**가 들어온다, 움찔 놀라 일어서는 **친구**에게 곧장 다가간다.

아버지

(친구 뒤에 있는 탁자에서 신문을 집는다.)

방해해서 미안하군. 다만 신문을 가져가려 했을 뿐이야! -아들의 처에게.- 아델을 보지 못했어?

아들의 처

오늘은 다섯 번씩이나 아델을 물어보시는군요!

아버지

그걸 세고 있었군! ─ 아침 먹기 전에 해수욕할 생각은 없어?

아들의 처

아뇨! 오늘은 생각 없어요!

아버지

네 몸도 약한데 해수욕을 게을리한다는 것은 옳지 않아. -침묵.

(아버지는 간다.)

무대 XVII.

친구, 아들의 처.

친구

아니야. 난 이곳에 더 머무를 수가 없어! 도저히 견딜 수가 없다구!

아들의 처

(그에게 다가가 타는 듯한 시선으로 그를 응시한다.)

우리 도망 갈 가요?

친구

그럴 순 없어요! — 그렇지만 난, 도망을 갈 거요!

아들의 처

그럼 나도 함께 갈 거예요! — 그래서 우리 함께 죽어요!

친구

(그녀를 가슴에 끌어안고 키스를 한다.)

지금 우린 패배자들이야! 왜 내가 그런 짓을 했단 말인가? 정직과 신용도 끝이야; 우정도 끝났고, 평화도 끝났어! 지옥불이 초목들과 꽃들을 태우고 그을리고 있어요! — 오오! −그들은 떨어져서 간다. 그리고 각자 자기의 의자에 다시 앉는다.

무대 XVIII.

전에 남아 있던 사람, 아들이 급히 들어 온다.

아들

왜 이렇게 떨어져서 그토록 오랫동안 앉아 있는 거야?

아들의 처

그것은…

아들

아주 분개하고 있는 듯이 보이는데, 그런 거야?

아들의 처

그것은 −−− 우리가 서로 사랑하기 때문이죠!

아들

(둘을 잠깐 응시하다가 친구에게 말을 건다.)

사실이야?

친구

사실이야!

아들

(압도된 듯 의자에 앉는다.)

두 사람은 왜 나에게 그런 말을 하는 거지?

아들의 처

진정으로 사랑하는 사람들은 그런 거라구요!

아들

아주 신기하군. 사실 그건 파렴치한 짓이지!

아들의 처

당신 스스로 나에게 부탁했잖아요, 그 순간이 오면…

아들

그건 사실이지! ― 그 순간이 온 거야. 마치 당신은 그걸 이미 알고 있었던 것처럼 보인단 말이야. 그렇지만 나에겐 도무지 이해가 되지 않는 새로운 것이지. 누구의 잘못일까? 그 누구의 잘못도, 아니 모두의 잘못이겠지! ― 이제 우리 어떻게 하면 좋을까? 이제 무슨 일이 일어날 것 같은가?

친구

나의 행동에 대해 뭔가 느낀 것이 있어?

아들

아무 것도! 자넨 위험을 느꼈을 때 도망을 갔어; 우리 집에 살자는 제안을 거절했지; 자넨 자신의 감정을 숨겼기에 집사람은 자네가 자신을 증오한다고 생각했던 거야. 자넨 왜 다시 돌아온 건가?

친구

그건 나의 감정들이 죽었기 때문이지!

아들

있을 법한 일이야. 자넬 믿기로 하지! — 우린 실제로 이렇게 서로 마주보고 앞에 앉아 있잖아. 우리가 야기시킨 것도 아니고 저지할 능력이 있는 것도 아닌; 인위적인 솔직함으로 위험을 피하려고 노력하고 있는 거야. 그것으로 농담을 했었지. 그런데 그것이 점점 더 가까이 다가왔어. 그리고 우리는 너무 지나치게 행동을 한 거야! — 지금 우리가 어쩌면 좋겠나? 차분히 얘기를 나눠보도록 하지. 마지막까지 친구로 남도록 노력해 보자구! — 어쩔 수 없잖아? -침묵.-저런! — 아무도 대답을 하지 않는군! — 우리 아무 것도 하지 않고 불구경만 할 수는 없잖아? -일어난다.- 아무튼 뒷일을 좀 생각해 보도록 하자구! —

친구

더욱더 올바른 것은 어쩌면 물러서는 것이 아닐까?

아들

그렇게 생각하나!

아들의 처

(사나워진다.)

안 돼요, 가면 안 돼요! 그럼 난 당신을 따라갈 테야!

아들

이런 것이 차분히 얘길 나누는 건가?

아들의 처

사랑은 차분한 것이 아니죠! ─친구에게 다가온다.

아들

적어도 두 사람의 욕정을 내가 보지 않게 해주었어야 했어!
내 감정에 상처를 입히지 않았어야지. 그때 난, 아무 죄도 없으
면서 고통을 받았으니까.

아들의 처

(친구의 목을 끌어안는다.)

떠나지 못해요. 내 말 들려요!

아들

(부인을 끌어안으면서 친구로부터 그녀를 떼어 놓는다.)

제발 품위 있게 끝을 내란 말이야 그리고 내가 멀리 떠날 때까지 기다리라구! -친구에게.- 이 친구야, 들어보시지! 조금 있으면 아침식사를 알리는 종이 울릴 테니, 우린 빠른 결정을 내려야만 해 ― 두 사람의 사랑은 이루어질 수가 없어, 반대로 조금 노력을 한다면 내 사랑은 달라. 내 입장에서는, 다른 남자를 사랑하는 여자와 잠자리를 계속한다면, 그건 완벽한 사랑의 행위가 될 수 없어. 그러면 항상 난 일처다부(一妻多夫)의 삶을 사는 것 같을 테니까. 그래서 ― 난 떠나고 싶어. 그렇지만 자네가 내 아내와 결혼한다는 보장을 하기 전에는 못 떠나지.

친구

왠지는 모르겠어; 아무튼 자네의 고귀한 제안은 내가 그녀를 훔친 죄의식보다 더한 모욕을 주는군.

아들

나도 그렇게 생각해. 그러나 도둑을 맞은 것보다 주는 것이 내가 모욕을 덜 느끼겠지 ― 5분을 줄 테니 이 문제를 해결하라구! 조금 후에 보도록 하지. -간다.

무대 XIX.

친구, 아들의 처.

아들의 처

어쩌죠?

친구

내가 어처구니 없다는 걸 느끼지 못했어요?

아들의 처

아뇨, 정직하다는 것이 어처구니 없는 것이 아니죠!

친구

항상 그렇진 않아요. 그러나 이 경우는 나에게 당신 남편이 어처구니 없어 보이진 않아요! ― 어느 날, 당신은 나를 경멸하게 될 거요!

아들의 처

이 순간 당신이 내게 해 줄 수 있는 말이 그것뿐인지 모르겠군요! 지금 우리 사이엔 아무 것도 가로막고 있지 않아요. 깨끗한 양심으로 나에게 당신의 가슴을 활짝 열어줘야 할 텐데 … 지금, 당신은 망설이고 있잖아요!

친구

그래요. 이런 솔직함은 뻔뻔한 모습을 보여주기 시작하는 것이라 망설여지는 거요. 그 정직하다는 것이 잔인한 것과 닮은 것 같아서…

아들의 처

알았어요! 알았다구요!

친구

내가 이 집에서 느꼈던 그 모든 썩은 냄새가 당신한테서 나는 것이라는 사실을 발견했다는 생각이 들어요!

아들의 처

아니면 당신한테서! — 그건 당신의 수줍은 눈길, 위장한 냉담함, 마치 채찍처럼 나를 흥분시킨 잔인성으로 유혹한 사람은 당신이니까! 이제 유혹한 자는 덕망 있는 척 가장을 하는군! 기가 막혀서! —

친구

혹은 이런 거겠지: 그건 당신이…

아들의 처

아니죠, 그건 당신. 당신이, 당신이 그랬다구요! -그녀는 소파에 몸을 던지며 소리를 지른다.- 제발 도와 줘요! 난 죽을 것 같아! 죽을 것만 같다구!---

440

친구

(움직이지 않고 서 있다.)

아들의 처

당신은 날 도와 줄 수 없나요? 당신은 어떤 자비심이라곤 없단 말인가요! 당신은 짐승이야! 내가 아파하는 모습이 보이지도 않나요! — 날 도와 줘요! 제발 날 도와 달라구! —

친구

(전과 같이.)

아들의 처

의사를 불러줘요! 적어도 누구든 전혀 낯선 사람에게조차 해주는 최소한의 봉사를 내게 해 달란 말이예요! 아델을 불러줘요!

(친구는 간다.)

무대 XX.

아들의 처와 **아들**이 들어온다.

아들

그래? — 무슨 일이야? –아내에게.– 아니 두 사람 사이가 벌어진 거란 말이야?

아들의 처

닥쳐요! 한마디도 더 하지 말라구요!

아들

그럼 그가 왜 그렇게 급히 정원을 지나간 거야? 난 또 그가 덤불이나 나무를 가지러 가는 줄 알았지. 그런데 마치 엉덩이에 불이 붙은 사람 같더라니까.

무대 XXI.

전에 남아 있던 사람들, 어머니, 사촌; 나중에 **아버지**.

어머니

그래! 이제 아침 먹지 않겠어?

아들

그러죠, 고마워요. 우리에게 아주 적절한 거죠.

442

어머니

악셀 군은 어디 있어? 우리 기다리도록 할까? 아니면 말까?

아들

그가 달아나 버렸으니 기다릴 필요 없어요!

어머니

그 사람도 역시 흥미로운 남자란 말이야! 맛있는 넙치를 구워 놓았건만! ─

아버지

(들어온다.)

아들

(아버지께.)

원하시면, 우리 방을 드릴게요!

아버지

고맙군. 지금 그건 소용이 없어졌어!

아들

그렇게 변덕스럽다니 이상도 하군요!

아버지

나보다 더한 사람도 많아! 자신의 마음을 다스리는 사람은 원하는 것을 쟁취하는 사람보다 훨씬 더 나은 거야![11]

아들

그런데, 가라, 오라. 그런 말씀은 아버지 친구 분에게는 절대로 하지 마세요.

아버지

아주 좋은 말이야. 어디서 나온 생각이야?

아들

집사람한테서요!

아버지

셔스틴이라, 그럴 테지! 애야, 수영은 좀 했냐?

아들

아뇨. 단지 찬물만 조금 끼얹었었어요! ─징 소리가 들린다.

어머니

자, 그럼! 다들 식탁으로!

---

11 구약 성경, 잠언 16:32: "분노에 더딘 이는 용서보다 낫고 자신을 다스리는 이는 성을 정복한 자보다 낫다."를 암시한 문장.

아들

(아버지께.)

제 집사람이 팔짱을 끼도록 해주시죠. 그럼 난 아델에게도 그럴 테니!

아버지

천만에. 네 팔짱은 네 아내가 끼도록 해야지 않겠어!

막이 내린다.

끈

BANDET

일 막의 비극

SORGESPEL I EN AKT

등장인물

지법판사; 27세
교구 목사; 60세
남작; 42세
남작부인; 40세
12명의 배심원
법원 서기
주 행정청 사무관; 검사 역활을 맡기도 한다
법정 경위 주사
변호사
자영 농장주; 알렉산데르쏜
가정부; 알마 욘쏜
외양간 하녀
탈곡 담당자
방청객들

무대배경

법정. 무대 배경에 교회의 문과 정원, 그리고 종탑이 보이는 창문이 보인다. 우측으로 출입문 하나가 있고, 좌측 연단 위에는 연단과 동일한 형태의 재판관의 상석; 연단에는 금박을 입힌 저울과 검을 손에 들고 눈을 가린 정의의 여신상이 조각되어 있다. **지법 판사** 석 양쪽엔 의자들과 **배심원단**의 책상이 비치(備置)되어 있다. 법정 중앙에는 **방청객** 용의 긴 의자들이 보인다. 벽에는 붙박이 장들이 있고, 그 붙박이 장의 문들엔 법률로 규정된 천연자원의 가격 표기와 사건에 대한 칙령이 조각되어 있다.

무대 I.

주 행정청 사무관과 **법정 경위 주사.**

주 행정청 사무관

지법의 여름 공개심리[1]에 그토록 많은 사람들을 본 적이 있나?

법정 경위 주사

아뇨, 15년 동안 한 번도 본 적이 없는 걸요. 그땐 끔찍한 알쉐 (Alsjö)[2] 살인사건의 공판이라 기억하죠.

주 행정청 사무관

맞아, 이번 사건 또한 역사적인 소송이 될 거야. 그건 아이의 부모를 이중으로 살해하는 것과 마찬가지니까. 남작 부부가 이혼

---

1 발보리이(Valborg: 독일 및 북유럽 등지에서 전해 내려오는 4월 30일에서 5월 1일에 걸친 민속 축제로, 스웨덴에서는 마녀와 모든 액운을 장작불에 활활 태우며 그 주변에서 즐기는 축제)와 미드쏨마르(Midsommar:하지 축제) 사이에 열리는 지방의 재판.
2 스웨덴의 도시 이름.

을 한다는군. 이미 그 사실 자체가 불행이건만 일이 그렇게 되고 보니 동산과 부동산에 대한 친척들의 재산 분쟁이 벌써 시작되었단 말이야. 그러니 미래의 전망이 희박하다고 보아야겠지. 그들은 오로지 자식의 양육권 문제로 투쟁을 했다던데, 아마 솔로몬 왕처럼 판결을 내릴 수가 없었나 보군.

법정 경위 주사

그렇군요. 이 사건은 어떻게 될까요? 이러쿵저러쿵 말도 많지만 분명 두 사람 중 한 사람은 죄가 있지 않겠어요?

주 행정청 사무관

그건 잘 모르겠지만, 두 사람이 싸우는 건 때론 그 누구의 잘못도 아닐 수 있겠지. 또한 두 사람의 싸움은 한쪽의 일방적인 죄 때문일 수도 있으니까. 예를 들자면 우리 집의 입이 거친 여편네 말일세. 내가 부재 중일 땐 그 사람은 혼자서 끔찍한 싸움을 하고 다닌다는 말이 있어. 그런데 사실 그건 싸움이 아니라 완전한 형사사건을 방불케 하는 것이라니까. 그런 경우 대부분 한쪽이 일방적으로 소송을 제기하기 마련이지. 다시 말해 자신이 부당하게 취급 받고 있다는 말이 아니겠냐구. 그러다보니 다른 한쪽은 피고인이 아니면 범인이 되어버리고마는 게야. 쌍방 모두 원고이기도 피고이기도 하니, 이번 소송에서 누구에게 죄가 있는지 판결을 내리기란 그리 쉽지 않을 걸!

법정 경위 주사

맞아요, 맞아! 그런데 요즘 세상이 이상해요; 여자들이 미친 것 같아요. 우리 집 늙은 여편네는 화가 날 때면 내가 애를 낳아야 만 했다는 말을 한다니까요. 그래야 남녀가 공평한 것처럼 날뛰 죠. 마치 하느님 아버지께서 당신의 자녀들을 어떻게 창조하셨 는지 모른다는 듯이 말입니다. 그 사람도 인간이 어떻게 창조되 었는지에 대해 아주 자세한 설명을 들어둘 필요가 있을 것 같아 요. 그런데 자기도 인간이랍시고 잔소리를 길게 늘어놓는다니 까요: 마치 제가 전혀 모르고 있다는 것처럼! 아니면 제가 반대 로 말한다는 듯이 말이죠! 집사람은 제게 하녀가 되어주고 싶은 마음이 전혀 없는 것 같아요; 사실 저는 제 아내의 머슴 같은 사 람인데도 말이죠.

주 행정청 사무관

그렇군. 역시 자네 집안도 그런 병을 앓고 있었구먼! 집사람은 종종 영주님의 저택에서 받은 종잇장 한 장을 읽곤 하지. 어느 날은 달라ー나(Dalarna)[3] 지방의 한 여자가 벽돌을 쌓는다는 극 히 기이한 말을 늘어놓곤 한단 말이야. 또 다른 날은 "한 여편네 가 병든 남편을 폭행하고 때렸다"고 말하는 거야. 아무튼 내가 남자라는 것에 대해 그 사람은 왜 그렇게 화를 내는지 도무지 알 수가 없다니까!

법정 경위 주사

맞는 말입니다. 사실 그건 전혀 기이한 일이 아니지요. ー스누스

---

3 스웨덴 중부의 목각공예 및 전통적 풍습의 대표적인 지방.

(Snus)**⁴**를 권하며.- 아무튼 아주 날씨가 좋군요! — 호밀이 마치 짐승가죽 같은 모양을 하고 있어요. 된서리가 내린 그 혹한을 참 잘도 견뎌낸 것 같아요.

주 행정청 사무관

우리 집 집터엔 아무 것도 남아있지 않아. 경기가 좋은 해인데도 동산압류나 경매 건들이 없었으니, 오히려 내겐 수입이 좋지 않은 해였지 — 오늘 법정에 출정할 신임 지법 판사를 알고 있나?

법정 경위 주사

아뇨, 아마 겨우 갓 고시 패스를 한 젊은 분 같아요. 게다가 그의 첫 공판이기도 하구요 —

주 행정청 사무관

혹시 경건파 교도가 아닌지 모르겠군 — 흠음!

법정 경위 주사

그렇다면, 어쩌죠! — 그럼 오늘 재판 전 설교는 길어질게 뻔하잖아요!

주 행정청 사무관

(법원 서기의 책상에 커다란 성경책 한 권과 열두 명의 배심원들 책상 위

---

4 엽초를 입에 넣고 있는 담배의 일종.

456

에는 작은 성경책을 올려 놓는다.)

거의 한 시간 동안 예배를 드렸으니, 곧 끝나겠지!

법정 경위 주사

그는 기회를 잡았다 하면 아주 물 만난 물고기처럼 신이 나서
설교를 한다니까요 — –침묵.– 그들 부부는 소송 준비를 쌍방이
따로 할까요?

주 행정청 사무관

쌍방 모두 그렇게 하겠지: 그러니 이번엔 분명히 시끄럽게 될거
야… –바깥 시계 기둥에서 시간을 알린다.– 그것 봐! 이제 끝났잖
아! — 책상의 먼지를 닦아야만 해. 어서 서두르자구!

법정 경위 주사

잉크 병에 잉크를 채워 넣어야겠죠?

무대 II.

전에 남아 있던 사람들, 남작과 남작부인.

남작

(남작부인에게 언성을 높여 말한다.)

따라서 금년에 우리가 헤어지기 전에 모든 점에 있어 완벽하게 동의를 해 둬야만 할 거요! 첫째, 법정에서 서로 상대방에 대한 비방은 하지 않을 것!

남작부인

당신은 내가 이곳에 서서 우리 부부 잠자리에 대해 세세한 부분까지 폭로할 거라 생각하나요?

남작

그럼 됐소! 계속하도록 하지. 숙지 기간 동안은 당신이 우리 아들을 돌보도록 해요. 단지 내가 원할 땐 그 애가 나를 보러 오게 한다는 조건하에 내가 규정한 원칙에 따라 양육한다는 조건을 용납하겠소?

남작부인

전적으로!

남작

이혼 숙지 기간 동안 토지에서 나오는 이윤은 당신에게로, 그리고 그 애에겐 3,000 크루나를 지불하면 되겠소?

남작부인

좋아요!

남작

그렇다면 당신에게 안녕이라는 단 한마디 밖엔 더 이상 추가할 말이 없을 것 같군! 우리가 왜 헤어지는지는 당신과 나만 아는 것이 좋겠지. 우리 아들을 위해서 그 누구에게도 그 사실을 알게 해선 안 될 거요. 수고스럽겠지만, 우리 아들을 위해 당신이 신경을 많이 써야 할 거야: 그럼으로써 그 애 부모의 이름을 더 럽히지 않게 하고, 서로 자극하는 어떤 논쟁도 일으키지 않도록 해주면 좋겠소. 그렇지 않아도 이 세상의 무자비한 삶을 살아가노라면 부모가 이혼했다는 사실로 그 애가 큰 대가를 치르게 될지도 모르니까.

남작부인

내 자식을 데려올 수만 있다면, 어떤 논쟁도 일으키지 않을 거예요!

남작

그럼, 오로지 우리의 관심사는 아이에게 유리한 것에만 두도록 하고, 우리 사이에 있었던 일은 모두 잊어버리도록 합시다!
그리고 한 가지 더 유념하도록 해요: 하찮은 일로, 또 아이 문제로 다투거나 그 애를 부양할 능력에 대해 서로 반박해서도 안 되겠지. 그러면 재판장은 우리 두 사람으로부터 우리 자식의 양육권 박탈 판결을 내릴 것이요. 결국 그 애는 부모를 경멸하게

만드는 사회기관에 맡겨질 것이고 증오 속에서 자라게 될 것이
명백하기 때문이요!

남작부인

그건 말도 안 돼!

남작

그런 거라구, 이 친구야. 실제로 법이 그렇다니까!

남작부인

그건 터무니 없는 법이잖아요!

남작

그럴 수도 있겠지. 헌데 그렇게 정해져 있으니 어쩌나. 그건 다
른 사람과 마찬가지로 당신에게도 그렇게 적용되는 거라구!

남작부인

그것 참 이상하군요! 하지만 절대로 나를 그렇게 만들도록 내버
려두지는 않을 거라구요!

남작

이미 우리가 서로에 대해 반박하지 않기로 했으니, 당신은 전혀
그럴 필요가 없겠지. 예전에는 우리 두 사람이 동의를 했던 적이
결코 없었으니까. 그러나 우리가 이혼을 할 땐 반목하지 않겠다
는 단 하나의 문제에 대해서 만은 서로 동의를 하긴 했었지! —

460

-주 행정청 사무관에게.- 남작부인께서 저쪽 방에서 기다리셔도 되겠습니까?

주 행정청 사무관
어서 들어가시죠!

남작
(남작부인을 따라 오른쪽 문으로 간다. 그런 후 그는 무대 배경을 통해 나간다.)

무대 Ⅲ.

주 행정청 사무관, 법정 경위 주사, 변호사, 하녀, 데얀, 심부름꾼.

변호사
(하녀에게.)

이 친구야. 이 순간 네가 도둑질한 사실에 대해서는 의심할 여지가 없어. 그렇지만, 네 주인에게 증인이 없어 네가 무죄인 것뿐이라구. 단지 네 주인이 증인 두 사람 앞에서 널 도둑이라 불렀다는 사실 때문에 그가 명예훼손죄를 쓰게 된 거란 말이야.

그래서 지금 네가 원고가 되었으니 상대방은 자연적으로 피고가 되어버린 거야. 이 규정을 잘 명심해 두란 말이야: 범인의 첫 번째 의무는 부인하는 것이란 사실을.

하녀

하지만, 방금 지법 판사님은 주인님이 죄인이지 저는 아니라고 하셨는 걸요.

변호사

넌 도둑질을 했으니 범인인 건 분명한 사실이지. 허나 네가 나를 네 변호인으로 요청했으니 너의 혐의를 풀고 네 주인을 범인으로 만드는 것이 어쩔 수 없는 내 임무일 뿐이야. 그래서, 마지막으로 네게 해줄 충고란 부인하라는 거라구! -증인들에게.- 그런데 증인들 말입니다. 뭘 증명하시겠다는 겁니까?
들어보세요: 진정한 증인이란 사건을 혼자만이 간직하는 법이죠. 잘 유의해야 할 점은 알마가 도둑질을 했는지 아닌지의 문제가 아니라, 알렉산데르쏜이 알마가 도둑질을 했다고 말한 그자체에 문제가 있다는 겁니다. 신중하게 들어보도록 하시죠. 왜냐면 알렉산데르쏜은 자신의 주장을 확증할 권한이 없지만, 우린 그럴 수 있기 때문이지요.
하긴, 그래선 안 되지! 아무튼 당신네들과는 아무 상관 없는 일이요 — 어쨌든: 혀는 똑바로 놀리고 손은 성경책 위에 올려 놓도록 하시지요!

하녀

하느님 맙소사. 난 뭐라고 말을 해야 할지 모르니, 무서워 죽을 것만 같아요!

머슴

이것 봐, 내가 말하는 대로 하라니까. 그럼 네가 거짓말을 하는 건 아닐 테니.

무대 IV.

전에 남은 사람들, 지법 판사, 그리고 교구 목사.

지법 판사

교구 목사님, 설교 감사합니다!

교구 목사

천만에요, 판사님.

지법 판사

진심입니다. 아시다시피 오늘이 저의 첫 공개재판입니다. 실은 제 의지와는 반대로 이 길로 들어서긴 했습니다만, 여간 두렵지가 않아요. 그건 한편으로 법이란 것이 아주 결함이 많고, 법원의 조직이란 아주 불투명하기도 하며, 게다가 인간의 속성이 아주 거짓투성이에 위선적이어서 재판장이 결정적인 판결을 어떻게 내릴 용기가 있는 건지 수 없이 자문을 해보았으니까요 — 그런데 오늘 목사님께서 제가 근심하고 있던 것으로부터 눈을 뜨게 해주셨어요!

교구 목사
양심적으로 판결을 내리는 것은 확실한 의무입니다. 감상적인 것은 결코 용납되지 않아요. 요즘 세상의 모든 것이 거짓투성이지만, 감히 우리 인간들이 심판을 내리겠다든지 완벽한 판결을 내릴 것이란 생각은 아예 하지 않아야겠지요.

지법 판사
잘 알겠습니다. 아무튼 제 손에서 사람들의 운명이 좌우되고, 제가 내린 판결문은 대를 이어 전해질 테니 끝없는 부담감을 갖게 되는 것은 어쩔 수 없겠지요. 지금 저는 남작과 남작부인의 이혼소송 조정을 세밀하게 다루어야 합니다. 그래서 이혼을 재고해보라는 권유를 받은 쌍방에게 '교구 자문위원회'[5]가 전달한 내용에 대해 목사님께 여쭙고 싶습니다. 그들의 혼인관계와 두 사람이 서로 얽혀 있는 빚에 대한 목사님의 견해는 어떠신지요.

---

5 스웨덴의 당시 이혼 법은 먼저 거주지 교구의 목사로부터 경고를 받은 후 지법 판사에게 재판을 받는다.

교구 목사

다시 말하자면: 판사님께서는 제가 심판을 하도록 하고 싶으시거나, 아니면 저를 증인으로 세운 위에 판결을 내리시겠다는 말씀이신지요. 아무튼 저는 부득이 단지 '교구 자문위원회'의 의정서를 참조할 수밖에 없는 입장입니다.

지법 판사

네, 그 의정서 말씀이군요. 저도 그것에 대해 잘 알고 있습니다. 그런데 제가 꼭 알고 싶은 것은 바로 그 의정서에 기록되어 있지 않은 사실들입니다.

교구 목사

개인 심리에서 그 부부가 서로에 대해 어떤 비난을 했는지는 비밀입니다; 게다가 누가 진실을 말했고 거짓을 말했는지 제가 어떻게 알겠습니까. 제가 그 두 사람에게 뭐라고 말했는지 판사님께 필히 말씀을 드려야겠군요: 저는 그 두 사람 중 누구도 믿고 싶지 않다고 말했습니다.

지법 판사

그렇지만 목사님께서는 분명 이러한 소송절차들을 거치는 동안 사건에 대한 현명한 판단을 하시지 않으셨는지요?

교구 목사

제가 한쪽 말을 들었을 때는 판단을 할 수가 있었죠. 그런데 다른 한쪽 말을 듣고 보면 또 다른 판단을 하게 되더군요. 한 마디

465

로 말하자면, 저는 이 문제에 대해 어떤 기본적인 견해를 말할 수 없다는 겁니다.

지법 판사

목사님께서도 그러신데 제가 결정적인 판결을 내려야 한다니요, 사실 아무 것도 알지 못하는 제가 말이죠.

교구 목사

그것은 저 같은 사람은 절대로 지고 갈 수 없는 판사라는 직업의 무거운 삶이지요.

지법 판사

그럼 증인은 확보할 수 있을까요? 최소한의 증거를 찾기 위해서라도!

교구 목사

힘들 겁니다. 그 부부는 공개적으로는 절대로 서로 비난하지 않아요. 게다가 두 명의 거짓 증인은 완벽한 증거가 되어버리지요. 그리고 한 사람의 위증자는 그와 똑같은 값어치가 있는 법입니다. 재판장님은 제가 하녀들의 소문이나 시기하는 이웃들의 입방아, 혹은 편파적인 친척들의 복수심에 대해 심판을 할 수 있을 것이라고 믿으시는 것 같군요!

지법 판사

목사님은 끔찍한 회의론자시군요!

교구 목사

제 나이 60이 넘었습니다. 쉰 살에 목사가 되었지요. 세상살이
에 거짓말은 마치 원죄처럼 따르기 마련입니다. 그러니 모든 사
람들은 거짓말을 하기 마련이지요; 어린애는 겁에 질려 거짓말
을 하고, 어른은 이득이나 욕구 혹은 생계 유지의 본능 때문에
거짓말을 합니다. 저는 단순히 인정에 이끌려 거짓말을 하는 사
람들을 알고 있어요. 본건에 있어 그 부부의 경우는 판사님께서
누가 가장 진실된 말을 하는지 발견하신다는 것이 아주 힘드실
거란 생각이 듭니다; 그러나 다만 제가 판사님께 주의를 드리고
싶은 건 교활하게 다가오는 사람들에게 편견을 갖지 마시라는
겁니다. 판사님 자신도 갓 결혼을 하셨잖아요. 그리고 매력적인
젊은 부인의 마술에 걸려 있으시겠지요; 그렇기 때문에 판사님
께서는 어머니 외에도 불행한 아내인 젊고 매력적인 부인을 쉽
게 너그럽게 봐 줄 수도 있을 겁니다. 그리고 다른 한편으로는
근래에 판사님도 아버지가 되셨잖아요. 그런 입장에서 아버지라
는 사람의 임박한 이혼과 단 하나뿐인 자식과 헤어져야 한다는
것에 마음이 움직이는 것을 자제할 수 없을지도 모르죠; 어느 쪽
이든 동정심을 갖지 않도록 조심하세요. 한쪽에 갖는 동정심이
란 다른 한쪽에 대해선 잔인한 짓이 되고 마니까요.

지법 판사

제 업무를 간단히 처리할 수 있는 한 가지 생각이 떠오르는군요.
그것은 부부가 중요한 문제에 관해 각자 인정하게 하는 겁니다.

467

교구 목사

그것을 믿지 마세요. 모든 사람들이 그렇게 말들 하니까요; 한 번은 그 부부가 법정 안에서 불이 붙고 말았죠. 불이 붙기에는 단지 작은 불똥 하나로 족했지요! — 지금 배심원들이 오고 있군요! — 그럼 또 만나 뵙도록 하지요! 비록 제가 눈에 띄지 않는다고 해도 어딘가에 남아 있을 겁니다.

무대 V.

전에 남아있던 사람들, 법원 서기. 열두 명의 **배심원**, 무대 배경의 열려 있는 문에서 **주 행정청 사무관**이 개정을 알리는 종을 울린다. 법원의 **재판관들**이 자신의 자리에 앉는다; **방청객들**이 몰려 들어온다.

지법 판사

형법 제 11조 5항과 6항 그리고 8항에 의거한 법정 개정을 선포합니다.[6] — 법원 서기에게 낮은 목소리로 몇 마디 한 후:— 새로 선발된 배심원단이 선서를 하시겠습니다.

---

6 5항과 8항은 공정한 소송절차를 밟아 폭력행위를 다루는 법안이며, 6항은 욕설과 소란을 통한 분노에 대한 것을 다룬다.

배심원단

(일어난다; 그들은 성경책 위에 손을 얹고, 자신의 이름을 말할 때를 제외하고 모두가 함께 말한다.)

알렉산데르 에크룬드입니다.

에마누엘 뷕베리이입니다.

카알 요한 셰베리이입니다.

에릭 오토 부만입니다.

에렌프리드 쇠데르베리이입니다.

뷕(灣)에서 온 울로프 안데르쏜입니다.

베리아에서 온 카알 페테르 안데르쏜입니다.

악셀 뽈린입니다.

안데르스 에릭 루스입니다.

스뷘 오스카르 엘린입니다.

아우구스트 알렉산데르 봐쓰입니다.

루드뷕 외스트만 입니다. ―모두가 함께 박자를 맞춰서 저음의 한 목소리로.― 본인은 최선의 판단력과 양심에 따라 성경과 스웨덴의 법과 규정에 의해 모든 판결을 가난한 자나 부자에게나 공정하게 다룰 것을 하느님과 조국 스웨덴 앞에 맹세코 서약합니다. ― 높은 톤으로 목소리를 높여서.― 나는 결코 빚관계, 친척관계, 우정, 시기, 사적인 악감정 혹은 두려움 때문에, 또한 어떤 명목하의 매수나 뇌물 혹은 다른 이유로 인해 법을 왜곡하거나 부당하게 조장하지 않을 것을 맹세합니다. 결코 죄 없는 자에게 유죄로 판결하지 않을 것이며, 죄를 진 자에게 형을 면제해 주지도 않을 것입니다. ―목소리를 더 높여.― 판결 전이나 혹은 후에도 그들

을 비교하지 않을 것이며, 비공개로 심의된 사항을 그 누구에게
도 누설하지 않을 것을 선서합니다. 이 모든 것에 대하여 본인
은 충실하고 술책과 교활함 없이 정직하고 진지하게 배심원의
자세로 임할 것을 원하고 맹세하며… -침묵.- 하느님께서 본인
의 영혼과 육체 가운데에 임하셔서 인도해 주실 것을 믿습니다.
-배심원들이 자리에 앉는다.

지법 판사
(주 행정청 사무관에게.)

피고인 자영 농장주 알렉산데르쏜 씨를 상대로 원고, 알마 욘쏜
양을 입정 시키도록 하시오.

무대 VI.

**전에 남아 있던 사람들, 변호사, 알렉산데르쏜, 가정부, 외양간 하녀, 탈
곡 담당자.**

법정 경위 주사
(호명한다.)

피고인, 자영 농장주 알렉산데르쏜을 상대로 원고, 가정부 알마 욘쏜.

변호사

저는 원고, 알마 욘쏜을 상대로 피고의 소송 대리인으로 법정에 섰습니다.

지법 판사

(위임장을 살펴본다; 그런 후.)

가정부, 알마 욘쏜은 자신의 옛 집주인인 피고, 알렉산데르쏜을 형법 제16조 8항에 의거해 6개월의 징역 혹은 벌금형에 해당하는 책임이 있다고 법원에 고소를 했습니다. 그것은 피고 알렉산데르쏜이 아무 증거와 합법적인 소송도 없이 그녀를 도둑이라고 불렀기 때문입니다.
피고인 알렉산데르쏜은 진술을 해주시겠습니까?

알렉산데르쏜

나는 그 아이가 도둑질하는 것을 보았기에 도둑이라고 불렀을 뿐이오.

지법 판사

피고인, 알렉산데르쏜은 원고가 도둑질 한 것을 목격한 증인이 있습니까?

알렉산데르쏜

아뇨. 나는 우연히도 아무 증인과 함께 있지 않았습니다. 그것은 평소에 거의 나 혼자 다니기 때문이지요.

지법 판사

왜 피고인은 고발을 하지 않았습니까?

알렉산데르쏜

나는 소송을 제기한 적이 없었기 때문이죠! 그 외에도 우리 같은 집주인들은 대체로 집안에서 손 탄 것을 결코 법정으로 끌고 나오지 않는 것이 관습이니까요. 한편으로 그런 일들은 아주 흔한 일이기도 하고, 또 다른 한편으로는 식솔들의 장래를 파멸시키고 싶지 않기 때문이지요.

지법 판사

원고 알마 욘쏜은 그것에 대한 답변을 할 수 있습니까?

알마 욘쏜

그것이…

변호사

잠깐! — 이 재판에서 알마 욘쏜은 원고이지 피고가 아닙니다. 피고 알렉산데르쏜이 명예훼손을 한 사실이 증명되어야 하니, 그녀의 증인 심문을 요청합니다.

지법 판사

피고인 알렉산데르쏜이 명예훼손을 했던 사실을 인정한 이상, 본인은 어떤 증인도 필요로 하지 않습니다. 반면에 본인에게 있어 특별히 중요한 것은 원고 알마 욘쏜이 법에 위배되는 죄를 지었는지 하는 사실을 알고 싶은 것입니다. 왜냐면 피고인 알렉산데르쏜의 발언은 재판의 완화에 상당한 영향을 미칠 수 있는 이유가 있기 때문입니다.

변호사

본인은 형법 제 16조 13항의 명예훼손 죄에 대해 명시되어 있는 법률상의 효력에 의거해 모욕적인 발언을 한 사실에 대해 증거를 요청하지 않는 재판장님의 논고를 반박하는 것에 대해 허락하여 주시길 요청합니다.

지법 판사

법정이 토의를 하는 동안 쌍방측과 증인, 검사는 잠깐 자리를 비워 주시길 바랍니다. ―법정 관계자들을 제외한 모든 사람들이 나간다.

무대VII.

법정.

지법 판사

피고인 알렉산데르쏜은 신뢰할 수 있는 정직한 남잔가요?

배심원단

피고인 알렉산데르쏜은 신뢰할 만한 남잡니다!

지법 판사

원고 알마 욘쏜은 정직한 가정부라는 평판을 받고 있습니까?

에릭 오또 부만

그 애는 지난 해에 우리 집에서 좀도둑질한 죄[7]로 쫓겨났습니다.

지법 판사

그럼에도 불구하고 본인은 피고인 알렉산데르쏜에게 벌금형을 내려야만 합니다. 어쩔 도리가 없는 상황입니다! 그는 형편이 어려운가요?

루드빅 외스트만

그는 국세청에 내야 할 세금과 공과금이 밀려있고, 지난 해에는 경작조차 제대로 하지 못했어요; 그러니 벌금을 감당할 수가 없겠지요!

---

7 도둑질한 것이 15 크루나를 넘기지 않을 경우.

지법 판사

그렇더라도 평결을 연기할 이유를 찾을 수가 없습니다. 그러므로 이 사건은 명백하며 피고인 알렉산데르쏜은 아무 것도 증명해 보여주지 못했습니다. 보충하거나 이의를 제기할 분이 계십니까?

알렉산데르 에크룬드

저는 단지 일반적인 의견을 말하고 싶습니다: 이 재판의 경우를 보도록 하죠. 한 사람이 결백할 뿐만 아니라, 게다가 편견에 희생이 되어 유죄를 받게 됩니다. 막상 도둑은 소위 자신의 명예를 회복하게 되었는데 말이죠. 이런 소송을 보면 부당하게 다루어진 사람이 벌을 받게 되는 것이지 결백한 사람이 있는 것이 아니지요. 그리고 도둑은 소위 말해 명예라고 하는, 자신의 명예를 회복하게 되겠죠. 그렇기에 사람들이 쉽게 자신의 이웃에 대해 관용을 잃어버리고, 또 소송을 제기하게 되는 것이 일상적으로 되어버린 결과에서 초래된 것이지요.

지법 판사

그것은 아주 가능한 일이기도 합니다. 그러나 일반적인 의견은 기록에 넣을 수가 없으며 곧 판결을 내려야만 합니다. 그래서 단지 본인이 배심원단에게 묻고 싶은 것은 피고인 알렉산데르쏜은 형법 제 16조 13항에 의거해 유죄라고 생각하십니까?

배심원단

그렇습니다!

지법 판사

(법정 경위 주사에게.)

원고와 피고, 양측 사람들과 증인을 입정시키도록 하세요.

무대 VIII.

모두 법정 안으로 들어온다.

지법 판사

원고, 가정부 알마 욘쏜과 피고인 자영 농장주 알렉산데르쏜의 소송에 관한 판결은 명예훼손 죄로 피고인 알렉산데르쏜에게 100크루누르의 벌금형에 처한다.

알렉산데르쏜

좋아요! 허나 그 애가 분명히 도둑질하는 것을 난 봤다구요! — 인정이 많다보니 이런 일을 당하는군! —

변호사

(가정부 처녀에게.)

그것 보라구! 단지 부인하기만 하면 이렇게 되는 거야! 알렉산데르쏜은 어리석어서 부인을 하지 않은 것 뿐이지. 만약 내가 그의 변호인이었다면 고발장에 대한 논박을 제기할 수 있었을 거야. 나 같았으면 네 증인들을 인정하지 않았을 테고, 그럼 네가 궁지에 빠졌을 테지! — 이제 우린 나가서 이 재판에 대한 비용이나 계산하도록 하자구. ─가정부 알마 욘쏜과 그녀의 증인들이 함께 나간다.

알렉산데르쏜
(법정 경위 주사에게.)

글쎄, 이제 난 알마가 정직하고 성실한 사람이라는 증명서를 그 애에게 써줘야만 하겠군.

법정 경위 주사
그건 나와 상관 없는 일이야!

알렉산데르쏜
(법정 경위 주사에게)

하는 수 없이 농장과 땅을 처분할 수밖에 없단 말이야! 정의란 것이 도둑년의 명예를 지켜주고 도둑맞은 사람은 오히려 매를 맞도록 하는 것이란 생각이 드는군! 제기랄! — 외만, 나중에 엑커피[8]나 한 잔 하자구.

477

법정 경위 주사

나중에 갈 테니, 제발 그렇게 소리 좀 지르지 말라구!

알렉산데르쏜

천만에. 만약 3개월의 징역을 구형하면, 악마의 이름으로 다시 소리를 지를 테니 두고 보라지!

법정 경위 주사

그렇게 소리 좀 지르지 말라니까! 제발 소리 좀 지르지 말라구!

무대 IX.

전에 남아 있던 사람들, 잠시 후 **남작**과 **남작부인**.

지법판사

(법정 경위 주사에게.)

스프렌겔 남작과 말름베리이 출신의 남작부인 사이의 재산분할

---

8 엑커피(Kaffegök): 커피와 위스키 혹은 꼬냑을 커피와 동일 분량으로 섞어 마시는 커피.

청구 소송에 대한 재판을 선포하도록 하시오.

법정 경위 주사

스프렌겔 남작과 말름베리이 출신의 남작부인 사이의 재산분할 청구 소송에 대한 재판을 선포합니다!

남작과 남작부인

(출정.)

지법 판사

부인에게 이혼 소송을 제기한 스프렌겔 남작께서는 혼인을 계속할 수 없는 이유를 설명했고, 또한 일 년간 별거를 요청한 지방행정 교구장의 경고는 효력을 발생하지 않고 남아있습니다. 남작부인께서는 그 점에 대해 이의가 있으십니까?

남작부인

단지 제 자식의 양육권을 가질 수 있다면 이혼에 대해서는 이의를 제기할 의사가 전혀 없습니다. 그것이 제가 요청하는 유일한 조건입니다.

지법 판사

이 소송의 경우엔 어떤 조건도 받아들일 수 없으며, 자녀에 대한 문제는 법원이 결정합니다.

남작부인

그건 상상을 초월하는 것이로군요!

지법 판사

그러므로 재판장은 누가 불화를 조성하여 후일 이혼의 원인 제공을 했는지 알아내는 것이 매우 중요한 일입니다. 지방행정 교구장이 첨부한 구두 변론 조서에 의하면 부인은 종종 다투길 좋아하는 까다로운 성격의 소유자로 되어있습니다. 그 반면에 남작께서는 아무 잘못도 없는 것 같습니다. 남작부인은 그것을 인정한 것으로 사료됩니다…

남작부인

그건 거짓말이예요!

지법 판사

교구 목사님과 신뢰할 만한 여덟 분의 증언이 기록된 구두 변론 조서가 사실이 아니라고 받아들이기는 어렵습니다.

남작부인

그건 허위로 작성되었다구요!

지법 판사

법정에서 큰 소리로 비방하는 행위는 처벌을 받을 수 있습니다.

남작

본인은 자의적으로 우리 아이에 대한 양육권을 조건부로 제 아내에게 양보할 것을 요청하고 싶습니다.

지법 판사

방금 말했던 것을 다시 한 번 되풀이 하지만, 판결의 결정권은 재판을 받는 쌍방이 아니라 재판장의 권한입니다. 남작부인은 불화를 야기시킨 점에 대해 인정하지 않는다는 겁니까?

남작부인

네, 그래요! 게다가 두 사람이 부부 싸움을 하는 것은 전혀 잘못이 아니니까요.

지법 판사

이건 형사사건이지 부부 싸움이 아닙니다. 게다가 남작부인께서는 다투길 좋아하는 까다로운 성격과 무자비한 모습을 지금 잘 표명해 주었다고 사료됩니다.

남작부인

그렇담 재판장님은 우리 남편을 모르고 있는 거겠죠.

지법 판사

본인은 빈정거리는 것에 대해서는 유죄판결을 내릴 수가 없으니, 기꺼이 자신을 변론해 보도록 하십시오.

남작

아무튼 소송을 취하해 주실 것을 간청합니다. 그러면 다른 방법으로 이혼을 해결해 보도록 노력해 보겠습니다!

지법 판사

이미 재판은 진행되고 있는 상황이라 취하할 수가 없습니다! ― 그렇다면 부인께서는 남작께서 이혼을 야기시켰다고 주장하고 싶은 것이로군요. 증거를 보여주실 수 있습니까?

남작부인

물론 보여드리죠!

지법 판사

그러도록 하시죠. 허나 남작님의 부권(父權)과 재산권 상실에 관한 문제니 신중하게 심사숙고 하셔야 할 것입니다.

남작부인

이미 그 사람은 수차례 상실을 했었죠. 그때 저에게 잠도 못 자게 하고 먹지도 못하게 했습니다.

남작

저는 절대로 남작부인의 잠을 방해한 적이 없다는 것을 표명할 필요가 있겠군요; 저 사람이 집안을 제대로 돌보지 않고 아이는 내팽개쳐 두기에, 제발 자정까지 잠을 자지 말아 달라고 부탁을 했을 뿐입니다. 먹는 것에 관해서는, 항상 아내에게 집안 일을 결정하도록 했으며, 단지 쓸데없는 파티만은 반대를 했지요. 그 이유는 제대로 관리를 못한 살림살이로 인해, 그런 불필요한 비용을 충당할 수가 없었으니까요.

남작부인
그는 의사를 부를 생각도 하지 않고 아내인 저를 병든 채 방치해 두었어요.

남작
남작부인은 자신이 원하는 대로 되지 않을 때면 항상 병이 나곤 했지만, 그런 병 정도는 금방 회복되었습니다. 그 후, 한 번은 시내에 있는 저명한 교수님 한 분을 불렀더니 그 박사님은 집사람의 병이 단지 꾀병에 지나지 않는다고 병명을 설명해 주시더군요. 그 다음 번에 집사람이 병이 났을 때는 의사라고는 아예 부르지 않았습니다 — 그때는 자신이 사려고 했던 거울이 예상했던 것보다 50크루누르가 더 쌌기 때문이었다니까요.

지법 판사
그 모든 문제는 이토록 심각한 소송사건의 선고를 내리기 위해 참작할 본질이 못 된다고 사료됩니다.

남작부인
그럼 아버지가 어미에게 자기 자식을 양육하도록 허락하지 않는 것은 충분히 본질로 간주될 수 있는 것이로군요.

남작

첫째, 남작부인은 하녀가 아이를 돌보도록 했기에 자신이 그것에 간섭을 할 때면 오히려 상황이 악화되기만 했습니다; 둘째, 사내애를 남자로 키우는 대신 여자로 키우려 했지요; 그 애가 네 살이 될 때까지 여자애 옷을 입혔으니까요; 게다가 여덟 살이 된 현재도 여자애처럼 머리를 기르고 바느질과 뜨개질을 하도록 강요당하고 있죠. 아들은 인형을 갖고 놀아요. 이 모든 것은 아이가 사내로서의 정상적인 성장에 장해가 된다고 사료됩니다. 반면에 그동안 그녀는 다른 사람들의 딸에게도 사내애의 옷을 입히고, 그들의 머리를 짧게 잘라주고, 그들에게 사내애들이 하는 일을 하게 하며 즐기기도 했으니까요. 한마디로 말하자면; 우리 아이에게서 잘 알려져 있는 그런 정신병적인 증상을 간파했을 때, 제 아들의 교육을 본인이 맡을 수밖에 없었습니다. 그렇게 자식을 자신의 희생양으로 만든 행위는 형법 18조에 의거하여 범법 행위에 해당하는 것이라 사료됩니다.

지법 판사

그래도 아들을 어머니가 양육하도록 맡길 것입니까?

남작

그렇습니다. 저는 모자가 헤어지는 끔찍한 생각을 결코 품어본 적이 없고, 게다가 아이를 잘 키우겠다고 애 엄마가 약속을 했기 때문입니다. 하지만 저는 단지 조건부로 약속을 했습니다, 그리고 제 추측으로는 법이 간섭하지는 않겠지만, 우리가 소송을 한 상태까지 왔으니, 제가 결심을 바꾸었습니다. 결국 저는 원고에서 피고로 바뀐 셈이지요.

남작부인

저 사람은 항상 저렇게 자신의 약속을 잘도 지킨다니까요.

남작

다른 사람과 마찬가지로 저의 약속은 항상 조건부며, 조건이 잘 이행되고 있는 동안에 있어서는 제 약속을 잘 지켜왔지요.

남작부인

그는 결혼을 해서도 나의 개인적인 자유를 보장한다고 약속을 했었지만…

남작

물론 품위의 관례를 짓밟지 않는 전제하에서였지요. 그러나 모든 허용선을 벗어나서 자유 가운데 방종이란 개념이 숨어들었을 때, 저는 나의 약속을 회피하고 싶다는 생각을 하게 됐던 겁니다.

남작부인

그래서 당신은 그 터무니 없는 질투로 내게 고통을 주었군요. 더 이상 그 지긋지긋한 부부생활을 계속할 수가 없어요. 더 어처구니 없는 것은 의사선생님에게까지 질투를 했다니까요!

남작

그 유명한 질투심이 드러난 그날, 저는 제 아내에게 흔히 여자들이 꾸며대는 수다로 인해 악명 높은 소문에 휘말릴 짓을 하지 말라고 충고를 했었지요. 그런데도 무대감독이 우리 집 거실에 앉아 담배를 피우며 집사람에게 시가를 권했을 때, 아내가 제 충고를 따르지 않았기에 제가 그 자를 문밖으로 쫓아내버린 걸 암시하는 것 같습니다.

남작부인

우리의 치부를 다 들어냈으니, 모든 진실이 밝혀지는 것이 좋겠군요: 남편은 간통을 했어요. 그것으로 저 사람이 혼자서 우리 아들을 양육하기에는 미흡한 사람이라는 것을 보여주는 것이 충분하지 않을까요?

지법 판사

남작부인은 그 사실을 증명할 수 있습니까?

남작부인

그럼요, 할 수 있구말구요. 여기 편지가 있어요!

지법 판사

(편지를 받는다.)

언제부터였습니까?

남작부인

일년 전부터였어요.

지법 판사

소송을 제기하기에는 공소시효가 지났습니다. 그러나 그 사실 자체가 남편의 과중한 부채가 되어 양육권과 배우자 재산에 대한 반분권의 일부를 잃게 되는 원인을 야기시킨 건 사실입니다. 남작께서는 간통을 인정하십니까?

남작

인정합니다, 후회와 부끄러움과 함께. 그러나 그 점에 있어서는 그럴 수밖에 없었던 상황들이 검토되어 정상 참작이 되어야 할 부분이 있습니다. 저는 제 아내의 체계적인 냉담함을 통하여 어쩔 수 없이 품위를 떨어뜨리는 독신생활을 할 수밖에 없었지요. 저는 합법적인 제 권리를 마치 은혜를 베풀어 달라는 듯이 아내에게 정중하게 간청을 했습니다; 결국 저는 아내의 사랑을 사는 것에 지치고 말았지요. 그때 집사람은 우리의 결혼생활에 매춘행위를 들여놓았습니다. 제일 먼저 권력에 그리고 선물과 돈에 자신의 친절을 팔았던 거죠. 결국 저는 분명하게 제 아내의 허가를 얻어내어 어쩔 수 없는 일시적인 성관계를 가질 수밖에 없는 문제에 직면할 수 밖에 없었으니까요.

지법 판사

남작부인께서는 동의를 하셨습니까?

남작부인

그건 사실이 아닙니다! 증거를 요청합니다!

남작

사실입니다. 그러나 보여드릴 수가 없습니다. 그건 오로지 한 사람의 증인인 제 아내가 부인을 하고 있으니까요!

지법 판사

증거를 보여주지 못한다고 해서 그것이 진실이 아니라고 단정할 필요는 없습니다. 그러나 그런 성격의 치욕적인 협약은 현행법 조약에 위배되는 것으로서 아무 가치도 없습니다. 모든 사항이 남작님 자신에겐 여전히 불리한 상황이니까요.

남작부인

남작은 후회와 수치로 죄를 인정했으니, 한층 더한 세부적인 사항은 불필요하다고 사료되기에 피고인인 제가 현재 원고가 된 입장에서 재판장님께서는 판결에 들어가 주시길 요청합니다.

지법 판사

법정의 의장 자격으로 남작께서는 본인의 방어든지 적어도 결백을 밝히는 진술을 해주실 것을 요청합니다.

남작

방금 저는 간통을 인정했습니다. 그리고 10년의 결혼 생활 후에 갑자기 독신인 나 자신을 발견했을 때, 그것은 절박한 필요성에 의한 것이었고, 더욱이 남작부인의 동의 하에 일어났던 불가항력의 사건에 대한 정상 참작을 탄원했던 겁니다. 방금 이 모든 것은 나에게 올가미를 씌우기 위한 것이었다고 생각이 드는 타당한 이유가 있습니다. 그것은 영원히 내 아들을 위한, 저의 책임감입니다…

남작부인

(무심코 소리를 지른다.)

여보!

남작

본인의 불륜을 야기시킨 것은 제 아내의 부정행위였습니다.

지법 판사

남작께서는 부인의 부정행위를 증명해 주실 수 있습니까?

남작

천만에! 난 가족의 명예를 생각하기에, 내 손에 들어왔던 모든 증거들을 없애버렸습니다. 그러나 저 사람이 제 앞에서 자신이 감히 저지른 일을 여기서 다시 한 번 고백해 줄 것이라는 것을 여전히 기대하고 있습니다.

지법 판사

남작부인은 예전에 자신이 저지른 간통죄에 대해 인정하는 것

과 동시에, 남작의 과오 때문에 그런 일이 있었다고 어느 정도
는 인정하십니까?

남작부인

천만에요!

지법 판사

부인은 이 고소 건에 대해 명백히 결백하다는 주장을 맹세할 수
있습니까?

남작부인

네!

남작

맙소사! 아니 이럴 수가! 제발 그만 해요! 제발 부탁이니 거짓
맹세따윈 하지 말아주면 좋겠소!

지법 판사

다시 한 번 묻겠습니다: 남작부인은 맹세를 할 수 있습니까?

남작부인

네!

남작

지금, 이 순간 본인은 제 아내가 원고인 점에 대해서만 오로지

주목하겠습니다. 선서를 한 후에 소송을 제기하는 법은 없다고 생각하니까요!

지법판사
그럼 남작께서 부인의 죄에 대해 고발을 하시면 부인이 피고가 되는군요. 배심원단은 어떻게 생각하십니까?

에마뉴엘 뷕베리이
남작께서는 이 재판의 당사자이시기에, 제가 보기엔 부인이 남작에게 유리한 증인으로 채택될 수 있다는 것은 어렵다고 생각합니다.

스뵌 오스카르 엘린
제 생각으로는 만약 남작부인께서 선서 후에 증언을 해야 한다면, 같은 재판이니 남작께서도 똑같이 증언을 하시는 것이 좋을 것 같습니다. 그러나 증언이 다른 증언에 반박할 수 없는 것에 비추어 볼 때 이 사건은 궁지에 몰리게 될 것이라 보이는 군요.

아우구스트 알렉산데르 봐쓰
이곳에 증언을 하기 위해 증인을 데려온다는 것이 문제가 아니라 자기 입장을 변호하기 위한 수단일 뿐입니다.

안데르스 에릭 루스
가장 먼저 바로 그 문제를 조정하는 것이 타당하다고 생각합니다.

악셀 뵐린

하지만 원고와 피고, 쌍방 앞에서 재판절차가 공개적이어서는 안 된다고 생각됩니다.

카알 요한 세베리이

배심원의 견해 표명은 비밀을 지켜야 하는 조건의 제한은 없습니다.

지법 판사

그토록 다양한 의견으로는 어떤 실마리도 잡을 수가 없습니다. 남작의 죄는 증명해 보일 수가 있겠지요. 그러나 남작부인의 죄는 아직 증명하지 못했습니다. 본인은 남작부인에게 자신의 입장을 변호할 증언을 요청합니다.

남작부인

준비되어 있어요!

지법 판사

아닙니다, 잠깐 기다려 주세요! — 우리가 이 사건을 유예시킨다면, 남작께서는 증빙 자료를 갖고 오시든지, 아니면 본인의 주장을 위해 증인 소환 요청을 할 수 있겠습니까?

남작

본인은 원하지도 할 수도 없습니다. 왜냐면 치욕스런 것을 공개적으로 드러내 놓는 짓은 원하지 않기 때문입니다.

지법 판사

교구의 대표와 협의를 하기 위해, 잠시 재판을 휴정하겠습니다.

―재판관 석에서 내려와 우측으로 들어간다.

무대 X.

배심원들이 목소리를 낮추어 상호 자신의 의견을 나눈다; 무대 안쪽의 동일한 위치에 **남작**과 **남작부인**이 앉아 있다. 사람들이 무리를 지어 담소하고 있다.

남작

(남작부인에게.)

도대체 당신이란 사람은 위증죄를 지은 것에 대한 두려움도 없는 거요?

남작부인

내 자식에 관한 일일 땐, 그 어떤 것도 두렵지 않아요.

남작

하지만, 만약 내가 증거를 갖고 있다면 어쩌지?

남작부인

그럴 리가 없어요!

남작

편지들은 태워버렸으나 증명할 수 있는 사본들은 원상태 그대로 남아있으니까.

남작부인

당신은 나를 겁 주기 위해 거짓말을 하고 있다구요!

남작

내가 얼마만큼 내 아들을 사랑하고 있다는 것을 당신에게 보여주기 위해서, 그리고 적어도 우리 아들의 엄마를 구하기 위해서요. 내가 얼마나 절망적인지 알아? 자, — 여기 증거가 있소; 그러니 배은망덕한 사람은 되지 말아주면 좋겠군! —그녀에게 편지 뭉치 하나를 건넨다.

남작부인

당신은 거짓말쟁이라구요. 악당 같은 당신이 그 편지를 삭제해버렸다는 사실을 난 벌써부터 알고 있긴 했지만, 사실 난 그걸 믿지는 않았다구요.

남작

고맙군! 아무튼 우린 둘 다 패배자요.

남작부인

그래요, 둘 다 절망의 나락으로 떨어져야겠죠. 그러면 지긋지긋한 싸움도 끝이 날 테니.

남작

우리 아이가 양쪽 부모를 잃고 이 세상에 홀로 남게 되는 것이 더 나은 일인지도 모르지…

남작부인

그럴 일은 절대로 없을 거예요!

남작

당신의 그 터무니 없는 자만심은 자신이 법과 사람들 위에 군림하고 있다는 생각을 갖도록 당신을 유인했고, 이 투쟁에 전념하도록 꾀어냄으로써 분명한 것은 비참하게 된 자는 우리 아들이란 말이요! 당신이 자신을 방어하기 위해 도전해야만 했던 이 발작이 시작되었을 때, 도대체 무슨 생각을 한 거요? 그건 우리 애를 생각했던 것이 아니었겠지! 복수였나? 내가 당신의 죄를 알게 되었기 때문에!

남작부인

우리 애? 당신이 그 애를 생각했다구요? 그래서 그 인간 쓰레기들 앞에서 내 명예를 더럽혔군요!

남작

여보! ─ 우린 마치 들짐승들처럼 서로 피투성이가 되도록 물어 뜯었소. 우리의 파경을 기뻐하는 이 모든 사람들 앞에 우리의 치부를 다 폭로했단 말이요. 이곳 법정 안에는 우리의 친구라곤 단 한 사람도 없어; 이제부터 우리 애는 존경 받는 부모에 대해 할 말이 없을 테니 살면서 절대로 부모의 충고를 듣지 않을 거야; 그 애는 가정이란 것이 얼마나 형편 없는 것이며, 두 늙은이가 멸시를 받으며 외롭게 앉아 있는 것을 보게 될 것이고, 언젠가 우리로부터 도망치게 될 테니 두고 보라지!

남작부인

도대체 당신이 원하는 게 뭐죠?

남작

우리 장원(莊園)이 팔리면 외국으로 가야겠지!

남작부인

그리고 그 지긋지긋한 말다툼을 다시 시작하자는 말이군요! 어떻게 될 건지 난 잘 알고 있다구요: 당신은 여드레 정도는 온순하겠죠. 그런 후 나에게 모욕을 안겨줄 게 뻔하니까.

남작

─ 생각을 좀 해보라구. 지금 저 안에서 우리의 운명을 결정짓고 있다는 것을! 당신이 방금 거짓말쟁이라 불렀던 교구 목사님으로부터 한 마디의 좋은 말도 기대할 수는 없을 거야; 나 역시

불신자로 잘 알려져 있으니 어떤 자비 같은 건 바랄 수도 없을 테지 — 정말, 난 숲으로 가서 나무둥치 아래에서 동면이나 하면서 바위 밑에 머리를 숨기고 싶은 심정이야 — 망신스럽기 그지 없으니!

남작부인

그건 사실이죠; 교구 목사라는 사람은 우리 둘 다 싫어해요. 그러니 당신이 말한 대로 될 수 있을 거예요. 가서 그와 대화를 하도록 해봐요!

남작

그에게 무슨 말을 하라는 거야? 화해에 대해?

남작부인

뭐든지, 당신이 원하는 것에 대해 말하도록 해요. 다만 너무 늦지 않게 말이죠! 만약에 늦었다는 걸 생각해 봐요! — 항상 우리 주위를 맴돌고 있는 저 알렉산데르쏜이란 사람은 뭘 원하는 거죠? 난 저 남자가 무서워요!

남작

알렉산데르쏜 씨는 점잖은 남자요!

남작부인

당신에겐 그렇겠죠. 그런데 내겐 아니라구요! — 전에도 난 저 눈길을 본 적이 있어요! — 곧장 목사님에게 가도록 해요; 먼저 내 손을 잡아줘요; 난 너무 무서워요!

남작

무슨 말이요, 여보. 도대체 뭐가 무섭다는 거요?

남작부인

모르겠어요 — 모든 것이! 모두 다! —

남작

하지만, 내가 무서운 건 아니겠지?

남작부인

지금으로선! 그건 마치 우리가 돌고 있는 물레방아에 휩쓸려 들어가 우리들의 옷이 바퀴 사이에 낀 것만 같아요! 그리고 모든 사악한 사람들이 둘러서서 우릴 바라보며 비웃고 있는 것 같은 걸요! — 우리가 무슨 짓을 한 거죠? 우린 우리의 분노 속에서 무엇을 했다는 건가요? 지금 남작부부가 발가벗은 채 다투는 모습을 보면서 즐기는 그들을 생각해 보라구요 — 오오! — 마치 내가 이곳에 발가벗고 서있는 것 같아. -그녀는 코트의 단추를 채운다.

남작

이 친구야, 진정 하라구! 내가 이미 당신에게 말했던 것을 또다시 되풀이하기 위해 선택한 곳으로선 좋은 장소가 아니지: 사람들은 단 한 명의 친구와 가정이 있을 뿐이야. 그러니 우리가 다시 시작할 수도 있는 일이겠지! ── 누가 알겠어! 아니지 우린 할 수가 없어. 모든 것이 너무 멀리 와 버렸어 ── 끝났어! 이것이 마지막이야. 그래, 이 시련에서 벗어나지 않으면 안 되는 거야! 그래서 또다시 다른 것을 따라야만 하겠지! ── 그래, 우린 영원한 적이야! 당신을 아이와 함께 놓아주겠소. 그러니 당신은 재혼을 할 수도 있을 거야 ── 난 지금 빤히 앞을 내다보고 있어; 그럼 내 아들은 계부를 얻게 되겠지; 나는 다른 남자가 내 아내와 팔짱을 끼고 내 아들 손을 잡고 걷는 걸 보게 될 테고 ── 아니면 나 자신 역시 다른 창녀와 팔을 끼고 걷고 있을 거야! 아니지! ── 당신 아니면 나! 우리 둘 중 한 사람은 굴복하게 되겠지! 당신 아니면, 내가!

남작부인

당신이겠죠! 당신이 아이를 데리고 가도록 하면, 그럼 당신은 재혼을 하겠죠. 그리고 난 다른 여자가 내 아들의 엄마가 되는 걸 보겠군요! 오오! 그런 생각은 나를 살인자로 만들어 버린다구요! 내 아들에게 계모라니!

남작

당신은 전에도 그런 생각을 가졌던 적이 있지 않았나? 그럴 수 있었을 테지. 그러나 당신에게 묶인 내 사랑의 쇠사슬로 인해 어떻게 내가 고배를 마시는지를 보았을 때, 당신은 내가 다른 사람을 사랑할 수 없을 것이라고 생각했겠지.

남작부인

당신은 지금까지 내가 당신을 사랑했다고 믿나요?

남작

그럼, 적어도 한 번은! 내가 바람을 피웠을 때! 그때 당신의 사랑은 헌신적이었으니까! 당신의 위장된 무관심은 당신을 매혹적으로 만들었지. 내가 죄를 지은 후엔 당신은 나를 존경하기까지 하더군! 당신이 가장 감탄하는 것이 동물의 수컷, 아니면 범죄자였는지, 난 잘 모르겠어, 아마 그 양쪽 다라고 생각하지, 양쪽 다라는 것이 분명해, 그 이유는 내가 본 여자 중 가장 알 수 없는 여자가 당신이었기 때문이지! 그리고 당신은 이미 내가 생각지도 않는 내 아내에 대해 질투를 하고 있어! 당신이 나의 아내가 되었다는 것이 유감 천만이야! 나의 애인이었다면 논쟁의 여지가 없는 승리를 했을 텐데. 그리고 당신의 부정행위는 단지 나의 숙성되지 않은 포도주 향기 정도로 그쳤을 거야.

남작부인

그래요, 당신의 사랑은 항상 관능적인 것이었으니까!

남작

관능적인 것은 모든 것이 정신적인 것이고, 정신적인 것은 모든 것이 관능적인 것이지! 단지 당신이 나보다 더 사악하고, 거칠고 무정했을 때, 내 감정의 활력소인 당신에 대한 연약함은 나보다 당신이 더 강하다는 믿음을 당신에게 고취시켜 주었던 거라구.

500

남작부인

말하자면 당신이 더 강하다는 말인가요? 채 2분도 되지 않아 의견을 바꾸고, 도대체 당신이 원하는 것이 무엇인지도 모르는 당신이!

남작

천만에, 난 아주 잘 알고 있소, 또한 내 안에 증오와 사랑이 둘 다 자리잡고 있다는 사실도. 나는 당신을 한 순간도 잊지 않고 사랑하지, 그리고 그 다음 순간에는 당신을 증오하니까! 지금 이 순간은 당신을 증오하고 있소!

남작부인

당신은 지금도 역시, 우리 애를 생각하고 있나요?

남작

물론, 지금도 그리고 영원히! 왜 그런지 당신은 알고 있소? 그 애의 몸은 우리의 사랑으로 만들어졌기 때문이오. 그 애는 우리의 아름다운 순간의 추억이지. 우리의 영혼을 묶어주는 끈이며 원하지 않아도 항상 우리가 만나게 되는 만남의 정점이기 때문이오. 만일 우리의 이혼이 실행된다 할지라도, 그게 그래서 우린 결코 헤어질 수가 없을 거요 ─ 아아! 내가 원하고 있듯이 오로지 당신을 증오할 수만 있다면!

501

무대 XI.

전에 남아 있던 사람들, 지법 판사와 **교구 목사**가 얘기를 나누며 들어온다; 무대의 정면에서 멈춘다.

지법 판사

따라서 저는 정의를 찾으려는 것과 진실을 발견한다는 것은 완전히 가망이 없는 일이라고 생각됩니다! 우리가 지닌 법 개념 위에 나열되어 있는 법률이란 것은 이미 두 세기가 늦은 감이 있는 듯이 느껴지니까요. 저는 죄 없는 피고인 알렉산데르쏜에게 형벌을 내려서도, 그리고 도둑질을 한 하녀에게 명예를 안겨줘서도 안 된다고 생각합니다! 이 순간 저는, 이런 종류의 이혼 소송이 어떤 관계에 있는지 혼란스럽습니다, 따라서 제겐 선고를 내릴 양심이 없습니다.

교구 목사

그렇지만 선고는 하셔야만 합니다.

지법 판사

할 수가 없습니다! — 저는 사퇴하고 다른 직업을 선택하려 합니다!

교구 목사

저런! 그런 불명예스런 일은 단지 판사님을 화제거리로만 만들

것이고 장래의 모든 앞길을 막을 것입니다. 일단 선고를 내리시고, 몇 년 더 계속하도록 하세요. 그러면 시간이 지나면서 점점 인간의 운명을 마치 계란처럼 산산조각 내는 것이 아주 쉬워질 테니까요. 그 외에도 판사님께서 이 사건에서 필히 벗어나시길 원하시면, 그럼 배심원단이 판사님에게 반대표를 던지게 하세요. 그리고 그들 스스로가 모든 책임을 지게 하는 거죠.

지법 판사

그것도 하나의 방법이군요. 그리고 제가 이 소송에 대해 다른 견해를 갖고 있기에 그들은 아주 일치단결하여 저에게 대응할 것이라 생각됩니다. 그냥 느낌으로 아는 것이니, 그것을 믿을 용기는 없습니다만 ── 충고에 감사 드립니다!

주 행정청 사무관

(알렉산데르쏜 씨와 얘기를 나눈 그는 지법 판사에게로 다가온다.)

주 행정청의 법정 사무관으로서 본인은 자영농장 주인인 알렉산데르쏜 씨를 스프렌겔 남작부인에 대한 증인으로 채택할 것을 요청드립니다.

지법 판사

간통죄에 관한 것입니까?

주 행정청 사무관

네!

지법 판사

(교구 목사에게.)

문제 해결을 위한 새로운 착상을 주는 것이군요!

교구 목사

분명히 여기에는 문제를 푸는 실마리가 많이 있습니다. 단지 발견하기만 한다면 말입니다.

지법 판사

사랑했던 두 사람이 이렇게 서로를 파괴시키는 것을 본다는 것이 아무튼 끔찍하군요. 그건 마치 도살 장면을 보는 것과 다를 바가 없습니다!

교구 목사

그것이 소위 사랑이라는 겁니다, 판사님!

지법 판사

그럼 증오란 무엇이죠?

교구 목사

그것은 옷의 안감과 같은 것이지요!

지법 판사

(배심원단에게 가서 얘기를 한다.)

남작부인

(교구 목사에게로 다가간다.)

도와 주세요, 목사님! 제발 도와 주세요!

교구 목사

저는 그럴 수가 없습니다. 또한 교구의 목사 입장으로 그래서도 안 되지요! 그 뿐만 아니라, 제가 부인에게 아주 진지한 일에 관하여 장난치는 것이 아니라는 것을 경고하지 않았던가요? ─ 부인에게는 헤어진다는 것이 아주 간단한 것이었지요! 그러니 지금 또 헤어지시면 되겠군요! 법이 부인을 방해하지는 않습니다; 그러니 법 탓으로 돌리지는 마세요!

무대 XII.

전에 남아 있던 사람들.

지법 판사

재판을 속개하겠습니다! ─── 주 행정청의 검사 뷔베리이 씨의 진술에 따라 남작부인의 간통죄에 대한 확인을 위한 증인 한 사람이 출두했습니다. 피고 자영농장 주인 알렉산데르쏜 씨!

505

알렉산데르쏜

여기 있습니다!

지법 판사

피고는 어떻게 증거를 보여줄 수 있습니까?

알렉산데르쏜

죄를 짓고 있는 현장을 목격했습니다.

남작부인

거짓말이예요! 증거를 대라구요.

알렉산데르쏜

증거를 대라고 했소? 지금 내가 여기 증인으로 있는 것 자체가 입증하는 게 아니겠소!

남작부인

비록 증인이라고 부르긴 했지만, 진술은 증거가 아니니까요.

알렉산데르쏜

어쩌면 한 사람의 증인은 두 사람의 증인을 제시할 것이고, 그리고 그 두 명의 증인은 각각 새로운 증인을 제시하게 되지 않겠어요?

남작부인

허긴, 만일 모두가 거짓말을 하고 있다는 사실을 모를 때는 그게 필요하겠군요!

남작

알렉산데르쏜 씨의 증거는 소용이 없습니다! 남작부인의 간통을 완전히 증명해 보여줄 수 있는 모든 서신들을 재판장님께 넘겨드리는 것을 허락해주시길 요청합니다 ― 이것이 원본입니다! 복사본은 피고인이 보관하고 있습니다.

남작부인

(고함을 지른다. 그러면서 정신을 가다듬는다.)

지법 판사

남작부인께서는 방금 맹세를 하겠다고 선서를 하지 않았습니까?

남작부인

그런 적이 없어요! ― 뿐만 아니라, 지금 우린 피장파장이라고 생각해요. 남작과 제가 말이예요.

지법 판사

범죄에 대한 범죄는 피장파장일 수가 없습니다! 그 반대로 각자 자신의 죄값을 따로 치르게 되는 겁니다.

남작부인

그렇다면 단번에 나의 결혼지참금을 탕진해 버린 남작으로부터 기록된 각서를 받으시길 요청합니다.

지법 판사

만약 남작께서 부인의 결혼지참금을 탕진해 버렸다는 것이 사실이라면, 지금 그 문제에 대한 소송을 조정해야 하는 것은 당연한 일입니다.

남작

우리가 결혼했을 시점에 남작부인은 팔 수도 없는 6,000크루누르(Koronor)의 주식을 지니고 왔었지만, 그것은 가치가 떨어져 버렸습니다. 결혼 당시 그녀는 전신국에서 일했어요. 그녀는 남편으로부터 부양을 받고 싶지 않다고 단호하게 말을 하더군요. 그래서 우리는 각자 독립적으로 살아간다는 동의 하에 사전 혼인 계약서를 썼지요. 그러나 결혼 후에 그녀가 직장을 잃게 되자, 그 이후로는 제가 그녀를 부양했습니다. 그런데도 난 그 문제에 대해 언급한 적이 없었어요. 그런데 지금 집사람은 나에게 청구서를 내밀고 있으니, 그에 상반되는 저의 청구서를 제시하는 것을 허락해 주시길 요청합니다! 그녀의 청구서는 우리의 결혼기간 동안 쓴 가계비의 3분의 1에 해당하는 35,000크루누르(Koronor)에 달합니다. 그렇다면 그 결과로써 3분의 2에 대한 짐은 제가 져야만 했던 것이 분명하겠죠.

지법 판사

남작은 그것에 대한 문서화한 동의서를 가지고 있습니까?

남작

아뇨, 갖고 있지 않습니다!

지법 판사

남작부인께서는 결혼 지참금에서 가계비를 지불한 증거를 가지고 있습니까?

남작부인

정직한 사람과의 혼인이라고 받아들였기에, 그 당시엔 그런 영수증 따위가 필요할 것이라는 생각을 하지 못했어요!

지법 판사

그럼 그 점을 감안하여 그에 대한 심문은 하지 않겠습니다! ― 협의하여 평결을 내리기 위해 배심원단은 법정 안의 작은 방으로 이동해 주셨으면 합니다.

무대 XIII.

배심원단과 **지법 판사**는 우측으로 나간다.

알렉산데르쏜

(주 행정청 사무관에게.)

이런 법은 나에게 맞지 않다구요!

주 행정청 사무관

내 생각에 현명한 사람이라면, 지금 집으로 돌아가는 것이 좋을 것 같소. 그렇지 않으면 마리에스타드(Mariestad)[9]의 농부 같은 뜻밖의 불상사를 당할 수도 있으니까요. 그 스토리를 알고 있습니까?

알렉산데르쏜

아뇨!

주 행정청 사무관

그렇군요! 그 사람은 법정에 단순히 방청객으로 갔었죠; 그런데 엉뚱하게도 그는 법정에서 증인으로 끌려 들어가게 되었고, 사건에 휘말려서 결국엔 잘 하라는 격려로 그 법정의 매를 맞아야 했지요!

알렉산데르쏜

제기랄! — 그들은 충분히 그럴 수 있죠! 그들은 모든 것을 할 수 있는 자들이니까요! -나간다.-

---

9 스웨덴의 도시 이름.

남작

(앞에 있는 남작부인에게로 간다.)

남작부인

아마 내 곁에서 떨어져 있는 것이 힘든가 보죠?

남작

여보! 지금 내가 당신을 칼로 찔렀어. 그런데 나 자신이 온통 피투성이가 되어버렸단 말이요. 당신의 피가 곧 나의 피니까…

남작부인

당신은 제대로 청구서에 지불할 걸 지불하는군요!

남작

아니지. 다만 대비되는 청구서지! — 당신의 용기는 절망적이고 사형수의 것과 마찬가지야 — 당신이 이곳을 벗어나면 모든 것이 한꺼번에 무너져내려버릴 테지. 그땐 당신이 내게 더 이상 근심이나 빚 같은 짐을 지울 수가 없을 것이고, 또한 양심의 가책을 느끼게 되겠지. 내가 왜 당신을 죽이지 않았는지 알아?

남작부인

용기가 없어서겠죠!

남작

천만에! 그 따위 영원한 고통 때문은 아니지 — 난 그런 걸 믿지 않으니까 — 하지만 내 생각에: 만약 내가 당신에게 우리 아이를 맡긴다 하더라도, 당신에겐 5년 밖에 되지 않아; 의사가 내게 그렇게 말해줬어. 우리 애는 아버지도 엄마도 없이 홀로 남게 되겠지. 그 애가 이 세상에 혼자라는 걸 생각해 보라구!

남작부인

5년이라니! — 그건 거짓말이야!

남작

5년이라니까! 그땐 당신이 원하든 원하지 않든 나는 내 아들과 함께 있게 되겠지.

남작부인

꿈 깨시지 그래요! 그땐 우리 가족들이 소송을 해서 당신으로부터 아이를 뺏어올 테니! 그러니 내가 죽는다고 해서 완전히 죽는 것이 아니라구요.

남작

악은 절대로 죽지 않아! 그건 사실이지! — 그런데 왜 당신은 그것이 필요함에도 불구하고 내게 그 애를 주지 않고 아버지로부터 자식을 뺏으려는 건지 설명할 수 있나? 그건 단지 심술이거나, 아이에게 벌을 내리는 보복 행위가 아니란 말인가? —

남작부인

(침묵한다.)

512

남작

내가 교구 목사에게 뭐라고 말했는지 알아? 당신이 나에게 애를 주고 싶지 않은 이유는 어쩌면 당신이 우리 아이의 생부가 누군지에 대한 의혹을 가졌기 때문일 것이라고 했소. 그래서 그런 허위 속에서 나의 더 없는 행복의 기틀을 만들 생각은 없다고 말이야. 그것에 관해 그가 답하길: "착각일 겁니다, 저는 그런 엄청난 생각을 할 수 있는 부인이라고 생각하지 않습니다" 라고 말이야.

이 문제에 대해 당신이 왜 그토록 광적인지, 당신 스스로도 알지 못하고 있다는 생각이 드는군. 그건 존속하고 싶은 욕망이 우리에게 포기하지 못하게 충동질을 하고 있는 거요. 우리 아들은 당신의 육체를 지녔으나 내 영혼을 가졌어. 그러니 당신은 그것을 절대로 근절할 수는 없을 거요. 당신이 예감도 못했을 때, 그 아이에게서 나의 모습을 다시 발견하게 될 것이오; 그 애한테서 나의 생각들, 나의 성향, 나의 열정을 말이요. 그래서 당신이 나를 증오한 것처럼, 언젠가 그 아이를 증오하게 되겠지! 난 그 점이 두려운 거요!

남작부인

당신은 그 애가 내 소유가 될 것에 대한 두려움을 갖고 있는 것 같군요!

남작

당신은 어머니로서, 또 여자란 특성으로 인하여 남자 재판관들 앞에서 당신이 유리한 입장에 있는 건 사실이지. 설령 정의가 눈을 가린 채 주사위 놀이를 한다 할지라도, 항상 주사위엔 작은 속임수가 감춰져 있기 마련인 걸 알아야 할 거요.

남작부인
당신은 이혼하는 순간에도 아직도 예의 바르게 말을 하는군요; 어쩌면 당신은 당신이 가장하는 것처럼 그토록 나를 증오하고 있지 않는 것 아녜요?

남작
솔직히 말해 내가 증오하는 것은 당신이라기보다 그보다 더한 것은 나의 불명예라고 생각하지. 여하간 그것을 양립할 수 없다는 것 또한 기정 사실이야. 왜 이 끔직한 증오가 생긴 걸까? 혹시 당신이 마흔 살이 된다는 것과 당신 맘 속에 한 남자가 싹트기 시작했다는 사실을 내가 잊어버려서인지도 모르지. 그리고 당신의 키스와 포옹에서 나는 그 남자를 느낄 수 있었고, 그것이 나를 아주 혐오스럽게 만들어 버렸기 때문일 거요!

남작부인
어쩌면 그럴 수 있겠죠! 당신은 잘 모르겠지만, 내 인생에서 가장 큰 슬픔은 내가 남자로 태어나지 못한 것이라구요.

남작
어쩌면 그것이 내 인생의 진정한 슬픔의 요인이 된 것이겠지! 지금 당신은 운명의 장난에 복수를 하며, 당신 아들을 여자로 양육하고 싶은 거야! 나와 약속 하나 해주겠소?

남작부인

당신이야말로 나와 약속 하나 해줄래요?

남작

약속을 한다고 무슨 소용이 있겠소? 어차피 우린 약속을 지키지 않을 텐데!

남작부인

그래요! 더 이상 아무 것도 약속하지 말도록 하죠!

남작

내 질문에 진실된 대답을 해줄 수 있겠소?

남작부인

만약 내가 사실대로 말한다 하더라도, 당신은 내가 거짓말을 한다고 생각할 거잖아요.

남작

그렇지, 그건 사실이야!

남작부인

당신은 이제 다 끝났다고 보나요, 영원히!

남작

영원히! 마치 우리가 영원히 서로 사랑할 거라고, 언젠가 맹세를 했던 것처럼!

남작부인
그런 맹세를 다 했었다니 그다지 좋지 않군요!

남작
왜 그렇다는 거지? 항상 인간에겐 인연이란 것이 있기 마련이야. 아주 상처 받기 쉬운 것이지만.

남작부인
난 그 인연이란 것을 견디지 못했어요.

남작
당신은 만약 우리가 인연을 맺지 않았다면, 더 나았을 거라고 생각하나?

남작부인
그럼요, 내겐 그래요.

남작
의심할 여지가 없겠지! 그렇다면 당신은 나와 어떤 인연도 없었다는 말이군.

남작부인
당신과는 아니죠.

516

남작

결과는 예나 마찬가지잖아 — 마치 축소판 싸움같이 — 다시 말하자면: 법률의 잘못도 아니고, 우리의 잘못도 아니며, 물론 다른 사람의 잘못도 아닌 거야! 그런데도 우리가 죄를 짊어져야 하다니! — -주 행정청 사무관이 다가온다.- 자! 이제 판결이 내려진것 같소 — 여보, 안녕히!

남작부인

당신도 — 안녕!

남작

헤어진다는 것은 쉽지 않은 일이지! 그러나 함께 산다는 것은 더 불가능한 일이야 — 아무튼 우리의 갈등은 끝이 난 셈이군!

남작부인

만약 그것이 사실이라면 얼마나 좋겠어요! — 지금 그것이 또다시 시작될까 봐 두렵군요!

주 행정청 사무관

심의를 하는 동안 쌍방은 법정에서 나가 기다려 주십시오!

남작부인

여보! 너무 늦기 전에 한 마디만 할게요! 우리 애를 우리에게서 빼앗아 갈 가능성이 있다구! — 그러니 집으로 가서 그 애를 당신 어머니 집으로 데려가도록 해요. 그런 후, 우리 멀리 떠나요.

아주 멀리!

남작
당신은 나를 또다시 속이려 드는군!

남작부인
무슨 말을, 그럴 생각 없어요. 난 더 이상 당신이든 나든, 아니면 복수 같은 것은 아예 생각하고 싶지 않아요. 오로지 우리 아이만 구하자구요! 알아들었어요! 그렇게 하도록 해요.

남작
그렇게 하겠소! 그런데 만약 당신이 나를 기만한다면! — 무슨 상관이람: 그렇게 하리다! −급히 나간다.

남작부인
(무대 뒤로 나간다.)

무대 XIV.

배심원단과 **지법 판사**가 들어와 자신의 자리에 앉는다.

지법 판사

이제 사건의 심의가 끝났습니다. 판결을 내리기 전에 배심원단은 자신들의 의사를 표명해 주시길 요청합니다 — 제 개인 입장으로서는 자식은 어머니가 양육해야 하는 것이 합당하다는 것 외에는 다른 의견이 없습니다, 사실 부부는 공평하게 이혼에 대한 책임이 있고 어머니 쪽이 아버지 보다 아이를 돌보는 것이 더 나을 것이라 생각되기 때문입니다! —침묵.

알렉산데르 에크룬드

현행법에 의하면 아내는 남편의 사회적 신분과 상황을 따라가야만 하고 남편이 아내의 것을 따르는 것이 아닙니다.

에마누엘 뷕베리이

남편은 아내의 적합한 후견인입니다!

카알 요한 셰베리이

남편과 아내로 묶어주는 혼인서약서에 아내는 남편에게 순종해야 한다고 권하고 있어요. 그래서 남자가 여자보다 우선권이 있다고 보여집니다.

에릭 오토 부만

자식은 아버지의 신념대로 양육되어야 합니다.

에렌프리드 쇠데르베리이

그것으로 인해 자식은 어머니가 아닌 아버지를 순종해야 한다는 것도 명백하지요.

뷕에서 온 울로프 안데르쏜

그렇다면 현재의 상태 하에서는 두 사람은 모두 동일하게 죄를
지은 자들이며, 그리고 모든 것이 드러난 마당에 똑같이 자식을
양육하기에는 부적격자들이기에 본인은 두 사람에게서 아이를
떼어놓는 것이 옳다고 믿습니다.

베리아에서 온 카알 페테르 안데르쏜

올로프 안데르쏜 씨의 제안에 동의합니다. 이런 경우에는 재판
장님께서는 아이와 그 아이의 재산을 보존해 줄 두 후견인을 선
임하셔서 그 아이를 보호해 주시고, 그 결과로 남편과 부인은
공통된 즐거움을 누리시면 될 것이라는 점을 상기시켜 드리고
싶습니다.

악셀 뵐린

그렇다면 본인은 그 두 후견인으로 알렉산데르 에크룬드 씨와
에렌프리드 쇠데르베리이 씨를 제안하는 것을 요청하고 싶습니
다. 그 두 사람은 본성이 성실하기로 유명하고 신앙도 아주 좋
은 사람들입니다.

안데르쉬 에릭 루스

부모로부터 떠나야만 하는 아들에 관해서 뷕에서 온 울로프 안
데르쏜 씨의 말에 동의합니다. 그리고 악셀 뵐린 씨에 대해 말
하자면, 그 두 후견인들의 신앙심으로 보아 특별히 그 아이의

양육자로서 적격이라 사료됩니다.

스뵌 오스카르 엘린
전자의 의견에 동의합니다.

아우구스트 알렉산데르 봐쓰
동의합니다!

루드뷔 외스트만
동의합니다!

지법 판사
그럼, 이제 대다수의 배심원단의 견해는 제 의견에 반대되는 경향으로 가는 것 같아 보이는군요. 배심원단은 투표를 하시도록 요청합니다. 그리고 본인은 울로프 안데르쏜 씨의 제의를 법안으로써 부모로부터 아이를 떼어놓고 두 후견인을 임명하는 것으로 규정해야만 할 것 같습니다. 이것이 배심원단 여러분들께서 만장일치로 결정하신 의견입니까?

배심원단
그렇습니다!

지법 판사
만약 누군가 이 법안에 동의하지 않으시는 분이 있으시면 거수로 의사를 표명해 주시길 바랍니다. ―침묵.― 배심원단의 의사가 본인의 생각을 이겼습니다. 그러나 본인에게는 이 불필요하고 잔인하기 그지없다고 여겨지는 이런 판결에 대해 의정서에 이의를 제기할 생각입니다 — 남작과 남작부인은 일년 동안 각방을 쓰도록 선고를 내리기로 하지요. 만일 그 기간 동안 서로 부부생활을 지속한다면 감옥살이를 하게 될 겁니다. ㅡ법정 경위 주사에게.ㅡ 피고와 원고를 입정시키시오!

무대 XV.

전에 남아 있던 사람들, 남작부인, 방청객들이 들어온다.

지법 판사
스프렌겔 남작께서는 법정에 출두하지 않았습니까?

남작부인
곧 오실 겁니다!

지법 판사
시간을 지키지 않는 사람은 자업자득입니다 — 지방법원의 판결은 스프렌겔 남작 부부는 일년간 각 방을 쓰도록 선고합니다. 그리고 아들은 부모에게서 떼어 내어 두 분의 후견인에게 위탁

되어 양육될 것이고, 동시에 법정은 배심원인 알렉산데르 에크룬드 씨와 에렌프리드 쇠데르베리이 씨를 후견인으로 지명하여 명한다.

남작부인

(비명을 지르며 쓰러진다.)

주 행정청 사무관과 법정 경위 주사

(그녀를 부축해 일으켜 의자에 앉힌다.)

방청객의 일부는 법정을 떠났다.

남작

(들어온다.)

존경하는 재판장님! 법정으로 오는 길에 방금 판결을 들었습니다. 본인은 한편으로 배심원단의 일부가 저의 개인적인 적이란 것을 알려드립니다. 또 다른 한편으로는 후견인인 알렉산데르 에크룬드 씨와 에렌프리드 쇠데르베리이 씨로 말하자면, 안정된 경제적 여건이 되지 않는 두 사람에게 후견인으로 지명하시는 것은 인정하지 않을 것을 말씀드립니다; 게다가 본인은 임무수행에 대한 무능력과 바른 식견을 갖고 있지 않은 재판장님에 대해 고소할 것을 천명합니다. 그건 재판장님께서 과연 누가 먼저 결혼을 파경으로 몰아갔는지, 누가 혼인 파기를 야기시키기 시작했는지를 제대로 판단할 수 없었기 때문입니다. 그리고 이 두 사실은 엄연히 다른 원인이 있다는 것을 말해 두고 싶습니다.

지법 판사

판결에 대해 만족하지 못하신 분은 공소시효 기간 안에 고등법원에 항소하십시오! — 배심원단께서는 저를 따라 오시길 부탁드립니다. 우리는 교구의 조언자이신 교구 목사님을 방문하여 제기된 소송에 관련된 문제를 심의하도록 합시다.

지법 판사와 배심원단

(무대 뒤로 나간다.)

무대 XVI.

남작, 남작부인, 방청객들이 자리를 뜬다.

남작부인

(일어난다.)

에밀은 어디 있죠?

남작

그 애는 우리 곁을 떠났소!

남작부인

지금 당신은 거짓말을 하고 있어요!

남작

(잠깐 침묵을 지킨 후.)

맞는 말이야! — 난 우리 어머니를 믿지 않기에, 그 애를 그 곳에 데려가지 않고 목사 사택으로 데려갔지!

남작부인

목사 사택이라뇨!

남작

믿을 수 있는 당신의 유일한 적이지! 맞아! ! 방금 당신의 눈길에서 어쩌면 당신이 그 애와 당신 스스로를 죽일지도 모른다는 그런 시선 같은 것을 느낄 수 있었기 때문이요.

남작부인

그걸 봤단 말인가요! — 기가 막혀서! 내가 당신을 믿어온 그 세월이 착각이란 말이군.

남작

지금 당신은 그것에 대해 하고 싶은 말이 뭐요?

남작부인

나도 모르겠어요; 난 너무나 지쳐 더 이상 어떤 충격도 느끼지 못하는 걸요. 오히려 그것은 나에게 온정의 일각을 얻었다는 위로로 보이는군요.

남작

당신은 이제 어떤 일이 일어날 것이라는 것을 생각하지 않는구려; 어떻게 우리 아들이 두 명의 농사꾼 밑에서 양육되어야 한단 말이오, 그들의 무식하고 천박한 습관들이 우리 아들을 괴롭혀 말려 죽일 테지; 어떻게 그 애가 그 비좁은 집에서 억압을 당할 것인지, 그 애의 지성이 미신 같은 종교에 의해 어떻게 말살되어버릴 것인지, 또한 그 애가 제 부모를 어떻게 경멸할 것인지를 배우게 되겠지 …

남작부인

입 닥쳐요! 더 이상 아무 말도 하지 말라구요! 그렇지 않으면 난 이성을 잃고 말 거예요! — 우리 아들 에밀은 농사꾼의 아낙네 집에서 제대로 씻지도 못하고 벌레가 득실거리는 침대에서 잠을 자고, 빗이 깨끗한지 아닌지 느끼지도 못할 거야! 나의 에밀! 아냐, 그건 있을 수 없는 일이야!

남작

그건 완벽한 기정 사실이지. 당신은 당신이 아닌 다른 사람을 탓할 것이라곤 하나도 없는 거요!

남작부인

그럼 나 자신에게? 좋아요. 그럼 내가 나를 그렇게 만들었단 말인가? 타고난 사악한 성향으로 태어난 나는, 증오와 광적인 열정을 내 안에 심었단 말이군요? 그렇지 않아! 감히 누가 그것에 투쟁하는 나의 힘과 의지를 거부한단 말인가? 이 순간 나 자신을 바라보면, 내가 불쌍하다는 생각이 들어요! 그렇지 않아요?

남작

그렇지, 그건 사실이야! 우리 부부는 불쌍한 인간들이야! 당신도 알다시피 우리는 결혼의 장애물을 피하려고 노력했었지. 그리고 결혼하지 않은 사람처럼 살아왔지 않소; 그랬지만 아무튼 우린 많이도 싸웠어. 그리고 우린 인생에서 최고로 즐길 수 있는 것의 한 부분과 사람들의 존경을 포기하고 결혼까지 했었지. 우린 이런 법칙들로 세상을 속일 수 있었을 거요; 우리가 교회에서 성대하게 혼례를 치르지도 않고, 그저 약식으로 식을 올려 문제를 복잡하게 만들지 않았어야 했던 거야; 아무튼 서로에게 의존하지는 않았어야 했는데 --- 물론 재산공유도 하지 말았어야 했고, 절대로 어느 한쪽이 상대방에 대한 소유를 주장하지 않았어야만 했다구 — 그러다 보니 결국 과거의 흔적을 찾아 되돌아가게 된 거요! 혼인 전에 사전 혼인 계약서를 작성했어야 했고, 혼례를 올리지 않았어야 했단 말이지! 그랬기에 우리 결혼은 결국 파국을 맞이하게 된 거야. 난 당신의 부정행위를 용서했었고, 우린 피차 서로 구속하지 않는 생활을 하며 자식을 위해 함께 살았던 거요 — 아주 자유롭게! 그런데 내 친구의 정부를 우리 집사람이라고 소개하는 것에 난 이젠 지쳤어 — 그러니 우린 이혼을 하는 것이 좋겠지! 그런 것 알아? 우리가 누구를 향하여 대응해 왔는지 알고 있소? 당신은 그를 신이라고 부르더군. 그렇지만 난, 그것을 자연이라고 부르지! 자, 그 주관하는 자는 우리가 서로를 증오하도록 자극을 했어. 마치 인간들을 사랑하도록 부추겼던 것처럼. 지금 우리에게 한 줄기 삶의 불꽃이 남아있는 한, 우리는 서로에게 상처를 주는 유죄선고를 받은 거야. 고등법원에서 항소심리가 있을 거요. 사건을 재심할 것이고, 교구 목사의 심리, 장로회의의 의견 제시, 대법원의 판결이지! 그 다음에 난, 주 행정청의 검사에게 항소장을 제출 할 것이고, 지정 후견인과 당신의 법적인 반목, 그리고 당신의 고소에 대한 나의 맞고소가 있겠지: 자비로운 사형집행인을 찾지 못할 테니까! 다만 처형대에서 다른 처형대로 옮겨갈 뿐이겠지! — 우리의 영지는 황무지로 변할 것이고 경제적인 몰락, 경시 당하는 우리 애의 양육! 우리가 왜 이토록 비참한 두 인생을 끝내지 못한단 말인가? 그건 그 애가 우리를 떠나지 않을 것이기 때문이지! — 당신은 울고 있군. 그런데 난 그럴 수가 없어! 이 운명의 집에서 지낸 그 밤을 생각해 본다면! 그런데 당신, 불쌍한 당신은 장모님 댁으로 다시 가겠지! 예전엔 자신의 보금자리를 찾기 위해 흔쾌히 어머니를 떠난 당신이잖아! 그런데 다시 당신 어머니의 딸이 된다는 건… 어쩌면 아내로 산다는 것보다 더 힘들지도 모르지! — 어쩌면 일 년! 이 년! 여러 해! 우리가 얼마나 더 많은 세월 동안 고통을 받으며 견뎌내야 한다고 생각하나?

남작부인

난 절대로 우리 어머니 집으로 돌아가지 않아요! 결코! 난, 나 자신을 숨기기 위해, 그리고 신에게 정면으로 대항하기 위하여, 인간들에게 이토록 고통을 주려고 이 세상에 사랑이란 걸 심은 그 분을 향해 지칠 때까지 외치면서 길과 산을 여기저기 방황할 거예요. 그러다 어둠이 내리면 내 아들 가까이에서 잠들기 위해 목사 관사의 곡간에 들어가 이 몸을 가만히 눕힐 거라구요.

남작

오늘 같은 밤에도 잠 잘 생각을 한단 말인가?

막이 내린다.

부록

- 요한 아우구스트 스트린드베리이의 삶과 작품세계, 그리고 세계관
- 작품배경과 해설
- 아우구스트 스트린드베리이 작품 연보
- 역자 소개

요한 아우구스트 스트린드베리이의 삶과 작품세계, 그리고 세계관

- 유년기와 소년기
- 청년기
- 대륙에서의 망명생활과 귀향(1883-1892)
- 인페르노 위기의 전후(1892-1907)
- 블로 토-넬(Blå tornet)에서의 고독과 죽음(1908-1912)
- 화가, 그리고 사진작가

요한 아우구스트 스트린드베리이의 삶과
작품세계, 그리고 세계관

단 하루도 글을 쓰지 않고는 살 수 없었다는 스웨덴이 낳은 세계적인 천재 극작가, 요한 아우구스트 스트린드베리이(Johan August Strindberg, 1849-1912).

'현대 연극의 아버지', '여성 혐오자', '스웨덴의 깃발', '북구의 Zola', '희생양', '민중의 대변자', '투쟁하는 뇌조'. '민중이 수여한 Anti-Novel상 수상자', '폴 고갱(Paul Gauguin, 1848-1903)의 쌍둥이 형제', '천재', '미치광이'…

이와 같은 다양한 수식어는 다재다능하고 호기심 많은 그의 성격과 천재성, 또한 그가 특출한 영혼의 소유자임을 대변하는 동시에, 투쟁적인 작가의 인생 행로를 충분히 암시해 주고 있다.

그가 작가의 일생 동안 몸 담아 일했던 직업들을 살펴보면, 배우, 연출가, 극작가, 소설가, 시인, 교사, 기자, 사진기자, 왕립도서관 서기, 화가 및 미술 평론가, 칼럼니스트, 사회비평가, 사상가, 과학자, 언어 연구가, 의학도로서 그의 높은 지적 수준과 정신적 방황을 감지할 수 있다. 게다가 조각, 사진, 음악, 화학, 물리, 해부학, 천문학, 식물학, 원예, 중국어, 심리학, 철학, 정신의학, 사회학, 그리고 다양한 종교적 세계를 답습한 파란만장한 그의 삶을 가늠해 볼 수도 있다. 그는 이 모든 분야에 있어 진실을 찾으려 논쟁하며 지속적으로 고독한 투쟁을 해 나가는 동안 많은 갈등과 고뇌를 겪어야만 했다. 분명한 것은 이 토록 다양한 영역에 단지 건성으로 관심을 보였다는 것이 아니라는 점을 지적하고 싶다.

몇 가지 예를 들자면, 화가로서의 자취는 빠리의 폴 고갱(Paul Gauguin)의 아뜰리에서 찾아볼 수 있고, 당시 스트린드베리이의 감성을 잘 나타내 주고 있는 그의 회화는 현재 스웨덴의 「노르디스카 박물관(Nordiska Museum)」, 「빠리의 오르세이 박물관(Musée d'Orsay)」 등에 전시되어 있으며, 에드바르드 뭉크(Edvard Munch, 1863-1944)와 함께 보수적인 독일 미술계에 스캔들을 일으키기도 했다.

후일, 두 사람은 보수적 성향이 짙은 독일 예술계에 표현주의의 선구자 역할을 하게 되지만, 1892년, 당시 독일 예술계에 있어서 표현주의와 자연주의 성향은 아방가르드적이었던 시대였다.

그가 예술가로써 지닌 또 하나의 특징은 음악성으로, 음악을 인간의 영혼과 결부시켜 작품 속에서 고차원적으로 소화해냈다. 또한 식물학의 학술적 이론의 정리, 빠리 망명 시절 「소르본 대학(l' Université de la Sorbonne)」 실험실에서 유황에 관한 화학반응을 발견하여 세상을 떠들썩하게 만들었을 뿐만 아니라, 독일의 기업체로부터 거액의 사업제안을 받기도 했으나 학문을 위한 학문을 돈에 팔 수 없다며 거절했다. 게다가 당시 도덕적 불감증에 빠져있던 권력층의 구조를 신랄하게 비판하며 공격했고, 치부와 비리를 들춰 내는 과정을 통해 지배층의 부패와 도덕성 상실과 몰락 등에 민감한 반응을 보였다. 또한 왕정 스웨덴 정부에 정면 충돌하여 스웨덴 국왕과의 법정 투쟁에서 승리를 거두기도 한 그는 불의와 타협하지 않는 투쟁적인 인물이었다.

결국 조국 스웨덴을 등지고 프랑스, 스위스, 독일, 벨기에, 오스트리아 등지에서 6년 동안 스스로 택한 망명생활을 하며 겪었던 시련들,

알프레드 노벨(Alfred Novel, 1833-1896)의 다이나마이트 발명과 상업성, 그리고 인간에게 끼칠 유해성 등을 들어 그를 비판하여 노벨의 노여움을 샀고, 스트린드베리이와 같은 성향의 작가에게는 노벨상을 금지한다는 노벨의 유언과 함께 노벨상은 1909년, 예정과 달리 셀마 라게르뢰프(Selma Lagerlöf, 1858-1940)에게로 돌아갔다.

그의 지난 발자취를 살펴보면 마치 태풍이 지나간 듯한 여운을 남긴다. 그에게 있어 이미 소년기에 형성되어 잠재적인 현상으로 나타났던 애정결핍, 열등의식, 가족에 대한 강박관념이 그를 정신파탄의 경지까지 몰아갔는지도 모른다.

비극 《미스 쥴리(Fröken Julie)》의 서문에서 피력했듯이 투쟁은 그의 생애에서 뗄 수 없는 것으로, 작품들을 통해 그가 투쟁 안에서 삶의 존재 가치를 부여할 수 있었으리라는 것을 짐작할 수 있다. 그는 누구도 필적할 수 없는 지칠 줄 모르는 열정과 불굴의 의지로 일생을 투쟁하며 혁명적인 삶을 살았다.

'현대연극의 아버지' 란 호칭과 함께 스트린드베리이는 자연과 세계를 바라보는 남다른 시각으로 새로운 극의 기법과 무대의 혁신을 실행했고, 자신이 창립한 실험극단, 「인팀마 테아테른(Intima Teatern, 1907-1910)」에서 자연주의 희곡을 통해 새로운 이미지로 현대 연극계에 지대한 영향을 미쳤다. 그것은 현실의 내밀한 구조와 인간 내부에 잠재해 있는 본성을 일시에 포착하는 마술적 힘으로 새롭게 창조된 무대를 통해 삶의 실체를 함축성 있게 관통해 보이는 힘을 발휘했기 때문이다. 흔히 그의 작품 세계와 삶에 확실한 획일점을 그어 구별한다는 것은 불가능한 일이라고 말해지듯, 그의 인생 여정은 작중 인물을 통해 재생산 되었음을 감지할 수 있다.

스트린드베리이의 생의 전환점을 구분 짓는다면 유년기, 소년기의 성장 배경, 반항과 고뇌에 찬 청년기의 대학생활과 문학활동, 성공과 실패를 거듭하며 분신과 같은 작품들을 탄생시키는 과정, 시리 본 에쎈(Siri von Essen)과의 첫 번째 결혼, 작가로서의 명성과 좌절, 신성 모독 죄로 인한 〈이프타스 프로쎄센(Giftas-processen)〉, 30대의 자의적 망명생활과 이혼, 40대의 오스트리아 출신 저널리스트, 프리다 울(Frida Uhl)과 재혼, 오스트리아로 옮겨 가, 딸 셔스틴(Kertin)을 낳은 후, 두 번째의 재혼과 이혼을 거듭한 후 〈인페르노 위기(Inferno kris)〉가 시작되었다.

지금까지 수수께끼로 남아있는 정신적 병마인 빠리에서의 〈인페르노 위기(Inferno kris)〉, 50대의 귀향과 수십편의 희곡과 작품활동, 하리에 부쎄 (Harriet Bosse)와의 3번 째 결혼과 파경, 60대의 작품활동과 새로운 사랑의 고배와 60세 생일에 주어진 스웨덴 국민이 선택한 〈민중이 수여한 Anti-Novel〉상 수상, 1912년 5월 14일, 현재 〈스트린드베리이 박물관〉으로 보존 되어있는 〈블로 토-넬(Blå tornet)〉에서 위암으로 생을 마감했다.

그는 자신의 성장과정과 인생을 진솔하게 자서전적 저서와 일기, 1857-1912 사이에 당시 영향력 있는 지식인, 브란드(Georg Brandes, 1842-1927), 졸라(Émile Zola, 1840-1902), 니체(Friedrich Nietzsche, 1844-1900)를 비롯하여 600명 이상의 수취인에게 쓰여진 약 10,000통의 편지(현재 보존되어 있는 서신으로, 22권의 서간집으로 출판되었음) 등에서 토로하고 있다. 그 수많은 자료들은 그의 성격에 내재되어 있는 정신적 불안이 그를 인생의 위기에 봉착하게 했고, 또한 끝없는 배움과 사랑의 갈증 속에서 영위한 고독한 삶을 독자들로 하여금 상상게 한다. 그는 끊임 없는 권력과의 투쟁, 즉 개인과 사회 혹은 상류층과 서민층, 여성과 남성, 신과 인간 사이의 투쟁을 지칠 줄 모르고 지속해 나가며, 느끼고 체험한 모든 것은 그의 창작세계 속의 자서전적 작품, 장편소설, 단편소설, 시, 에세이, 희곡, 역사, 문화사의 원동력이 되었다. 총 120권에 달하는 작품 가운데는 60편의 희곡이 포함되어 있다.

지금까지 수많은 연구가들에 의해 그의 삶과 작품세계는 연구되어졌고, 거듭 연구되어지고 있지만, 그의 정신세계를 헤아리기란 불가능한 것인지 빠져들면 들수록 호기심을 자극하며 다양한 분야에 많은 의문점을 남기고 있다.

지금까지 미스테리 속에 남아 있는 스트린드베리이라는 존재는 과연 어떤 인물일까?

2012년은 그의 탄생 163주년, 그가 영면한 100주년이란 세월을 거슬러 올라 스웨덴을 대표하는 작가, 스웨덴 희곡을 세계적인 수준으로 끌어올린 스트린드베리이의 진면모를 부분적이나마 만나보는 다양한 기회를 서울에서 기획하며 마련해 보기도 했다.

먼저 스트린드베리이의 작품세계를 이해하기 위해서는 빠뜨릴 수 없는 그의 성장 배경과 인생 여로에 점철된 삶을 정리해 보기로 하자.

유년기와 소년기

1848년, 불란서 혁명이 발발한 이듬해인 1849년 1월 22일, 스웨덴의 수도 스톡홀름에서 지명도 높은 부르주아 가정에서 태어나 7남매 중 3남으로 성장했다. 그의 아버지 카알 오스카르 스트린드베리이(Carl Oscar Strindberg, 1811-1883)는 독일계 귀족 출신의 혈통을 받은 선박 대행업자였던 반면, 그의 어머니 울리카 엘레오노라 노을링(Ulrika Eleonora Norling, 1823-1862)은 가난한 재봉사의 딸로 태어났다. 그녀는 릴예홀멘스 베르드스휴스(Liljeholmens Vårdshus)의 식당 종업원으로 일할 당시 오스카르 스트린드베리이를 만나 결혼 전에 두 아들, 악셀(Axel, 1845-1927)과 오스카르(Oscar, 1847-1924)를 낳았다.

유년시절, 3남인 스트린드베리이는 자신은 부모가 원치 않았던 축복받지 못한 자식이었다는 상상으로 강박관념과 열등의식에 늘 사로잡혀 있었다. 루터교 경건파(Pietism)[1]의 독실한 신자였던 어머니의 신앙심은 스트린드베리이의 전 인생에 영향을 미쳤고, 프롤레타리아 출신의 어머니를 강조하며 자서전적 소설의 타이틀을 기꺼이 《하녀의 아들(Tjänstekvinnans Son)》이라 명명했다. 권위적이고 냉정한 아버지, 육체적, 정신적으로 연약하기만 했던 어머니로 인해 양지바른 소년시절을 느껴보지 못한 그는 모성애에 대한 갈망과 집착으로 평생을 애정결핍증과 〈오이디푸스 컴플렉스〉에서 벗어나지 못했다.

열세 살의 요한을 남겨두고 어머니는 세상을 떠났고, 그의 어두웠던 성격은 더욱 침울해져 거의 우울증에 빠졌다. 부친에 대한 적개심과 어머니의 사랑에 대한 갈증을 어린 요한은 당시 유행했던 엄격한 교리중심의 루터 경건파(Pietism)에서 해소하려 했고, 경건주의자로서 그 종교에 심취한 도덕관과 과장된 죄의식은 스트린드베리이의 인

---

[1] 마르틴 루터(Martin Luther, 1483-1546)파의 일종으로 17세기 말의 독일 경건파.

격 형성에 절대적인 영향을 미치게 된 것을 부정할 수 없다. 그러나 후일 그의 죽음과 같은 고뇌의 투쟁이었던 〈인페르노 위기(Inferno Kris)〉에 처해 있을 동안, 청소년기의 절대적 종교였던 '파이어티즘'에 대한 골수적인 신앙심은 탈바꿈을 하게 된다. 다시 말해 신을 거부하고 가정환경에서 유발되는 강박감에 반항하며 결혼이란 굴레와 광적인 신앙심에서 벗어난다.

소년 요한은 과묵하고 침울한 성격에 내성적이었고 몽상가로, 현실 세계보다 자신이 구축한 공상적 세계에서 안주할 수 있었다. 그때부터 이미 사회계급 의식에 대한 민감한 반응을 강하게 나타냈다. 머리 회전이 빠르고 상상력이 풍부한 그는 소년시절부터 다혈질이며 반발심이 강하고 과민한 성격으로 불의에 민감했으며 쉽게 상처를 받거나 감상에 빠지는 소년이었다.

요한은 자신의 소년시절을 "마치 청소년 감화원에서 보낸 악몽과 같은 시절이었다"고 피력하기도 했다. 불행 중 다행으로 집안엔 다양하고 폭넓은 장서를 갖춘 가문의 서가 덕분에 광범위한 독서를 즐길 수 있었기에 풍부하고 다채로운 분야의 문학과 예술세계를 접할 수 있는 기회를 가질 수 있었다. 게다가 문학, 미술, 음악 분야에 높은 관심도를 보였던 집안 분위기로 인해 문학과 예술세계를 자연스럽게 접하며 자신만의 세계를 구축해 나갈 수 있었다. 그는 어머니의 사망 후 고독 속에서 피아노를 배웠고, 13세에는 뎃상을 배우기 시작하기도 했다.

특히 스트린드베리이의 작품 속에 등장하는 수많은 클래식 음악의 비중을 미루어 보아 음악적 가정환경에서 성장한 그를 충분히 짐작할 수 있다. 지칠 줄 모르고 끊임없이 새로운 것에 대한 동경과 배움에 대한 충동은 광적이었고, 이와 같은 편집광적인 기질은 특출한

540

영혼의 성장에 적절한 영양을 공급했으며, 예민하고 호기심 많은 성품은 조숙한 인생관을 구축해 나가는 기초적 바탕이 되었다. 그는 자신의 소년기를 마치 고통받는 순교자처럼 표현하기도 했고, 대인 기피증세를 보이며 자서전적 소설 《하녀의 아들》에서 억압 당하고 편협하며 침울한 어두운 색채로 자신의 인생을 그려내어 가혹한 운명 속으로 끌어 넣었다. 어린 요한의 성격은 후일 투쟁적인 인생 태도에 비해 열정적이며 감성이 극히 발달한 성인이 된 그의 특이한 면모에서도 발견할 수 있다. 특별히 감수성이 지나치게 예민한 소년기에 형성된 그의 복잡미묘한 성격은 죽음을 맞을 때까지 거의 변함이 없었음을 많은 작품 속에서 재발견 할 수 있다.

청년기

청년기로 접어들며 스트린드베리이의 인생행로는 좀 더 분명한 형태의 삶을 창조해 나간다. 그는 생을 통해 포교자, 선각자, 진실의 사도 역할을 추구했고, 되풀이되는 좌절의 고통속에서 생계 유지와 실존을 위한 격렬한 투쟁을 지속했다. 그 가운데 이 지상의 삶을 사랑하고 철저하게 생을 헤쳐나가는 모습과 삶의 괴로움을 망각시켜 주는 예술가의 열정적인 인생이 시작된다.

그의 청년기는 현대인의 특징인 모순의 존재로서, 내면의 고뇌에 찬 삶을 중심으로 해부되고 있다. 당시대의 혼란함과 가치결핍을 단적으로 고지시켜 주는 전형적인 인물로 문단에 등장하여 사회적, 예술적, 과학적, 신비적, 철학적, 종교적 색채를 담은 인간의 내면 세계를 폭로하며 다채롭고 폭넓게 다루어 나갔다. 동시에 내적 갈등을 극적인 의식에서 포착, 제시하며 격렬하고 허무적이며 냉엄한 투시에 의한 객관적인 삶의 모습을 보여주기도 했다.

1860년대 청년 스트린드베리이는 웁살라(Uppsala) 대학 문학부에 진학했으나, 그곳에서조차 동경했던 학문의 자유와 목마름을 채울 수 없었고, 충만함을 안겨줄 곳이 아니라는 판단에 이른 그에게 닥친 경제적 난관으로 인해 학업을 중단해야만 했다. 그런 후, 몇 해 동안 교육자, 의학, 연극, 신문 잡지 등 다양한 분야에 투신하기도 했다.

1868년 의사란 직업에 매력을 느끼고 새로운 세계에 도전하며 그에게 새로운 삶의 장이 다시 열렸다. 공대에 속한 실험실습 연구소인 〈테크놀로기스카 인스티튜텔(Teknologiska Institutet)〉에서 만족한 생활을 영위했으나 화학실험에 낙제하자 의학도의 길 역시 포기한 그는 굴하지 않고 〈스톡홀름 왕립극장(Kungliga Dramaten)〉 소속의 연극배우 지망생으로 연기수업을 받았다.

그 후 작은 배역들이 그에게 주어졌지만, 성격적으로 배우로서 적절하지 못한 점이 많았다. 내성적이며 말이 없고 신경질적이었으며 가끔씩 말을 더듬고 목소리는 겁에 질린 듯 했다. 분명 그는 자신이 창조해 낸 세계를 글로써 표현해 내는 극작가의 소양을 더 지니고 있다는 점을 알고 있었기에 결국 자신이 동경하는 세계를 글로써 창조해 나갈 것을 결심했다.

이미 21세에 극작가로서의 천재성을 인정받은 그는 근본적으로 혁명가적 기질이 있었고 당 시대의 정신과 사회의 운명을 피력했으며 작품 구성에 담겨 있는 풍부한 잠재력 개방을 통해 마음의 문을 열고 작품활동에 임했다. 그는 창조적 세계 안에서 자신이 해 내야만 할 역할에 대한 확고한 신념을 갖고 있었다. 작가 초년생인 청년 스트린드베리이는 자신이 처한 세계와는 다른 세계를 모호하게 동경하면서, 그 세계를 창조해 내려고 노력했다. 그가 서정적 자아의 주관을 끊임 없이 객관적 투시로 재조명해 나가며 발전된 모습으로 활약하는 가운 데 변모해 나가는 것을 발견할 수 있다.

위대한 인물들의 사상적 영향을 받았던 세대에 속한 그는 폭넓은 독서를 통해 그들의 사상에 심취되어 그들에게서 자신의 이상을 발견 하곤 했다. 그것은 그가 문예창작뿐만 아니라, 자신의 충족할 수 없는 호기심을 자극하는 모든 영역의 쟝르와 실존의 문제에 깊은 관심을 가졌다는 뜻이기도 하다. 그의 사상을 형성하는데 가장 큰 영향을 미 친 사상가는 특히, 쎄렌 킬케고르(Søren Kierkegaard, 1813-1855), 에마누엘 스뵈덴보리이(Emanuel Swedenborg, 1688-1772), 아르 투르 쇼펜하우어(Arthur Schopenhauer, 1788-1760), 에두아르트 본 하트만(Eduard von Hartmann, 1842-1906), 프레드리히 니체 (Friedrich Nieztsche, 1844-1900)였다.

물론 그들의 이론을 그대로 수용하지 않고 실증적인 방법으로 체 계화하여 자신의 사상으로 재창조해 나갔다.

드디어 그의 첫번째 희곡인 2막 형식의 《본명축일의 선물(En namnsdagsgåva, 1969)》은 그에게 있어 성공이란 궁극적인 승리가 아니며, 실패 또한 마지막이 아니란 것을 말해주고 있다. 자신이 추구 하는 분명한 형태의 인생길을 찾아가며 살고 싶었던 그는 그 시대의 이상주의적 경향을 수용하며 같은 해 《자유사상가(Fritänkare, 1869)》 탈고에 뒤이어 한 달 후, 《멸망하는 희랍(Det sjunkande Hellas, 1869)》을 세상에 내어 놓았으나 왕립극장에 보내어진 그 대본은 거절당했으나 그에 포기하지 않고 재 작업하여 《헤르미온 (Hermione, 1870)》이란 제목으로 한림원으로 보내졌고, 그곳에서 좋은 평판을 얻을 수 있었다. 같은 해 《로마에서(I Rome, 1870)》를 발 표하여 스톡홀름 왕립극장에서 대성공적으로 초연되었고, 신문지상 에서는 21세의 청년 극작가를 극찬했다. 그러나 뛰는 가슴을 억제하 며 관람하던 극작가 초년생의 반응은 부정적이었고 막이 내려지기 전, 수치심으로 자리를 박차고 뛰쳐나간 그는 〈노르스트룀(Norström)〉강 을 향해 달려갔다. 저지 당한 그는 강물 속에 뛰어들지 못했고 그에겐 벌금 청구서만 날아들었다는 에피소드를 남기고 있다. 그 이듬해, 역 사적 비극, 《헤르미온(Hermione, 1870)》이 공연되어 극작가로서의 성공적인 출발이 시작되었다.

그러나 그의 비정한 아버지는 관심조차 보이지 않았지만, 오히려 그를 적대시하던 계모는 그의 재능에 경탄을 금치 않았다고 한다.

연이어 고대 〈아이스랜드(Island)〉를 배경으로 엄한 아버지에 대 항하는 내용의 단막극 《배척된 자(Den Fredlöse, 1871)》가 완성되어 바로 무대에 올려졌다.

1870년, 왕립극장에서 그의 첫 희곡이 무대에 올려지고, 그 다음 해에 《배척된 자》를 지켜본 국왕 카알 15세(Karl XV)로부터 장학금을 받아 웁살라(Uppsala) 대학에서 문학공부를 계속할 수 있었으나, 대 학 강의보다 자신의 내부에서 일고 있는 다른 목소리에 마음을 더 빼 앗기고 있었다. 이 시기에 특별히 북구신화에 커다란 관심을 쏟았다. 스트린드베리이는 풍자의 신 〈프뢰(Frö)〉를 필명으로 활동하며 아이 스랜드(Island)의 중세소설 《사가(Saga)》를 즐겨 읽었고, 소년시절부 터 익혀온 성경 또한 그의 상상력과 언어 구사력을 위한 신화적 시(詩)

창작에 많은 영향력을 발휘했다.

실제로 그의 대학시절은 학업보다 생생한 삶의 체험이 더 큰 비중을 차지했고, 또다시 학기 중도에 학업을 포기하고 말았다. 심연의 가장자리를 방황하며 주변의 모든 문제에 정면으로 도전하길 원했던 그는, '그러므로 실존한다'고 생각했고 내적 실존은 자기 실현이고 또 일종의 자연스런 자유행위라고 여겼다. 이때 스트린드베리이는 실존철학의 아버지라 불리는 쎄렌 킬케고르와의 극적인 정신적 만남이 이루어졌고, 그의 사상 속에서 자신의 고독한 존재의 실재성을 발견한 후, 그로부터 받은 영향은 지대하다.

이웃나라 덴마크의 사상가는 자신의 상처를 통해 불안과 절망 속에서 고뇌하는 근대적 인간의 모습을 적나라하게 파헤쳤다. '실존'이라는 개체의 절실한 영혼의 문제를 폭로하며 고투의 역사를 살아온 실존철학 신학자 킬케고르의 사상은 스트린드베리이의 일생을 통해 감동과 경악을 주었음은 물론 그의 삶을 인도했다.

킬케고르의 사상에 심취한 그는 절대자유주의의 이상을 인간의 내적인 세계에 반영시키려 시도했다. '자유란 우선 자기자신의 쟁취다.'라는 생각은 그에게 있어 명백한 원리로 자리잡고 있다. 자유 가운데서 그는 비극의 근본적인 동기를 찾아내고 있었던 것이다.

22세의 초년 극작가가 세상에 내어놓은 다섯 희곡 중 세 작품이 무대에 올려졌다는 것은 이미 그의 유망한 장래를 시사하고 있는 것이었다. 그러나 지금도 스웨덴 고전극의 걸작으로 꼽히는 신화적 성격을 띠고 있는 〈올로프 선생(Mäster Olof, 1872)〉은 23세의 스트린드베리이가 혼신을 다하여 두 달만에 탄생시킨 역사극이다. 불행이도 시대를 초월한 독창성이 뛰어난 역사극은 왕립극장 측으로부터 거절

당했다. 자신의 분신과 같은 이 대작에 많은 기대와 희망을 가졌던 그는 거의 미칠 지경에 이르렀고 인간 세상으로부터 멀어지고 싶다는 고백을 했다. 또한 바보나 이기주의자, 권력자, 부자들이 이 세상에서 성공적인 삶을 살고 있기에 자신은 그들을 위한 광대짓은 하지 않겠다며 절규했다.

그는 사극에 연극의 기존 규칙을 배제하고 처음으로 당 시대에 통용되던 생동감 있는 현대어를 대사에 도입했다. 극중에서 배우들은 그 당시, 스톡홀름에서 사용하던 언어를 사용했다. 놀라운 것은 144년 전에 쓴 작품 속의 역사적 인물에 대해 작가는 전혀 경건한 마음을 표하지 않았다는 것이 현재를 살아가는 우리의 시각에도 이상하게 비춰진다.

세상을 놀라게 만든 이 작품이 왜 10년 동안 스톡홀름 왕립극장으로부터 거절 당한 채 사장되어 있어야만 했던가는 충분히 짐작을 할 수 있다. 5막으로 구성된 이 희곡은 전통적 극 언어가 아닌, 획기적인 일상적 언어를 사용한 문체일 뿐만 아니라 인물묘사에 있어서도 퍽 도전적이며 당시 한창 열기를 띠며 제기되고 있던 문제점들이 다루어지고 있다. 빠리에서 전쟁과 기아가 불러일으킨 〈라 꼬뮌(La commune)〉의 혁명적 분위기가 반영되어지고 있고, 작중 인물을 통해 그 시대의 여성해방 문제의 화두에 논란을 불러일으키기도 한다. 게다가 극중에서 배역에 맞지 않는 언행들, 민중들이 마음대로 내뱉는 은어들, 인쇄업자가 국가의 영웅인 왕족에 대한 격렬한 비난과 폭로에 경악을 금치 못한다. 그는 잘못된 역사적 사실에 대하여 가차없이 지적하여 보여줌으로써 새로운 시대가 열려오고 있음을 시사했다.

이 작품이 지니고 있는 천부적인 독창성이 발견되자, "역사를 존중하지 않는다"는 이유로 왕립극장이 공식적으로 거절한 이래 굴욕의 10

년 세월을 보낸 1881년, 드디어 초연의 무대를 마련할 수 있게 되었다. 《울로프 선생》은 전통적 연극의 형식을 따른 드라마였지만, 심미적 관점에서 볼 때, 가장 근대적 이상을 지닌 새로운 쟝르의 극이다.

1875년, 세인들이 위대한 사랑이라고 불렀던 첫 번째 부인 시리 본 에쎈(Siri von Essen, 1850-1912)과의 극적인 만남이 이루어진다. 만남과 기다림, 그리고 탐색의 연속 끝에 2년 후 배우에 꿈을 실은 시리와의 결혼생활을 통하여 체험한 격정적인 사랑과 증오, 갈등을 스트린드베리이는 전 생애를 통해 그의 작품에 담았다. 하여, 많은 화제를 불러일으켰던 두 사람의 결혼에 대한 지식 없이는 그의 희곡들을 심층적으로 이해한다는 것은 불가능한 일이다.

핀란드-스웨덴 출신의 남작부인 시리 본 랑겔(Siri von Wrangel), 연극배우가 되는 것을 최상의 꿈으로 간직하고 살아가는 그녀 앞에 유망한 청년작가 스트린드베리이가 돌연히 나타나, 그녀에게 집요하게 접근했다. 시리는 그와의 결합을 위해 명예와 부, 귀족의 신분까지 모든 것을 다 버렸다. 게다가 당시 이혼녀에 대한 사회적 냉소까지 감수하며 두 사람은 결합했던 것이다. 그녀가 제출한 남작 랑겔과의 이혼 청구서의 사유는 단순히 '연극배우 지망'이었다. 그녀의 목적은 오직 배우가 되는 것이었기에 그녀는 청년 극작가와의 삶에서는 자신의 꿈을 이룰 수 있다고 확신하고 있었다. 그녀가 자신의 삶을 살기 위해 부귀영화를 버리고 자신에게 배우의 길을 열어줄 극작가를 선택한 것은 그녀에게 있어 필연적 사실이었다.

시리의 어머니가 딸의 새로운 인생의 동반자에게 적개심을 갖은 분위기에서 결혼 당시, 이미 그녀는 임신 7개월의 무거운 몸으로 세인들의 시선을 피할 길이 없었기에 형제들과 몇몇 친구들, 그리고 시리의 전 남편이 초대된 가운데 그들의 삶을 송두리 채 뒤흔들어 놓게 될 운명의 조촐한 결혼식을 올렸다. 아이러니컬하게도 이 날은 전 남편, 남작 랑겔이 자신의 생일을 자축했던 날이기도 했다.

후일, 스트린드베리이는 랑겔 남작과의 이 날의 운명적 만남을 마술적 요소로 해석하여 작품 속에 소재로 담기도 했다. 시리의 배우를 향한 꿈이 드디어 실현되었고, 그녀의 첫 데뷔에 대한 평가는 아주 긍정적이었다.

결혼 초반의 4년이란 세월 동안 두 사람은 인간적 상처를 받지 않는 이상적인 부부로서, 오히려 부부라는 개념보다 예술가로서 두 사람 중 그 누구도 상대방의 자유를 구속하려 하지 않았다. 그들이 결혼할 당시 사회적 문제로 대두되었던 가장 큰 관심사는 여성문제였다. 시리가 여성해방의 지론과 함께 정신적 영혼의 자유를 위하여 투쟁의 싹을 키울 무렵, 스트린드베리이는 시리와 인식을 함께 하는 편지를 보내기도 했다; "[…] 나는 당신을 여성해방의 불꽃 속으로 인도할 것이오!"

이 무렵, 특히 프랑스와 영국의 거목들의 작품이나 사회비평소설과 견주어 볼만큼 우수한 작품으로 평가되어진 니힐리스트적 성격을 띤 소설 《빨간 방(Röda Rummet, 1879)》이 6개월 동안의 진통을 겪은 끝에 스웨덴에서 첫 번째로 유일한 사회비평 소설로 탄생되었다.

일찍이 스웨덴의 어떤 작가도 시도하지 못한 쟝르인 이 소설은 타의 추종을 불허하는 생명력 있는 언어로 문제성을 제시하고 관찰하며 사회여론을 불러일으켜 그의 천재적 재능을 유감없이 발휘하여 보여주었다. 또한 선풍적인 인기를 몰고 온 이 작품은 그를 스웨덴에서 가장 논의되는 작가로 만들어 놓기도 했다.

두 딸과 함께 평화롭고 안정된 삶을 영위하던 중 인기 절정에 있던 시리가 예정과는 달리 헬싱키에서 성공리에 공연을 하고 가정으로 돌아오지 않았다. 시리가 돌아올 것을 단호히 요구하며, 결국 아내에게 가정으로 돌아오도록 세뇌교육을 시켜 나가는 심산으로 6개의 경고적인 희곡을 여성들에게 보내는 경고장 형식으로 탄생시켜 나갔다.

그 중 시리에게 보내는 경고장인 낭만적이고 사실주의 희곡 《뱅트씨의 부인(Herr Bengts hustru, 1882)》이 출판되자, 이태리에서 거주하고 있던 헨릭 입센(Henrik Ibsen, 1828-1906)에게 기증본을 보내기도 했다. 이 작품은 입센의 《인형의 집(Et dukkehjem, 1879)》에 대한 반발이기도 했다. 즉, 스트린드베리이는 아내를 인형의 집의 여자로 만드는 것은 삶의 현실을 잘못 인식시키는 것이라고 주장했다.

스트린드베리이와 입센의 여주인공, 마르깃과 노라는 집을 떠나길 원한다. 그러나 마르깃은 노라와 반대로 집을 박차고 나가지는 않았다. "그것은 사랑이 자신의 의지나 이성보다 강하기 때문이다"라고 스트린드베리이는 표현하고 있다. 이것이 바로 입센의 이론적 견해에 대응하는 스트린드베리이적 자연의 순리에 대한 항의론이다. 이 항의론은 후일 스트린드베리이의 결혼생활을 그린 단편소설 《부부Ⅰ(Giftas Ⅰ, 1884)》에 수록된 《인형의 집(Ett Dockhem)》에서 두드러지게 나타나며, 스트린드베리이가 입센에 항거하여 3일만에 창작하여 탄생시킨 작품이기도 하다.

그는 분명 시대를 앞서 갔지만, 여성관에 있어서는 보수적인 전통적 여성상을 구현하려 했던 인물로서 왕정, 부르주아적 사회, 여성 혐오적 사상은 그의 작품 곳곳에 스며들어 있음을 느낄 수 있다.

대륙에서의 망명생활과 귀향(1883-1892)

빈민과 약자 편에 서서 불평등한 사회를 근본적으로 바꾸기 위하여 외로운 투쟁을 끊임없이 지속해 온 스트린드베리이 — 80년대 초반 그의 문학활동은 양면적인 성격을 발견할 수 있다. 민중의 목소리와 함께 정부 내각과 공무원들을 공격하며 그의 초창기 소설들에서 시사했던 사회에 대항하는 그의 저항정신을 가차없이 드러내보였다. 게다가 부조리한 정부에 항거하는 《새로운 제국(Det nya riket, 1882)》으로 치명적인 언론의 철퇴는 그를 정신 이상 증세를 보이는 상태까지 몰고 갔고, 그의 국가에 대한 불신과 정부에 대한 부정적인 시각, 공직자에 대한 회의적인 생각들이 잘 반영된 사회 실상의 비판적 풍자서는 프랑스 계몽주의 시대의 대표적 풍자서인 《깡디드(Candide, 1759)》와 버금가는 역할을 구가해 오며 부당한 국가 공공기관들의 허위성과 비리를 투영했던 것이다. 이 철퇴를 통한 저항정신으로 인해 스트린드베리이는 자신을 사회적으로 완전히 고립시켜 나가며, 스웨덴 사회와 자신을 공격해 오던 사회의 적수들을 직면하고 외로운 자신의 존재를 느꼈다.

스트린드베리이의 인생행로에 1883년은 하나의 커다란 전환점이 되는 해가 된다. 그 당시 스웨덴 문단의 전통적인 경향으로 사회에서 가장 인기 있는 쟝르는 '시'였다. 그는 작품의 쟝르를 확대해 나가기로 결심하고 청년기의 이상주의와 결별하고 진지하게 시인으로 변모했다.

그는 우리 인간사회를 좀 더 나은 세상으로 만들어 보려는 계획을 세웠다. 즉, 문화비평과 사회개혁자로서 기여하길 결심한 것이다.

그의 생에 있어 커다란 역할을 해 나갈 역사적 순간이 찾아왔다.

후일 스트린드베리이의 작품 저작권을 따낸 출판사 보니에르 (Bonnier)가 문제의 극작가가 시인으로 탈바꿈할 것을 선포하고 나선 새로운 시집의 판권을 사러 온 것이다. 그는 능수능란한 솜씨로 자신에게 아주 유리한 조건으로 계약을 체결함과 동시에 《스웨덴의 운명과 모험(Svenska öden och äventyr)》까지 계약을 이루어 내었다. 그때 재미있는 사실은 계약자가 그를 방문했을 때, 작가는 조금의 동요도 보이지 않았다고 한다. 그는 자신의 '시'를 거론하기 보다 정원에 자라고 있는 멜론 걱정을 하며 여유 있는 모습으로 계약 분위기를 끌어나갔다고 보니에르 쥬니어(Bonnier Junior)는 당시를 회상했다.

그의 첫 번째 시집은 시대의 특징을 비교적 전면적으로 반영한 60년대 말, 미래를 예견하는 분위기를 잘 조화시킨 매력적인 작품들로 구성되어진 사상탐색의 예술적 총화였다. 그곳엔 정치적 문제와 적대감을 갖고 있는 인물에 대한 감정들이 깔려 있었기에 일반 독자들이 쉽게 받아들이기엔 너무나 복잡미묘한 것이었고, 시인의 진의를 알기 위해서는 해설의 필요성이 요구되는 것이었다. 그동안 사회적 문제로 대두되던 사건들을 신화를 통해 완곡하고 아름답게 표현해 냄으로써 그 누구도 그가 창작해 낸 시의 세계에서 정치와 사회를 고발하는 궁극적인 의미가 담겨 있다는 것을 눈치채지 못했다. 사실 그의 시의 형태는 매우 인습적인 것이기도 했지만, 그가 새롭게 창조해 낸 시의 세계 역시 혁명적인 투쟁의 면모가 여지없이 나타나 있었다. 미래지향적 혁명정신이 깃든 그의 시집이 출판되었을 때는 이미 작가가 조국을 등진 뒤였다.

조국을 떠난 이국 땅에서의 첫 작품, 《각성하는 날들의 몽유병의 밤들(Sömgångarnätter på vakna dagar, 1883)》이 탄생되었다. 이 작품은 4편의 시 모음집으로 새로운 시의 세계에서 자신의 망명지로 부터 조국 스웨덴까지 마치 몽유병 환자가 꿈속을 헤매듯 영혼이 체험하는 여행의 나래를 아름다운 시어로써 펼쳐 나가고 있다.

그는 《새로운 제국(Den nya riket, 1882)》과 《스웨덴 민중 (Svenska folket, 1881-82)》을 둘러싼 논쟁으로 인하여 스웨덴 계몽주의(19세기)와 함께 발달한 문학적 새로운 경향으로, 현대문학의 시 발점이 된 젊은 문학도의 모임인 '웅아 스베리에(Unga Sverige)'의 리더로 추앙 받은 그는 기꺼이 그의 역할을 받아들였고, 즉시 기존 틀에 묶여 있는 사회지도자 층에 자신의 존재를 알렸다. 기성세대로부터 버림받은 자신의 존재와 이상주의자며 이신론자요, 보수주의자인 젊은 세대로부터 추앙받는, 두 세대에 자신이 동시에 존재함을 시사하는 성명서를 작성하고 활동을 전개했다. 아마 그때 이미 자신의 망명을 예상하고 있었는지도 모른다.

1883년, 스트린드베리이는 가족과 함께 자의로 선택한 망명길에 올라, 프랑스, 스위스, 독일과 덴마크 시골 작은 호텔을 전전하며 힘든 생활을 이어갔다. 시리와의 결혼 파경은 그의 작품 속에서 그려지고 있는 성대결의 모티브를 제공한다. 처음엔 스트린드베리이는 여성평등의 주창자였다: 그의 세 부인은 모두 독립적인 직업을 가진 여성들이었다. 그는 독일의 프리드리히 니체(Friedrich Nietzsche, 1844-1900)를 계승하여 여성과 남성의 관계를 성의 대결로 생각했다. 그 누구도 스트린드베리이 이전에 사랑하는 남녀 사이에 힘의 투쟁을 묘사한 사람은 없었다.

그의 희곡 《아버지(Fadren, 1887)》, 《미스 줄리(Fröken Julie,

1888)》,《채권자(Fordringsägare, 1888)》, 단편집 《부부 II(Giftas II, 1844-85)》, 자전적 소설인 불어로 쓰여진 《미치광이의 항변(En dåres försvarstal, 1887)》, 그리고 프랑스에서 출판된 《남성 하위의 여성 열등감(Kvinnans underlägsenhet under mannen, 1895)》 등의 작품으로 그는 전 유럽을 통해 '여성혐오자'로 유명해졌다.

인페르노 위기의 전후(1892-1907)

1894-96년, 스트린드베리이의 이름은 일간지들의 지상을 통해, 혹은 문화잡지에서 고갱과 뭉크와 같은 가까운 예술인들을 소개하면서 빠리에서 명성을 떨쳤다.

1894년 12월 《아버지(Fadren, 1887)》의 초연이 성공리에 이루어졌다. 그의 성공에도 불구하고 두 번째 부인, 오스트리아의 저널리스트 프리다 울(Frida Uhl, 1872-1943)과의 몇 개월의 짧은 결혼생활에 종지부를 찍은 후 경제적으로 힘든 상황에 처해 있었고, 1985년, 건선 피부병으로 빠리의 쌩 루이(St. Louis) 병원에서 투병하기에 이르렀다.

그 당시, 그는 신비주의자인 오컬티스트(Occultist)들, 연금술, 그리고 신비주의에 빠져들기 시작하여 신비주의에 관심이 높았던 독일, 스웨덴 문인/예술가들과 어울려 논쟁하기를 즐겼다. 그에 있어 초기의 신비주의란 이성주의 혹은 과학적 현상으로 해석되어졌으나 점차적으로 신비주의적인 요소로써 초자연적인 힘의 영향력과 인간의 운명으로 받아들였다. 후일 빠리의 신비주의자들과 접촉하며 1880년대의 빠리에서 성행하고 있던 최면분석과 암시대화법에 흥미를 갖고 마법을 연구하기도 했다.

18세기 말에는 북구의 석존이라 불리는 스웨덴의 신비적 신지학자, 에마누엘 스뵈덴보리이(Emanuel Swedenborg, 1688-1772)에 심취하여 그 결과로 소설 《인페르노(Inferno, 1897)》와 종교적 표현주의 희곡 《다마스쿠스를 향하여(Till Damaskus, 1898)》가 탄생되었다. 그는 다방면의 종교적 이론에 흥미를 보이며 불교에 귀의하기도 했다.

스트린드베리이의 종교관에 최악의 혼란이 찾아들었고, 그가 영혼의 자유를 누릴 수 있다고 믿고 찾았던 빠리에서 1895년, 생의 절망적인 〈인페르노 위기(Inferno Kris, 1895-1896)〉를 맞았다. 후일 스트린드베리이 연구가들은 그것이 세상의 이목을 끌기 위한 자작극이 아닌가를 놓고 시비를 가리지 못하고 있으며, 아직도 그 원인 역시 미궁에 빠져 있는 상태다.

종교적 위기에 처한 스뵈덴보리이가 자신의 정신질환에 대한 설이 구구한 가운데서 고통 속의 정신이상적 체험을 간략하게 메모했던 《꿈의 일기(Drömboken, 1743-44)》를 세상에 내놓았듯이, 스트린드베리이 역시 《신비주의적 일기(Ockult Dagboken, 1896)》를 쓰기 시작했다. 스뵈덴보리이에 심취하여 그의 영향을 받은 스트린드베리이는 그의 성격으로 미루어 보아 충분히 자작극적 연출을 할 수 있었으리라 세인들은 믿고 있다. 가혹한 운명으로 처절한 생활 속의 고뇌와 좌절이 결국 한 인간이 딛고 일어서기에는 극한 상황에 이르게 되었고, 소위 세인들이 '정신발작증'이라고 불렀던 지옥과 같은 체험을 그에게 안겨주었다. 그러나 그 후 그가 보여준 초인간적인 정신력과 천재성은 오히려 차원 높은 경험세계를 제시하는 결과를 가져오기도 했댜.

　그는 처절하고 비통했던 영혼의 울림에 의해 이 위기의 경험을 바탕으로 탄생되어진 소설 《인페르노(Inferno, 1987)》와 《전설(Legender, 1988)》을 남기기도 했고, 《인페르노 위기》 이후의 작품들 역시 시공을 초월해 독자들이 가슴으로 느낄 수 있게 한다. 수많은 작품들을 통해 그가 경험한 정신적 위기는 오히려 예술가적 삶에 영감을 안겨주어 《다마스쿠스를 향하여 I, II(1890), III(1901)》을 집필한 후 조국으로 돌아가 룬드(Lund)에서 50회 생일을 맞았다.

　고향인 스톡홀름으로 돌아온 그는 1900년, 젊은 여배우 하리에 부쎄(Harriet Bosse, 1878-1961)와의 만남에 이어 일년 후에 결혼 하지만 3개월째부터 그들의 결혼은 파경에 이르렀고, 딸이 태어났음에도 불구하고 1904 년, 이혼으로 끝났다.

　그 후, 세익스피어에서 영감을 얻어 왕에 대한 희곡 《에릭 14세(Erik XIV, 1899)》와 《카알 12세(Karl XII, 1901)》, 기이한 몽환극 《꿈(Ett drömspel, 1901)》, 풍자소설 《흑기들(Svarta fanor, 1904)》, 《푸른 책(En blå bok, 1906)》을 집필해 냈다. 또한 배우 아우구스트 팔크(August Falk, 1882-1932)와 함께 자신의 실험극단 〈인팀마 테아테른(Intima teatern, 1907-1910)〉을 창단하고 오프닝을 위한 준비로 네 편의 〈오퓨스(Opus)〉라 명명한 〈실험극(Kammarspel)〉을 1907년 완성했다: 오퓨스 I. 《악천후(Oväder)》, 오퓨스 II. 《타버린 대지(Brända tomten)》, 오퓨스 III. 《유령소타나(Spöksonaten)》, 오퓨스 IV. 《펠리컨(Pelikanen)》이다. 연이어 크리스마스를 위한 오퓨스 V. 《검은 장갑(Svarta handsken)》을 내 놓았다. 캄마르스펠은 음악에 있어 실내악과 같은 분위기이며 연극의 자유극장과 같은 소극장 형태의 실험무대와 상통하는 것이다.

블로 토-넽(Blå tornet)에서의 고독과 죽음(1908-1912)

　1908년, 하리에 부쎄가 재혼하자, 그의 철새 같았던 인생을 마감하고, 마지막 보금자리인 드로뜨닝가딴(Drottninggatan) 85번지인 블로 토-넽(Blå tornet)으로 이사를 했다. 그곳에서 그는 자신의 실험 극단의 단역배우이자 하숙집 주인 딸, 파니 팔크네르(Fanny Falkner, 1890-1963)와의 마지막 염문을 남기기도 했다.

　그의 60회 생일은 사적으로 공적으로 축하되어졌다. 그가 사회비판적 작가로 다시 돌아와 1910년과 11년에 걸쳐 신문지상을 붕괴시킨 정치적 문학적 논쟁인 그의 칼럼들은, 소위 말하는 '스트린드베리이 스페이덴(Strindbergsfejden)'이라 불리는 분규의 원인 제공을 하기도 했다.

　1911년, 폐렴으로 병져 눕게 되고, 이듬해 1월 22일, 그의 63세의 생일은 봉화불을 손에 들고 모여든 수많은 노동자, 학생들로 구성된 민중들에 의해 축하되어지며 민중의 대변자임이 재확인되는 순간을 맞았다. 즉 그 해 3월, 스웨덴 국민들이 거국적으로 행하여 모은 당시 45,000kr.라는 거금이 국민들로부터 전달되었다. 스트린드베리이는 그 상을 〈민중이 수여한 안티-노벨상〉이라 명명했다. 1912년 5월 14일, 현재 스트린드베리이 박물관으로 보존되어 있는 블로 토-넽(Blå tornet)에서 위암으로 생을 마감했다. 그리고 마지막 희곡 《회복의 여정(Stora landsvägen, 1909)》의 타이틀이 된 드로뜨닝가딴

(Drottninggatan)에서 시작하여 노르툴스가딴(Nortulsgatan)으로 이어진 약 60,000명의 거대한 추모행렬은 현재 그가 잠들어 있는 영원한 영혼의 안식처인 노라 교회묘지(Norra Kyrkogården)까지 이어지는 가운데, 5월 19일, 대주교, 나탄 쇠데르블룸(Natan Söderblom, 1866-1931)에 의해 장례식은 거행되었고. 스트린드베리이의 희망에 따라 소박한 무덤 앞엔 'O crux ave spes unica(오, 십자가, 나의 마지막 희망이여!)'라고 새겨진 작은 나무 십자가 하나만 세워졌다.

이상적인 가정을 갈망했던 그는 세 번의 결혼과 실패를 거듭하며 따뜻한 가정에 대한 끝없는 갈증을 결코 해소하지 못했다. 그를 선택해 다가왔던 그 어느 부인 역시 그를 이해하지 못한 채 복잡미묘한 그의 영혼의 소용돌이를 잠재울 수 없었다.

고독했던 천재가 동경했던 세계는 꿈과 이상, 그리고 낭만과 서정이 깃든 세계로 그 시대의 의식구조나 사고를 뛰어넘어 훨씬 높은 곳에 존재하고 있었던 것이다. 그것은 시대의 혼란한 구조적 문제에서 파생되는 것에 대한 불만, 변혁기의 사회적 이념에 근거한 다양한 사고력으로부터 발생된 시대를 초월한 동경의 세계였다고 말할 수 있다.

그는 그의 마지막 보금자리 〈블로 토-넬〉에서 마지막 희곡 《회복의 여정(Stora landsvägen, 1909)》을 잉태시켰다.

1901년 1월 25일, 그의 신비의 일기, 《오쿨타 다그부껜(Ockulta Dagboken)》에 토로한 심정은 그의 생을 잘 대변해 주고 있다 ;

"나는 나의 일생을 이렇게 심사숙고 해본다: 소름 끼치도록 참혹한 삶을 살아온 나의 삶을 설명하는데 있어, 마치 나 자신이 연출가가 되어 내 영혼의 상태와 내가 접한 모든 상황을 하나의 무대 위에 올려 보일 수 있다는 것이 가능하단 말인가? 연출가라면, 이미 나는 20살에 성공한 연출가였다. 그렇지만, 만약 나의 생이 평화롭고 평범한 세상에서 영위되었다면, 나는 어떤 작품도 탄생 시킬수 없었을 것이다.[…]"

화가, 그리고 사진작가

화가

극작가, 소설가, 시인, 그리고 과학자로 지대한 업적을 남긴 스트린드베리이는 현재 국내외로 각광 받는 화가일 뿐만 아니라, 사진작가로서도 탁월한 재능을 보이며 세상의 이목을 끌고 있다. 화가로서의 활동기는 세 시기로 나눌 수 있으며, 그의 삶의 전환기와 밀접한 관계가 있음을 감지할 수 있다.

청년기인 1870년대, 그는 아마추어 화가인 친구로부터 이젤과 물감 그리고 붓을 빌려 자신의 그림에 대한 재능을 시험해 보기로 했다. 유화물감으로 깊고 푸른 하늘과 초원을 그린 자신의 처녀작을 보며 행복을 느낀 그는 유화물감으로 독자적인 표현의 힘을 경험해 보고 싶은 충동에 사로잡혔다. 처음으로 유화물감의 강렬한 표현의 힘을 진지하게 체험한 그는 테마보다 색상, 색감, 혹은 유화물감의 질감 그 자체에 매료되었다.

그 이후, 일생을 통해 그림은 그의 동반자가 되었으나 안타깝게도 그림 창작에 불을 지핀 처녀작은 현재 남아있지 않다. 그는 무엇보다도 색감을 낼 수 있는 재료의 특성 혹은 질감과 색채의 혼합으로 표현력의 가치를 창출해 내며 글로 표현하기 힘든 자신의 내면세계를 형상으로 표출하고 싶었다. 색채의 색감만 보아도 그의 미묘한 감정 상태를 느낄 수 있고, 어둡고 강렬한 색채와 빛은 대비를 이루어 극적효과를 동반하며 초현실적인 분위기에서 자연스런 느낌을 연출한다.

그는 바다를 테마로 그림에 몰두하며 인상주의(Impressionist)의 '해변', 옮겨 심어 놓은 듯한 '바닷가의 한 그루 전나무', 모래 사장에 밀려드는 '파도', '바다 위에 비취는 달빛'을 주로 그렸다. 그가 사랑했던 아름다운 스톡홀름 군도, 셰르고르덴(Skärgården)의 자연을 화폭에 담아내기에는 붓과 물감으로는 충분하지 않다는 것을 발견한 그는 연필을 사용하여 많은 스케치를 남기기도 했다. 그림을 그릴 때면 자신의 눈빛은 날카로워져 자연 속의 모든 세밀한 움직임까지 느낄 수 있었다고 자서전에서 밝히고 있다. 그가 셰르고르덴의 키멘드 섬(Kymendö)에서 체험한 자연은 그의 그림에서 뿐만 아니라 문학작품에서도 시각적인 표현법으로 생동감있게 전달되며 후반기 미술작품에까지 계속된다.

스트린드베리이 이전에는 그 누구도 스톡홀름 군도에 관심을 갖고 화폭에 담았던 사람은 없었을 뿐만 아니라, 그는 당대 스웨덴 최고의 미술 비평가로 인상파 화가들의 테크닉을 훌륭하게 분석해 내며 그들을 처음으로 스웨덴에 소개하기도 했다.

망명 후 조국 땅을 처음 밟은 그는 1890년, 나무에 대한 스케치 공부에 열중하여 후일 문학작품을 위한 기행 스케치를 하기도 했고 인상주의 기법으로 조각을 시도했으며 자연과학적인 테마로 유화를 그리기도 했다. 놀랍게도 당시의 사조인 스웨덴 낭만주의, 혹은 상징주의의 영향을 전혀 받지 않은, 테마가 없는 자유분방한 그의 그림들이지만 서정적 표현기법을 쓴 작품으로 느껴진다. 1892년 자신만의 고유한 스타일을 창안해 낸 '셰르고르덴'의 테마는 그에게 아주 중요한 영감의 출처였고, 그 해 여름, '셰르고르덴'의 테마로 그려진 30점이 넘는 모든 추상화는 현재 높이 평가되고 있는 작품들이다.

그는 재료와 색채가 지닌 특성이나 질감이 자연스럽게 하늘과 바다를 표현해 내도록 하기 위해 화판이나 화폭에서 다양한 유화물감들이 직접 배합되어 자연이 하나의 색채 현상으로 표현되는 것을 테마보다 더 중시했다. 그렇게 원초적 감각에 의해 만들어진 자연의 색채들은 서정적 감성을 불러일으켜 준다.

수필집 《미술 창작에서의 우연성(Slumpen i det konstnärliga-skapandet, 1894)》에서 그는 무엇보다 사실적인 자연의 모습을 흉내 내어 모방한 것을 표명하는 미술이론을 발표했다. 자연법칙의 순리를 모방하여, '우연은 결정적인 역할을 하게 되고 그림은 각자 체험에서 발전하게 된다'는 점을 암시하는 "스쿠그스스누뷔즘(Skogssnuf-vismen)" — 미술 창작의 우연성 — 이라는 용어를 만들어 내기도 했다. 곧 일관성 없이 색채를 화폭에 담아 다른 자연을 새롭게 탄생시켜 자연 그 자체의 이미지에서 일상과 상상이 공존하는 자연과 인간의 교감을 상징적으로 화폭에 담았던 것이다. 그 결과로 작가의 상상력에 의해 추상성과 결부된 내면세계를 엿볼 수 있다는 주장이다. 그 후, 조각가 페르 하셀베리이(Per Hasselberg, 1850-94)의 도움으로 스톡홀름에서 첫 개인전을 갖기도 했으나, 후반기를 이어가게 될 상징적인 그림의 타이틀부터 당시의 회화로서는 너무나 생소하여 가까운 동료 화가들조차도 그의 작품을 이해하지 못했다. 그것은 자연의 대상 그 자체라기보다 자신의 가슴 속에 느껴지는 사물과 일치하기에 작품 제목을 주관적으로 명시했기 때문이다. 그의 작품은 현실적인 색채가 아닌 실제와 다른 비구상적 이미지가 주를 이룬다. 작가의 감수성과 순간의 감정 변화에 따른 심상에 투영된 이미지를 주관적으로 표현해 내는 화풍으로 시간이 흐를수록 빨려 들어갈 듯한 그의 그림은 작가 자신의 영혼의 일부라는 것이 느껴진다. 그는 작품의 영감이 존재하고 있는 상태에서 그림을 완성시키기 위해 주로 중간 사이즈의 화폭이나 목판에 2-3시간 내에 그림을 그렸다고 한다.

1892년 10월, 그는 베를린으로 향했고, 그가 명명한 작은 와인 바인 〈검은 돼지새끼(Zum schwarzen Ferkel)〉에서 뭉크를 비롯하여 북구와 독일 작가들 혹은 예술가들과 어울리며 철학과 인생, 여성을 논했다.

그는 주변 화가들의 영향을 받지 않고 색채의 상징성을 고수하며 독자적으로 상징성이 두드러진 새로운 그림을 그렸다: 침울한 '백말 III(Vita märrn III)', 두 번째 부인에게 약혼선물로 준 '질투의 밤 (Svartsjukansnatt)'. 스위스의 상징주의 화가인 아르놀드 뵉클린 (Arnold Böcklin, 1827-1901)의 흡인력 있는 회화, '죽은 자의 섬 (Toten Insel, 1880)'을 해석하여 그린 '신록의 섬(Den grönskande ön)', '외로운 독버섯(Den ensamma giftsvampen)', '해변에 외롭게 핀 꽃(Ensam blomma på stranden)' 등이 있다.

독일에 머물며 뭉크의 상징주의에 뜻을 함께 한 스트린드베리이와 뭉크는 보수적인 베를린 미술대전(Berliner Kunstausstellung)의 봄 전시회에 출품을 했다. 물론 독일 미술협회는 그들의 작품을 낙선시켰으나, 동시에 낙선된 우수작품들을 모아 별도로 전시하는 낙선전에 북구의 두 거인의 작품은 나란히 소개되었다. 후일 독일 표현주의의 선구자로써 스캔들로 뭉쳐 있는 두 급진적인 영혼의 소유자들은 보수적인 독일 미술계에 대항했으나 독일 미술계는 그들을 상징적-자연주의 그리고 초표현주의 미술에 있어 탁월한 인물로 인정했다. 후일, 불우했던 두 영혼의 우정은 뭉크의 삶에 다그니 쥬엘(Dagny Juel, 1867-1901)의 등장과 함께 벽이 생기게 된다. 뭉크는 스트린드베리이의 60회 생일에 그에 대한 존경의 뜻을 전하기도 했지만, 그들의 만남은 더 이상 이루어지지 않았다.

세 번째 부인과의 신혼여행지인 런던에서 사실주의 풍경화가 윌리암 터너(William Turner, 1775-1851)의 그림을 그곳 화가들의 동우회에서 연구할 기회를 가졌던 그였기에, 그의 후기 그림에서는 터너의 자취를 찾아볼 수도 있다. 프리다와의 결혼 후 그림과 문학작품 활동을 떠나 자연과학 연구에 몰입하며 문예창작의 힘을 발산하지 못한 그는 딸의 출생을 기다리며 기쁨으로 그림을 다시 그리기 시작했다. 오스트리아 도나우강 북쪽에 위치한 프리다의 조부 소유의 작은 집에서 그림에 심취할 수 있었기에 도나르흐(Donarch)에서의 작품들은 스트린드베리이를 풍경의 지평 화가로서 정점에 달하게 만들었다. 완전히 추상적이지 않으면서 감상자의 관점과 상상력으로 해석이 가능토록 하여 그림이 지닌 의미를 미적 감수성에 따라 주체의 관점과 긴밀한 연관성이 있게 한 것이다. 그는 추상적인 것에서, 또한 우연히 만난 상상의 선들 속에서까지 사실에 입각하여 표상이 아닌 것을 창작해 내며 새로운 자연주의를 해석해 냈다. 다시 말해 그가 그리는 풍경은 곧 작가의 심성인 것이다. 상상의 세계이자 어둠을 향한 빛의 투쟁으로 자신의 내면을 화폭에 표현한 '이상한 나라(Underlandet)'는

1990년, 스톡홀름 경매장에서 50억 원을 호가하여 경매되어 현재 국립박물관에 소장 되어있다. 그림의 타이틀도 개성적이었지만, 그에게 그림을 그리기 위한 중요한 도구는 붓이 아닌, 팔레트나이프와 손가락이 전부였다. 화판이나 화폭에 환상이나 사실의 느낌이 아닌 심미체험의 감각을 직접 그려내어 화가의 창작활동에 대한 발자취를 객관적인 감상자의 주관적 경험과 지식을 유발시키게 하는 풍경속 지평을 열었던 인물이기도 하다.

파리에서 그의 희곡, 《아버지》와 《미스 쥴리》의 대성공으로 그는 극작가로써 이미 국제적인 명성을 떨치고 있었다. 화가로서도 예술가들의 구심점인 파리를 정복하기 위해 다시 돌아와 그린 그의 그림들은 아주 세련되고 추상적인 바다가 테마인 작품들이었다. 그곳에서 그를 환대하며 돕겠다고 나선 미술상에게 작품을 넘기지 않은 그는 조국의 친구들에게 보내어 전시회를 통해 그림을 팔았다. 또한 이미 세계의 대도시에서 자신의 희곡을 통해 고갱보다 더 유명해져 있던 그는 파리에서 예술인들 혹은 유럽 문화계의 유명인사들과 교류하며 신문지상을 통해 고갱(Paul Gauguin)과 뭉크를 소개하기도 했다.

고갱과 친분을 쌓았을 무렵 고갱은 자신의 전시회 축사를 스트린드베리이에게 부탁했다. 고갱을 위한 축사는 작품에 대한 분석에 지나는 것 뿐만 아니라 인상주의에서 생테티즘(Synthetism, 종합주의)[2]까지 현대미술 발전에 통찰력과 신속한 객관성에 전통한 작품들이라는 평을 하여 탁월한 미술 비평가로서의 면모도 재확인 시켜주었다.

---

2 히브리어의 '예언자'에서 유래한 고갱이 주도하고 고갱의 영향을 받은 화가들로 19세기 말에 파리에서 결성한 젊은 예술가들인 나비파(Les Nabis) 그룹인 프랑스 신비적 상징주의 화가들이 고안해 낸 회화 기법.

게다가 고갱의 아틀리에를 함께 쓰며 '고갱의 쌍둥이 형제'라 불렸던 그의 회화는 '예술지상주의'를 고수했다.

독일, 프랑스, 그리고 오스트리아에서의 망명시절, 초현실주의와 추상적 – 표현주의를 예시하는 회화의 기법을 개발하기도 했던 스트린드베리의 그림은 1893-94년 최고 절정에 이르렀다. 또한 성경의 창세기 신화와 말세의 의미가 담긴 전원 풍경들을 화폭에 담아낸 작품을 통해 그의 종교관 또한 짐작할 수있다.

조국으로 돌아온 그에게 고난은 계속되었고, 첫 부인과의 몇 차례 이혼소송을 거치며 〈달라르 섬(Dalarö)〉의 고독한 생활 속에서 그림에 심취했다. 그 당시의 테마는 '성난 파도', '절벽 위에 서 있는 항해표지', '우뚝 솟은 하얀 등대', '소용돌이치는 바다 속의 흔들리는 빨간 점' 등 해변을 기초한 것이었다. 그의 '이면성의 그림', 즉 칠흑 같은 악천후의 어둠 속에서 보이는 파란 맑은 하늘은 총체적인 풍경화의 기법으로 30년 후 초현실주의자들이 그 기이한 발상에 대해 토론에 붙였던 기법이기도 하다. 소용돌이치는 바다를 예술로 승화시키고, 인간이 대상을 보면서 느끼는 감정을 피사체에 투영시켜 그림을 그렸지만, 사실 자신의 삶을 묘사했던 것이다. 그의 삶이 그랬듯이 명확하지 않은 소용돌이치는 형태 속의 강렬한 색감과 선은 추상적인 신비로움으로 객관적 현실에 은유적 상징성을 부여하고 있다.

〈인페르노 위기〉 이후, 그림에서 멀어졌던 그는 임신한 세 번째 부인이 자신 곁을 떠나자 절망 가운데 기다림 속에서 돌연히 그림을 그리기 시작했다. 드라마의 무대배경 같은 인상을 주는 특징이 두드러지는 마지막 창작시기는 1900년대 초반으로 대표작이 포함되어 있다:

'인페르노(Inferno)', '파도(Vågen VI)', '등대(Fyrtornet II)', '해변의 전경(Kustlandskap II)', '일몰(Solnedgång)' 등. 그는 1905년의 '전나무 숲(Granskogen)'과 '숲의 변두리(Skogbrynet)'를 마지막 작품으로 남기고 화단을 영원히 떠났다.

그가 〈셰르고르덴〉의 소설에서 보여준 자연묘사를 통해 스웨덴 사실주의에 강하게 영향을 끼쳤던 것과 같이 미술계에서도 스웨덴 낭만주의 속에 사실주의를 심기도 했다.

그는 문예창작을 하며 그림을 그리기도 했지만, 때론 글을 쓸 수 없는 상태일 때 그림을 그렸다는 것을 그의 일기에서 찾아 볼 수 있다: "공포에 휩싸였을 때 그림을 그렸다"고 고백했듯이, 그의 그림은 소용돌이치는 자신의 내적 심상의 표현이다. 1892년 여름, 스톡홀름에서 열렸던 스트린드베리이의 첫 전시회에서, 그의 초상화를 그리기도 했던 가장 가까운 친구인 스웨덴 화가, 리차드 베르그(Sven Richard Bergh, 1858-1919)마저도 그의 그림을 이해하지 못했다. 그 후 1905년, 견해를 달리한 베르그는 스트린드베리이의 '인페르노-그림(Inferno-tavlan, 1901)'을 극찬하며 국립박물관장이 되자 스트린드베리이의 그림을 박물관에 소장하기 위해 사들였다. 그러나 베르그의 죽음 후엔 많은 작품들이 외국의 수집가들에게로 팔려 나갔다. 이미 1895년 스톡홀름에서 예술가협회 봄 전시회에서 팔린 스트린드베리이의 대표작품인 '이상한 나라(Underlandet, 1894)'와 '알프스 풍경(Alplandskap, 1894)'은 스웨덴 최고가의 그림으로 꼽힌다. 2007년, 영국의 소더비(Sotheby's) 경매장에서 50억 원 상당에 팔렸던 '알프스 풍경'은 미국의 한 미술 갤러리에서 네델란드의 마스트리히트(Maastricht) 미술 박람회에 약 90억 원에 내놓았다고 한다. 실제로 인물화를 그리지 않은 그를 사후까지도 전문지식이 없는 도락예술가로 분류했기에 그의 생전엔 화가로서 성공하지 못했다. 그러나 오늘날 실험적인 테크닉과 까다로운 방식으로 우연과 작업하는 순간의 미적 감성을 혼합한 그의 회화는 현재 새로운 회화기법의 선구자로, 초 고가의 미술품 중의 하나로 간주된다.

그의 대다수의 작품을 소장하고 있는 스톡홀름의 노르디스카 박물관(Nordiska museet)이 2012년 1월 16일, 스트린드베리이의 서거 100주기 기념전시회에서는 거의 일반인들이 예전에 접하지 못했던 17편의 작품이 전시되었다. 그는 변함없이 가족 혹은 자신의 사진을 찍은 것과는 달리 결코 사람의 형상을 화폭에 담지 않았다. 해변, 바다, 절벽, 나무와 숲과 같은 예외없이 다양한 형태의 자연을 테마로 그린 그의 작품들은 주관적 해석의 가능성을 열어주고 있다.

강한 양면의 그림, 성난 바다와 산더미같이 몰려오는 파도를 묘사한 '파도 VIII(Vågen VIII)'은 그의 다수의 그림에서 운명에 따르는 죽음에 대한 생각들과 의식적으로 사멸이라는 숨겨진 상징적 감정이 내포된 강한 주제가 반복되고 있다. 아마추어에서 선각자 혹은 선구자까지 화가로서 그에 대한 평가는 다양하며, 현재 그의 200점이 넘는 작품 중 120점 정도가 세계 경매장에 나와 있다. 경매장에 잘 나오지 않는 그의 작품들은 거의 50억 원을 웃도는 것으로 예상되고 있으나 공식적으로 화가로서의 데뷔는 사후에 이루어졌다. 그는 화가수업을 받은 전문가는 아니었으나 1870년대에 젊은 화가들과 어울리며 즐겨 그림을 그렸고, 그림에 대한 통찰력과 상당한 견해로 스웨덴 최고의 지적인 미술 비평가로도 손꼽혔다. 또한 미술계에 표현주의가 시작되기 훨씬 전, 이미 자신의 방법으로 일종의 표현주의를 개척해 내기도 했다.

그의 풍경화는 항상 해변을 기초한 바다와 마디가 많은 소나무들, 불모의 섬, 하얀 배, 항해표지, 점, 구름 낀 하늘과 함께 거의 강한 혹은 약한 빛이 어려있는 수평선, 일몰 혹은 달빛 등으로 맑은 날의 테마들이다. 그러나 그는 기꺼이 성난 파도로 소용돌이치는 바다, 격동하는 하늘의 모습들, 절벽에 부딪쳐 부서지는 파도들을 화폭에 담았다. 그가 처음 빠리를 방문했을 때, 현대 사실주의의 아버지로 불리는 구스타브 꾸르베(Gustave Courbet, 1819-77)의 그림과 인상파 화가들의 작품에 찬사를 보낸 그의 회화기법은 즉흥적이었다. 화폭에 물감을 뿌린 후 떠오르는 이미지를 붓을 사용하지 않고 팔레트 나이프와 손가락만으로 흥분된 상상력에 의해 거칠고 자유분방하게 그려내는 재능은 그 누구도 따를 수 없었다. 초창기 그의 그림을 인상파에 속하는 회화라고 불렀으나 사실 그가 즐겨 다루었던 테마인 바다와 험한 절벽, 혹은 옮겨 심어놓은 듯한 나무 한 그루 등은 고독했던 그의 실존적인 고뇌를 자연과 더불어 표현해 낸 추상적-표현주의에 가까운 것이다. 그의 풍경화의 날씨는 밝았고, 검은 바다는 너무나 가깝고 강력한 느낌이어서 언제든지 파도의 찬물이 덮쳐올 듯하다. 또한 그의 그림은 전혀 수식이 없는 단순한 이미지로 폭넓은 정신적 차원의 인식문제와 함께 인간의 내면세계를 강렬하게 표현하며 그의 사상과 죽음, 불안, 고통, 고독, 가족 등을 담아내는 화풍을 시도했다.

1860년대까지 아마추어 작품에 불과했던 그의 그림은 사후 20년이 흐른 후에야 현대적인 신선함을 주목 받기 시작했던 것이다. 세계 2차대전 이후 스트린드베리이의 그림은 드디어 그 가치를 발휘하기 시작했고, 1960년 이후부터는 베니스 비엔날레를 포함해 유럽의 위세 높은 현대미술관에서 기획전을 가졌던 유일한 스웨덴의 화가이기도 하다. 그의 소설이나 희곡, 그리고 삶이 분노의 격발이듯이, 그의 그림 역시 자신의 인생을 반영하고 있다. 화가로서 자신의 가치와 한계를 잘 알고 있었던 그는 그의 유명한 에세이 《미술창조의 우연성》에서 자신이 그렇게 그림을 그릴 수밖에 없었던 이유를 설명하고 있다. 뛰어난 사실적 언어 구사력으로 문학작품이나 연극무대에서 일종의 그림과 같은 시각적 효과를 보여준 것으로 미루어보아 비록 문학작품과 그림은 분리된 것이지만 화가로서의 자질은 그에게 있어서는 통일된 총체로 봐야 할 것이다. 한마디로 그의 그림은 특이하게도 당시의 미술사조, 새로운 경향, 가까운 유명 화가 친구들의 영향을 전혀 받지 않고 전통과 아방가르드 사이에서 분열을 보여준 독특한 사례로 꼽힌다.

그는 현재 기타 국가에서는 극작가보다 화가로서 더 알려져 있으며, 그의 작품들은 빠리의 일명 '인상주의 미술관', 오르세이 박물관(Musée d'Orsay)을 비롯하여 유럽 각지의 대형 미술관에서 찾아볼 수 있다.

사진작가

이미 10대에 사진에 대한 관심을 가졌던 스트린드베리이의 일생을 통해 사진은 그의 삶에 아주 중요한 자리를 차지했다. 그는 일생 동안 다수의 카메라를 보유했고, 그중에 스스로 제작한 카메라들로 렌즈를 사용하지 않고 실험을 하기도 했었다. 그가 글을 쓰기 위해 사진을 찍었다고 말했듯이 사진 속에서 일종의 물체를 주시하고 뜻하는 것은 사진의 영상을 통해 인간의 내적 체험이나 영적 상태를 재현해내는 것이 목적이었다. 자신의 외모는 신경을 쓰지 않지만 자신의 영혼을 사람들이 볼 수 있기를 희망한다고 토로한 그의 심정이 그가 종사한 어떤 분야에서보다 사진에서 제시되고 있다.

사진작가로서 명백하게 아방가르드적이었던 그는 자신의 문학작품에서 "인생의 사진과 같은 묘사"라는 용어를 사용했다. 1861-62년, 그는 습판(wet collodion process)을 사용한 초창기 사진술로 사진을 실험하기도 했었다. 이미 1886년, 자신의 사회적, 민속적, 문화사적 기행소설, 《프랑스 농부들 가운데서(Bland franska bönder, 1886)》의 삽화를 시작으로 신선하게 주위를 환기시키며 사진예술의 가능성을 시도해 보았다. 처음엔 스케치를 위해 화가를 동반할 계획을 했던 그는 현대적인 순간 포착 카메라와 자신의 스케치를 사용하기로 결정했다.

그 시기에 사진보도라는 아이디어는 완전히 새로운 발상이었다. 그는 미래의 사회학자이자 정치가인 구스타프 스테펜(Gustaf Steffen, 1864-1929)과 함께 보도사진으로 프랑스 농부들의 상황을 기록하기 위해 프랑스를 여행했다. 기술적인 불운으로 대부분의 사진은 실패로 돌아갔지만, 만약 그의 프로젝트가 성공했다면 그는 스웨덴 최초의 보도사진 기자가 되었을 것이다. 또한 그는 사진이 당시에 일상적이었던 목판기술을 대행해 낼 수 있을 것이라고 생각했었으나 그 상당한 계획이 수포로 돌아가자 카메라를 뜻깊은 자전적인 사진 시리즈에 사용했다. 그것은 작가로서 자신이 경험한 것을 묘사하기 위해 테마로 삼은 것에 기초를 두고 있다. 그것은 방법은 다르지만 쉽게 복사한 사진이 특별한 예술작품과 같이 취급되어질 수도 있다고 생각했기 때문이다. 그와 같이 자연주의적인 출발점에서 인상과 미술을 모방한 구도로 찍은 자신의 사진은 구성이나 아이디어면에서 아주 낭만적이었다. 사실 카메라를 멀리 두고 자동셔터로 찍은 자신과 가족사진의 시리즈는 구도나 착상 면에서 시대를 앞서가는 생각이었다. 거의 자동셔터로 사진을 찍었지만 첫 부인, 시리의 보조를 받기도 했던 그는 1886년 스위스에서의 행복했던 시절을 틀 속에 갇힌 사진이 아닌, 가족의 실질적인 순간들의 기념사진을 찍어 '인상파 사진'이라 명명하기도 했다.

청년기에 화학을 전공하기도 했던 그는 자연과학에 지속적으로 관심을 갖고 연구하며 1890년대에는 컬러사진, 식물, 천체, 서리와 빙화(氷花)의 과학적인 실험을 시도하기도 했다. 당시의 사진은 종종 예술적인 잠재적 요인과 함께 자연 과학적 실험을 위해 구름의 형태와 거리를 테마로 다루었다.

그 후, 1907-1908년, 다양한 구름의 구성을 연구하기도 했던 그는 구름의 모습과 위치를 정리해 스케치하여 사진과 함께 책으로 펴내기도 했다. 또한 카메라와 렌즈를 사용하지 않고 사진 감광판을 땅바닥에 놓고 밤하늘을 직접 촬영해 '천체사진'이라 명명하기도 했다. 그는 사물을 왜곡하는 렌즈를 불신하여 진실되고 객관적인 하늘의 사진을 찍길 원했던 것이다. 그에게 문학과 사진은 사실을 분석하는 유일한 도구였고, 사진에 대한 그의 관심은 다양했다.

그는 사실적이고 심미적인 원칙하에서 자연주의적 기록사진, 자신의 심리가 표출되는 초상화와 자서전적인 다큐맨터리 사진 시리즈, 과학 실험사진, 낭만주의 혹은 인상주의, 그리고 절반의 오큘티스트 사진 구성이 주를 이루었다. 카메라와 필름이 실체를 왜곡할 수 있다고 믿었던 그였기에 실험적인 사진에는 카메라와 사진용 필름을 채택하여 천체를 담은 하늘을 담아내려 했다.

앞서 언급했듯이 사진에서 자신의 문학작품과 마찬가지로 진실을 추구했던 그는 간헐적으로 성공적인 사진작품을 탄생시켰다. 비록 기술적인 불운으로 그가 계획한 보도사진은 무산됐지만 새로운 분야를 창조해 내며 사진 역사에 아방가르드적 공적을 쌓았던 인물이기도 하다.

안타깝게도 현재 스트린드베리이의 사진작품은 60점 정도만 보존되어 전해지고 있지만, 그가 꿈꾸었던 화보집은 그의 사후 100년이 지난 2012년, 자신의 일대기를 담은 두 권의 방대한 화보집으로 태어나 타인의 손에 의해 세상에서 빛을 보게 되었다.

작품 배경과 해설

단막극(Enaktare, 1888-1892)

- 《강한 자(Den starkare, 1988/89)》
- 《천민(Paria, 1989)》
- 《알제리의 열풍(Samum, 1989)》
- 《차변과 대변(Debet och Kredit, 1892)》
- 《첫 경고(Första varningen, 1892)》
- 《죽음 앞에서(Inför döden, 1892)》
- 《모성애(Moderskärlek, 1892)》
- 《불장난(Leka med elden, 1892)》
- 《끈(Bandet, 1892)》

작품 배경과 해설

단막극(Enaktare, 1888-1892)

아우구스트 스트린드베리이(August Strindber)는 《미스 쥴리 (Fröken Julie)》를 출판하기 전 이미 인간심리를 다룬 미묘한 단막극, 《강한 자(Den starkare)》, 《천민(Paria)》, 《알제리의 열풍(Samum)》, 《차변과 대변(Debet och kredit)》, 《첫 번째 경고(Första varningen)》, 《죽음 앞에서(Inför döden)》, 《모성애(Moderskärlek)》, 《불장난 (Leka med elden)》, 《끈(Bandet)》을 탄생시켰다.

형식상으로 단막극인 《미스 쥴리(Fröken Julie)》와 《채권자 (Fordringsägare)》는 하루 저녁의 공연을 요하는 짧지 않은 극이기에 '자연주의 극' 쟝르에 분류시켰고, 작품의 줄거리가 중단되어 버리는 것이 결코 용납되지 않는 극들을 분리시켜 진정한 '단막극(Enaktare)' 이라 불렀다.

반면에 여러 막의 극은 줄거리가 진행되는 동안 장면이 변화되지 만, 단막극은 짧은 공연시간을 요하기에 주어진 모든 상황에서 단 한 번에 최대한의 긴장감을 끌어내는 구성이 그 특징이다.

스트린드베리이는 비유적인 묘사를 줄이고, 심리적 측면에 비중을 두는 근대 단막극 형태를 창조해 냈다. 아울러 심리적인 것 뿐만 아니라 현실을 상기시키는 스트린드베리이적 단막극은 생활 속의 아주 작은 공간에서도 공연이 가능토록 만들어져 까페, 상점, 농가, 호텔방 등 어디서든지 무대를 만들어 낼 수 있는 것이 특징이다.

1888-89년 사이에 탄생된 《강한 자(Den starkare)》, 《천민(Paria)》, 《알제리의 열풍(Samum)》은 프리드리히 니체(Friedrich Wilhelm Nietzsche, 1844-1900)의 '초인사상'과 '힘의 의지', 에드가르 포우(Edgar Allan Poe, 1809-49)의 《황금벌레(The Gold Bug)》에 심취되어 환상과 극한의 탐미, 미스터리 등 정신적 투쟁, 그리고 암시적 심리학에 의거하여 창작된 점이 주목할 만하다. 스트린드베리이가 덴마크의 홀트(Holte)시에 창단한 〈스칸디나비아의 실험극장(Skandinavisk Försöksteater)〉의 개막작품으로 계획된 실험극이기도 한, 이 세 작품은 궁극적으로 강한 자가 투쟁에서 승리한다는 것을 의도하며 형식 또한 공통점을 지니고 있다. 작가는 이 세 작품을 함께 하루 저녁의 무대로 만들 계획을 했으나 무산되었다.

그 후 〈스칸디나비아 실험극장〉으로 인해 최악의 경제적 상황에 처한 스트린드베리이는 그 후 3년간 연극에 등을 돌렸다. 그러나 그가 다시 극작가로 되돌아 왔을 땐, 풍자적 동화극인 5막극, 《천국의 열쇠들(Himmelrikets nycklar, 1892)》과 함께, 1892년 3월부터 9월 사이 스톡홀름(Stockholm) 근교, 유-스홀름(Djursholm)에서 집필된 《차변과 대변》, 《죽음 앞에서》, 《모성애》는 스톡홀름의 〈드라마텐(Dramaten)〉 무대를 겨냥해서 집필되었다. 마지막 두 희곡, 《불장난》과 《끈》은 그가 스톡홀름 군도(Skärgåden)의 달라-르 섬(Dalarö)에 머물며 같은 해 여름, 9월 초순에 창작했다. 이 아홉 편의 단막극은 작가가 현대극에 대한 이론적인 동기가 부여된 희곡으로 심리적 추이를 다루는 희곡들이다. 특별히 1889년 1월 초에 완성된 《강한 자》에 관심을 보였던 빠리 〈자유극장〉의 창시자, 앙드레 앙투안느(André Antoine, 1858-1943)는 하루를 마감하며 재충전할 수 있는 하루 저녁의 무대로 아주 적합한 걸작들이라 극찬했다. 가장 많이 공연되는 것은 《강한 자》와 더불어 《불장난》과 《끈》이 꼽힌다.

니체의 사상에 근거한 단막극들은 국제적으로 다양한 형태로 공연되어지고 있다.

《강한 자(Den starkare, 1988-89)》

스트린드베리이는 문제의 《미스 쥴리》와 《채권자》를 극장들이 결코 공연할 용기가 없다는 것과, 아내 시리 본 에쎈(Siri von Essen)이 무대의 재 복귀를 갈망하고 있다는 점을 감안하여 순회극단을 위한 실험극을 계획하고 있었다. 그 후 1888년 12월 마지막 주, 프랑스 '15분 단막극(Quatre d'heure)'에서 영감을 얻어 시리를 위한 첫 번째 15분 단막극 《강한 자》를 선보였다. 이 극은 흥미로운 '보조역'과 함께 긴 독백으로 구성되어 있으며, 모노드라마에 분류되지만 모놀로그와 듀오드라마의 결합이라고 볼 수 있다. 그는 첫 번째 부인 시리(Siri von Essen)에게 부인 X의 배역을 유연성있게 연기하는 것이 가장 강한 모습이라고 연기 지도를 했다고 한다. 그와 같은 심리적인 핵심은 평소 스트린드베리이 작품에 나타나듯 유연성이 있는 자가 가장 강한 자로 나타난다. 공연시간은 15분 정도로, 1889년 3월 9일 코펜하겐의 〈다그마르 극장(Dagmar Teatret)〉에서 초연이 있은 후, 스웨덴에서는 7일 후 〈말뫼 극장(Malmö teater)〉의 초청에 의해 실험극으로 초연된 이래, TV 극뿐만 아니라 국제적으로 사랑 받는 작품으로 많은 무대에 올려지고 있다. 이 극은 특별한 무대가 아닌, 까페, 상점, 옷 가게, 미용실… 등, 장소를 구애 받지 않고 무대를 만들 수 있는 특징을 지닌 작품이다.

등장인물은 기혼자인 여배우 X 부인과 무명으로 정신과 의사의 표현에 의하면 '타락녀'인 미혼의 마드모아젤 Y, 단 두 사람이다. 그들은 크리스마스 이브에 한 여성 까페의 구석진 자리에서 만났다. 줄거리는 《채권자》와 마찬가지로 '권력에의 의지(Der Wille zur Macht)'에 기초하여, 한 남자를 두고 두 여자가 기 싸움을 펼쳐 나가는 것이다. Y는 미혼에 자녀도 없으며 전속배우도 아닌 반면, 세 자녀를 슬하에 두고 있는 X 부인은 남편의 영향력 덕분에 이름있는 극장의 전속배우로 활동하고 있다. 그녀에게 바람 피우는 남편과의 결혼은 좋은 배역을 맡아 동경하던 배우가 되기 위한 수단에 지나지 않았다. 극의 마지막 부분에서 장황한 X 부인의 독백이 계속되는 동안, Y 양은 한마디 말도 하지 않고 침묵으로 반응한다. 그 독백을 통해 마드모아젤 Y가 X의 남편과 부적절한 관계에 있었거나 어쩌면 현재도 관계를 맺고 있다는 것을 X 부인이나 관객들은 명백하게 알 수 있다. 처음에 그녀는 격분한 상태였지만, 자신이 승리자란 듯 Y를 측은한 눈으로 바라보며 마음을 가라앉힌다. 과연 누가 강한 자일까? 그 점에 대해서는 스트린드베리이 자신도, 그 누구도 명확하지 않은 가운데 작품의 긴장감을 끌어내려 했다. 극이 무대에 오르기 며칠 전, 그는 X 부인이 강한 자라고 천명하며 X 부인을 제대로 형상화시킬 수 있도록 시리(Siri)가 어떻게 연기를 할 것인지 지침서를 작성하여 주었다. 그가 X 부인이 강한 자라고 표명한 의도는 "강한 자: 다시 말해, 부드러운 자, 몸이 경직될 정도로 결함을 보이지만, 재치있게 비켜 나가며 자리를 뜰 수 있는 자"다. 그것은 X 부인이 그녀의 라이벌에게 남긴 마지막 대사가 요약해 준다: "[…]넌 다른 사람에게서 배운다는 것을 모르는 인간이잖아. 더욱이 머리를 숙인다는 건 상상도 못할 일이겠지… — 그래서 마치 마른 갈대처럼 부서지고 말은 거야 … [---] 특별히 내 남편에게 사랑하는 방법을 가르쳐 줘서 정말 얼마나 고마운지 몰라! 이제 그만 우리 집으로 가서 그이와 사랑이나 나눠볼까 해!"

《강한 자》역시 때론 모노드라마로 규정되지만, 작가가 의도적으로 독백과 듀오 드라마를 결합시킨 작품이다. 일반적으로 몇 명의 조연들과 주인공은 풍자적으로 비교되는 가운데 주인공이 부각되지만, 《강한 자》에서는 X 부인 스스로 자신의 모든 것을 알게 만든다. 감정을 억누르는 두 사람의 연기는 X 부인의 독백을 강하게 만들어 인물의 특징을 살리고 있기에 듣기만 하는 Y의 역할은 아주 중요하다. 침묵을 극대화시켜 그것에 담긴 의미를 모색하는 것이 긴장감을 최대한으로 고조시키기 때문이다. 결과적으로 X 부인은 객관적인 정보를 제공하고 그 정보의 주관적인 해설 또한 제공한다. 《강한 자》는 소름 끼치도록 혼란스런 느낌을 관객들에게 전달하며 많은 의문점을 남기는 작품이다.

과연 누가 강한 자일까?

《천민(Paria, 1989)》

《천민》은 1888년 12월 말, 집필에 들어가 1889년 1월 초에 창작된 것으로 14일 만에 완성된 것으로 추정된다. 그의 친구 울라 한쏜(Ola Hansson, 1860-1925)의 단편소설 《천민》을 재 구성한 작품이다. 게

다가 프리드리히 빌헬름 니체의 '초인사상(Wille zur Macht und Übermensch)'과 한 때 에드가르 알란 포우(Edgar Allan Poe, 1809-49)의 《황금벌레(The Gold Bug)》에 심취되었던 그가 포우적 환상과 극한의 탐미, 미스터리 등 정신적 투쟁, 그리고 암시적 심리학에서 영향을 받은 작품이기도 하다. 니체의 '초인사상'에 의거해 태어난 《천민》은 《강한 자》와 마찬가지로 작가는 니체의 '초인사상'에 따라 Y가 아닌 X를 초인편에 세웠다. 초인적 인물인 X와 Y, 단 두 명의 배역만 있을 뿐이다.

낯선 두 사람의 이름은 방정식의 공식처럼 무명의 '타락한 자들'인 지질학자 X와 Y다. 고향에서 나쁜 과거가 있는 X는 젊은 시절 살인을 했지만 붙잡히지 않았고, Y는 환어음을 위조했지만 벌을 받지 않았다. 대화는 침착하고 부드럽게 시작되지만, 차츰 격렬한 대화로 이어지며 마치 탐정소설처럼 결국 모든 것은 폭로된다. Y는 X를 협박한다. 그러나 마지막엔 그의 지성과 강한 의지 덕분에 그 상황을 해결하고 X가 승자가 된다는 줄거리다. X는 죄의식을 품지 않는다. 천둥소리에 두 사람의 반응을 살펴보노라면 Y는 형벌이 내려질 것이라는 두려움을 느낀다. 그러나 X는 하느님이 죄를 사하여 주었다고 생각하기에 천둥이 무섭지 않다. 스트린드베리이는 X의 자유로운 도덕관에서 있지만 관객의 입장에선 Y의 연약한 인간적인 측면의 죄의식에 더 동정심이 쏠릴 수도 있는 작품이다.

두 남자 주인공 중 한 사람은 구스타프 예이에르스탐(Gustaf af Geijerstam, 1858-1909)을 모델로 그린 것이다. 스트린드베리이와 예이에르스탐은 작품에서와 같이 두 사람 사이의 '두뇌 싸움(Hjärn-ornas kamp)', 혹은 정신적 투쟁의 파라독스를 그렸다. 초연은 코펜하겐의 〈다그마르 테아트렡(Dagmar Teatret)〉에서 1889년 3월 9일

초연되었고 공연 시간은 약 30분이다. 특히 라디오극으로 적합하다는 평을 받고 있는 작품이다.

《알제리의 열풍(Samum, 1989)》

프랑스 낭시(Nancy) 학교의 심령학과 체면술, 에드가르 알란 포우의 두뇌 싸움과 공포 분위기, 그리고 니체의 잔인한 행동 사상에 근거하여 창작된 《알제리의 열풍》은 알제리의 한 묘지에서 스토리가 전개된다. 19세기 중엽, 아랍의 국가주의는 인기 있는 테마로 스트린드베리이 역시 관심을 가졌던 분야였다. 아랍의 숨막히는 사막의 광풍인 '알제리의 열풍(Samum)'은 때론 회오리 바람이 휘몰아쳐 사람의 목숨을 앗아가기도 한다.

테마는 19세기 중엽 프랑스와 알제리의 전쟁에서 프랑스가 승리하자, 복수심에 찬 아랍 소녀 비스크라는 애인의 도움을 받아 알제리의 열풍, '사뭄(Samum)'을 이용하여 한 프랑스 군인에게 최면을 걸어 몽롱한 상태에서 죽음을 맞게 만든다. 그릇에 흰 모래를 담아 물이라 암시하여 마시게 한다. 그의 아내에게 정부가 있고 아들이 죽었다는 거짓말을 하며, 마지막엔 그에게 해골을 손에 들게 만들어 그가 이미 죽은 사람으로 말하며 그 해골이 거울이라고 주장하기도 한다. 그는 마치 광견병에 걸린 개처럼 발악하다 죽는다. 웅변적인 대사, 깨어 있는 최면술, 혼란스런 말과 주술로 인해 난해한 이 작품을 가리켜 작가는 에드가르 알란 포우적 《알제리의 열풍》이라 부르며, 프랑스인 군인에게 자살을 야기시키는 공포의 환영에 아프리카 사막의 광풍인 알제리의 열풍의 힘을 적용시켰다고 말했다. 또한 《천민》의 집필 때부터 스트린드베리이는 알란 포우의 이상심리적 환각, 인간의 잔혹성과 두려움, 인간 심리를 꿰뚫어 보는 통찰력 등을 극찬했다. 이 드라마 역시 아랍 소녀 비스크라와 프랑스 군인 사이의 문제 해결을 새롭게 변형된 '초인사상'과 체면술, 환상과 그로테스크한 것에 근거하여 창작된 새로운 작품이다.

코펜하겐에 이어 1889년, 3월 초 스톡홀름에서 첫 무대가 있었다.

《차변과 대변(Debet och Kredit, 1892)》

1891년 스트린드베리이가 스톡홀름으로 돌아와 새로운 〈실험극〉을 구상하며 레스토랑에서의 공연을 계획한 《차변과 대변》을 집필할 무렵, 그는 최악의 경제난에 시달렸다. 역시 니체의 '초인사상'에 근거한 의사와 아프리카의 여행자를 묘사한 드라마로 배경은 호텔방이다. 유명한 의사와 연구를 위해 주목할 만한 아프리카 여행을 하고 막 돌아온 악셀은 훈장을 받았지만 많은 고난을 겪기도 했었다. 호텔에 투숙을 하자, 한때 그의 성공을 위해 도움을 준 다수의 채권자들이 그곳에 나타난다. 불편한 관계의 사람들이 호텔방에 모두 모였고, 그는 모든 가혹한 심문을 당한다. 결국 악셀은 빚 갚을 돈이나 적절한 해결책이 없었음에도 불구하고 자신의 동생에게 환어음 한 장을 남기고, 이중으로 약혼을 하고 조건이 유리한 쪽을 택하려고 노리고 있는 옛 약혼녀에게 약혼반지를 돌려준다. 단지 출세를 위하여 악셀을 이용했던 술에 찌든 학자 린드그랜에게는 냉담했다. 물론 옛 애인은 고려의 여지없이 버려진다. 사과하는 뜻과 자살을 상징하는 열지 않은 청산가루 병을 남겨 그들의 눈을 속인 악셀은 그곳으로부터 도망친다는 스토리로, "아무튼 그 얽히고 설킨 문제를 다 해결한 대단한 남자야!"라고 극찬하며 결론 짓는다. 저명한 남자가 때론 비굴하게 자신이 책임겨야 할 일에서 왜 도망을 치는지는 스트린드베리이가 자신이 목격한 것을 밝히고 싶은 사실을 테마로 삼으려는 개인적인 필요성에 의해 착안한 희곡이다.

1892년 봄, 스톡홀름 〈드라마텐〉에서 초연이 되었으나, 성공적인 스웨덴의 무대는 1915년에 있었다.

《첫 경고(Första varningen, 1892)》

엘레강스한 스타일에 질투가 테마인 《첫 경고》는 '경고적 드라마'가 아닌, 열정적인 부부를 그린 코미디로 스트린드베리이의 드라마에서 예술적으로 가장 평가받지 못하는 작품이라 알려져 있다. 그러나 능수능란한 대사 덕분에 관객들의 의견은 분분하다.

모든 성공을 손에 쥔 중년부인과 함께 극은 시작된다. 대령으로부터의 꽃다발은 그녀가 아직도 매력적이라는 것을 증명해 보여주는 상징성을 띠고 있다. 그녀는 남편을 경시하고, 그녀의 남편은 아내로부터 멀어지려 노력하지만 허사로 돌아간다. 주인공 악셀은 종종 아내가 늙고 얼굴이 못생긴 여자이기를 희망했다. 남편이 자신을 너무 사랑하기에 오히려 남편에 대한 감정이 식어버린 아내, 가수인 아내를 좋아하는 사람들에 대한 질투로 너무 고통스런 나머지 남편은 그녀 곁을 떠나 있기로 결정한다. 여섯 번 아내 곁을 떠났고, 일곱 번째 떠나려는 순간, 다행히도 그녀의 앞니 한 개가 빠지는 일이 일어난다. 당혹스런 상황에 처한 그녀는 남편이 남작부인과 딸이 함께 있는 것을 우연히 목격하게 된다. 그때부터 돌변하여 부드러워진 아내의 태도는 단지 그녀가 느낀 질투뿐만 아니라, 처음으로 빠진 앞니 때문에 충격을 받고 자신이 늙어간다는 사실을 받아들인다는 결론에 이른다.

결국 두 사람은 화해하고 함께 여행을 떠난다는 형태로 해학적이며, 입술엔 미소를 짓고 있지만, 서로 이를 악물고 결혼생활을 영위하고 있는 위선을 느낄 수 있는 작품이다.

이 드라마는 《죽음의 춤(Dödsdansen)》에 나오는 부부의 10년 빠른 단계를 보는 듯한 소름 끼치는 부부의 애증관계를 느낄 수 있다. 이 드라마 역시 병적인 질투심으로 단편 《결혼 II(Giftas II)》에서 공개적으로 시리(Siri)에게 굴욕을 안긴 후, 냉담해진 아내, 시리의 태도에 괴로워했던 작가 자신의 삶을 반영시킨 작품이다. 1893년 베를린 초연에 뒤이어 1912-25년 사이 100회 공연을 가진 후, 1907년 최초로 스웨덴 무대에 소개되었고, 1910년 자신의 〈인팀마 테아테른(Intima Teatern)〉에서 《채권자(Fordringsägare)》와 함께 공연 되었다.

《죽음 앞에서(Inför döden, 1892)》

《죽음 앞에서》의 듀랑 씨는 세 딸을 슬하에 둔 스위스의 여관주인이다. 파산 직전에 처한 주인 듀랑 씨는 피곤한 삶에 지쳐있다. "아빤 지쳐서는 절대 안돼. 아직 부양해야만 하는 세 딸이 있잖아. 우리 결혼지참금을 잊으면 안 된단 말이야!"라고 딸은 그에게 질책한다. 그는 어쩔 수 없이 호구지책으로 고양이 먹이로 준 우유와 쥐틀에 매달아 논 치즈조각을 먹고 목숨을 연명하고 있다. 죽은 아내를 생각하고 아끼는 마음에 진실을 밝히고 싶지 않았지만, 절망에 빠진 그는 그의 죽은 아내가 딸들에게 자신을 매도한 것에 기인하여 어떻게 지금의 비참한 상황에 이르렀는지 폭로하게 된다. 감사할 줄 모르는 딸들이 생명보험과 화재보험을 탈 수 있게 하기 위하여, 그는 집에 방화를 하고 화염 속에서 자살한다는 비극적인 이야기다.

이 작품을 쓸 당시 스트린드베리이가 당면한 문제는 아내 시리가 자식들, 특히 두 딸 앞에서 아버지에 대해 비방할 것에 두려움을 느끼던 순간에 쓴 작품이다. 시리와의 결혼생활이 되돌이킬 수 없는 상황에 이르자 "너희 엄마가 나에 대해 말하는 것을 그대로 믿는다면, 너희들은 이렇게 끔찍한 여자들이 될 것이다" 라는 말을 추가하여 두 딸에게 주는 다섯 번째 '경고적 드라마'다. 스트린드베리이는 이 드라마를 보도록 큰 딸 카린(Karin)에게 입장권을 사 주기까지 했다고 한다.

조국에서 배척되었던 이 작품 역시 1893년 《채권자》와 함께 독일에서 첫 공연을 가졌고, 스웨덴에서는 1907년에 순회공연이 있었으며, 1910년, 스트린드베리이의 〈인팀마 테아테른(Intima teatern)〉에서 청년기 드라마 《자유사상가(Fritänkare)》와 함께 막을 올렸다. 후일 뉴욕과 비엔나에서도 1916년 막을 올렸고, 1949년에는 핀란드에서 스웨덴어로 라디오 극으로 방송되었다.

《모성애(Moderskärlek, 1892)》

네 번째 단막극 《모성애》는 딸들을 위해 쓴 '경고 드라마 No 2'로, "만일 너희들이 빠른 시간 안에 엄마와 그녀의 친구로부터 자유로워지지 못한다면 이 극처럼 될 것이다"라는 경고문을 덧붙였다. 이 작품은 스트린드베리이의 희곡 중 등장인물이 여성들만이라는데 의의가 있다. 《모성애》의 제목이 요약해 주듯, 이 희곡은 두 가지로 해석이 가능하다. 자식에 대한 어머니의 공상적 사랑과 어머니에 대한 자식의 상상적인 사랑으로 추정할 수 있다. 이 두 사람의 사랑은 진정한 모성애를 지니지 않은 어머니와, 어머니를 사랑한다는 착각 속에서 갖는 딸의 의무적인 사랑으로 묘사된다. 이 극의 중심 인물은 딸이며,

극이 진행되는 동안 네 가지 사실이 폭로된다: 과거 어머니의 창녀 생활, 딸과 리센이 배다른 자매란 사실, 아버지를 배신한 어머니의 불륜 사실, 딸에 대한 아버지의 경제적 지원 사실이 리센에 의해 밝혀진다. 작품에서 적어도 진실을 말하며 어머니의 정체를 밝히고 억울하게 누명을 쓴 아버지에 대한 사실을 밝히는 역할을 하는 사람은 리센이다. 막이 오르면 관객들은 어머니의 절망적인 과거를 느낄 수 있다. 관객은 딸의 태도에서 무엇인가 어머니의 문제점을 감지할 수 있지만, 어머니는 딸의 심적 변화를 전혀 모르고 있는 상태다.

어머니의 수치스런 과거를 알게 되어 갈등 속에서 괴로워하는 20세의 여배우인 딸, 헬렌과 여자 친구, 그리고 배우들의 의상을 담당하는 엄마의 여자 친구가 등장인물이다. 어머니는 자신의 수치스런 과거를 딸이 알게 되는 것이 두려워 딸이 아버지와 만나지 못하도록 아버지에 대해 온갖 비난을 늘어놓는다. 게다가 다른 사람들이 자신의 과거를 폭로하는 것을 딸이 듣게 되는 것이 두려워 딸이 외부 사람들과 접촉하는 것을 차단시켜 버린다. 그러나 그녀의 계획은 실패한다. 어느 날, 찾아온 이복동생을 통해 헬렌은 실제로 아버지가 얼마나 훌륭하고 희생적인 사람이며, 오히려 엄마가 정숙하지 못한 삶을 살았다는 사실을 알게 된다. 딸은 비밀에 싸여 있는 정직하지 못한 사람들이 존재하는 퀴퀴한 냄새나 풍기는 더러운 구덩이 같은 환경에서 비밀과 잔소리, 그리고 말다툼이 난무하는 가운데서 자신이 성장한 것을 절감한다. 그러나 그녀가 처한 부끄러운 환경이 강하게 지배해 그곳을 벗어날 가능성이 열렸을 때도 차마 벗어나지 못한다. "엄마와 아줌마가 쌓느라고 오랜 세월이 걸린 그 벽을 내가 무슨 재주로 부숴 버릴 수가 있겠어[…]. 그래, 드디어 이제 현명한 내 딸이 된 거야' '경고적 드라마' 임에도 불구하고 결국 딸은 엄마의 이기심과 환경적 요인에서 나오는 숙명적 힘에서 벗어나지 못한다는, 소위 스트린드베리이적 창조된 공상의 세계라고 볼 수 있다. 이미 등장인물을 살펴보면 사회계급을 알 수 있고, 상류사회 속의 아버지와 대조적으로 어머니와 어머니 친구의 사회적 배경이 어두운 것을 느낄 수 있다.

첫 무대는 1900년 《천민》, 《차변과 대변》과 함께 베를린에서 있었고, 1909년 스웨덴에서의 첫 무대는 성공적으로 막을 내렸다. 뒤이어 국제적으로 공연되며 TV, 라디오극 등, 지금까지 다양한 버젼으로 관객들과 만나고 있다. 첫 무대는 순회공연으로 1894년 베를린에서 올려졌고, 스웨덴에서는 웁살라(Uppsala) 극장에서 1909년 초연된 이후, 많은 성공적인 공연이 있었고, 1948년 잉마르 베리이(Ingmar Bergman, 1918-2007)만의 연출로 라디오 극으로 만들어지기도 했다.

《불장난(Leka med elden, 1892)》

무대 조명 아래 재치 있는 대화로 전쟁을 방불케 하는 스트린드베리이적 코미디 《불장난》은 그의 드라마 중 가장 많이 공연된 작품 중 하나로, 스웨덴의 스톡홀름 군도의 여름 바닷가를 배경으로 불장난과 같은 격정의 에로티즘을 그린 것이다. 사실 스트린드베리이는 코미디 작가로 알려져 있지 않기에 블랙 코미디라고 불러야 타당할 것이다. 제목이 암시하듯 이 작품은 에로틱한 줄거리로 라이벌 의식과 질투, 그리고 상대와 적극적으로 저항하는 모습을 볼 수 있다. 이름 없는 등장인물들을 보면 얽혀 있는 그들의 인간관계와 인간성을 발견할 수 있다. 과연 누가 이 드라마의 주인공일까? 스트린드베리이의 또 다른 자아는 '친구'가 아닐까? 과연 주인공이 극의 마지막 부분에서 도망쳐 나갈 수 있을까?

극의 줄거리는 화가와 그의 아내, 화가의 부모와 사촌 여동생이 함께 여름을 보내며 단조롭고 무미건조한 생활을 하던 중, 이혼이 진행 중인 26살의 젊은 남자의 방문을 받는다. 그와 화가의 아내가 격정적인 불장난을 시작하기까지 긴 시간을 요하지 않았다. 아무튼 여자의 입장은 확실했다. 그들이 화가에게 자신들의 관계를 고백하자, 즉시 그들이 결혼할 수 있도록 아내를 보내주려 하지만 사랑과 결혼은 별개의 것이었다. 방문객은 선명히 떠오르는 결혼생활이 되살아나자, 서둘러 집을 박차고 나가고 절망에 빠진 화가의 아내는 히스테리를 일으키며 소파에 몸을 던진다. 이 모든 것은 아침 식사 전에 일어난 사건이며, 간단한 스토리의 배경에는 스트린드베리이와 첫 번째 부인 시리의 실패한 결혼생활이 담아져 있었고, 스트린드베리이의 체험이 녹아 있는 냉소적인 작품이기도 하다. 두 사람의 이혼이 성립되었을 무렵엔 이미 드라마 《불장난》은 완성되어 있었다. 이 드라마의 성공적인 초연이 1893년 베를린에서 있은 후, 스웨덴에서의 첫 무대가 있기까지는 15년을 기다려야만 했지만, 성공적인 무대로 받아들여지기까지는 4년이란 세월이 더 요구되었다.

《끈(Bandet, 1892)》

가장 자연주의적 작품으로 느껴지는 《끈》은 아홉 편의 단막극 중 가장 곤혹스런 것으로 비극적인 상세한 내용을 담은 스트린드베리이의 이혼소송을 다룬 것이다. 극의 진행은 시간과 장소가 균일하게 이루어진다. 극은 법정에서 약 한 시간 정도 진행되지만 시간은 가공의 시간이다.

사실적인 것에 기초한 이 작품은 법정에서 벌어지는 치열한 남작부부의 법정공방으로 스트린드베리이 부부와 동일한 상황을 그렸다.

스트린드베리이와 시리는 굉장히 조심스럽게 결혼에 임했다. 즉, 그들은 교회가 아닌 시민적인 소박한 결혼식을 올렸고, 혼전계약서와 물품 내역 등 재산에 대한 소유권한에 분명한 선을 긋지 않은 영원할 줄 믿었던 그들의 결혼생활은 견딜 수 없는 것으로 끝나고 말았다. 남작은 친구의 연인인 자신의 아내를 소개하는 것도, 아내의 동의 하에 자신에게 애인이 있다는 자체에 지쳐있다. 지금 그들은 재판정에 서 있지만 대중 앞에 자신들의 추한 사생활을 들추어 내지 않기로 합의를 보았다. 그러나 아들에 대한 양육권 문제는 둘 다 양보할 수 없었기에 결과는 두 사람 모두 권리를 박탈당하고 기관에 맡겨지는 판정이 나자 충격을 받는다. 전형적인 스트린드베리이적 결혼은 부부의 애증과 자식의 문제가 우선적으로 다루어진다. 자식이란 《끈》이 두 사람을 묶어주고 있기에 결혼을 지속할 수 있었다는 대사를 종종 찾아볼 수 있다. 《끈》의 마지막 장면에서 신은 왜 "지옥 같은 사랑을 만들어 인간들에게 고통을 주는 것일까?"라는 고통의 이유에 회한이 묻힌 의문을 던지는 대사에서 쇼펜하우어(Arthur Schopenhauer, 1778-1860)의 '인류를 향한 동정심'의 윤리관을 찾아볼 수 있고, 남작의 "우리 부부는 불쌍한 인간들이야!"라는 독백은 이 극을 잘 요약해 준다. 1902년 독일에서 초연, 스웨덴에서는 스트린드베리이의 〈인팀마 테아테른(Intima teatern)〉에서 1908년 첫 무대가 올려졌다.

아우구스트 스트린드베리이의 작품 연보

요한 아우구스트 스트린드베리이(Johan August Strindberg)는 1849년 1월 22일 스웨덴의 수도 스톡홀름의 리다르홀멘(Riddarholmen)에서 태어나, 1912년 5월 14일 마지막 보금자리인 블로 토-넽(Blå tornet)에서 위암으로 사망했다.

그는 스웨덴을 대표하는 최고의 작가로, 세계적인 극작가로서 명성을 떨쳤다. 동시에 연출가, 소설가, 시인, 과학자, 화가, 사진작가, 언어학자, 사상가, 사회비평가… 등, 다양한 삶을 살며 새로운 쟝르와 사조를 탄생시킨 타의 추종을 불허하는 천재적인 인물이다.

그에게 영향을 끼쳤던 사상가로 특별히 킬케고르(Søren Kierke-gaard, 1813-1855), 쇼펜하우어(Arthur Schopenhauer, 1778-1860), 하르트만(E. von Hartmann, 1842-1906), 니체(Friedrich Wihelm Nietzsche, 1844-1900), 스뵈덴보리이(Emanuel Swedenborg, 1688-1772) 등을 들 수 있다.

생전에 남긴 저서로 일기, 국제적으로 명성을 떨치던 많은 지식인들을 비롯하여 600여 명과의 서신교환을 한 10,000여 통의 서간집, 120여 편의 문학작품 중 60편의 희곡, 학술 논문, 언어 연구서, 보도기사, 그리고 미술작품, 회화 172점, 및 많은 사진작품을 남겼다.

1849-1867: 유년기, 청년기, 학창시절, 교사 및 평신도 설교자.

1867-1874: 웁살라(Uppsala) 대학에서 수학, 공민학교 교사, 저널리스트.

- 자유사상가(Fritänkare,1869).
- 추락하는 그리스(Det sjunkande Hellas, 1869).
- 헤르미온(Hermion, 1870).
- 로마에서(I Rome, 1870).
- 스톡홀름 군도로부터의 이야기(En berättelse från Stockholms skärgård, 1871).
- 배척된 자(Den fredlöse, 1871).
- 울로프 선생(Mäster Olof, 1872); 산문집(Prosaupplagan, 1872).
- 울로프 선생(Mäster Olof, 1872); 운문집(Versupplagan, 1876).

1875-1882: 국립도서관 서기, 시리(Siri von Essen, 1850-1912)와 의 만남과 결혼, 작가로서 데뷔.

- 58년(Anno fyrtioåtta, 1875).
- 바다로부터-이곳 저곳(Från havet - Här och där).
- 그와 그녀(Han och hon, 1875-76).
- 피에르딩엔과 스봐르트백겐으로부터(Från Fjärdingen och Svartbäcken, 1877).
- 문화사 연구(Kulturhistoriska studier, 1872-80).
- 빨간 방(Röda rummet, 1879).
- 협회의 비밀(Gillets hemlighet, 1879-80).

- 옛 스톡홀름(Gamla Stockholm, 1880-82).

- 행복한 페르의 여행(Lycko – Pers resa, 1881-82).

- 스웨덴 민족의 축제와 노동…(Svenska folket i helg och socken …, 1881-82).

- 벤트씨의 부인(Herr Bengts Hustru, 1882).

- 새로운 제국(Det nya riket, 1882).

- 스웨덴의 운명과 모험(Svenska öden och äventyr, 1882).

1883-1888: 프랑스, 스위스, 독일, 덴마크에서의 자의적 망명생활, 결혼의 위기.

- 다수의 모음집(Flera samlingar, 1883-84, 1890-91).

- 운문체와 산문체의 시(Dikter på vers och prosa, 1869-83).

- 각성하는 날들의 몽유병의 밤들(Sömgångarnätter på vakna dagar, 1883).

- 평등과 불평등 I-II(Likt och olikt I-II, 1884).

- 무산계급을 위한 작은 교리문답집(Lilla katekes för under-klassen, 1884).

- 재산 몰수 여행(Kvarstadsresan, 1884).

- 프랑스 농민들 가운데에서(Bland franska bönder, 1886).

- 생체해부 II(Vivisetioner II, 1887).

- 친구들(Kamraterna, 1886).

- 약탈자(Marodörer, 1886-87).

- 결혼 I(Giftas I, 1884).

- 양심의 가책(Samvetskval, 1884).

- 현실 속의 유토피아(Utopier i verkligheten, 1885)

- 결혼 II(Giftas II, 1886).
- 하녀의 아들(Tjänstekvinnans son, 1886).
- 아버지(Fadren, 1887).
- 헴 섬의 주민들(Hemsöborna, 1887).
- 미치광이의 항변(En Dåres Försvarstal, 1887-88)
- 미스 줄리(Fröken Julie, 1888).
- 채권자(Fordringsägare, 1888).
- 군도에 사는 어부의 삶(Skärkarls liv, 1888).
- 챤달라(Tschandala, 1888).
- 꽃그림과 동물의 조각(Blomstermålningar och djurstycken, 1888).

1889-1892: 스톡홀름(Stockholm) 군도와 유스홀름(Djursholm)에서의 생활.

- 강한 자(Den Starkare, 1888-1889).
- 천민(Paria, 1889).
- 알제리의 열풍(Samum, 1889).
- 민중 극 헴 섬의 주민들(Folk-komedin Hemsöborna, 1889).
- 군도의 변두리에서(I havsbandet, 1889-90).
- 죽음 앞에서(Inför döden, 1892).
- 첫 번째 경고(Första varningen, 1892).
- 차변과 대변(Debet och kredit, 1892).
- 모성애(Moderskärlek, 1892).
- 불장난(Leka med elden, 1892).
- 끈(Bandet, 1892).

1892-1898: 베를린과 오스트리아에서 망명 생활, 프리다 울(Frida
Uhl)과의 두 번째 결혼, 빠리에서의 인페르노 위기
(Inferno Kris), 이스타드(Ystad)와 룬드(Lund)에서의 삶.

- 안티바바루스 I(Antibarbarus, I, 1893).

- 생체해부 II(Vivisetioner II, 1887).

- 식물원 I-II(Jardin des plantes, I-II, 1895).

- 스웨덴의 자연(Sveriges natur, 1886-96).

- 인페르노(Inferno, 1897).

- 전설(Legender, 1898).

- 다마스쿠스를 향하여 I-II(Till Damaskus, 1898).

- 수도원(Klostret, 1898).

- 강림절(Advent, 1898).

1899-1907: 귀향, 스톡홀름 군도(Skärgården)에서의 삶. 하리에
부쎄(Harriet Bosse)와 세 번째 결혼.

- 죄와 죄(Brott och brott, 1899).

- 폴쿵아 이야기(Folkungasagan, 1899).

- 구스타브 봐사 왕(Gustav vasa, 1899).

- 에릭 14세(Erik XIV, 1899).

- 구스타프 아돌프 왕(Gustaf Adolf, 1900).

- 미드썸머(Midsommar, 1900).

- 사육제 마지막 날의 어릿광대(Kaspers fettisdag, 1900).

- 부활절(Påsk, 1900).

- 죽음의 춤 I-II(Dödsdansen I-II, 1900).

- 황녀(Kronbruden, 1901).

- 백조(Svanevit, 1901).

- 카알 12세(Carl XII, 1901).

- 다마스쿠스를 향하여 III(Till Damaskus III, 1901).

- 엥겔브레크트(Engelbrekt, 1901).

- 크리스티나 여왕(Kristina, 1901).

- 꿈(Ett drömspel, 1901).

- '파게르빅'과 '스캄순드'(Fagervik och Skamsund, 1902).

- 수도원(Klostret, 1902).

- 구스타프 III세(Gustaf III, 1902).

- 네델란드인(Holländarn, 1902).

- 영웅담(Sagor, 1903).

- 뷔뗌베리이의 나이팅게일(Näktergalen i Wittemberg, 1903).

- 고독(Ensam, 1903).

- 여트족의 방들(Götiska rummen, 1904).

- 흑기들(Svarta fanor, 1904).

- 말의 유희와 작은 예술(Ordalek och småkonst, 1902-05).

- 역사적 모형(Historiska miniatyrer 1-2, 1905).

- 새로운 스웨덴의 운명(Nya svenska öden, 1905).

- 상량식과 희생양(Taklagsöl, Syndabocken, 1906-07).

- 푸른 책(En blå bok, 1906-08).

- 악천후(Oväder, 1907). Kammarspel, Opus I.

- 타버린 대지(Brända tomten, 1907). Kammarspel, Opus II.

- 유령소나타(Spöksonaten, 1907). Kammarspel, Opus III.

- 죽음의 섬(Toten-Insel, 1907).

- 펠리컨(Pelikanen, 1907). Kammarspel, Opus IV.

1908-1912: 마지막 보금자리, "블로 토-넬(Blå Tornet)"에서의 삶. 자신의 〈인팀마 테아테른(Intima teatern)〉 소속인 18세의 배우, 파니 팔크네르(Fanny Falkner)와의 마지막 염문. 1912년 5월 14일 위암으로 사망.

- 마지막 기사(Sista riddaren, 1908).

- 아부 카셈의 슬리퍼(Abu Casems tofflor, 1908).

- 통치자(Riksföreståndaren, 1908).

- 야알 비앨보(Bjälbo-Jarlen, 1908).

- 검은 장갑(Svarta handsken, 1908). kammarspel, Opus V.

- 인팀마 테아테른의 단원들에게 전하는 메모(Memorandum till medlemmarna av Intima teatern, 1908).

- 신비의 일기(Ockulta dagboken, 1896-1908).

- 인팀마 테아테른의 소속 배우들의 추억(Memorandum till medlemmarna på Intima teatern, 1908).

- 인팀마 테아테른에 보내는 공개장(Öppna brev till Intima teatern, 1909).

- 회복의 여정(Stora landsvägen, 1909). 마지막 희곡 — 일곱 정거장을 그린 유랑 드라마.

- 성서적 명칭(Bibliska egennamn, 1910).

- 모국어의 계통(Modersmålets anor, 1910).

- 스웨덴 국민에게 고 함(Tal till svenska nation, 1910).

- 국민을 위한 국가(Folkstaden, 1910).

- 종교적 르네쌍스(Religiös renässans, 1910).

- 세계언어의 어원(Världsspråkens rötter, 1910).

- 중국과 일본(Kina och Japan, 1910-11).

- 중국어의 기원(Kinesiska språkets härkomst, 1912).
- 러시아 황제의 전령 혹은 갈음질꾼의 비밀(Czarebs kurir eller sågfilarens hemligheter, 1912).
- 푸른 책의 후속편(En extra blåbok, 1911-12).

기타: 600여명과의 서신교환과 일기는 그의 연구에 중요한 역할을 하는 중요한 자료로 높이 평가되고 있다.
- 서간집I-XV(Correspondance, 1858-1907), 현재 22권으로 출간되어 있다.
- 출생에서 마지막 보금자리까지(Från Fjärdingen till Blå Tornet, 1870-1912).
- 하리에 부쎄에게 보내는 편지(Till Harriet Bosse)
- 하리에 부쎄에게 보내는 되찾은 편지(De återfunna breven).
- 나의 딸 셔스틴에게 보내는 편지(Brev till min dotter Kerstin).
- 신비의 일기(Okulta dagboken, 1896-1908). etc.

역자 소개

이정애

한국 외국어대학 독일어과 졸업 후, Sweden, Stockholm University에서 유학하며 스트린드베리이를 전공하고, France Paris의 l' Univeristé de la Sorbonne[Paris IV]에서 비교문학 박사 취득.

한국 동서대학교 교수, 영국 Cambridge University 객원교수, 일본 Josai International University에서 재직 후, 현재 미국 Hope International University의 동서대학교 미주 캠퍼스 책임교수로 활동하고 있다.

2012년, 〈스트린드베리이 서거 100주년 기념 페스티벌〉을 한국에서 기획하고 무대에 올렸다. 또한 페스티벌을 뒷받침하기 위해 〈한국공연예술센터〉의 《한팩뷰》에 1년 6개월에 걸쳐 스트린드베리이의 삶을 소개하는 특별기획 논문 연재와 공연 프로그램의 작품해설을 썼다. 아울러 스트린드베리이가 창단한 극단, 스톡홀름의 〈Intima teatern〉을 초청하여, 두 편의 해외 초청작 번역으로 서울 공연을 가능케 했다.

연구 논문, 저서 및 역서

- 〈L'influence des idées bouddiques et des philosophies orientales dans sept oeuvres de August Strindberg après sa crise d'Inferno〉
- 〈Dance of Death by August Strindberg〉
- 〈Kammarspel" Goast Sonata of August Strindberg〉
- 〈The Composition and themes behind "Solitude(Ensam)" by August Strindberg〉
- 〈August Strindberg's life and literary world〉: (기획논문 17편)
- 〈아우구스트 스트린드베리이의 존재론〉: "스트린드베리이 서거 100주년 기념 페스티벌" 기념 국제 심포지움.
- 공연 작품의 번역및 작품해설: 《유령 소나타》, 《죽음의 춤 I》, 《펠리컨》, 《채권자》, 《꿈》, 《미스 쥴리》, 《죽음의 춤 II》
- "스트린드베리이 서거 100주년 기념 페스티발" 해외 참가작 공연 번역: 〈미스 쥴리〉, 〈스트린드베리이의 세계〉
- 〈아우구스트 스트린드베리이의 작품세계〉: 《한팩뷰》, 특별기획 연재, (16편)
- 〈Une vue générale sur les Sagas islandaises et les romans japonais au moyen âge〉
- 〈Les études gérmaniques et scandinaves〉
- 〈Astrid Lindgren's fantasy literary world〉
- 《Learner English》(ed.2)
- 《Parlez vous français》(French textbook)
- 《Bröderna Lejonhjärta(빼앗길 수 없는 나라)》 by Astrid

Lindgren

- 《12 published manuscripts for 〈Japan-Korea, International Women's Study Symposium〉》
- 《Hey you! I》(Co-work, English textbook) etc.